DESAFIANDO OS MUNDOS

CLAUDIA GRAY

DESAFIANDO OS MUNDOS

TRADUÇÃO DE
RACHEL AGAVINO

Rocco

Título Original
DEFY THE WORLDS

EDITORA ROCCO LTDA.
Rua Evaristo da Veiga, 65 – 11º andar
Passeio Corporate – Torre 1
20031-040 – Rio de Janeiro – RJ
Tel.: (21) 3525-2000 – Fax: (21) 3525-2001
rocco@rocco.com.br
www.rocco.com.br

Printed in Brazil/Impresso no Brasil

preparação de originais
GISELLE BRITO

CIP-Brasil. Catalogação na publicação.
Sindicato Nacional dos Editores de Livros, RJ.

G82d

Gray, Claudia, 1970-
Desafiando os mundos / Claudia Gray ; tradução Rachel Agavino. – 1ª ed. – Rio de Janeiro : Rocco, 2022.

Tradução de: Defy the worlds
ISBN 978-65-5532-215-6
ISBN 978-65-5595-103-5 (e-book)

1. Ficção americana. I. Agavino, Rachel. II. Título.

21-75176 CDD: 813
CDU: 82-3(73)

Camila Donis Hartmann – Bibliotecária – CRB-7/6472

O texto deste livro obedece às normas do
Acordo Ortográfico da Língua Portuguesa.

1

NOEMI VIDAL PERCORRE AS DUAS LONGAS FILEIRAS DE CAÇAS ESTELARES no hangar, capacete debaixo do braço, cabeça erguida. Ela não acena para os amigos como sempre fizera — até seis meses atrás.

Agora ninguém acenaria de volta.

Cabeça erguida, ombros retos, diz ela a si mesma, extraindo o máximo de conforto que pode dos cheiros familiares de graxa e ozônio, do sibilar das tochas de reparo e do barulho de botas no asfalto. *Se você quer que eles voltem a vê-la como uma soldado aliada de novo, aja como tal. Você não recua diante do ataque dos mecans, então não vai recuar agora.*

Mas os mecans guerreiros da Terra miram apenas no corpo. Noemi tem escudos para isso. A questão entre ela e seus companheiros de esquadrão mira no coração, para o qual nunca inventaram proteção alguma.

— Vidal! — É a capitã Baz, caminhando pelo hangar com um leitor de dados nas mãos. Ela está de uniforme, um hijab escuro estampado, e abre o primeiro sorriso que Noemi viu o dia todo. — Vamos colocar você na patrulha de curto alcance hoje.

— Sim, senhora. Capitã, se eu pudesse...

Baz para e se aproxima.

— O que, tenente?

— Eu gostaria de perguntar... — Noemi respira fundo. — Vocês não me colocam na patrulha do Portão há meses. Eu gostaria de uma mudança em breve.

— A patrulha do Portão é a tarefa mais perigosa de todas — Baz diz isso com a maior naturalidade possível enquanto olha seu leitor de dados.

Todos na Gênesis sabem que o Portal os liga à Terra e aos outros mundos colonizados do Loop, sustentando a ponta de um buraco de minhoca e tornando possíveis viagens intergalácticas instantâneas. Também possibilita a guerra que está devastando o mundo deles.

— A maioria dos pilotos adoraria ficar um pouco mais perto de casa.

— Estou disposta a enfrentar o perigo. — Mais do que disposta... a esta altura, Noemi está quase desesperada. Proteger a Gênesis é o que dá sentido à sua vida. Ela não tem permissão para defender de verdade seu mundo há meses, desde que voltou.

Baz leva alguns segundos para responder.

— Escute. Esse dia vai chegar, está bem? Só temos que dar tempo ao tempo.

A capitã está do lado de Noemi, o que ajuda um pouco. Mas não significa que a capitã Baz esteja certa. Em voz baixa, Noemi diz:

— Eles não vão confiar em mim até que eu volte a atuar em tudo o que fazia.

Baz pensa um pouco.

— Talvez não. — Depois de mais um segundo de ponderação, ela assente. — Vamos tentar. — Sua voz se eleva a um grito. — Ganaraj, O'Farrell, Vidal está com vocês hoje! Vamos lá, pessoal... a equipe gama está pronta para voltar para casa.

Os outros dois pilotos a encaram do outro lado da sala. Noemi vai direto para o seu caça.

Ela vai conquistar a aceitação deles da única maneira que pode: um voo de cada vez.

Espere e veja, diz a si mesma. *Em breve, eles vão gostar de você tanto quanto gostavam antes.*

Ela acha que não deve ser difícil. Eles nunca gostaram muito dela mesmo.

• • •

Dez por cento do tempo, a patrulha do Portão é a pior e mais assustadora tarefa de todas. A intervalos irregulares e imprevisíveis, a Terra envia naves Damocles cheias de mecans guerreiros — modelos Rainha e Charlie, projetados apenas para matar. Eles dizimaram a antiquada frota de defesa da Gênesis nos últimos cinco anos; a cada batalha que vencem, mais se aproxima o dia em que os mecans guerreiros desembarcarão na superfície da Gênesis, desencadearão uma guerra terrestre e começarão a reivindicar o planeta de Noemi para uso da Terra. Todo alarme de batalha deve ser acionado o mais rápido possível. Os caças na patrulha devem cercar as naves Damocles imediatamente, sem esperar cobertura. A maioria não sobrevive.

No entanto, nos outros 90% do tempo, as patrulhas do Portão são absurdamente chatas.

No assento do piloto de seu caça, Noemi circula o perímetro externo do Portão; Arun Ganaraj e Deirdre O'Farrell se mantêm próximos. Ela ainda está perto o suficiente para ver a coisa monstruosa no céu, um enorme anel de prata, iluminado ao longo de seus vários painéis para que brilhe na escuridão do espaço. É orbitado por vários escombros de guerra, desde fragmentos de metal do tamanho de farpas a pedaços maiores que seu caça.

Uma nave inteira permaneceu escondida nesses escombros por trinta anos, até que Noemi a descobriu e, dentro dela, encontrou...

— *Você está vendo isso?* — A voz de Ganaraj surge no alto-falante no momento em que a tela mostra o Portão em mais detalhes.

O brilho fraco no meio do anel assumiu uma aparência familiar e ameaçadora — uma nebulosidade, como a de um lago prestes a congelar.

— Sim, estou vendo — diz Noemi.

— *Pode não ser nada.* — Ganaraj parece estar tentando convencer a si mesmo. — *Nem sempre significa que algo está prestes a atravessar.*

— Geralmente não — concorda Noemi, enquanto dá mais zoom na imagem e prepara as armas. Destroços e estilhaços de batalhas passadas costumam criar a ilusão de tráfego na entrada. Mesmo um leve indício de invasão é perigo suficiente para deixá-la tensa.

— Ou pode ser um bando de mecans chegando para matar todos nós. — O'Farrell se obriga a soar feliz, tão feliz que o sarcasmo é inconfundível. *— Mas você só vai querer oferecer leite e biscoitos para eles e mandá-los de volta para casa, não é, Vidal?*

— Pare com isso, O'Farrell — retruca Noemi.

— Bem, é isso que você faz, não é? Você ama taaaaanto os mecans que preferiria deixar a Gênesis exposta à guerra e à morte a destruir uma droga dum pedaço de metal...

Ganaraj interrompe:

— Podemos prestar atenção no Portão, pessoal?

— Estou prestando — diz Noemi. Mas suas bochechas parecem queimar, e sua pulsação lateja com raiva nas têmporas. Ela consegue suportar quando eles a atacam, mas não quando atacam Abel.

Quando encontrou aquela nave há seis meses, também encontrou o mecan dentro dela: Modelo Um A da Mansfield Cybernetics, o projeto de estimação do próprio Burton Mansfield e o único mecan mais avançado já feito.

O Modelo Um A prefere ser chamado de Abel.

No começo, Noemi o via da mesma forma que todo mundo na Gênesis: uma máquina com forma humana, mas sem alma. Um inimigo que ela podia usar antes de destruir. Ele era a ferramenta que poderia explodir o Portão da Gênesis — selando para sempre o planeta em segurança, distante da Terra, e vencendo a guerra numa explosão de uma fração de segundo.

No entanto, explodir o Portão significaria explodir Abel junto e, ao fim de sua jornada juntos pelas colônias do Loop, Noemi sabia que Abel era muito mais que uma máquina. Ela não podia mais matá-lo para destruir o Portão, do mesmo modo que não podia sacrificar uma criança em um altar.

Deus já pediu que isso fosse feito, sussurram suas antigas lições de catecismo. Ela está se tornando melhor em ignorá-las. Talvez melhor demais...

Luzes vermelhas piscam no console do caça. As mãos de Noemi apertam os controles quando ela vê o sinal.

— Temos algo atravessando.

A esta altura, porém, os sensores deles também dizem a mesma coisa.

— *Confirmado* — informa Ganaraj, o medo evidente em sua voz. — *Mas não é uma Damocles.*

— *Uma nave de exploração* — sugere O'Farrell. — *Para obter informações avançadas antes dos Charlies e Rainhas chegarem.*

— Desde quando mecans usam naves de exploração? — Noemi dá ainda mais zoom na nave invasora.

Não. Não é uma nave. É outra coisa.

O objeto de metal é moldado em pontos delicados de um metro de comprimento que se estendem em todas as direções a partir do pequeno centro esférico. Ela sussurra para si mesma:

— Parece uma estrela... — Da forma como ela as imaginava quando criança, bonita e brilhante, não monstruosa e poderosa. A beleza a torna mais ameaçadora.

— *É uma bomba?* — pergunta Ganaraj.

Noemi sabe que não. Não pode dizer como, mas sabe. Chame de intuição.

O'Farrell fornece uma confirmação mais concreta:

— *O escâner indica que não há explosivos.*

O Portão brilha mais uma vez e outra estrela o atravessa. Então outra. Enquanto Noemi observa, as estrelas continuam se multiplicando até que seus sensores transmitem a contagem final de cento e vinte. Elas correm pelo espaço, uma constelação tão brilhante quanto assustadora, avançando em direção à Gênesis.

— *Informe ao comando e vamos continuar na cola delas* — ordena Ganaraj. Ele se tornou tenente nove semanas antes de Noemi. — *No instante em que tivermos autorização, vamos explodir completamente essas coisas.*

Noemi as explodiria agora e confiaria que a autorização viria depois. Não há a menor chance de a capitã Baz e os outros superiores permitirem que qualquer coisa da Terra chegue perto de casa — com ou sem explosivos. Mas Ganaraj está no comando, e Noemi está em terreno instável, então ela trinca os dentes e voa bem próximo às estrelas por quanto tempo puder...

... o que não é muito, porque elas estão se espalhando, ampliando a distância entre si. A patrulha de três caças de Noemi poderia ter destruído as estrelas com uma rápida rajada de blaster assim que elas saíram do Portão. Cada segundo que passa torna a mira mais difícil e demorada. As estrelas navegam pelo sistema solar, os motores em miniatura fazendo-as brilhar na escuridão, viajando rápido o suficiente para chegar à Gênesis em quinze minutos. Noemi examina as "estrelas" sem parar e sabe que os outros estão fazendo o mesmo. Os resultados em sua tela não revelam nada sobre o que são essas coisas ou o que podem significar.

Talvez sejam ofertas de paz, ela pensa. É uma piada interna. Não há a menor chance de a Terra fazer uma oferta, não agora. A situação na galáxia maior ficou mais terrível do que nunca. A Terra não será habitável por muito mais tempo, e a outra colônia de mundos só pode abrigar mais alguns milhões de pessoas; isso deixa bilhões precisando de um lugar para viver, bilhões que destruiriam seu mundo da mesma forma que destruíram o deles. A Guerra da Liberdade começou trinta anos atrás, porque seu povo percebeu que tinha um dever moral e religioso de proteger seu planeta.

Apesar de suas reservas tecnológicas mais baixas, eles resistiram por décadas, desfrutando de um período até de relativa tranquilidade. Mas, nos últimos anos, a Terra retomou a luta com vingança. A Gênesis é o único prêmio que vale a pena reivindicar — em qualquer lugar, para qualquer um.

— Ganaraj — diz Noemi. — Elas estão ficando muito afastadas.

— *Declaração de regulamen...* — Ganaraj se interrompe. — *Temos autorização. Destruam essas coisas.*

Quatro minutos e meio. Foram necessários quatro minutos e meio para que essa decisão fosse tomada. Mas essa é a liderança da Gênesis, desde o topo do Conselho Ancião até o comando militar de nível médio — sempre cautelosos, sempre hesitantes, sempre esperando para reagir em vez de tomar a iniciativa...

Ela se controla. Durante toda a vida, reverenciou o Conselho, confiou no seu julgamento e seguiu a sua orientação, mesmo quando isso significava ser voluntária no suicida Ataque Masada. Depois veio sua jornada pelos planetas colonizados do Loop e pela própria Terra, uma viagem que abriu seus olhos para outras perspectivas sobre a Guerra da Liberdade... e a tornou ciente do fatalismo do Conselho. Mesmo depois que seu relatório deixou claro que a Terra tinha novas vulnerabilidades devido às mudanças na situação política em todos os mundos, o Conselho não cancelou o Ataque Masada. Apenas o "adiou" para um data futura indefinida. E todos esses meses depois, os Anciãos ainda precisam tomar uma ação concreta para capitalizar as informações que Noemi lhes deu.

Pelo menos agora ela pode agir. Noemi mira na primeira estrela e aperta os dedos nos gatilhos. A estrela morre em uma nuvem de poeira azulada num breve flash de luz rapidamente apagado pelo frio do espaço — para ela, uma explosão tão satisfatória quanto qualquer outra.

Se ao menos pudesse explodi-las mais depressa! As estrelas agora estão formando uma ampla rede, claramente se preparando para cercar a própria Gênesis, que cresce por trás da janela de sua cabine, com a superfície verde e azul plácida sob esse estranho ataque. As estrelas têm alvos individuais, ela percebe, alvos que apontam para seu mundo. Seu cabelo se arrepia.

— Ganaraj, precisamos de reforços o mais rápido possível.

Outra estrela brilha forte e depois se desintegra quando seu blaster a acerta — essa foi atingida por O'Farrell, que grita:

— *Podemos acabar com essas coisas sozinhos!*

Noemi balança a cabeça, como se O'Farrell pudesse vê-la.

— Talvez, mas não podemos arriscar.

— *Pedi a opinião das pessoas em solo* — diz Ganaraj. — *Aguentem firme!*

Aguentar firme? Essas estrelas estão prestes a entrar na atmosfera e ele ainda quer obter aprovação? Noemi reprime sua frustração e continua atirando, alvejando todas as estrelas que consegue localizar.

Mas ela já não consegue localizar todas. Suas três naves voam mais afastadas, enquanto cada uma tenta eliminar as estrelas apontadas para os três principais continentes da Gênesis. Uma após outra, Noemi as explode em pedaços — mas elas estão muito afastadas. Muito longe. No instante em que destrói sua vigésima estrela, ela vê um brilho intenso e sente o calor da entrada atmosférica. Então surge outro brilho quando entra no horizonte distante. E outra, e outra...

Não se concentre no que você não pode fazer, ela lembra a si mesma. *Concentre-se no que pode.*

No fim, de acordo com as varreduras, quarenta e sete estrelas colidem com a superfície da Gênesis. Cada uma atinge uma área povoada, a maioria nas grandes cidades ou arredores e nos centros de conexão; nenhuma aterrissa no oceano, apesar de seu planeta ser 60% água. Isso sugere direcionamento. No entanto, as estrelas não explodem com o impacto, não se chocam contra prédios do governo, nem fazem qualquer outra coisa obviamente destrutiva. Uma delas pousa em uma linha de monotrilho, danificando-a levemente, e outra abre um talho grosso em um parque público. Mas essa é toda a gravidade dos danos materiais, e os ferimentos relatados não ameaçam vidas — pequenos cortes feitos por fragmentos, um pequeno acidente de trânsito quando um motorista ficou tão assustado que não prestou atenção nos sinais e uma pessoa que desmaiou de medo e bateu a cabeça na queda.

Ninguém é seriamente ferido — apenas a reputação de Noemi.

• • •

— Ganaraj relata que você repetidamente argumentou contra a espera de aprovações do comando — diz a capitã Baz, sentada em seu escritório. Noemi está de pé diante de sua mesa, prestando atenção. — Em outras palavras, você queria que ele ignorasse os protocolos.

— Capitã, temos liberdade de decisão em nossas patrulhas. Derrubar projéteis enviados do sistema Terra está dentro desse critério.

— Isso é discutível. — A voz de Baz é seca. — É quase certo, de fato. Mas não é explícito. O problema não é que você quis derrubá-las, Vidal. É que você foi contra o seu comandante entrar em contato com o comandante *dele*, o que pode soar muito como incitá-lo a tomar uma atitude desonesta.

— *Atitude desonesta?* — Noemi consegue controlar seu temperamento, mas é por pouco. — Perdoe-me, capitã... eu quis dizer, abater aquelas estrelas dificilmente se caracterizaria como uma "atitude desonesta".

Baz assente, cansada.

— Foram as palavras de Ganaraj, não minhas. E, se você acha que é uma interpretação injusta de suas ações, eu concordo. — Ela se recosta na cadeira, soltando o lenço na cabeça, como às vezes faz quando há apenas mulheres por perto. — Você teve que lidar muito com isso nos últimos meses. As pessoas sendo duras com você. É difícil, e você está aguentando firme, apesar da pressão. Isso exige coragem. Não pense que não percebo.

Noemi engole um bolo que se formou em sua garganta.

— Isso significa muito para mim, senhora.

Baz suspira outra vez.

— Ganaraj não vai ficar feliz por não termos enquadrado você. Pode ser uma boa ideia... dar um tempo de voar. Encontraremos algo para você fazer em solo. De preferência, um dever que você possa cumprir sozinha, sem ninguém para irritar.

— Sim, capitã. — Para Noemi, essa é uma solução que só vai agravar o problema. — Mas preciso encontrar uma forma de voltar a fazer parte do esquadrão. Mais do que antes, se possível. Eu acho que seria melhor.

Ela sempre ficou isolada. Às vezes, parece que esteve sozinha a vida toda desde que seus pais morreram. Esther foi a única amiga que a entendeu e seu túmulo está no coração de uma estrela do outro lado da galáxia.

Baz não parece ver as coisas assim.

— Você sempre foi independente, tenente Vidal. Isso não é ruim. Aprenda a aceitar isso. Nem todo mundo precisa ser "popular".

Tudo o que Noemi pode fazer é tentar não rir. "Popular" não é algo com que a confundam.

Desde a morte de Esther, ela só tinha sido especial para uma pessoa. Alguém que a enxergou ainda mais profundamente do que Esther jamais fez.

Alguém que ninguém mais na Gênesis admitiria ser uma *pessoa*.

O tom da capitã se torna mais suave, mais atencioso.

— Alguns Segundos Católicos meditam, eu sei. Você medita?

— Eu tentei. Não sou muito boa nisso.

— Este é o segredo da meditação: ninguém é bom nisso. — Um sorriso rápido brilha no rosto de Baz. — Você precisa encontrar o centro, Vidal. Precisa se concentrar novamente. Se fizer isso, acho que as pessoas ao seu redor vão sentir.

— Talvez — responde Noemi educadamente. Ela acha que as chances de sucesso são de zero por cento.

Ou Baz não percebe o ceticismo de Noemi ou não se importa.

— Da próxima vez que meditar, quero que se faça duas perguntas. Contra o que você está lutando, Noemi Vidal? E pelo que está lutando?

As perguntas ressoam mais profundamente em Noemi do que ela imaginou. Desconcertada, ela olha para o chão enquanto assente.

— Você está dispensada — diz a capitã Baz. Pelo menos ela não vai insistir mais na questão da meditação. — Tente não pisar no pé de ninguém ao sair, está bem?

— Sim, capitã. Mas... eu queria perguntar sobre as estrelas. Os cientistas já descobriram o que são? O que deveriam fazer?

Baz dá de ombros.

— Até agora ninguém tem ideia. Nada óbvio apareceu. Nem nada não tão óbvio. Talvez não tenha sido oficial ou sério. Talvez um terráqueo com mais dinheiro do que bom senso tenha decidido que nos assustar é seu novo hobby.

— Talvez — diz Noemi. Mas não consegue acreditar nisso. Esses projéteis da Terra só poderiam ter sido feitos para prejudicá-los.

Se eles falharam, isso significa que outros virão. Dessa vez, ela não terá a oportunidade de explodi-los.

2

A MEIA GALÁXIA DALI, EM UMA ILHA LUXUOSA NA COSTA DA CHINA, Abel está entrando de penetra em uma festa.

— Obrigado — diz ele ao modelo George que devolve seu identificador, aquele que Abel programou pessoalmente com dados falsos. Os mecans George são equipados apenas com inteligência suficiente para tarefas burocráticas desinteressantes, e este exemplar fazia apenas verificações de rotina, todas as quais Abel havia levado em consideração. Seria preciso uma investigação muito mais profunda para descobrir quaisquer problemas. É improvável que até mesmo um humano percebesse que o homem entrando na festa não se chamava Kevin Lambert de verdade, não vivera a vida toda na Grã-Bretanha e não era um investidor em potencial da Mansfield Cybernetics.

A festa acontece em uma bolha grande, oval e translúcida, suspensa não muito acima do oceano, cercada por alguns salões laterais enfumaçados e corredores que serpenteiam à sua volta como o metal precioso em torno de uma joia. Até agora, o número de convidados é de aproximadamente duzentos e dezessete; ele finalizará a contagem assim que tiver certeza de que contabilizou as pessoas que possam estar em banheiros ou corredores. Há pelo menos um mecan de serviço para cada três convidados, uma mistura de Dingos e Yokes servindo comida em bandejas, alguns modelos Fox e Peter com pouca roupa, sem dúvida disponibilizados para entretenimento depois da festa, e três Oboes no canto, tocando música alta, mas até um volume que garanta que as pessoas ainda possam conversar.

As informações de Abel sobre música popular envelheceram muito durante os trinta anos de seu confinamento. Ele ainda está se atualizando. Depois de quase um século de música neoclássica, lenta e suave, as músicas em ritmo acelerado voltaram à popularidade. Essa música, com cento e quarenta batidas por minuto, claramente pretende ecoar um batimento cardíaco humano em estado de excitação, estimulando assim os ouvintes nos níveis consciente e subconsciente...

Então ele para de analisar a música e simplesmente se pergunta: *Você gosta?*

Sim. Ele gosta.

Com um leve sorriso no rosto, Abel se mistura ao coração da reunião. Está cercado de todos os lados pelos ricos e belos — corpos esbeltos vestidos com quimonos ricamente estampados, casacos e calças cortados para ressaltar a atratividade e vestidos de seda que pouco escondem as curvas dos corpos.

Apenas a 3,16 metros abaixo do piso transparente, a água escura oscila, formando sob seus pés ondas que vão se quebrar na costa distante. Faixas suaves de luz se movem para baixo repetidamente, como se a iluminação estivesse fluindo das paredes para o mar.

Um leitor de dados enfiado no casaco de seda preta de Abel pulsa uma vez. Em vez de retirá-lo, ele simplesmente bate no bolso do peito e diminui o alcance da sua audição. Instantaneamente, o murmúrio da multidão se torna silencioso.

— *Como está indo aí embaixo?* — pergunta Harriet Dixon, que trabalha como piloto da nave de Abel, a *Perséfone*. Ela geralmente está cheia de um otimismo borbulhante, mas fica nervosa quando sabe que Abel não está lhe contando tudo. — *Já terminou a negociação do "grande e brilhante"?*

Ele pega uma taça de champanhe de uma bandeja da Yoke mais próxima para completar sua imagem de festeiro.

— Ainda não.

É mentira. Ele vendeu o diamante que extraíram de um meteoro perto de Saturno assim que chegaram à Terra. Suas outras tarefas não são da conta de Harriet e de seu parceiro, Zayan Thakur. Envolvê-los apenas os colocaria em risco. Ultimamente, Abel havia começado a avaliar a moralidade de mentir de forma mais complexa.

— *Desde que você não o perca em um cassino* — diz Harriet. — *Essa pedra vai nos trazer o suficiente para viver por meses! Se você fizer as coisas direito.*

— Eu vou — diz Abel.

De fato, o preço que ele conseguiu provavelmente poderia bancar custos operacionais por um ano inteiro. Ele vai dividir o espólio em partes iguais com Harriet e Zayan, mas decidiu distribuir a quantia total em parcelas menores e agendadas. Quando conheceu os membros de sua tripulação seis meses atrás, eles estavam muito perto de passar fome. O resultado psicológico natural dessa privação é o impulso de gastar quaisquer recursos com a mesma velocidade com que são obtidos, às vezes em pura extravagância. Isso não é exclusividade de Harriet e Zayan; a maioria dos Vagabonds está tão acostumada a viver com recursos escassos que muitas vezes não sabe lidar com a prosperidade. Esses luxos não tentam Abel.

Sua única tentação se esconde na extremidade do sistema terrestre, monitorada por satélites de segurança — o Portão da Gênesis.

O caminho que o levaria de volta a Noemi e provavelmente a sua própria morte.

Às vezes, essa jornada parece valer a pena.

— Prometo que não vou perdê-lo no jogo — acrescenta Abel. — Devo estar de volta à *Perséfone* em duas horas.

— *É melhor que esteja* — grita Zayan da estação de operações. — *Ou vamos virar a Terra de cabeça para baixo atrás de você.*

— *E as estações de segurança também.* — Harriet percebeu que Abel usava uma identificação falsa e tentava evitar interagir com os modelos Rainha e Charlie. Ela é altamente inteligente, mas ainda não descobriu o motivo exato para ele tentar evitá-los. Sem dúvida presumiu que ele está com problemas com a lei em um sistema ou outro. — *Você é o Vagabond mais sortudo que já vi. Mas a sorte de todo mundo acaba um dia, Abel.*

Abel não tem "sorte". Ele apenas tem uma melhor compreensão das probabilidades do que qualquer forma de vida biológica. O efeito é o mesmo.

— Você não vai precisar procurar nenhuma estação de segurança. Eu prometo. — Enquanto um modelo George caminha para o centro acústico da sala, ele acrescenta: — Entrarei em contato assim que terminar aqui. Câmbio, desligo.

Assim que ele silencia o leitor de dados, a música para do nada. Os convidados humanos ficam em silêncio tão rapidamente quanto a banda mecan.

Um holofote cai sobre o George, que anuncia:

— Pedimos agora a sua atenção. O programa já vai começar. A Mansfield Cybernetics apresenta sua anfitriã esta noite, a renomada cientista e filósofa Dra. Gillian Mansfield Shearer.

Aplausos irrompem por todo o salão quando uma mulher de quarenta e poucos anos caminha para o centro do holofote. Ao longe, Abel ouve alguém sussurrar:

— Não acredito que ela está aqui hoje à noite. Achei que fosse mandar um representante.

— Isso é importante — diz seu companheiro.

Abel não se dá ao trabalho de ver exatamente quem é. Gillian Shearer é seu único ponto de atenção. A luz faz seus cabelos ruivos brilharem. Com 154,12 centímetros de altura, ela é mais baixa que a fêmea humana média, mas sua postura e intensidade sugerem grande poder. O vestido preto liso parece deslocado nesta sala de vestidos glamorosos e ternos de seda — como se tivesse vindo de um funeral e decidido entrar na festa. A roupa está ligeiramente larga nela, como se a Dra. Shearer tivesse perdido muito peso rápido. Ou talvez ela fosse uma daquelas pessoas que consideram moda uma perda de tempo.

A Dra. Shearer tem um nariz forte e o cabelo dela tem bico de viúva. São características que ela e Abel compartilham, porque os herdaram do mesmo DNA.

Abel é criação de Burton Mansfield; Gillian Shearer é sua filha.

Abel fica meio escondido atrás de um convidado mais alto. Os olhos humanos de Gillian provavelmente não conseguem distinguir os traços de ninguém para além do brilho daquele holofote, mas Abel não vai se arriscar. Ela pode notar sua forte semelhança com um Mansfield mais jovem ou se lembrar dele.

Abel se lembra dela.

— Gostaria de poder conversar com a mamãe de novo. Mamãe sempre sabia como melhorar as coisas. — Gillian olha para ele, lágrimas brotando em seus olhos azuis enquanto ele aplica cuidadosamente a pele sintética em suas juntas ensanguentadas; ela diz que ele é melhor nisso do que a governanta Tare. Neste momento, ela tem oito anos, um mês e quatro dias de idade. — Papai diz que um dia eu vou falar com a mamãe, mas por que não agora?

Robin Mansfield morreu alguns meses antes de Abel ficar consciente. Ele presumira que Burton Mansfield não acreditava em nenhum ser supremo, mas talvez o conceito de céu confortasse uma criança.

— Isso vai ser muito longe no futuro.

— Podia ser agora! Papai entendeu tudo errado. — A careta de Gillian é feroz demais para seu pequeno rosto. — Em vez disso, ele fez você para cuidar de mim.

— E para outros fins — disse ele, alisando a pele sintética com as pontas dos dedos, orgulhoso de ter sido escolhido no lugar da Tare. — Mas eu vou cuidar de você.

Talvez ele devesse se lembrar dela com carinho. Mas tudo que o lembra Burton Mansfield foi envenenado, possivelmente para sempre — e isso inclui sua filha.

— Prezados convidados — diz Gillian. A maior profundidade e ressonância de sua voz é esperada após a adolescência, mas, ainda assim, surpreende Abel. — Por duas gerações, a Mansfield Cybernetics permaneceu sozinha em sua capacidade de criar, atualizar e aperfeiçoar as inteligências artificiais que apoiam a nossa sociedade. Hoje em dia é difícil imaginar como conseguiríamos lidar com tarefas complexas, porém mundanas, sem Bakers e Itens, fazer serviços manuais sem Dingos e Yokes, viver sem Mikes e Tares para cuidar de nós quando estivermos doentes, sem Nans e Tios para cuidar de nossos filhos e de nossos idosos, sem Rainhas e Charlies para nos manter seguros por toda a galáxia.

Aplausos educados preenchem brevemente a sala. A um metro de Abel, uma Yoke está parada, uma bandeja com taças de champanhe nas mãos, um objeto útil em forma humana. Ele não pode rejeitar a descrição que Gillian faz de uma Yoke como não mais do que isso; o senso de si dentro dele — sua alma, como Noemi chamou — não é compartilhado por nenhum outro mecan. Mas ele ainda olha nos olhos da Yoke e deseja poder ver outra alma retribuindo o olhar.

Gillian gesticula para uma tela próxima, que acende quando o holofote se apaga. Diferentes modelos de mecans aparecem em rotação — Rainhas leoninas, projetadas para lutar; Dingos humildes, para o serviço braçal; Raios-X prateados e inumanos que projetam os rostos dos outros.

— Estamos constantemente atualizando e aperfeiçoando cada um dos vinte e cinco modelos de mecans hoje em produção. No entanto, esses modelos permaneceram, em essência, inalterados por décadas, sobretudo porque o serviço que prestam é eficaz e consistente. Mas meu pai e eu tínhamos outro motivo para manter os modelos como são: não queríamos alterar drasticamente o mercado até termos uma inovação pela qual valesse a pena alterar toda a nossa galáxia.

Na tela, os mecans robustos de formas humanas brutas se transformam em bolhas vermelhas — Campos de força? Um polímero? Abel não consegue distinguir apenas pela entrada visual — com formas fetais sombrias por dentro. Gillian não sorri, mas ergue o queixo para que seu rosto seja banhado pela luz carmim dessa visão do futuro.

— Agora, finalmente, acreditamos que fizemos essa descoberta.

Os aplausos explodem de novo, mais entusiasmados do que antes, à medida que a imagem da tela muda para a forma de dois embriões com componentes mecânicos brilhantes na área da cabeça. Os embriões se transformam rapidamente em fetos, em bebês e depois em dois mecans crescidos — não um Charlie e uma Rainha, mas com rostos como os que os filhos desses dois modelos teriam se pudessem se reproduzir.

Agora, ao que parece, eles podem.

— Engenharia orgânica — diz Gillian. — Estruturas superfortes, não feitas de metal, mas de compostos orgânicos, manipuladas para criar um material muito mais resistente que osso. Capacidade mental que permitirá maior individualidade de programação, mantendo a separação essencial entre humano e máquina. Capacidades de autorreparo que vão além da cura de ferimentos leves, tornando a próxima geração de mecans quase imortal. Estamos os chamando de Herdeiros: mecans que podem manter o melhor do que veio antes, enquanto nos ajudam a realizar nossas ambições para o futuro. É isso que acreditamos que poderemos oferecer a esta galáxia... não daqui a décadas, mas dentro dos próximos dois a três anos.

Os murmúrios animados aumentam conforme as luzes se acendem. Abel entende o porquê. Essas pessoas estão prevendo não apenas mecans melhores e mais úteis, mas também oportunidades de investimento que as tornarão ainda mais ricas. (Ele observou que a avareza humana quase sempre supera as necessidades.)

O pensamento principal dele é diferente: *em breve estarei obsoleto.*

De algumas formas. Não completamente. Os novos mecans serão mentalmente limitados; eles não desenvolverão almas. No entanto, saber que qualquer mecan, em qualquer lugar, será mais avançado do que ele em qualquer aspecto que seja... é uma sensação nova, da qual Abel decide que não gosta.

Ele colecionara rumores sobre isso, principalmente por meio de vários trechos de pesquisas vindas de Cray, em particular de Virginia Redbird. Foi sua curiosidade sobre uma possível nova linha cibernética que o trouxe aqui. Mas ele esperava que os novos mecans fossem mais parecidos com ele. Que fossem mais humanos do que máquinas.

Que ele poderia não estar mais sozinho.

— Mecans orgânicos serão capazes de se reproduzir, reduzindo os custos de fabricação — diz Gillian. Levantando uma sobrancelha, ela acrescenta em tom seco: —A reprodução se dará apenas sob comando, para que ninguém precise se preocupar com surpresas indesejadas. E temos certeza de que podemos melhorar os nove meses de gestação... algo que pode deixar as mães humanas com inveja.

Enquanto a multidão ri, Abel considera as possibilidades. O pensamento de uma mecan grávida, carregando algo que é mais um aparato do que uma criança — algo destinado apenas à servidão —, o revolta profundamente. Um humano poderia chamar essa reação de "primal". Tudo que Abel sabe é que não consegue conceber essa ideia.

Gillian também parece inquieta, com os olhos abatidos, mas seu tom é firme enquanto continua descrevendo suas criações.

— Eles serão mais baratos para criar e, portanto, para possuir. Eles manterão todas as vantagens do trabalho mecan, eliminando as desvantagens. Esta noite, espero falar pessoalmente com cada um de vocês sobre nossa pesquisa e o potencial que está por vir para nossa empresa, para sua participação em nosso próximo grande empreendimento e para o aperfeiçoamento de toda a sociedade... por meio da criação do mecan mais sofisticado de todos os tempos.

Abel sente que esse título ainda lhe pertence, mas mencioná-lo sem dúvida perturbaria o fluxo do discurso de vendas de Gillian.

— A visão de meu pai transformou esta galáxia uma vez. — Seus olhos azuis assumiram a intensidade de uma chama de gás. — O legado dele tem o potencial de ser ainda maior. A Mansfield Cybernetics pretende liderar o caminho não apenas na engenharia mecânica, mas também por meio de uma visão revolucionária de futuro, que promete expandir as capacidades da própria humanidade. Com sua ajuda, podemos transformar a galáxia novamente... juntos.

Os aplausos mais altos da noite irrompem enquanto ela sai do palco e acena para as Oboes, que retomam sua música na mesma nota de onde pararam. Nenhuma das mecans Oboe mostra a menor reação a essa revelação. Elas não estão programadas com inteligência suficiente para se importar.

Abel, no entanto, vai pensar no discurso de Gillian por um longo tempo. Não atendia suas expectativas de encontrar outro mecan como ele, mas era significativo...

Seu campo visual de foco muda ao identificar uma ameaça: Gillian Shearer, que está olhando diretamente para ele.

Seu olhar dura apenas 0,338 segundos, não o suficiente para traí-lo imediatamente, porém mais do que suficiente para criar um nível inaceitável de risco. Abel nem sequer olha para trás quando se vira para ir embora.

Ele atravessa a multidão, movendo-se contra a maré daqueles que avançam para se aproximar de Gillian, a fim de ouvir mais sobre essa visão de futuro que ela ofereceu. A velocidade de caminhada deve ser calculada para equilibrar o valor da aceleração versus o custo de chamar a atenção.

Só que seus cálculos devem ter sido incorretos, porque, por cima do barulho, ele ouve a voz de Gillian.

— Aquele homem... o louro... ele parece familiar, você pode...

Abel se encolhe em uma das passagens laterais enfumaçadas que levam a banheiros e áreas de preparação de alimentos, encontra um banheiro vazio e tranca a porta atrás de si. Então se ajoelha e dá um soco no chão transparente.

O som e o jato das ondas rugem no ambiente quando ele rasga um pedaço de aproximadamente quarenta por quarenta centímetros e pula no oceano.

A água se fecha em torno dele, absurdamente fria. Ele golpeia e chuta algas preto-azuladas e pequenas enguias prateadas, lutando contra a corrente, grato por seu senso de direção infalível e pela capacidade de prender a respiração por mais tempo do que qualquer humano seria capaz.

Eles encontrarão o corte no chão em não menos que três minutos, mas não mais que dez. Se Gillian me reconheceu, já deve ter enviado um sinal para os mecans de segurança em terra. Se ela suspeita da minha identidade ou se não tem certeza devido à memória humana inferior, não enviará o sinal até que o corte seja descoberto. No último caso, ele tem a chance de chegar ao hangar da *Perséfone*. No primeiro...

Ele resolve lidar com esse contratempo apenas depois de acontecer.

Assim que o pé de Abel faz o primeiro contato com a areia perto da costa, ele afunda os pés, para de nadar e começa a correr. Disparando direto para fora das ondas, ele vê convidados de um luau deslizando para trás, rindo, quando um homem selvagem explode das ondas e passa por eles. A areia gruda nos sapatos e nas roupas ensopadas, mas não diminui sua velocidade.

Não faz sentido restringir-se à velocidade humana quando está fora da praia. Ele acelera em 1,3 segundo e se encaminha diretamente para o hangar. Com uma das mãos, bate no leitor de dados enquanto corre.

— Harriet, Zayan, vocês me ouvem?

— *Abel!* — A voz de Zayan responde no mesmo instante. — *Mais alguns minutos e ficaríamos preocupados.*

— Pode se preocupar agora — diz Abel. — Ligue os motores imediatamente. Prepare-se para decolar o mais rápido possível.

Harriet grita:

— *Dissemos para você não...*

— Pode me repreender depois de preparar a nave para voar. — Ele faz uma rápida estimativa de suas chances de captura enquanto corre por baixo de um trilho elevado até um pequeno parque coberto de mato. A cada momento o céu fica mais escuro à medida que a noite se torna real. — Se eu não estiver na nave em dez minutos, saiam sem mim, e a *Perséfone* é de vocês.

— *Ah, Deus, Abel, o que você fez?* — Ela está mais aterrorizada do que com raiva.

— Nada, na verdade, mas as autoridades não acreditam nisso. *Vão.*

Quando ele chega ao hangar, 6,1 minutos depois, seus cabelos e roupas estão quase secos por causa da velocidade da corrida. Abel não desacelera enquanto se dirige para a entrada da doca, exceto uma vez quando vê um pé de cabra largado sem vigilância perto de um velho veículo Vagabond. Curvar-se para pegá-lo lhe custa apenas 1,3 segundo e, além disso, se ele se deparar com alguma resistência...

Aproximando-se da porta, Abel agarra o batente e gira ao redor da entrada, acertando o pé de cabra bem na cabeça da Rainha de prontidão, que obviamente estava escondida no ponto do outro lado da parede que sua programação teria considerado o mais estratégico. Ela cai como a máquina inerte que se tornou, e Abel joga o pé de cabra para trás, antes de cobrir a distância final até a *Perséfone*. Sua forma de lágrima prateada parece brilhar na baía escura. Quando a porta se abre para ele, Abel está, enfim, de volta em casa.

— A partida imediata é aconselhável — grita, confiando que o sistema de comunicação esteja ligado. De fato, os motores se acionam instantaneamente e a nave voa. Qualquer que seja o sinal que Gillian enviou, não disparou um alarme em todo o planeta, ou pelo menos ela não sabia atacar especificamente a *Perséfone*, porque ele sente que a nave escapou da gravidade planetária sem resistência.

Quando ele entra na ponte, Harriet fala por cima do ombro:

— Você ficou louco de vez?

— Não mais do que sempre fui — responde Abel.

Isso lhe rende uma careta de Harriet.

— Isso não é tão encorajador quanto você pensa.

A voz de Noemi ecoa na mente de Abel. *Você é muito ruim em confortar as pessoas...*

— Não parece que teremos companhia — anuncia Zayan. — Nosso caminho do Portão da Terra até a Stronghold parece livre. — Gillian não deve ter reconhecido Abel, afinal — apenas o viu como um intruso, alguém que deveria verificar no porto espacial mais próximo, não alguém que devesse perseguir e prender a qualquer custo.

Mas ela poderia facilmente ter feito isso. Em outra fração de segundo, *teria* feito isso. Abel deixou sua curiosidade vencer o bom senso; ao fazer isso, ele ameaçou não apenas a si mesmo, mas também a sua equipe. Isso é inaceitável. Ele terá que ser mais cuidadoso no futuro.

— O que... você está *molhado*? Alguém tentou afogar você? — indaga Harriet.

— Sou um nadador muito bom para me afogar. — Abel não espera que essa correção melhore o humor dela; na verdade, sua carranca apenas se torna mais profunda. — Estou de volta, Harriet. Isso não é suficiente?

— Claro que é. — Ela olha para ele, suas longas tranças caindo por cima do ombro. Ela e Zayan usam roupas tradicionais dos Vagabonds, camisas folgadas e calças de retalhos de cores vivas. Na ponte robusta, preta e prateada da *Perséfone*, o jovem casal parece tão vibrante quanto borboletas. — Nós nos preocupamos. Só isso.

Zayan ri.

— Sim, nunca encontraremos outro chefe que pague tão bem quanto você.

Ocorre a Abel uma possibilidade que não havia se apresentado antes — uma falha inexplicável em sua lógica.

— Vocês poderiam ter decolado sem mim. O registro de áudio da minha última transmissão permitiria que vocês reivindicassem legalmente a *Perséfone*.

— Nós nunca faríamos isso com você — protesta Zayan. — Ora, Abel. Você não sabe disso?

Harriet olha para ele de novo, mas dessa vez seus olhos estão menos zangados, mais perturbados.

— Você realmente nunca teve um amigo antes, a ponto de pensar algo assim? Além de Noemi, quero dizer.

— Não. Não tive. — Abel não tem certeza se deseja que essa conversa continue. — É melhor eu ir trocar de roupa.

Embora esteja ciente dos membros da tripulação olhando para ele enquanto sai da ponte, nenhum deles tenta detê-lo.

Nem Harriet nem Zayan sabem por que seu capitão não tem medo de se afogar. Ou por que ele usa uma série constante de identificações falsas e fica fora do alcance dos mecans de segurança o máximo possível. São leais o suficiente para não perguntar. Eles são, como Harriet disse, não apenas empregados, mas amigos.

Eles agiriam de outro modo se percebessem que Abel não é humano? Que ele não só é um mecan, mas o projeto especial do reverenciado Burton Mansfield?

Se eles soubessem que Mansfield queria Abel de volta, porque o corpo cibernético dele é o único projetado para conter uma mente humana — a mente de *Mansfield*, que pode salvar o velho de sua morte iminente —, trocariam a vida de Abel pela de Mansfield?

Às vezes, essas perguntas perturbam Abel, mas ele prefere nunca saber as respostas.

Até onde sabe, apenas um ser humano valorizou a vida de um mecan como sendo igual à de qualquer outra pessoa. Ela está do outro lado do Portão da Gênesis — afastada dele para sempre.

O que Noemi Vidal diria sobre os mecans orgânicos? Abel tem certeza de que ela ficaria tão fascinada quanto ele.

Seu humor vai embora quando ele imagina o futuro dessa tecnologia: mecans se tornando cada vez mais parecidos com humanos. Algum dia, certamente, uma alma despertará dentro de um deles — mas Mansfield aprende com seus erros. O próximo mecan com uma alma terá uma programação tão forte que fará a Diretiva Um parecer uma mera sugestão.

Não seremos mais indivíduos, pensa Abel, já se contando entre esses irmãos e irmãs ainda não fabricados. *Não seremos mais livres.*

Seremos escravos.

3

Quando Noemi voltou para a Gênesis com poucas evidências para sustentar sua história sobre ter viajado pela galáxia, ela poderia ter acabado na brigada ou até mesmo sido dispensada do serviço. Todo jovem do planeta capaz de servir nas forças armadas o faz; seu status de ex-soldado desonrada a tornaria uma pária — ainda maior do que já era. Uma única pessoa a salvou desse destino: Darius Akide, Ancião do Conselho e outrora aluno premiado do próprio Burton Mansfield.

Agora eles se encontram a cada poucas semanas. Ela é notável, subindo as escadas do Salão dos Anciãos, uma adolescente de uniforme verde-esmeralda entre as majestosas pessoas de cabelos grisalhos, usando serenas vestes brancas. Isso é coisa de Akide, uma vez que ele sabe como ela está sozinha. Ao convocá-la aqui, ele envia uma mensagem pública de que o Conselho confia em sua versão dos acontecimentos. Ele é seu principal defensor. Noemi é grata, ou sabe que deveria ser.

Mas conhecer um membro do Conselho Ancião a tornou mais consciente de suas falhas — e como essas colocam em risco a própria Gênesis.

— Suponho que você nunca tenha visto nenhuma tecnologia como essas misteriosas sondas em forma de estrelas. — Ele está sentado em sua mesa de pedra talhada, com os cabelos grisalhos puxados para trás em um nó. Como a maioria dos ambientes no grande salão, esse é iluminado durante o dia apenas pela luz do sol que entra pelas janelas ovais esculpidas na parede. — Mas você consegue se lembrar de alguma coisa dos noticiários ou talvez de uma conversa? Ainda não temos ideia do que as estrelas deveriam ter feito. Qualquer dica pode ajudar nossa investigação.

— Eu gostaria de poder ajudar. — Noemi mantém o tom calmo. Akide é o mais próximo que ela tem de um amigo hoje em dia, mas às vezes parece que ele espera que ela tenha aprendido tudo sobre os outros mundos do Loop durante sua jornada turbulenta. — Mas não me lembro de nada disso.

Akide suspira. Suas próximas palavras parecem ser ditas tanto para si quanto para ela.

— Eram sondas? Armas que não funcionaram? Eram apenas para nos assustar? Como se não soubéssemos a ameaça que a Terra representa. Como se não soubéssemos como são poucas as nossas chances.

— Não fale assim. — Noemi percebe que acabou de dizer isso a um *Ancião* e suas bochechas ficam vermelhas. — Desculpe. Eu quis dizer... temos motivos para ter esperança. Aliados em potencial pelo Loop, por exemplo.

Ele dá um tapinha no braço dela, um toque que devia ser paternal, mas para Noemi parece condescendente. Talvez ela reagisse melhor se conseguisse se recordar mais de seu falecido pai, mas ele é apenas uma vaga lembrança de sorrisos e abraços, uma ideia ainda mais vaga de como era ser amada, valorizada e *vista*.

— Tenente Vidal — diz Akide. — Você cresceu em um planeta em guerra. Sabia desde muito nova que a vitória era improvável e que sua vida provavelmente seria perdida na luta. Você nunca se esquivou de seu dever, nem mesmo do sacrifício supremo, mas acho que nunca se convenceu de que a derrota é o resultado mais provável da Guerra da Liberdade. Eu sei que é difícil ficar em paz com isso... mas, para o seu próprio bem, você deve tentar. Caso contrário, a dor... — Ele abaixa a cabeça. — Seria demais para suportar.

Sempre o sacrifício. Sempre o dever. Sempre a renúncia. Às vezes Noemi pensa que, para um planeta em guerra, parece que a Gênesis esqueceu como lutar.

• • •

Naquela noite, ela decide visitar o Templo de Todas as Fés. É uma das maiores construções da Gênesis, certamente a mais reverenciada — uma grande cúpula de granito cinza manchada de azul, erguida por enormes colunas tão grossas quanto as árvores centenárias. Câmaras menores afastadas da cúpula central são reservadas para diferentes serviços de variadas religiões, sejam eles cantar, dançar, orar ou manejar cobras. Mas Noemi está aqui para a única prática que a maioria das religiões da Gênesis compartilha: a meditação.

Ela se senta em uma das almofadas grandes. É velha, remendada aqui e ali, o pano amaciado pela idade. A luz que se infiltra pelas altas janelas em arco lança raios através do vasto espaço do templo. Inspirando profundamente, Noemi sente o cheiro de incenso.

Nesse lugar, até sua mente barulhenta poderia se acalmar.

Fechando os olhos, Noemi se lembra das duas perguntas da capitã Baz:

Contra o que você está lutando, Noemi Vidal? E pelo que está lutando?

Ela não espera extrair muito disso. É um ponto de partida, nada mais. Porque é claro que ela sabe as respostas. Ela está lutando contra a Terra, lutando contra seus mecans. E está lutando pela Gênesis.

Mas de repente percebe que essa não é a resposta — ou pelo menos não é a resposta completa. Ela também está lutando contra seus colegas soldados, porque não confiam mais nela. Está lutando para que Akide a ouça, para ver seu planeta tomando ações mais agressivas para se defender.

E estou lutando para seguir em frente sem Esther. Sem Abel.

Eu estou lutando para continuar sozinha.

Ela sempre soube que a maioria das pessoas não gosta muito dela e nunca esperou que gostassem. Sua única amizade verdadeira era com Esther Gatson, a irmã adotiva que não teve escolha de deixar ou não Noemi entrar em sua casa e em seu coração — a morte de Esther se tornou um dos crimes pelos quais os outros a culpam.

Antes, pelo menos, Noemi esperava que sua solidão fosse temporária. Que algum dia, de alguma forma, descobriria como se aproximar das pessoas ou parar de assustá-las — que descobriria exatamente qual era o seu problema e poderia resolvê-lo. E quando estava viajando pela galáxia, conhecendo Harriet e Zayan em Kismet, Virginia em Cray ou Ephraim em Stronghold, ela acreditou ter descoberto. Fazer amigos era mais fácil quando ela podia ter um novo começo.

Não há novos começos aqui. Quaisquer lições de amizade que ela aprendeu por aí parecem não se aplicar. Seu isolamento se tornou ainda mais completo, e ela está tentando aceitar que é permanente.

Relaxe, costumava dizer Esther. *Permita que as pessoas a conheçam! Não fique tão nervosa e na defensiva o tempo todo. Se você não tem medo de ser rejeitada, é menos provável que as pessoas a rejeitem.*

Esther estava dizendo a verdade. Noemi sabe como as pessoas evitam os mais solitários. Mas, se o truque para fazer amigos é parar de ficar sozinha, o paradoxo é inevitável. Amargamente, ela acha que é como dizer a alguém que está morrendo de fome que ele pode ter toda a comida que quiser se parar de sentir fome.

Apenas algumas vezes em sua vida ela sentiu que talvez a fome acabasse. Porém, houve só uma vez em que ela não estava completamente sozinha — uma vez em que uma pessoa a entendeu e se importou com ela — a amou, ele disse...

Noemi se obriga a abandonar essa lembrança. Pensar em Abel dói, por mil motivos, mas principalmente porque ela sabe que nunca mais o verá.

Poupar a vida de Abel foi o único momento de graça religiosa que Noemi já experimentou, a única vez que a fé se tornou uma força viva dentro dela. Ela pensou que, se alguma vez tivesse um momento de profunda conexão, suas perguntas sobre Deus seriam respondidas. Tudo ficaria claro. Mas as coisas não funcionam assim. Ela ainda é pequena em um vasto cosmos, sem saber o que é certo e bom.

Tente novamente, diz a si mesma, fechando os olhos. *Use o mantra que Baz lhe deu.*

Isso não ajuda. A meditação não lhe traz paz, apenas a lembra de como está sozinha — e de como teme que a solidão dure para sempre.

• • •

— Você vai querer torrada para o café da manhã? — pergunta a sra. Gatson, da mesma maneira que um garçom falaria com um cliente no restaurante. Um novo cliente, não um dos habituais. Noemi mora na casa dos Gatson há nove anos.

Depois da morte de Esther, os Gatson encomendaram um retrato dela com um vizinho artista. O desenho está pendurado em uma das paredes, um esboço em tons pastel que captura seus cabelos dourados e seus olhos azuis. Mas o silêncio que ela deixou para trás se expande e enche a casa todas as manhãs, até parecer que Noemi não tem espaço para respirar. Este lugar nunca vai ser completamente seu lar.

A casa deles é uma típica casa da Gênesis — quartos subterrâneos, a área de estar comum acima, com grandes "janelas" de painéis solares translúcidos. Legumes e verduras brotam de jardineiras que se alinham no perímetro de uma grande sala comunal, e as ervas crescem em longas vigas finas que se estendem do chão ao teto e dividem o espaço em áreas para cozinhar e comer, socializar e trabalhar. O entretenimento é encontrado fora de casa, a menos que a família goste de música: vídeos, livros e afins são mantidos em bibliotecas, e piscinas e equipamentos de ginástica estão em ginásios públicos. Noemi não pensou em nada disso antes de fazer sua jornada pela galáxia, pelos mundos do Loop, onde viu o laboratório/esconderijo/caverna de ópio de Virginia Redbird em Cray, os luxuosos resorts de Kismet com seus mares de lavanda e céus lilás, e as impressionantes e vibrantes atividades e entretenimentos com que a agonizante Terra se deleita para se distrair do fim próximo.

Certa vez, escondidos em um asteroide no meio de uma nebulosa colorida, ela e Abel assistiram juntos a um "filme" do século XX, um com ex-amantes reunidos inesperadamente em Casablanca.

Se ao menos eu pudesse ver Abel mais uma vez, pensa. *Sem o peso de dois mundos nos pressionando. Quando poderíamos apenas... existir.*

— Noemi? — O sorriso da sra. Gatson é rígido nos cantos, como um guardanapo engastado em dobras precisas. As olheiras escuras sugerem uma noite sem dormir, e sua voz está rouca. Ela está ficando doente? Talvez estivesse chorando por Esther; para os Gatson, o luto é particular. Eles não o compartilham com Noemi e não demonstram interesse em ajudá-la com o dela. — Você quer torrada?

— Sim, senhora. Me desculpe. Estou distraída esta manhã.

A sra. Gatson fica mais à vontade quando tem algo a fazer e não precisa mais olhar diretamente para Noemi.

— Nenhum problema na base, espero?

Seus pais adotivos sabem muito bem que Noemi não lidou com nada além de problemas desde seu retorno. Este não é um bom assunto. Os Gatson só gostam de falar de coisas *boas*. Quando Esther estava viva — tão natural, fácil e genuinamente boa por dentro e por fora —, as conversas eram centradas nela, e a sensação de tensão era menor. Agora todo bate-papo parece um teste pelo qual Noemi precisa passar.

— Está tudo bem — diz Noemi.

O sr. Gatson entra na sala e ela se assusta. Sua aparência é terrível. Está pálido, visivelmente suado e trêmulo, com as pernas bambas.

— Mary, eu não... não estou me recuperando dessa gripe.

A sra. Gatson não vai até ele, mas aponta para uma cadeira.

— Vou pegar um pouco de suco para você — responde, com a voz hesitante.

— Não, não, deixa que eu pego. — Noemi rapidamente serve alguns copos enquanto a sra. Gatson se acomoda ao lado do marido. — Parece que vocês dois estão ficando doentes.

— Você vai ser a próxima — alerta o sr. Gatson. — Mantenha distância e lave as mãos, ouviu?

— Sim, senhor. — Noemi lhe oferece o copo e um sorriso. Eles cuidam dela, do seu jeito distante. Eles nunca iam querer vê-la machucada.

Mas sempre serão o sr. e a sra. Gatson, nunca *tio* e *tia*, nunca nenhum apelido que reconhecesse que eles passaram tanto tempo criando Noemi quanto seus falecidos pais. Eles nunca vão se iluminar ao vê-la voltar para casa. Nunca vão se despedir com um abraço.

O sr. Gatson esfrega a testa.

— Temos chá de gengibre?

— Acho que não, mas posso ir à loja comprar — oferece Noemi. Até que receba sua nova missão da capitã Baz, não é como se ela tivesse algum lugar mais importante para ir.

— Isso seria bom — diz a sra. Gatson. É o mais perto que ela chega de um *agradecimento*. Há um sentimento tácito entre os Gatson de que a filha adotiva lhes deve cortesia e ajuda — é assim que garante sua permanência.

A meio caminho do mercado do bairro, Noemi começa a perceber que há menos pessoas do que o habitual andando pelas ruas, e apenas um ou dois ciclistas passam. Não há tantas crianças brincando ao ar livre. Nada disso é notável, mas o silêncio que a cerca a faz se sentir isolada do mundo.

No mercado, ela segue seu caminho até a barraca de chá apenas para descobrir que o de gengibre está em falta, assim como o de camomila e hortelã-pimenta — todos os que ela procuraria primeiro para alguém doente. Enquanto pega um pacote de chá de sabugueiro, um comprador próximo cambaleia para um lado, depois senta-se pesadamente no chão de madeira, como as pessoas fazem quando se sentam para não desmaiar.

— Sinto muito — diz o homem, levantando a mão como se quisesse acenar para a mulher atrás do balcão que está correndo para o seu lado. — Acordei com febre. Não deveria ter arriscado sair. Se eu descansar por apenas alguns minutos...

Noemi não ouve o resto. Ela não consegue ouvir nada por cima da repentina pulsação em seus ouvidos. Ela prende a respiração enquanto olha para a mão estendida do homem — e para as reveladoras linhas brancas serpenteando a pele dele.

— Impossível — sussurra ela, mas depois se lembra das estrelas que atingiram a Gênesis, aquelas destinadas a prejudicá-los de uma maneira que não conseguiam entender. Agora ela entende.

Imediatamente ela corre pelo mercado, em meio a barracas e carrinhos, até encontrar a estação de comunicação local. Seus dedos tremem enquanto ela digita o código para os escritórios de Darius Akide.

— Alô, oi, aqui é a tenente Noemi Vidal. Preciso falar com o Ancião Akide.

Uma imagem toma forma na tela — não o assistente habitual de Akide, mas alguém o substituindo. Ele franze a testa para a jovem que, de alguma forma, tem o código dessa câmara interna. — O Ancião Akide está muito ocupado...

— Diga a ele que sou eu e diga que é uma emergência. — Noemi respira fundo. — A Terra está usando armas biológicas. Eles infectaram a Gênesis com Teia de Aranha.

• • •

O Conselho Ancião não a questiona, em vez disso, entra em ação imediatamente. Noemi poderia ter ficado satisfeita com a confiança deles nela, se isso tivesse ao menos algum bem.

Relatos de infecção vêm de todos os cantos da Gênesis. As áreas com mais casos de Teia de Aranha são as mais próximas de onde as estrelas caíram, mas pessoas já adoeceram em lugares mais remotos. Os conselhos públicos vão para as ruas, incentivando as pessoas a usarem máscaras e luvas, a se cuidarem, a reconhecerem os sintomas, como as linhas brancas na pele. Mas ninguém pode dizer aos cidadãos da Gênesis o que eles mais precisam saber: como tratar a doença.

— Você descreveu a Teia de Aranha como uma doença infecciosa — diz um dos principais médicos do governo, falando com Noemi no dia seguinte pela unidade de comunicação dos Gatson. — Mas esse nível de virulência não foi indicado no seu relatório.

— Eu não achei que pudesse ser tão ruim. Quando estávamos em Stronghold, eles tinham medidas protetivas de quarentena, mas ainda assim... não era como se todos em Stronghold estivessem doentes ao mesmo tempo. — Ela passa a mão pelos cabelos pretos na altura do queixo. — Mas talvez... talvez tenha sido a quantidade do que quer que eles tenham colocado nas estrelas?

Sua própria ignorância a faz estremecer. É um absurdo aconselhar altos funcionários do governo sendo uma adolescente sem nenhum treinamento médico. Eles ligaram porque Noemi é a única pessoa na Gênesis com algum conhecimento em primeira mão sobre Teia de Aranha. Ela a viu. Sobreviveu. Isso não significa que ela tem as respostas.

— A Terra pode ter manipulado o vírus — diz o médico. — Pode tê-lo tornado ainda mais contagioso.

— Ele foi criado em laboratório, então é possível.

Não que alguém saiba por que a Terra criou o vírus da Teia de Aranha, apenas que o fizeram. Se ela soubesse o motivo — se Ephraim Dunaway soubesse —, talvez pudesse lhes dar uma pista sobre o vírus que realmente ajudasse. Mas ela está impotente.

Olhando do outro lado da sala, ela vê a sra. Gatson encolhida debaixo de um cobertor, tremendo. É a única vez que ela sai da cama hoje. A erupção de Teia de Aranha em sua pele mal aparece por causa de sua palidez. O sr. Gatson nem tentou se levantar. Noemi não pode sair de casa enquanto eles estiverem doentes, mesmo que não saiba o que fazer por eles.

— Quando as pessoas devem ir para o hospital? — pergunta ela ao médico, baixinho. — Quando a febre for muito alta, ou...

— Não sei se os hospitais poderão ajudar — responde o médico. — Já estão superlotados e a situação vai piorar quando o comunicado sair.

— Que comunicado?

É a tela que responde, quando uma borda laranja brilhante aparece, aquela que o governo geralmente usa para fazer anúncios importantes por meio de comunicações pessoais. Noemi podia ler o texto completo na parte inferior, mas uma única palavra salta e apaga todo o resto:

PANDEMIA.

Essa palavra diz a Noemi que a Terra fez o que pretendia fazer. Enfraqueceu o planeta deles e os tornou vulneráveis a ataques.

A Gênesis resistiu a trinta anos de guerra, mas um vírus pode derrubar este mundo inteiro.

4

ABEL PRETENDIA REABASTECER EM STRONGHOLD MESMO, MAS ASSIM que eles entram no sistema, esse plano cai por terra.

— Ah, que inferno — bufa Zayan quando o console de operações acende com sinais de aviso. — Todo o sistema está bloqueado. É outro ataque do Remédio?

— Desconhecido. — Os olhos afiados de Abel já estão procurando por combatentes do Remédio ou mecans de segurança atrás deles, mas ele não vê nada. Nenhum tráfego espacial, na verdade. Talvez as pessoas tenham fugido da cena de mais um atentado terrorista.

Oito estações espaciais e quatro naves de trânsito foram destruídas pelo Remédio desde o primeiro ataque público contra o Festival das Orquídeas em Kismet. A contagem de mortos por esses ataques aumentou para quase dez mil — e isso se a Terra estivesse relatando todas as mortes com precisão, o que Abel duvida. A ala radical do Remédio afirma que a violência é justificada para superar a maior violência que a Terra inflige em suas colônias, mas tudo que Abel vê é um derramamento de sangue.

Ele não pode condenar todos eles, porque nem todo membro do Remédio é um terrorista. Ephraim Dunaway, o médico que ajudou Noemi e Abel a escaparem de Stronghold há seis meses... ele é um homem decente, que está tentando revelar os erros da Terra para ajudar as pessoas. Mas eles também conheceram outro membro do Remédio. Riko Watanabe alegou querer justiça, mas só buscava vingança.

Se Noemi estivesse aqui, eles poderiam discutir se a violência pode ser justificada na busca pela liberdade. Ela deve ter um ponto de vista diferente.

— Abel? — Harriet tem um olhar estranho. Abel percebe que ele está dando um sorrisinho. Lembrar-se de Noemi tem esse efeito nele.

Mudando sua expressão, ele decide testar sua capacidade de fazer piadas. Tem trabalhado nisso recentemente.

— Só estou aliviado por termos mais problemas. Quando as coisas ficam muito tranquilas, eu me preocupo.

Deve ter funcionado, porque isso a faz rir.

— Qual é? Até nós descansamos de vez em quando.

— Não hoje — diz Zayan com uma careta. — Recebendo sinal agora... é um aviso de quarentena em todo o planeta. Teia de Aranha.

Harriet xinga em francês. Abel não diz nada, porque, por uma fração de segundo, ele não está mais ali. Ele se lembra de seis meses antes, quando a pele de Noemi estava coberta pelas linhas brancas da Teia de Aranha e sua febre subiu tanto que ele achou que fosse perdê-la.

Todo o conhecimento de Abel, e todos os seus muitos talentos, não serviram de nada. Foi o tratamento rápido que ela recebeu em Stronghold e a assistência de Ephraim Dunaway que salvaram sua vida. Ele não gosta de se lembrar da própria impotência.

O console de Zayan pisca, informando que eles têm autorização para pousar em uma das penínsulas externas, onde a doença aparentemente foi contida, e as mãos de Harriet já estão nos controles.

— Preparar para pouso? — pergunta Zayan.

Abel avalia os riscos potenciais e depois balança a cabeça.

— Não estou disposto a arriscar a saúde de vocês.

— Ou a sua — diz Zayan. — Você não é imortal, sabe?

— Verdade. — O tempo de vida de Abel é de cerca de duzentos e cinquenta anos. Ele ainda tem mais de dois séculos pela frente.

— Vamos sair daqui. — Harriet começa a afastar a nave de Stronghold. — De volta pelo Portão da Terra, então? Mesmo que não devamos aterrissar lá por um tempo por causa do... bem, de seja lá o que for que você não esteja nos contando... poderíamos pegar mais trabalhos de mineração no cinturão de asteroides.

— Agora não — diz Abel. Após a demonstração de Gillian, ele precisa muito falar sobre o que viu, e só há uma pessoa com quem ele pode discutir isso. — Leve-nos do Portão de Stronghold para Cray, velocidade máxima.

— Cray? — Zayan faz uma careta. — Ninguém consegue autorização para pousar em Cray, a menos que seja pré-aprovado pelos cientistas. Para fazer isso, você precisa ser pesquisador, comerciante ou...

— Ou membro da família. — Abel decide qual é a melhor estratégia. — Vamos.

• • •

— Primo Abel! — Virginia Redbird abre bem os braços. Seu longo cabelo castanho-avermelhado está solto e chega quase até a cintura, e seu macacão laranja é decorado com distintivos e broches de dezenas de fontes diferentes. Embora eles mantenham contato ocasional por meio de holos e transmissões de dados, é a primeira vez que ele a vê pessoalmente desde a fuga da Terra, quase seis meses antes. — Meu amado primo perdido! Eu senti *tanto* a sua falta!

Abel se submete ao abraço, o que lhe dá a chance de sussurrar em seu ouvido:

— Acho que a expressão humana para isso é "pegou pesado".

Virginia ri.

— Lembre-se de com quem você está falando. Eu *sempre* pego pesado.

Isso é verdade. Os outros que estão ao redor da perfeição geométrica da doca da estação 47 de Cray não prestam absolutamente nenhuma atenção às boas-vindas exageradas de Virginia. Apenas Zayan e Harriet estão olhando. Com o tempo, vão se acostumar com ela.

— Você veio até aqui só para me visitar? — Virginia passa o braço pelos ombros de Abel, levando-o a um dos corredores subterrâneos de

Cray. A superfície do planeta pode ser um deserto vermelho, mas embaixo tudo é fresco e arejado, basicamente em vários tons de branco, laranja e cinza. Cada loja oferece jogos, lanches ou holos para mimar os brilhantes cientistas que moram na estação, trabalhando com o supercomputador gigantesco alimentado pelo núcleo planetário. — Estou emocionada com a sua consideração familiar, Abel. Profundamente emocionada.

Ele tenta entrar no jogo.

— Tudo por você, prima Virginia.

Ela ri alto, com alegria.

— Quem são seus amigos?

— Harriet Dixon, Zayan Thakur, esta é Virginia Redbird, uma das melhores estudantes de ciências de Cray. — Abel gesticula na direção de seus... amigos. Sim, essa é a palavra certa. — Virginia, meus amigos Harriet e Zayan trabalham como tripulação na minha nave.

— Qual é o nome da nave agora? — Virginia viu algumas das identificações falsas que ele teve que usar durante a viagem de Noemi pelo Loop.

— *Perséfone* — diz Zayan.

Quando Virginia olha para Abel, sua expressão fica mais suave. Ela sabe que ele batizou a nave em homenagem a Noemi sem que ele ao menos precise explicar a conexão. Abel se vê emocionado por ser compreendido.

Enquanto isso, o mecan George que colocou *Perséfone* no cais não mostra sinais de reconhecimento de Abel ou da nave, embora possa ser exatamente o mesmo George que lidou com eles seis meses antes — quando um alerta de segurança foi emitido contra ele e Noemi. Ele não se preocupa que qualquer humano o reconheça por isso; seus cérebros descartam muito mais informações do que retêm. Provavelmente os Georges passam por formatações de memória periódicas, um fator que Abel levou em consideração ao decidir retornar a Cray.

No entanto, ele não pode esquecer que Burton Mansfield ainda está procurando sua criação. Ainda ansioso para destruir a consciência de Abel — sua alma — e substituí-la pela dele próprio. Certamente ele programou alguns mecans para reconhecer Abel e depois trabalhar na sua recaptura. Essa é uma ameaça com a qual Abel convive todos os dias.

Ou ele teve muita sorte de não ser visto, ou Mansfield sabe sua localização. O rastreia. Espera.

Abel se controla. *A paranoia pode levar a uma espiral de pensamentos recorrentes.* Ele deve permanecer focado no momento.

— Harriet, Z, vocês parecem ótimos. — Virginia dá um tapinha no ombro de Zayan. — Abel e eu precisamos conversar sobre assuntos da família por um instante. Mas que tal vocês nos encontrarem em Montgolfier às 19 horas? Nesse restaurante todos os pratos, mesas e cadeiras são feitos de campos de energia, então é como se a comida estivesse flutuando no espaço à sua frente!... Ok, é meio nojento, mas também é maneiro. Vocês deviam experimentar pelo menos uma vez.

Harriet ri.

— Ok, estamos dentro. Tenho certeza de que podemos encontrar muita coisa para nos divertir por aqui. — Zayan já está de olho em uma das lojas de jogos. Abel acha que eles teriam se afastado mesmo sem a sugestão de Virginia.

Agora ele pode discutir o advento da próxima geração de mecans — sem precisar esconder o fato de que ele é um mecan.

O novo esconderijo secreto dos Razers se parece muito com o antigo, com a mesma mistura de equipamentos de computação, móveis infláveis, luzes multicoloridas e cinzeiros improvisados que cheiram fortemente a substâncias controladas.

— Este local? — Virginia pega algumas roupas largadas em uma cadeira e faz um gesto para Abel se sentar. — Eles *nunca* nos encontrarão aqui, a menos que Mansfield envie mais mecans loucos atrás de você.

Abel se senta na cadeira inflável com tanta dignidade quanto consegue reunir.

— Acho que não precisamos nos incomodar com isso agora. Meu criador parece ter se voltado para novas preocupações. Eu acompanhei a pesquisa que você enviou para a *Perséfone*. Mansfield está criando um novo tipo de mecan... quase inteiramente orgânico.

Os olhos de Virginia se iluminam. Outros seres humanos reagem dessa maneira quando lhes oferecem relações sexuais ou talvez aquela raridade ameaçada, o chocolate.

— Jupiter Optimus Maximus! Isso é gigantesco, Abel! Como é que ainda não está em todos os noticiários da galáxia?

— As informações estão sendo mantidas em segredo, exceto por algumas poucas pessoas ricas, que suspeito que sejam investidoras.

— Isso é incrível. Precisamos de especificações. Precisamos dos dados deles! Então, teremos que invadir a Mansfield Cybernetics. — Virginia conta isso nos dedos, como se fosse uma tarefa comum.

— Não. — Então ele considera a questão. — Ainda não. Por enquanto, a maior parte do trabalho ainda é apenas teórica.

— Trabalho teórico são *dados*. Dados são *nossos amigos*. Vamos lá, cara.

— Eu entendo isso, é claro — diz Abel. — O que quero dizer é que acho que as especificidades dos planos de Mansfield são menos importantes neste momento. Estou tão curioso quanto você sobre mecans orgânicos, mas outro aspecto disso é mais difícil de entender. Também precisamos investigar para que ele está buscando investidores.

— Para o projeto com os novos mecans orgânicos... o que lhe renderá um zilhão de dólares e ele já tem dez zilhões de dólares, então, sim, por que ele precisa de investidores? — Ela bate na mesa. — Você suspeita de trapaça.

— ... Na falta de um termo melhor, sim.

— Isso é *definitivo*. — Virginia gira a cadeira de escritório e a desliza para o outro lado da sala, com os cabelos ruivos esvoaçando atrás dela. Ela se senta na mesa escolhida e pressiona um painel que traz os dados preliminares que ela "examinou" da Mansfield Cybernetics alguns meses atrás. A planta holográfica de um esqueleto mecan paira no ar, a própria versão de Abel do Homem Vitruviano. — Eles provavelmente começaram a construção... o desenvolvimento ou seja lá como vão chamar para os orgânicos... pelo menos de um número limitado. Onde você acha que eles estão fazendo isso?

— Não tenho certeza — admite Abel, ao se levantar da cadeira inflável, agradecido, para se juntar a ela do outro lado da sala. — Não em um dos principais laboratórios ou fábricas. Caso contrário, a notícia já teria se espalhado, apesar dos esforços da Mansfield Cybernetics para mantê-la em segredo.

O sorriso da Virginia se alarga. Não há nada de que um Razer goste mais do que de um quebra-cabeça, e ele acabou de lhe dar um excelente.

— Então, precisamos encontrar um laboratório secreto. E estamos trabalhando *em* um laboratório secreto. Não é o máximo?

Ele considera que essa é uma pergunta retórica e diz apenas:

— Eles não revelaram locais específicos para os investidores.

— Onde rolou essa mariscada chique que você foi?

Mariscada parece ser a gíria atual para *festa*, por razões que Abel não tentou entender.

— Na Terra, na costa da China.

— Isso é muito longe do QG principal da Mansfield Cybernetics. Muito longe do próprio Mansfield e, ao que parece, ele não está em condições de viajar.

— É verdade. — É estranho. Virginia tem razão em apontar isso. Não é típico de Mansfield se colocar tão longe da ação central. — Mas sua filha, Gillian, estava no controle. Ele confiaria plenamente nela, como em ninguém mais.

— E falando da Dra. Gillian Shearer... — Virginia faz surgirem ainda mais dados na tela. — Desde que você me disse que ela é filha do chefe, estou atrás dela. As negociações corporativas da Mansfield Cybernetics permanecem tão ocultas quanto os dados... tipo, *ninguém* nunca vai rastrear o dinheiro deles... mas Shearer não é tão cuidadosa. Recebi algumas informações da conta bancária, além de alguns registros pessoais de remessa. Certidão de divórcio com cerca de três anos. A única coisa que não consegui encontrar foi o histórico escolar de seu filho Simon, sete anos, mas talvez ela tenha uma Nan ou um Use para dar aulas a ele?

— Sem dúvida. — Uma lembrança brilha na mente de Abel: um holo de Simon quando bebê, que Mansfield mostrou a ele na última vez em que estiveram juntos. Mansfield quis mostrar o menino a Abel momentos antes de formatar sua memória para sempre. Mansfield demonstra seu orgulho de formas estranhas. Voltando ao momento, Abel acrescenta: — A quantidade de dados que você coletou... é impressionante.

— Sim, eu sou incrível. — Ela chuta a cadeira para trás, cruzando os braços magros atrás da cabeça. — Sou péssima em falsa modéstia, então, por que me preocupar?

— Inteiramente racional. — Abel também nunca viu sentido na modéstia.

— Aqui está a virada — diz Virginia, apontando para uma coluna brilhante de dados. — Shearer faz parte de um pequeno grupo de neotransumanistas.

Abel franze a testa. O transumanismo — a crença de que os seres humanos podem adaptar adendos químicos e/ou biomecânicos ao corpo para se tornarem sobre-humanos — foi abandonado em meados do século XXI. Embora a filosofia seja um desenvolvimento compreensível do ego humano, a realidade ficou muito aquém por causa da rejeição dos tecidos, do aumento das taxas de câncer e de resultados imprevisíveis. Quando a tecnologia se desenvolveu, a cibernética já havia se firmado, e os humanos não queriam mais manipular seus corpos para fazer o que um mecan poderia facilmente fazer por eles.

— Talvez a Mansfield Cybernetics pretenda criar essas tecnologias.

— Então por que desenvolver mecans orgânicos? — Virginia dá de ombros enquanto abre um holo de Gillian falando diante de um grupo. Há alguns meses, a julgar pela diferença de peso, ou talvez anos, até. A energia de Gillian a faz parecer muito mais jovem. — Aqui, assista a isto.

"Podemos superar a fraqueza humana", diz Gillian com tanto fervor que o assusta — como algo saído de uma produção teatral e não da realidade. No entanto, sua sinceridade é inconfundível. *"De fato, devemos superar isso. A consciência pode ter surgido da existência física, mas por*

que deveria estar ligada a ela? Estamos confinados em prisões de sangue e osso. A humanidade tem que ser libertada!"

Virginia desliga o holo.

— Há muito mais nessa veia... sem trocadilho. Porém nada concreto, pelo menos que eu possa afirmar.

Abel não tem certeza do que pensar a respeito das filosofias estranhas de Gillian, mas ele tem certeza de que elas estão ligadas ao projeto do mecan orgânico.

— Eu deveria investigar mais detalhadamente. Você já foi muito prestativa e não posso pedir mais ajuda...

— Qual é? Você sabe que eu amo essas coisas. Além disso, ultimamente tivemos uma pausa na nossa carga de trabalho, o que a princípio foi incrível, mas já ficou meio chato. Então, preciso de um novo projeto. — Ela abre outro holograma para revelar uma imagem da famosa celebridade Han Zhi, cuja beleza física estupefaz os humanos de todos os gêneros e preferências sexuais. Mesmo Abel, que só poderia experimentar a sensação de desejo depois de ser tocado, se vê encarando a perfeita simetria do rosto de Han Zhi. Virginia suspira. — Estou reformulando o último holo dele para dar um final melhor. Por que eles fazem os finais tristes em que os amantes não ficam juntos? Ninguém quer isso!

Essa deve ser a deixa para Abel defender *Casablanca*, de longe sua narrativa ficcional favorita. Se Ilsa não deixasse Rick no final, o filme perderia seu poder. Mas outra lembrança vem a Abel com muita força para ser negada.

Por um instante, é como se ele estivesse de volta a sua nave, se despedindo de Noemi para sempre. Seu caça deslizou para o espaço enquanto a visão de Abel ficava turva com as primeiras lágrimas que ele derramou...

— Abel? — Virginia se levanta. Ela é alguns centímetros mais alta que ele, e sua expressão está preocupada quando o encara. — Você está bem?

— Minha condição não mudou. — Com isso, Abel quer dizer que está operacionalmente satisfatório. Não há nada de "bom" em lembrar que ele nunca mais verá Noemi.

— O que eu estava me perguntando — diz Virginia com facilidade, como se ele não tivesse se esquivado do primeiro assunto — é por que você está tão entusiasmado com tudo isso. Quero dizer, entendo você ficar curioso, mas bancar o superespião nas festas da Mansfield Cybernetics? Isso é bastante arriscado para pesquisas robóticas simples e antigas.

Abel pisca. Ele nunca questionou suas razões para investigar com afinco o trabalho de Mansfield. Sua necessidade parecia óbvia, mas ele acha que não pode defini-la. O que controla seu comportamento além de seus pensamentos conscientes é a programação — a programação que o próprio Mansfield instalou.

Ele nunca estará completamente livre de seu criador.

— Diretiva Um — diz Abel. Ele imagina as luzes multicoloridas à sua volta como as entranhas de um computador, como se estivessem conversando no centro de seu próprio cérebro mecan. — Meu comando principal exige minha devoção a Burton Mansfield. Mesmo que eu possa desafiá-lo, continuo interessado nele. Eu tenho uma forte necessidade de entender suas ações e motivações. Estou até... interessado em seu bem-estar e desejo que ele esteja bem e em segurança.

Virginia se inclina sobre a mesa, a expressão cautelosa.

— Isso não significa... Abel, você não está pensando em se entregar a ele, está?

— Não se preocupe, Virginia. Não tenho pressa de morrer — diz Abel. — E Burton Mansfield sabe disso.

Com um sorriso, ela ergue a mão para o gesto humano arcaico e obscuro conhecido como "toca aqui". Aparentemente, isso é uma moda passageira em Cray. Abel retribui o gesto, mas quando as palmas de suas mãos se tocam, ele agradece silenciosamente que Harriet e Zayan não estejam aqui para ver isso. Eles nunca o deixariam em paz.

No entanto, é agradável até mesmo ter pessoas que não o deixem em paz.

O que faz com que ele sinta falta de Noemi outra vez. Por que a dor é sempre nova, como se eles tivessem acabado de se despedir? Quanto tempo demoraria para ele se curar? Os seres humanos falam sobre "seguir em frente" de uma forma que sugere que o processo deve começar em semanas, ou mesmo em dias. Cinco meses depois da partida de Noemi, Abel ainda precisa conscientemente direcionar seus pensamentos para outros assuntos, todos os dias.

Talvez o amor humano seja diferente. Talvez seja fraco, tão variável quanto o tempo e efêmero como uma brisa.

O amor de Abel, não.

5

EM QUARENTA E QUATRO HORAS — DOIS DIAS DA GÊNESIS —, O planeta inteiro está um caos.

Nem todo mundo está doente. Nenhuma doença é tão contagiosa assim, nem mesmo a Teia de Aranha. No entanto, mais de um em cada cinco indivíduos foram acometidos, e certamente o vírus está incubado em outros. Noemi, que já sobreviveu à doença, é imune. Isso a torna, literalmente, a única pessoa segura em seu mundo.

Todos estão aterrorizados, e esse terror está os destruindo.

No primeiro dia, tudo fica muito quieto. Os mercados — e todos os outros locais públicos da Gênesis — são fechados por decreto. É uma tentativa desesperada de reduzir as infecções, mas provavelmente já era tarde desde que a primeira estrela caiu no chão. Noemi passa o dia inteiro cuidando do sr. e da sra. Gatson, que ficam mais febris e fracos a cada hora que passa; ela sente que não pode fazer nada além de ver a erupção branca em forma de teia de aranha se espalhar por seus corpos. Essa será uma noite de fome, porque as rações de emergência só estarão prontas amanhã. Noemi janta sozinha os restos de um ensopado de legumes e duas xícaras de café, porque quer ficar acordada.

Os Gatson precisam dela. Eles nunca a receberam como filha, mas cuidaram dela quando estava doente, e Noemi paga suas dívidas. E, em um nível que ela não gosta de admitir, está feliz por eles finalmente precisarem confiar nela para variar.

Mas, no segundo dia, ela superou qualquer sentimento mesquinho. Não restava nada além de puro terror.

— Por favor! — implora Noemi enquanto tenta passar com a sra. Gatson por uma multidão reunida do lado de fora do hospital. — Por favor, nos deixem passar, ela precisa de ajuda...

— E você acha que todos nós estamos aqui por quê? — retruca um senhor de idade. — Espere sua vez!

Mas não existe isso de "sua vez", nem uma fila, nem qualquer tipo de ordem. O pânico da multidão torna o ar tão denso que Noemi imagina que pode tocá-lo, como uma vibração em seus próprios nervos. A sra. Gatson joga o peso em seu ombro, mal se mantendo em pé, tremendo apesar do cobertor com o qual Noemi a enrolou. As pessoas esbarram nelas, empurrando-as de um lado para outro. As paredes brancas do hospital parecem brilhar contra o céu escurecido por nuvens de tempestade, prometendo esperança, mas não há como chegar a elas através da muralha de desespero. Pessoas doentes que não conseguem ficar de pé na calçada, deitadas em cobertores ou direto na grama. As longas fileiras de retângulos de tecido pálido lembram-na desconfortavelmente lápides em um cemitério. Alguns pacientes gemem ou choram; a maioria fica em silêncio. Alguns estão tão imóveis que Noemi suspeita que já estejam mortos.

Ela se lembra de como é estar com Teia de Aranha. Se lembra da dor terrível, dos calafrios que a atravessavam, da sensação quente atrás dos olhos secos e arranhando. Ela tentara ir da cabine para a enfermaria, mas desabou no corredor da nave, incapaz de dar outro passo.

Foi Abel quem a encontrou, levantou-a e cuidou dela muito gentilmente.

Não pense nele, diz a si mesma. *Abel não pode ajudá-la. Você está por sua própria conta.*

— Aguente firme — sussurra para a sra. Gatson, mas não acha que a mulher possa mais ouvi-la.

Finalmente, quando as primeiras gotas de chuva começam a cair, veículos chegam para coletar os doentes. Não são exatamente ambulâncias, estão mais para... caminhões de carga. As enfermeiras dentro deles parecem atormentadas e desgastadas; estão fazendo o melhor possível, mas o melhor não é bom o suficiente. Noemi não tem escolha senão deixá-las levar a sra. Gatson.

Voltar para casa significa caminhar depressa pelas ruas vazias de pessoas e veículos. As pessoas começaram a pendurar lenços vermelhos nas janelas para sinalizar que alguém ali está infectado; quase todas as residências têm um. Ela não é a única que fica olhando para o céu tempestuoso, não à procura de sinais de trovões ou relâmpagos, mas de naves Damocles da Terra finalmente entrando na atmosfera da Gênesis — de mecans guerreiros descendo como anjos caídos para reivindicar seu mundo.

Quando ela chega em casa, consegue levar algumas rações de emergência. Verifica que suas mensagens para a capitã Baz continuam sem resposta. As informações oficiais são sobre a praga, sem nenhuma palavra sobre quem está patrulhando o Portão da Gênesis — se é que tem alguém fazendo isso. Noemi não sabe se o governo está se recusando a contar alguma coisa ou se não há recursos suficientes para ao menos coletar as informações. Nenhuma das possíveis respostas é boa.

Na sala principal, a luz fraca do céu nublado ilumina o ambiente — quase inalterado desde a manhã de ontem, quando o sr. Gatson ficou doente. As xícaras de chá ainda estão na beira da pia. Noemi não as lavou porque quer muito se lembrar da normalidade. Alguma evidência de vida normal.

Embora o sr. Gatson tenha adoecido primeiro, não está tão grave quanto sua esposa. Ele se senta no sofá baixo perto da janela maior, olhando para o céu escuro, com um cobertor de lã em volta dos ombros, mesmo que a febre já estivesse deixando seu rosto vermelho. Ou ele não ouve Noemi entrar ou não se importa.

Ela acredita na primeira opção, só por garantia.

— Sr. Gatson? — Um longo passo faz Noemi entrar em seu campo de visão. — O senhor precisa de alguma coisa?

— Sim. — Sua voz treme. — Conte-me sobre a estrela.

Noemi sabe que ele se refere à estrela de Esther. Após sua morte, o corpo não podia ser mantido na nave de Abel; se fossem abordados e revistados, sem dúvida seriam presos por assassinato. Quando Noemi rejeitou a horrível ideia de ejetar o corpo de Esther no espaço frio, foi Abel quem sugeriu enterrá-la no coração de uma estrela — a estrela do sistema Kismet, que fornece calor e luz a um mundo inteiro. Ela ainda acha que é a mais bela homenagem a Esther que poderia ter sido feita.

No entanto, os Gatson nunca perguntaram sobre a estrela antes. Noemi não sabe se é a rejeição pelo modo como Esther foi enterrada ou relutância em falar sobre sua morte além do necessário.

Ela vai para o sofá e se senta ao lado do sr. Gatson, embora deixe meio metro de distância entre eles. Hábito.

— Você conhece a constelação de Atar? — Essa formação é uma das mais famosas no hemisfério sul da Gênesis. — A estrela mais brilhante na base do caldeirão? Essa é a estrela de Kismet. É onde Esther está.

O sr. Gatson inclina a cabeça para trás na beira do sofá, olhando para um céu nublado demais para se enxergar qualquer estrela. A leve erupção cutânea de Teia de Aranha em seu rosto é quase invisível na penumbra.

— "Atar" é fogo sagrado para os zoroastrianos, não é?

— Sim. — Noemi não está particularmente familiarizada com essa fé, mais comum nos continentes do norte. Mas ela pesquisou algumas coisas depois que Esther foi enterrada lá. — Ele purifica. Conhece a culpa ou a inocência. É a glória divina.

Após um longo silêncio, o sr. Gatson diz:

— Então é um bom lugar para ela.

Isso é o mais próximo do perdão que Noemi pode obter. Ela sabe que não deve responder em voz alta.

Uma batida na porta a assusta. O sr. Gatson nem parece ouvir. Noemi se apressa em atender; quando vê uma enfermeira parada, com o kit médico na mão, a visão é tão bem-vinda que ela quase se pergunta se é sua imaginação.

— Graças a Deus você está aqui. Mas a sra. Gatson... eu não deveria tê-la levado, não se soubesse...

— Fui enviada para ajudar aqui enquanto você responde à convocação.

A enfermeira entrega a ela um pequeno leitor de dados — uma convocação confidencial para se reunir com o Conselho de Anciãos, imediatamente.

• • •

Noemi não vai para o Salão dos Anciãos. Em vez disso, foi chamada para se encontrar com eles em uma ala de emergência.

— Tudo o que sabemos sobre a Teia de Aranha — diz Darius Akide com a voz rouca, de seu leito hospitalar — foi você que nos contou. Em qualquer medida que tenhamos sido capazes de responder a essa crise, é porque sua informação nos preparou.

— Isso não é muito — diz Noemi. Embora ela saiba, racionalmente, que não há mais nada que possa fazer, ainda sente que falhou de alguma forma. — Ephraim Dunaway me disse que os médicos de Stronghold descobriram que eu era da Gênesis porque era muito saudável. Porque respondi ao tratamento da Teia de Aranha muito rápido. Mas essa doença... está nos destruindo.

— Você respondeu a medicamentos antivirais de que não dispomos — diz Akide. — Os nossos são mais antigos e, ao que parece, muito menos eficazes contra a Teia de Aranha.

Outro ancião diz:

— A Terra parece ter deixado a Teia de Aranha mais contagiosa antes de enviá-la para a Gênesis... e talvez a tenha tornado mais mortal também. Algo que nossos medicamentos não podem tratar.

— Então precisamos... — Noemi para no meio da frase. A ideia é tão tentadora, tão libertadora, que não consegue pronunciá-la. Se ela ao menos admitir que isso é possível, estará admitindo o quanto deseja. Admitir que quer alguma coisa significa que certamente não terá. Ela força sua mente a seguir outro caminho. — Será que... meu corpo tem anticorpos para a Teia de Aranha ou algo assim? Eles poderiam usar meu sangue para sintetizar a cura?

O ancião de cabelos prateados balança a cabeça.

— Nossos médicos duvidam, e a pesquisa demandaria um tempo que a Gênesis não tem. A Terra enviou esta doença para nos paralisar. Podem enviar naves Damocles a qualquer momento, e não teremos como oferecer muita resistência. Dentro de alguns dias, não teremos mais capacidade alguma de resistir.

— Precisamos dos melhores antivirais — diz Noemi. Está mesmo acontecendo. — Vocês terão que me mandar para fora do Portão. Por isso me chamaram aqui, não foi? Sou imune e tenho contatos no Remédio que podem nos ajudar. Estou pronta.

Um pensamento a domina além de qualquer outro: *estou livre!*

Então, Noemi se pergunta o que diabos há de errado com ela. A Gênesis corre um perigo terrível, talvez o pior que já enfrentou. A missão em que ela vai partir será perigosa; certamente a Terra está vigiando de perto o Portão da Gênesis, o que significa que as chances de ela ser capturada são altas. Se ela falhar, será o fim de seu mundo e ela realmente merecerá todo o ódio que recebeu.

Ela sabe de tudo isso. Acredita. Vai trazer os antivirais para a Gênesis ou morrer tentando.

Mas então Darius Akide balança a cabeça com lentidão.

— Isso levaria um tempo que quase certamente não temos. Precisamos enfrentar o inevitável.

A náusea embrulha o estômago de Noemi. *Não.*

— Você não é minha primeira escolha de diplomata — diz ele com o máximo de humor possível, o que não é muito.

A gravidade de suas palavras é inconfundível.

— Mas é a única pessoa que sabemos que permanecerá saudável e não será infectada.

Por favor, não.

Akide conclui:

— É por isso que você deve oferecer nossa rendição à Terra. A guerra acabou. O mundo de Noemi está perdido.

• • •

As próximas horas passam num borrão: Noemi abastece seu caça com combustível e provisões, traçando o curso até o Portão da Gênesis, enquanto escaneia todos os setores em intensidade máxima para possíveis patrulhas mecans. De vez em quando, lágrimas embaçam seus olhos, mas ela continua, se obrigando a seguir em frente, porque se parar pra pensar no assunto, isso vai acabar com ela.

Na jornada para o Portão, porém, não há nada a fazer além de pensar.

Como eles podem fazer isso? Como podem simplesmente desistir? Sim, a Gênesis está abalada, mas a Terra ainda não invadiu. A demora pode ser apenas porque querem que o vírus cause o máximo de estragos antes da invasão, para facilitar sua vitória. Essa arrogância cruel poderia ser aproveitada pela Gênesis se eles tentassem obter os antivirais. *Eu poderia fazer isso se eles deixassem. Teria sido fácil!*

Bem, talvez não fosse fácil. Mas seria possível. Eu teria procurado Ephraim, se pudesse encontrá-lo... ou talvez Riko, se pudesse descobrir onde ela está...

... Kismet seria um ponto de partida, se eu pudesse — eu poderia conseguir.

Noemi foi repreendida por reagir em vez de agir. Ela conhece seu temperamento, e seus impulsos nem sempre apontam na direção certa. O que ela pensa em fazer é ainda mais sério do que desobedecer a um comando militar. Ela estaria fazendo um julgamento que determinaria o destino de todo o seu planeta, passando por cima do próprio Conselho Ancião.

Mas se Remédio pudesse ajudá-la a obter os antivirais a tempo... ela poderia salvar a Gênesis.

O Portão aparece. Noemi ainda não tomou sua decisão — ou pelo menos diz a si mesma que não —, mas sente que saberá o que fazer no minuto em que estiver do outro lado. Hora de voar.

Ela faz com que seu caça estelar avance para o brilho no centro do Portão. A nave atinge o horizonte, e a realidade se fragmenta.

Em um instante, linhas retas parecem se dobrar e a luz varia seu brilho de milímetro a milímetro. É como se a imagem serena de sua cabine um momento atrás tivesse se transformado em um quebra-cabeça e alguém tivesse jogado as peças todas bagunçadas na mesa. Noemi sente um frio na barriga, mas mantém as mãos nos controles, a toda velocidade.

Por um momento, fecha os olhos, apenas para se reequilibrar. Nesse instante, ela se lembra de quando atravessou o Portão pela primeira vez, ao lado de Abel, que tinha as mãos firmes nos controles. Ele se sentiu tão arrogante com suas habilidades, tão satisfeito com o medo dela. Ela nem queria olhar para a coisa que mais tarde destruiria...

A realidade se restaura de imediato quando o campo estelar diante dela muda, mostrando um conjunto inteiramente novo de constelações. Os planetas brilham e logo ela descobre qual deles é a Terra. Ela a encara e sabe o que tem que fazer.

Eu tenho que encontrar o Remédio. Tenho ao menos que tentar.

A decisão parece outro momento milagroso, tão bonito que ela precisa piscar para afastar as lágrimas.

Então seus sensores começam a apitar, e Noemi pragueja. Oito — não, dez mecans guerreiros, todos à sua espera. Eles deviam estar aqui o tempo todo.

Ela foi traída pelo que achou que fosse um milagre, e sua estupidez a queima como óleo fervente.

As Rainhas e Charlies avançam, usando os trajes metálicos que os tornam ao mesmo tempo guerreiros e naves de guerra. É como se ela estivesse cercada por aves de rapina, suas garras a alcançando de todos os lados. Noemi dispara imediatamente, atingindo dois deles antes que seus sensores comecem a dar defeito. Ela aperta os controles até perceber que está presa em uma espécie de rede eletromagnética, criada por vigas de minitratores que saem dos mecans.

Esse não é o procedimento-padrão do mecan guerreiro. Não é o armamento-padrão deles. Será que desenvolveram uma nova forma de lutar, contra a qual um nativo da Gênesis não tem poder?

Mas isso não pode estar certo, pensa. *Se fosse uma patrulha da Terra, haveria ainda mais mecans. Uma nave Damocles estaria por perto. Se eles estão guardando o Portão de perto, onde estão as Damocles? E por que se preocupar em mandar apenas alguns mecans quando eles vão invadir a qualquer momento?*

Seus comunicadores são acionados e pelo alto-falante soa a voz áspera de uma Rainha:

— Você foi resgatada e será devolvida.

— Devolvida? — Noemi fala mais por instinto, por pura perplexidade. — Você quer dizer à Gênesis?

— Ao seu dono — diz. — Você é propriedade de Burton Mansfield.

— Propriedade? Eu não sou *propriedade* de ninguém!

Mas os mecans não a ouvem. Eles são propriedade de Mansfield e incapazes de entender por que com os seres humanos seria diferente. Uma das Rainhas se aproxima, seu traje espacial metálico esculpindo uma silhueta angulosa e gritante contra as estrelas ao redor. Grampos prendem o caça estelar de Noemi, sacudindo-a com tanta força que ela morde a língua. Para seu horror, um tubo fino se estende do traje espacial, girando como uma broca, para perfurar a cabine.

— Não... não, não, *não*...

Ela não consegue imaginar por que os mecans iam querer matá-la deixando-a sem ar em vez de a abaterem, mas o *porquê* não importa, não com essa coisa se aproximando a cada segundo. Com o coração disparado, ela verifica seus controles em busca de alguma coisa, qualquer coisa que possa ajudá-la, mesmo sabendo que não há saída.

O tubo perfura a cabine. Estilhaços de alumínio transparente brilham como flocos de neve enquanto flutuam livremente ao seu redor. Mas a perfuração não para. O tubo gira cada vez mais perto, e seu horror se intensifica quando ela percebe que vai atravessar seu capacete. Talvez até seu crânio.

Noemi vira a cabeça, mesmo que isso seja inútil. Ela não vai se salvar, mas pelo menos assim não precisará assistir à coisa perfurar o espaço entre seus olhos.

Seu capacete estremece com o primeiro impacto. Agora ela pode ouvir o som agudo, aproximando-se milímetro a milímetro. Fechando os olhos, Noemi começa a rezar. *Ave Maria, cheia de graça, o Senhor é convosco...*

O tubo rompe o capacete, a milímetros da têmpora esquerda, e então para. Ela não tem tempo de sentir alívio antes que o gás esverdeado encha seu capacete e seus pulmões e a tontura varra tudo para a escuridão.

6

ÀS 18:42, ABEL SE PERMITE DEIXAR OS DADOS PARA ENCONTRAR Harriet e Zayan em Montgolfier. Ele entendeu Virginia quando ela disse que a mobília e os utensílios do restaurante eram apenas campos de energia, mas isso não o preparou adequadamente para a estranheza do que viu.

— Aí estão vocês! — Harriet acena com alegria para Abel e Virginia do canto onde ela e Zayan estão, aparentemente, flutuando. — Venham, vocês precisam ver isso.

— Não, não precisam. Eu gostaria de não ter visto. — Zayan torce o nariz olhando para sua refeição, uma generosa tigela de *pho,* mas, como a "tigela" é um campo de energia invisível, a sopa paira no ar, onde seu caldo marrom parece decididamente menos apetitoso. (Se ao menos Abel conseguisse entender direito as causas habituais da emoção humana de nojo.) — Comida flutuante é interessante nos primeiros trinta segundos. Depois é só nojento.

— Não é culpa de ninguém que você tenha escolhido mal. — Harriet parece quase empolgada quando gesticula para seu "prato", onde um grande sanduíche levita. — É o que eu digo: se você fica entediado com um sanduíche voador, está entediado com a vida.

Virginia ri enquanto toma seu assento invisível ao lado de Zayan.

— Ah, você acha o *pho* ruim? Espere só até eu pedir *espaguete.*

Os olhos de Zayan se arregalam em consternação.

Por piedade ao estômago de Zayan, Harriet muda de assunto quando Abel se senta ao seu lado.

— Então, você já vendeu o "grande brilhante"?

— O que é "o grande brilhante"? — Virginia vê o olhar de Abel e dá de ombros. — Que foi? Sou facilmente distraída por objetos brilhantes. É um defeito meu.

Talvez fosse melhor ser direto sobre o diamante. Abel lança a Virginia um olhar no qual ele espera transmitir a mensagem *Não devemos falar disso neste momento.* Para os membros de sua tripulação, diz apenas:

— Vendi antes de deixarmos a Terra.

Zayan e Harriet trocam um olhar de consternação.

— Por que mentiu para nós sobre isso? — pergunta Zayan. A palavra *mentiu* parece errada aos ouvidos de Abel, mas ele deve reconhecer que é justa. — Se não deseja dividir igualmente conosco... você sabe que nunca esperamos que fosse, né?

— Você já é o melhor chefe de Vagabonds que existe — diz Harriet. — A gente valoriza isso.

— Vocês receberão terços iguais do valor — diz Abel. — Mas eu queria dividir seus pagamentos para evitar outro incidente como o do submersível.

Zayan abaixa a cabeça, envergonhado, enquanto Virginia pergunta:

— Que incidente do submersível? Se vocês fizeram estrepolia em um submarino, quero ouvir todos os detalhes.

— Não foi isso — diz Harriet. — Na primeira vez que recebemos um grande pagamento depois de nos juntarmos à equipe de Abel, Thakur aqui cismou que precisava alugar um submersível para cruzar os recifes fantasmas do Oceano Índico. O que já teria sido caro por si só, mesmo que ele não o tivesse levado direto para um recife e precisado de um reboque para sair.

— O reboque custou mais que o submarino — Zayan suspira. — Ok, eu me empolguei. Nós estávamos falidos por tanto tempo! Eu queria fazer algo especial, memorável... e fiz. Só não foi como imaginei. Confie em mim, nunca mais vou fazer isso.

Confie em mim. Foi isso que Abel não fez. Ele concorda.

— Tudo bem, Zayan. Vamos resolver isso a bordo. Por favor, perdoem o atraso.

Nesse momento, o garçom Montgolfier — um modelo Zebra, projetado para atendimento ao cliente — caminha até a mesa. Virginia tenta dispensá-lo, dizendo:

— Abel ainda nem olhou o cardápio.

O Zebra a ignora e se vira para Abel.

— O Professor Mansfield tem uma mensagem para você.

Por mais assustado que Abel esteja, leva apenas três décimos de segundo para reagir.

— Se vocês já codificaram o pagamento das refeições — diz a Zayan e Harriet —, vamos embora. Agora. — Virginia já saltou de seu banco de campo de energia, os olhos arregalados num medo repentino. Mas Abel sempre soube que Mansfield podia estar rastreando-o. Ele teve tempo de se fortalecer.

No entanto, apesar de sua aparência calma, não pode negar que está com medo.

O Zebra não presta atenção à sua tentativa de sair.

— A mensagem é urgente.

— Vão embora — Abel ordena aos outros. Provavelmente devia ter pedido, ter sido mais educado, mas Harriet e Zayan entendem que essa é uma crise, mesmo que não saibam por quê. Virginia, por sua vez, sabe exatamente como isso é ruim. Eles se alinham enquanto Abel se afasta da mesa, sai pela porta do Montgolfier e entra no corredor do vasto complexo comercial subterrâneo.

No corredor, há um modelo Yoke, adequado apenas para serviços manuais, limpando o chão. Ela não para o trabalho enquanto olha para Abel.

— Por causa de sua relutância em cooperar com os planos de Burton Mansfield, ele foi forçado a encontrar outra forma de motivação.

— O quê? Essa também? — diz Virginia.

Abel acelera o passo. Outra Yoke entra na frente deles, e Abel não espera que ela fale, apenas a empurra para o lado. Ele sempre esperou que, quando Mansfield fizesse sua jogada, Harriet e Zayan estivessem longe, protegidos de qualquer possível dano. Embora ele esteja disposto a arriscar a própria vida, não pode permitir que Mansfield ponha seus amigos em perigo.

O hangar. Eles precisam ir ao hangar imediatamente. Essa comunicação vinculada entre vários mecans é altamente incomum, se não sem precedentes. O que quer que Mansfield tenha planejado, envolveu o número necessário de mecans em Cray e pode tê-los reprogramado para fazer qualquer coisa. Eles poderiam abater sua tripulação e Virginia de uma só vez. Ele está disposto a defendê-los até a morte — e, como Mansfield o deixou vivo, ele tem a chance de salvá-los.

Ele não pensa além de “a chance”. Sente que não deseja calcular as probabilidades exatas.

Enquanto eles se apressam para o hangar, um mecan Charlie de sentinela sorri como se estivesse esperando por eles. Abel fica tenso, preparando-se para lutar, mas o Charlie não se mexe. Em vez disso, diz:

— Noemi Vidal está sob a custódia de Burton Mansfield.

— Impossível — diz Abel. Ele realmente acredita nisso. Mansfield tem grande poder, mas nem ele poderia enviar uma força de sequestro para a Gênesis. Só pode ser uma mentira, fraca e rude...

... mas Mansfield é um bom mentiroso, quando quer. Então, por que isso?

O Charlie continua:

— A prova de vida e cativeiro será fornecida a você assim que entrar em contato com Mansfield a partir de qualquer estação de comunicação da Terra. Você tem quarenta e oito horas a partir de agora para se apresentar na casa dele em Londres, onde se renderá sem resistência. Quando estiver adequadamente detido, a senhorita Vidal será libertada para voltar para casa em segurança.

— Por que Burton Mansfield está atrás de Abel? — sussurra Harriet, mas Virginia a silencia.

Os olhos escuros do Charlie estão vazios — sem alma, diria Noemi — ao concluir:

— Se você não se render antes do prazo, Noemi Vidal morrerá. A escolha é sua.

Em seguida, o modelo Charlie se empertiga, um movimento que indica o realinhamento de sub-rotinas. Dentro de mais um segundo, ele fica atento como de costume, sem tomar conhecimento das palavras que acabou de pronunciar.

Abel dá um passo para trás; a mão de Zayan se fecha ao redor de seu braço. Virginia é a primeira a conseguir falar:

— Ei, nem sabemos se isso é verdade.

— É verdade — diz Abel. — Ele prometeu provas e Mansfield nunca blefaria sobre isso.

Noemi está "sob custódia". O que isso significa? Sua imaginação a visualiza em uma cela, uma circunstância altamente melodramática e improvável, mas ele se fixa na ideia de qualquer maneira. Ela está com fome? Está assustada ou com frio?

(Ela odeia a ideia de ficar sozinha no frio. Foi o que aconteceu quando sua família morreu, ela ficou deitada na neve por horas.)

Ele não tem como saber as restrições físicas do cativeiro dela. Mas Noemi deve saber que é uma prisioneira.

Isso significa que ela está assustada.

— Vamos lá — diz Abel. — Virginia, peço desculpas por me afastar do projeto. Acredito que você continuará as investigações por conta própria.

— Espere, ele quer que você vá até ele e você vai? — protesta Virginia.

— Eu tenho que agir. — Essa é a única resposta de que Abel tem certeza.

Quando eles estão caminhando em direção à *Perséfone*, Zayan murmura:

— O que diabos esse cara quer com você, Abel?

Apagar tudo o que já fui ou fiz. Apagar minha alma e reivindicar meu corpo como dele. Abel diz apenas:

— Isso é entre mim e Burton Mansfield. Só posso prometer que você não estará em perigo.

— Por que ele iria atrás de Noemi? — Harriet remexe nas pontas de suas tranças, como costuma fazer quando fica nervosa. — Ele está com raiva de você por algum motivo? Vocês fizeram alguma coisa para ele?

— Saber a verdade só vai envolvê-los no problema — diz Abel —, e, como podem ver, estar envolvido é perigoso.

Apenas Virginia entende toda a história. O rosto dela parece diferente quando ela não sorri — mais longo e fino.

— O que exatamente você vai fazer?

Abel havia definido seu plano antes que o Charlie terminasse de falar.

— Vamos levar a *Perséfone* de volta à Terra e atracar em um porto não licenciado. — O planeta tem milhares deles, nem todos vetores de comportamento ilegal, mas muitos são operados por pessoas dispostas a ignorar certos protocolos por um pequeno suborno. — Zayan, Harriet, vocês receberão pagamento equivalente a seis meses. Devem considerar que estão de licença até terem notícias minhas, o que pode acontecer em algum momento no futuro.

— Espere. Você vai fazer o que Mansfield quer? — Zayan balança a cabeça. — De jeito nenhum. Você não pode deixar esse cara vencer. — Como a maioria dos Vagabonds, Zayan e Harriet detestam Mansfield, criador dos mecans que fazem a maioria dos trabalhos que, de outra forma, empregaria, alojaria e alimentaria milhões de humanos desesperados e sem-teto.

Harriet interrompe Zayan.

— Ele não faria isso! Você vai lutar, não vai, Abel? Você não precisa fazer isso sozinho. Noemi é nossa amiga também, e nós não vamos deixar um egocêntrico antiquado nos tirar o único patrão decente que já tivemos.

Abel coloca uma das mãos no ombro de cada um deles. O zumbido da atividade no hangar parece fluir ao seu redor, alheio ao drama que está acontecendo.

— Eu agradeço a sua lealdade e amizade. — Ainda é estranho que ele tenha amigos de verdade, uma vida na qual os planos de Mansfield não desempenham papel algum. Para Mansfield, isso deve ser inimaginável. — Mas isso é algo que tenho que fazer sozinho.

Zayan protesta:

— Pare de ser nobre!

— Não estou sendo nobre. Estou sendo prático. Colocar vocês dois em risco não adianta de nada, exceto, talvez, dar a Mansfield outros alvos com os quais me ameaçar. — Abel para de andar, os olhos fixos à frente. O propósito o mantém firme; talvez ver isso transmita firmeza para Harriet e Zayan.

Mas é Virginia que se põe na frente de Abel.

— Abel, me escute um minuto, está bem? Você diz que Mansfield certamente está com Noemi; tudo bem, eu acredito em você. Mas também sabemos que tipo de pessoa Noemi é. Os sacrifícios que ela está disposta a fazer e os que não está. Ela não ia querer que você fizesse isso por ela. Você entende, não entende?

— Sim — diz Abel. — Entendo.

— Eu sei que você se importa com ela, Abel — continua Virginia. — Mas isso não significa que precise morrer por ela.

— Eu não pretendo morrer.

Isso a faz parar, e ela e os outros trocam olhares. A lentidão do cérebro humano deve ser angustiante.

Com pena, Abel explica:

— É obvio que tenho que ajudar Noemi, se puder. Se não houver nenhuma maneira de salvá-la, exceto sacrificando minha vida, eu farei isso. — Ele se prontificou a fazer isso por ela uma vez, oferecendo-se para destruir o Portão da Gênesis.

Mas nunca deixou de procurar outro caminho.

— Mansfield acredita que pode controlar minhas ações — acrescenta. — Então ele me apresenta uma opção binária, sem considerar que eu procuraria uma terceira opção.

O sorriso retorna ao rosto de Virginia.

— Você não está se entregando. Você vai resgatar Noemi. — Quando ele assente, ela ri alto. — Esse é o Abel que eu conheço.

— Vamos ajudar — promete Harriet, mas ele balança a cabeça.

— Se isso puder ser feito — diz ele —, posso resolver sozinho. Se não puder, vocês não terão como me ajudar. Serão apenas outras pessoas com quem terei que me preocupar.

Ela e Zayan compartilham um olhar confuso. Eles não gostam das ordens de Abel, mas as acatam. Mansfield nunca pensaria que Abel fosse tentar enganar seu criador. Muito menos que Abel teria amigos que o ajudassem. Abel sente como se já o tivesse derrotado. De certa forma, derrotou.

Mas isso não o conforta, não quando as quarenta e oito horas de Noemi já estão correndo.

7

NOEMI ACORDA NO ÚTERO.

Ou pelo menos é o que parece num primeiro momento — ela está flutuando, cercada por um borrão de um tom leve de rosa. Atordoada, ela se pergunta se a reencarnação existe mesmo no fim das contas.

No entanto, quando as drogas começam a perder o efeito, ela percebe as barras ao seu redor, como uma jaula. O leve pinicar em sua pele começa a parecer um campo de força. Além da névoa rosada, ela consegue discernir os movimentos com mais clareza. Figuras sombrias assumem formas humanas. Um passo mais perto, se aproximando o suficiente para que ela seja capaz de distinguir um rosto.

O reconhecimento a desperta de repente.

— Mansfield.

— Bem-vinda, srta. Vidal — chia Mansfield. — É muito bom finalmente conhecê-la.

O rosto de Burton Mansfield parece pálido mesmo através do brilho rosado do campo de força. Ele está mais frágil do que quando ela o viu em tela seis meses antes, e poderia jurar que isso seria impossível. Um modelo Tare o apoia de um lado, seu rosto não mostrando reconhecimento de que Noemi está na sala. Mansfield usa uma túnica de pelos. Seus cabelos grisalhos são tão finos que quase não aparecem.

Mas a mente embaçada de Noemi não pode deixar de ver, por baixo de todas as rugas em sua pele, os contornos dos traços de Abel. Essa seria a aparência de Abel, se ele pudesse envelhecer.

Como alguém tão perverso pode criar alguém tão bom?

— Perdoe as limitações de minha hospitalidade — diz ele, gesticulando vagamente ao seu redor. Noemi está suspensa em um campo de força projetado a partir de uma estrutura metálica. Algo que ela poderia atravessar facilmente, se ao menos conseguisse chegar ao chão, mas não consegue. — Você é uma jovem forte e uma soldado treinada. Não é possível tratá-la como um hóspede comum... embora você seja muito, muito bem-vinda.

Ela tenta se lembrar de como isso aconteceu. Sua mente oferece imagens da broca perfurando seu capacete, depois volta à sua jornada pelo Portão e, finalmente, sua memória retorna. O primeiro terror que ela sente não é por si mesma, mas pela Gênesis.

— Você... você nos infectou com Teia de Aranha?

— O quê? Por Deus, não. Qual seria o sentido disso? — Aparentemente, Mansfield não acha que envenenar um mundo seja algo mau, apenas não é prático. — Tenho algumas conexões políticas, você sabe. Fiquei sabendo dos planos da guerra biológica da Terra... principalmente porque alguns ministros do governo se gabaram ao reduzir os pedidos de mais Charlies e Rainhas. Mas não vi isso como um prejuízo. Vi uma oportunidade. Eu sabia que, quando a praga se espalhasse, a Gênesis enviaria alguém para conseguir ajuda ou declarar rendição, e você era de longe a candidata mais provável. Supondo que você ainda não tivesse se explodido, claro. Você tem um mau temperamento. Agora, imagino que esteja se perguntando por que eu a trouxe aqui.

Ela ainda não havia saído tanto da anestesia depois de ter acordado, mas, assim que a pergunta é sugerida, ela sabe a resposta. Seu horror se intensifica.

— Você está preparando uma armadilha para Abel. — A voz dela não passa de um sussurro. — E eu sou a isca.

— Uma troca simples: a rendição dele pela sua liberdade. Ele diz que ama você. Suponho que vamos descobrir, não é?

Isso é demais. Noemi nunca se abate em uma crise; ela está sempre à altura da situação. Mas não há como enfrentar isso. A Gênesis está morrendo de Teia de Aranha. A vida de Abel está em perigo. Ela nem consegue pôr os pés no chão. Se não fosse Mansfield em pé na sua frente, com o corpo fraco e o coração envenenado, ela poderia desmaiar.

Em vez disso, ela fica furiosa.

— Covarde — ela rosna. — Você teve sua vida, mas está tirando a de Abel. Você não consegue aceitar que é mortal. Acha que deveria ser algum tipo de deus.

Mansfield não esperava por isso.

— Você acha que a necessidade de sobreviver é covardia? Então todo ser vivo é covarde, todos os seres da galáxia.

Isso é uma completa bobagem. Noemi tem medo de morrer, mas nunca deixa que esse medo a impeça de fazer o que precisa ser feito — ou a obrigue a fazer algo profundamente errado.

Ela lhe diria isso, mas ele continua falando.

— Nunca lhe ocorreu como a carne é inútil? Ineficaz? A consciência é um acidente da evolução, e pretendo libertá-la de seus primórdios viscerais. — A voz de Mansfield se torna sonhadora. — Algumas pessoas merecem viver para sempre. Alguns de nós mostraram essa centelha do divino. Mas a maioria das pessoas é composta por autômatos, tanto quanto qualquer mecan. Ser humano não é garantia de estar plenamente consciente. A grande maioria dos humanos pensa o que lhes é dito para pensar. Fazem o que lhes mandam fazer. Vivem a vida inteira dentro das fronteiras maçantes e seguras da conformidade e da complacência. Talvez eles devam morrer de acordo com o cronograma, como tudo que fizeram. Aqueles de nós que querem mais, que podem oferecer mais... não devemos estar presos à mortalidade.

— Você acha que pode decidir quem vive e quem morre. — Milhões morrerão na Gênesis. Abel vai morrer. — Você é doente.

Mansfield balança a cabeça como se estivesse carinhosamente exasperado com ela. Nada do que ela diz pode atingi-lo.

— Você, com seu temperamento instintivo e seus preconceitos da Gênesis, você é tão mecan quanto qualquer coisa que já criei.

Ela percebe que está em algum tipo de porão, com paredes de tijolos e janelas finas no alto. Ao seu redor, estão espalhados tanques — recipientes compridos, translúcidos, em forma de caixão, cheios de gosma. Pelas lições de Akide, ela sabe que tanques como esse são para mecans em crescimento. — Onde estamos?

— Na minha casa. A parte mais importante da casa, minha oficina e laboratório pessoais — diz Mansfield. — Foi aqui que fiz todos os meus melhores trabalhos. Toda a história da galáxia seria diferente sem essa sala.

Deve ser onde Abel nasceu. Onde Mansfield tentou fazer tantas outras versões de Abel e sempre falhou.

— Quantas de suas criações você matou aqui?

— "Matar" não é a palavra certa, minha querida.

— Não? Eles vivem. Respiram. Sangram. Abel deseja, pensa, anseia e...

A palavra *ama* não sai de sua boca.

— Como destruir um deles é menos assassinato do que se você destruísse sua filha ou seu neto?

— Pare. — O tom de Mansfield poderia transformar a sala em gelo.

Noemi percebe que tocou em um assunto delicado. Ela não tem certeza do que é, mas é um ponto de vulnerabilidade, então insiste:

— Abel merece mais de você.

— Eu dei vida a ele. Estou confiando a ele minha alma. E não é você que decide quem merece o quê.

Noemi tenta se mover dentro de seu campo de força e, com dificuldade, estende a mão para a armação de metal — e encontra algo afiado. A armação está coberta por longas pontas de metal, garantindo que nenhum prisioneiro possa adulterar sua nova prisão.

Sem prestar atenção em seus movimentos fúteis, Mansfield continua:

— Agora, srta. Vidal, não resta muito a fazer senão esperar. Posso encontrar Abel em qualquer lugar do Loop, mas isso pode levar tempo, então dei a ele um prazo generoso. Já administramos em você algumas substâncias que impedirão suas necessidades fisiológicas por um bom tempo, o que significa que precisamos apenas de mais uma... droga, deixei no tanque. Minha memória está falhando.

Ele vacila nas últimas palavras. A imagem de invulnerabilidade que tentou projetar se quebra. Noemi vê um velhinho, com medo do colapso de seu corpo, mais frágil do que nunca.

Com cuidado, Mansfield vai até um tanque cheio de algum tipo de líquido de arrefecimento e pega algo de uma lata lá dentro. Somente quando ele se volta para a Tare, Noemi vê que ele está segurando uma pequena bolinha de ouro. A Tare a coloca em uma seringa e, em seguida, empurra sua mão pelo campo de força — faíscas voam de sua pele — para pegar o pulso de Noemi com seu aperto firme. Antes que possa tentar se afastar, a Tare pressiona o dispositivo na parte interna do braço de Noemi e uma pontada de dor percorre seu corpo.

— Essa pequena ampola não fará mal nenhum — diz Mansfield. Ela pode sentir o nó dentro de si, desconfortavelmente entalado ao lado de um nervo. — A menos que eu a faça disparar. O que não farei, desde que Abel chegue a tempo. Então não há com o que se preocupar, certo?

Será que ela finalmente verá Abel de novo, apenas para vê-lo morrer por ela?

8

O RELÓGIO INTERNO DE ABEL É METICULOSAMENTE CALIBRADO, COMO um relógio atômico. Ele sabe até em frações de segundo quanto tempo resta para salvar Noemi.

Quarenta e sete horas, três minutos, vinte segundos.

— Então ele quer que você vá à casa dele em Londres — diz Virginia, enquanto ela e Abel se aconchegam no esconderijo da Razer para planejar. — Mas você acha que ele estaria mantendo Noemi lá também? E não, você sabe, em um outro local não revelado?

— A probabilidade de Noemi estar presa na casa de Mansfield é de 88,82%.

Virginia franze o nariz, confusa.

— Esse não pode ser o lugar mais seguro.

— Mansfield pode controlar praticamente todos os mecans que existem — responde Abel. — Ele está seguro em qualquer lugar que quiser. Sua saúde não lhe permitiria se deslocar muito.

Ele se lembra da última vez em que estiveram juntos, de como Mansfield estava frágil, de como se sentiu protetor em relação ao seu criador idoso. E durante todo o tempo, Mansfield planejava matá-lo.

Virginia se inclina para perto.

— Cray para Abel. Cray chamando Abel. Conecte-se.

Como se não tivesse parado, ele continua:

— A casa é a base de operações mais lógica. O que precisamos determinar é a natureza exata da ameaça a Noemi, para que eu possa chegar preparado para combatê-la.

Quarenta e cinco horas, dois minutos, vinte e oito segundos.

— Se você estragar meu veículo — diz Virginia, com o dedo no rosto de Abel — e não conseguir trazê-lo inteiro de volta para Cray, nenhum lugar de toda essa galáxia será longe o bastante para você se esconder da minha vingança.

Ele assente, olhando através do hangar para ver Zayan segurando o corsário vermelho berrante de Virginia na baía da *Perséfone*; seus movimentos na Terra só podem passar despercebidos se ele estiver viajando em uma nave que nunca tenha pertencido a Burton Mansfield, uma que Mansfield não poderia rastrear. A generosidade de Virginia significa que ele pode atracar a *Perséfone* em outro lugar, mas continuar se movendo.

— Entendido. Se eu danificar o corsário, precisarei encontrar um buraco de minhoca para outra galáxia.

— Eu não disse *isso*!

Vinte e três horas, trinta e sete segundos.

Um cais de desembarque na Namíbia oferece um esconderijo tão bom para a *Perséfone* quanto qualquer outro. As taxas de armazenamento de longo prazo são razoáveis e a segurança é rigorosa. Abel paga o adiantamento a Harriet e Zayan e se despede.

— Pode demorar algum tempo até que eu possa voltar — diz Abel. — Se vocês encontrarem outro trabalho que lhes interesse, vou entender se optarem por aceitar. Mas espero que decidam ficar.

Eles se entreolham em descrença mútua, quase cômica, antes de Zayan dizer:

— Abel, você não entende mesmo? Nunca ganharíamos tanto assim fazendo algo diferente de mineração de rádio. — As minas de rádio na maior lua de Stronghold são famosas por pagar bem, mas por não fornecer proteção adequada à radiação. Em geral, os mineradores morrem dentro de cinco anos após assumir o cargo. Algumas pessoas aceitam assim mesmo. — Além disso, *gostamos* de você.

Mais moderada, Harriet diz:

— Noemi é uma sobrevivente. Se alguém consegue passar por isso, é ela. E é melhor você voltar para nós são e salvo também. Entendeu?

— Entendi. — Abel acha suas palavras ilógicas. Ninguém pode saber o futuro. Mas ele está inesperadamente satisfeito ao perceber o quanto Harriet e Zayan estão preocupados com seu bem-estar. Essas pessoas que ele conheceu apenas meses atrás se preocupam com ele mais verdadeiramente do que seu "pai" jamais fez.

Eles partem no ônibus do meio-dia para Rangpur, a fim de visitar a família de Zayan. Sem saber por que, Abel observa o ônibus decolar e voar para longe, até que o ponto distante no céu desapareça de sua visão de mais longo alcance.

Vinte e duas horas, trinta e seis segundos.

Uma hora é tempo suficiente entre a partida de Harriet e Zayan e a sua, para que nenhuma verificação aleatória de segurança encontre qualquer ligação entre elas. No instante em que pode, Abel desliza a cabine do corsário até ela fechar e se prepara para o voo.

O corsário de Virginia é um cruzador pessoal de primeira linha. Pode acomodar três pessoas sentadas, no máximo, e talvez duas dormindo, supondo que estejam envolvidos sexualmente ou sejam muito bons amigos. O motor único pode não se comparar aos enormes motores da *Perséfone*, mas é poderoso o suficiente para levar esta nave de um lado a outro do sistema em um tempo razoável. Enquanto o interior é luxuoso, o exterior é ainda mais chamativo aos olhos de Abel. Tinta vermelha brilhante, curvas exageradas, acabamento cromado e barbatanas que não têm nenhum objetivo aerodinâmico: a estética lembra aquela dos automóveis antigos de meados do século XX.

Também é uma nave que tende a chamar atenção, mas Abel não está preocupado com isso. Mansfield acredita que tem a situação sob controle. Ele não espera nada de Abel além de conformidade.

A visão surge na mente de Abel tão rápida e vívida, que parece quase real: *Entrar na casa de Burton Mansfield de novo, ouvir os sinos suaves do relógio de pé, ver Mansfield sentado em uma poltrona com as mãos estendidas. Mansfield dizer: "Você voltou. Você veio me salvar no fim das contas."*

"Sim, Pai. Eu jamais poderia abandoná-lo."

Se isso acontecesse mesmo, Abel seria rapidamente levado ao laboratório no porão, convidado a se deitar em uma mesa de metal e, ele suspeita, seria amarrado. Mansfield não confiaria que ele não fosse mudar de ideia.

Mas quando Abel visualiza a cena, imagina um final diferente:

Mansfield diz: "Eu jamais poderia machucá-lo, meu garoto." Ele estende os braços. "Sua garota está segura. Eu sinto muito. Tudo está bem de novo."

Abel é envolvido no abraço de seu criador.

"Eu te amo, pai."

"Eu também te amo."

A Diretiva Um deveria ser uma parte da programação simples de obedecer, mas às vezes se volta contra ele, proporcionando sonhos como esse. Delírios. Mentiras. A Diretiva Um mente. Ele deve se lembrar disso.

As luzes brilham em verde no console do corsário. Abel aperta a ignição, e o corsário corre para cima, mirando além do céu.

Vinte e uma horas, vinte e seis minutos, dois segundos.

Abel acha Londres ainda mais desgastada do que quando esteve aqui pela última vez, seis meses antes. Ao revisar seus arquivos de memória, não tem como justificar essa impressão; o estado de degradação é muito semelhante. Mas, aparentemente, algo dentro dele insiste em comparar isso com a Londres de que se lembra de trinta anos atrás, aquela que ainda tinha vitalidade e esperança. Para ele, essa visão do passado é mais tangível que a realidade.

Um curioso paradoxo. Ele terá que discutir isso com alguém, algum dia.

Depois de guardar o corsário de Virginia em um cais público, usando um nome falso, ele corre para uma estação de informações de acesso público. Isso o leva a Trafalgar Square, passando pelo que restou da Coluna de Nelson, ainda de pé após ser atingida por um raio, um século antes. A agitação de uma grande cidade terrestre é diferente de tudo que se vê em outros lugares da galáxia: a paixão dos humanos, os numerosos mecans de todos os modelos que se apressam em seus trabalhos, vitrines iluminadas, faixas em frente a museus anunciando as poucas grandes obras de arte que ainda não são propriedade privada. Abel leu que a maioria das pessoas apoia a venda de pinturas e estátuas clássicas porque apenas colecionadores as levarão para fora do planeta. A humanidade quer que essas obras sobrevivam à Terra. É um belo impulso — no entanto, Abel admiraria mais a humanidade se parte dessa preocupação tivesse sido dedicada ao próprio planeta.

O ponto de informações fornece cabines privadas por uma taxa extra. Abel se instala em uma sala alta e estreita, com paredes, teto e piso tão negros quanto a obsidiana. Sua escuridão metálica é quebrada apenas pela barra de controle fina, uma única linha de prata.

Sua primeira ação é inserir códigos que dificultam o rastreamento de sua localização. Mansfield saberá que está sendo contatado de algum lugar do planeta Terra, não mais do que isso. Só então ele envia um sinal para a casa de Mansfield. (As informações de contato do domicílio de seu criador foram programadas nele antes que ele despertasse como um ser consciente. Mansfield nunca quis que Abel se afastasse.)

Um holograma pisca e ganha vida, revelando um modelo Charlie padrão. O mecan fala primeiro.

— *Modelo Um A. Você será conectado em um instante.* — Então se apaga.

Há um assento na cabine, tão escuro quanto o ambiente, mas Abel permanece de pé. Ele não se curvará diante de Burton Mansfield. Lembrando-se das minúcias da linguagem corporal humana e se organizando para passar confiança, ele se prepara para a visão de seu criador.

O holograma volta a brilhar, assumindo a forma humana. Mas não é Mansfield que está diante dele.

Noemi parece estar suspensa no ar. Ela usa a regata e a legging pretas que ficam por baixo de um traje de voo da Gênesis. O braço dela tem uma marca vermelha ao longo de sua curva interna, e o cabelo na altura do queixo está despenteado. Sua cabeça está inclinada para o lado, sustentada pelo que deve ser um campo de força, e seus olhos estão fechados. Os músculos de Noemi estão flácidos. O primeiro pensamento de Abel é que ela está morta. *Mansfield quebrou sua palavra. Ou os mecans entenderam o prazo errado. Eles a mataram...*

Antes que aquela dor terrível possa deixa-lo completamente em choque, Abel percebe que o peito dela está subindo e descendo com respirações lentas e uniformes. Ela está viva, mas inconsciente. A Tare se aproxima e pressiona uma seringa no braço de Noemi, e ela se contrai. Ela luta contra o campo de força que a prende até que fica totalmente consciente. Seus olhos enfim se focam, e seu horror é tão grande quanto o dele.

— *Abel!*

— Noemi — sussurra ele. Abel parece não conhecer outra palavra além do nome dela. Quantas vezes desejou vê-la apenas mais uma vez, mas nunca dessa forma, assustada e mantida em cativeiro. Sua Noemi, que sempre foi tão forte e feroz.

Mas ela não perde tempo.

— *Não se entregue a Mansfield, não importa o que aconteça. Está me ouvindo?* — Abel ainda não pretende se render, mas não pode dizer isso durante uma conversa que ele supõe que esteja sendo ouvida.

— Eu tenho que garantir que você fique em segurança...

— *Não pense em mim! Você tem que salvar a Gênesis.* — A princípio, ele acha que ela ainda está delirando por causa dos sedativos que devem ter injetado nela, mas ela fala sério. — *A Terra enviou a Teia de Aranha para a Gênesis... armas biológicas, e a projetaram para ser muito pior... todo o planeta está doente...*

Ele rapidamente entende a estratégia da Terra. A guerra biológica nunca teve um papel significativo no conflito humano, sobretudo porque esses vírus e bactérias tendem a sair pela culatra. Eles se espalham além das fronteiras dos mapas. Ignoram a cor dos uniformes. Infectam tanto o alvo quanto o atirador. Mas usá-los contra um planeta completamente diferente? Muito seguro. Muito simples. A Terra esperará até que a pandemia termine por completo — garantindo que o vírus se extinga por falta de hospedeiros e seja incapaz de infectar os invasores — e então atacará com força total. Isso pode adiantar a guerra em semanas. É um plano tão eficaz quanto moralmente repreensível.

Abel considera tudo isso em 1,41 segundos, sem perder o foco no rosto ferido de Noemi.

Ela implora:

— *Você precisa encontrar Ephraim. Entende o que estou dizendo? Saia daqui e* encontre Ephraim. *Salve a Gênesis.*

— Eu não posso deixar você com Mansfield...

— *Sim, você pode.* — Sua teimosia está de volta. Mesmo em cativeiro, Noemi ainda tem o mesmo fogo queimando dentro dela. — *Eu me ofereci para o Ataque Masada, Abel. Eu estava pronta para dar a minha vida pelo meu mundo. É exatamente o que estou fazendo agora.*

Abel compreende seu plano; seus circuitos mentais traçam depressa o caminho de Ephraim Dunaway até a ala moderada do Remédio, com suas conexões médicas, e depois os medicamentos antivirais aprimorados que podem dar à Gênesis uma chance de se recuperar. Ele tem certeza de que pode ativar esse plano sem abrir mão de suas vidas.

Ainda assim, não pode dizer isso no holograma.

— Aguente firme. Vou encontrar uma saída.

Ela balança a cabeça. Seus olhos castanho-escuros se enchem de lágrimas.

— *Na Gênesis, às vezes eu me perguntava o que diria a você se o visse novamente e decidi que... é só, obrigada. Obrigada por me amar. Pelo menos eu sei que alguém me amou, pelo menos uma vez na vida.*

— Noemi...

Mas o holograma se apaga, apenas para ser substituído por uma imagem de Mansfield. Seu criador tanto pode parecer zombador e superior — ele tem o poder, e ambos sabem disso — quanto pode tentar ser paternal e caloroso, da maneira que enganou Abel antes. Em vez disso, Mansfield parece... abalado. Até mesmo ferido. Ele diz:

— *Os termos do nosso acordo mudaram.*

— O que você quer dizer? — Abel não consegue imaginar que resgate pode ser maior que sua própria vida.

— *Você não chegará em casa em menos de duas horas a partir de agora* — diz Mansfield, da maneira estranhamente distinta que significa que ele está pensando enquanto fala. Esse plano é tão novo quanto as palavras dele. — *Você vai encontrar informações, codificadas apenas para você, sobre onde e como proceder a seguir. Então você nos encontrará nesse novo local dentro de... o quê? Por Deus. Dentro de vinte horas, você virá a mim no novo local, ou então serei obrigado a agir.* — Ele está tentando colocar a culpa do destino de Noemi em Abel, uma tática psicológica nociva, mas não há tempo para adverti-lo. Mansfield continua: — *Vinte horas, meu garoto. Algo em você quer vir. Escute essa voz interior. Salve Noemi. Me salve.*

O holograma pisca e se apaga, deixando Abel parado sozinho no escuro. Pela primeira vez, ele entende como os humanos podem paralisar de choque, um instinto animal do fundo do sistema límbico, um instinto que Abel achava não possuir até agora.

Com a vida de Noemi em jogo, Mansfield está mudando os termos. Abel não fica feliz com isso. Seu criador tem medo — medo de algo além de sua própria morte — e essa variável desconhecida destrói todos os planos e cálculos de Abel. Ele não tem como descobrir como resgatar Noemi...

... a menos que aceite a barganha de Burton Mansfield.

9

Quando o holograma de Abel fica escuro, Noemi contém um soluço. É a última vez que fala com ele ou com qualquer pessoa com quem já se importou. Parece uma despedida de sua própria vida.

Noemi acredita que morrerá aqui, no laboratório de Mansfield. Ela espera que sim. Isso significa não só que Abel está seguro, mas fazendo tudo o que pode para ajudar a Gênesis. A morte é um pequeno preço a pagar por isso.

Mas uma coisa é saber disso. Outra é estar pendurada no calor espinhoso de um campo de força, cheirando ozônio, sem poder fazer nada, sem ninguém com quem conversar e nada para pensar, exceto o horror que está por vir.

A porta do porão se abre e vários passos ecoam nas escadas. Noemi instantaneamente pode imaginar o resgate — mas as pessoas que descem não são policiais, ou soldados, muito menos Abel. É Mansfield, acompanhado de alguns de seus mecans e uma mulher ruiva cujo rosto é magro e tenso.

— Você não conseguiu convencê-los a esperar? — Mansfield pergunta enquanto se apoia no braço dela. — Não conseguiu que nos dessem mais algumas horas?

— Eu tentei. — Ela abaixa a cabeça, como se não suportasse decepcioná-lo. — Foi impossível. Nós temos que ir agora.

— Gillian... eu estou tão perto...

— Abel vai nos encontrar. Vamos garantir que sim.

— O que está acontecendo? — Noemi não espera resposta, mas não vai ficar aqui pendurada como um quadro na parede. — Ir aonde?

— Isso importa? — diz Gillian, depois acena com a cabeça em direção à mecan Tare. — Prepare a srta. Vidal para o transporte.

Transporte?

Quando a mecan Tare se move em direção a outra seringa, Noemi vê Mansfield sentado em frente a um dispositivo de gravação holo.

— Temos que codificar isso, você sabe — diz ele a Gillian. — Para que ninguém além de Abel possa entender. Se estamos tão perto de sermos descobertos a ponto de apressar nossa partida, as autoridades poderiam chegar aqui a qualquer momento.

Gillian assente e se ajoelha ao lado de Mansfield. Gentilmente, ela diz:

— Vou iniciar a criptografia agora, papai.

A filha dele — pensa Noemi, mas então a mão da Tare agarra seu braço, outra agulha perfura sua carne, e o mundo se afasta na escuridão.

• • •

Noemi está dormindo, mas ao mesmo tempo não está. Consciente, mas inconsciente. Tudo muda e gira em torno dela como se estivesse caindo continuamente de uma cachoeira dentro de uma bolha.

Abel aparece diante dela outra vez como no holograma — sombrio, semitransparente, mas mais real neste momento do que qualquer outra coisa. Sempre que imaginou vê-lo novamente, imaginou que seria doce. Muito *alegre*. Em vez disso, há apenas angústia e medo tão intensos que deixam seus nervos à flor da pele.

Ela tenta pensar no passado mais distante, em sua jornada com Abel através das estrelas. A névoa das drogas faz com que a lembrança pareça tão real quanto a experiência, e logo ela se vê envolta em toda aquela corrida emocionante — os dois correndo juntos por um porto espacial na lua, passando a noite acordados em Cray e conversando sobre a fé sentados sob luzes cintilantes, fingindo ser marido e mulher em Stronghold, assistindo a *Casablanca*, seu único beijo em gravidade zero, e o momento em que se conheceram, quando Abel parou de atirar e entregou-lhe a arma.

Na primeira vez que se viram, eles tentaram se matar. Agora querem morrer um pelo outro.

Eu vou vencer, pensa Noemi, a mente nebulosa. *Vou ser eu a morrer. Tem que ser eu.*

Tem que ser.

• • •

Ela acorda deitada no que parece um sofá confortável. O tom rosado de suas pálpebras revela que, qualquer que seja o espaço em que ela está agora, é extremamente iluminado. Apenas alguns murmúrios suaves e o zumbido baixo de eletrônicos são audíveis. Noemi fica muito quieta, deixando os olhos fechados, para manter a ilusão de inconsciência pelo maior tempo possível.

A voz de Mansfield é rouca e irregular, sua respiração, difícil.

— Você se lembrou de trazer a caixa de sua mãe, não é?

Gillian tem a voz forte e profunda para uma mulher, que soaria mais natural ordenando do que se submetendo ao pai.

— Claro. Eu nunca me esqueceria disso. Você só está nervoso.

— Por que eu não estaria? — rebate Mansfield. — Isso é uma droga de um negócio ilegal.

— Nós sempre soubemos que isso poderia acontecer — diz Gillian. — Não estamos a mais do que algumas mensagens holográficas do caos completo.

Nada disso faz sentido para Noemi ainda, mas ela ouve atentamente cada palavra. Em breve, ela espera ter peças suficientes para montar o quebra-cabeça.

À medida que a névoa soporífica das drogas desaparece, ela percebe mais detalhes de seu novo ambiente. Os poucos passos que ouve bater no tapete macio. Uma vibração fraca sugere que eles estão em um veículo e, como Gillian e Mansfield estavam conversando sobre uma "partida", provavelmente é uma nave. Alguém parece ter vestido roupas sobre o que ela já usava; o que quer que seja, é macio contra sua pele. No entanto, o pensamento de ficar ali deitada enquanto alguém a veste parece uma violação quase tão grande quanto se eles a tivessem despido.

Ocorre a ela que provavelmente foi um mecan que a vestiu, um mecan que não poderia se importar se vestia um humano ou um peru. Isso ajuda um pouco. Mas o coração dela não para de bater com força. Ela sempre foi capaz de resistir ao medo, mas agora ele a atinge de várias direções ao mesmo tempo.

Gênesis tem uma chance agora, ela se lembra. Abel pode encontrar Ephraim, se ninguém mais puder. Certamente o Remédio ajudará se for possível. Ela fez o máximo que pôde para salvar seu mundo. Será suficiente?

Pelo menos é melhor do que se render.

Agora, se ela pudesse ter certeza de que Abel vai se salvar junto com a Gênesis...

— A prisioneira acordou — diz a Tare, que deve estar muito perto. — Os movimentos dos olhos sugerem consciência.

— Por que você está fingindo dormir? — pergunta Mansfield. — Levante-se, garota. Precisamos conversar com você.

Noemi abre os olhos e se apoia nos cotovelos. Como suspeitava, eles estão a bordo de uma nave espacial, um luxuoso cruzador pessoal. Tudo — as paredes brilhantes de polímero, sofás longos e baixos, e carpete grosso — é branco e macio, tão impecável que ela duvida que a nave já tenha sido usada antes. O cruzador parece ter apenas uma câmara principal, configurada como uma espécie de sala grande. Alguns mecans estão de macacão cinza-claro, servindo humanos ou esperando para servir. Na extremidade da câmara, Mansfield está reclinado em uma espreguiçadeira da mesma cor de neve de todo o resto, Gillian está agitada ao seu lado. Eles se trocaram e estão com.... roupa de gala? Isso parece absurdo. Mas Noemi vê Mansfield em um smoking e Gillian em um vestido preto brilhante. Ou as drogas distorceram seu cérebro ou eles vão a uma festa.

Então ela percebe que está usando um macacão sedoso e prateado. Aparentemente, *todos* vão a essa festa — seja qual for.

— Temos que conversar — diz Gillian. — Os termos de sua captura mudaram.

— Vocês decidiram tornar meu sequestro... mais festivo?

Mansfield ri, ainda agindo como se no fundo todos fossem bons amigos, mas o rosto de Gillian permanece imóvel.

— Quando chegarmos ao nosso destino, você será apresentada como um de nossos convidados. Você se comportará e será tratada como tal, a menos que tente informar a alguém sobre o verdadeiro motivo para estar presente. É improvável que acreditem em você, mas não podemos arriscar.

Gillian levanta a mão como se quisesse mostrar sua pulseira. A maioria das pessoas pensaria que era apenas uma pulseira e não olharia com mais atenção. Mas Noemi vê que as finas linhas e tubos de metal em sua superfície não são apenas um padrão bonito; eles sugerem que são máquinas funcionando.

— Eu posso ativar a ampola de veneno dentro do seu corpo a qualquer momento — diz Gillian. — Levaria menos de um batimento cardíaco. Mesmo se você tentasse, não poderia me matar depressa o suficiente para se salvar.

Me dê uma chance, pensa Noemi, mas não fala. Em vez disso, ela se endireita e levanta o queixo.

— Então, o que é mais importante do que a chance de seu pai assassinar Abel?

Mansfield zomba com uma risada quando ela diz a palavra *assassinar*, mas isso não causa impacto na quietude quase sinistra de Gillian.

— O trabalho de meu pai e o meu representam o maior salto que a humanidade já deu. Não há sacrifício grande demais por ele. Nem preço alto demais para pagar.

— É fácil falar quando somos eu e Abel que estamos pagando — retruca Noemi, mas a verdade é que o olhar fixo de Gillian a irrita quase tanto quanto estar presa no campo de força. — Eu odeio te dizer isso, mas seu pai roubar o corpo de outra pessoa não é um grande salto para ninguém além dele.

— Trata-se de mais do que a sobrevivência de um homem, mesmo sendo um tão grande quanto meu pai. — Gillian se vira para ele com um olhar de total devoção, mas não a devoção que os filhos costumam ter pelos pais. Faz Noemi se lembrar dos fiéis diante da Cruz.

Ela não perde a ligeira mostra de exasperação no rosto de Mansfield. Ele pode ter muitas coisas importantes a dizer sobre seu trabalho, mas não se importa tanto com a "humanidade" ou o "bem maior". Mansfield está salvando a si mesmo.

Mas Gillian está em busca de algo maior. Algo que ela vê como quase santo, algo pelo qual está disposta a fazer o mal. Essa mulher é uma fanática seguindo o falso deus do ego de seu pai.

— Estamos nos aproximando de Netuno — relata o piloto, um modelo King trabalhando duro em um pequeno console central.

Netuno? Noemi faz uma careta. Os humanos não vivem nem trabalham perto de Netuno. Se ela se lembra bem de sua exoastronomia, dificilmente seria um lugar onde alguém passaria férias tropicais, com temperaturas médias em torno de duzentos graus negativos e ventos que podem chegar a mil e quatrocentos quilômetros por hora.

O King acrescenta:

— Entrando na órbita de Proteus.

Mansfield simplesmente acena para ele.

Proteus. Essa é a maior das luas de Netuno e, até onde Noemi sabe, não é um destino melhor do que o planeta.

A única coisa para a qual Proteus seria bom é como... um esconderijo.

Noemi se levanta e agradece por se sentir firme novamente. Ninguém a impede quando ela se aproxima da pequena tela pendurada na parede, mais como decoração do que como guia para qualquer pessoa. A superfície azul-prateada de Netuno agora ocupa quase metade da tela, enquanto eles passam a caminho da lua cada vez maior.

Estreitando os olhos, ela toca em um detalhe estranho na tela — um tipo de sombra que adquire mais detalhes.

Então a ampliação aproxima aquela sombra e ela vê a nave.

Seu tamanho a surpreende — maior do que qualquer outra nave que ela já viu, até mesmo que os transportadores de reassentamento, até que as naves Damocles mais temidas. A forma lembra um ovo, se os lados fossem mais agudos, a extremidade mais pontuda. Luzes de trânsito sem propósito contornam os traços decorativos ao longo da superfície, e há dezenas deles. Linhas negras profundas enfeitam todos os cantos, além de azulejos em terracota vermelha e lápis-lazúli. Os padrões sugerem uma estética dos egípcios antigos. A nave está aninhada dentro de uma doca de construção espinhosa, como uma joia em um estojo de metal.

Esta nave seria difícil de aterrissar. É grande demais para atracar na maioria dos portos; ela precisa de acomodação especial. Não há como adaptá-la para usos futuros. *Quantos milhões de créditos — não, bilhões, talvez até trilhões — foram gastos apenas na decoração dessa coisa? Como os líderes da Terra podem afirmar que somos os responsáveis pelas pessoas que passam fome e morrem enquanto desperdiçam recursos* nisso?

Enquanto a Terra estava planejando a morte de seu mundo, também estava construindo essa nave extravagante e inútil. Criando para si mesma um novo *brinquedo.*

Alheio à sua ira, Mansfield se levanta e estende a mão para a imagem da grande nave dourada.

— Bem-vindo à *Osíris.*

Gillian murmura:

— Onde renasceremos.

Por definição, uma espaçonave não pode ser um destino.

— Para onde essa coisa vai nos levar?

— A um lugar em que quase ninguém mais esteve — diz Mansfield.

Noemi se pergunta quão pecaminoso seria dar um tapa em um velho se ele fosse muito, muito mau e também irritante.

— Obrigada por essa resposta útil. Como Abel vai encontrar você em um lugar aonde ninguém nunca foi?

Sua provocação o acerta em cheio. Mansfield empalidece quando se senta no sofá baixo. A ideia de perder sua chance de imortalidade obviamente o abala. É Gillian quem responde, e ela está conversando com o pai, não com Noemi.

— Abel virá para a nave. Não vai demorar, você vai ver. Ele não vai nos deixar partir sem ele. Mesmo sem a garota, a Diretiva Um o trará até nós no fim.

Os olhos de Mansfield encontram os de Noemi. Eles são azuis como os de Abel, mas frios como os de Abel jamais seriam.

— É melhor você torcer por isso, de qualquer maneira. Porque o seu destino é o meu destino, srta. Vidal.

— Então espero que eu morra — diz Noemi.

— Isso pode ser providenciado — diz Gillian.

Ela toca Noemi pela primeira vez, colocando a mão em seu braço. Sua carne é fria, e ela agarra o local dolorido e onde a ampola está sob pele, esperando a ordem para matar Noemi.

10

O PRÓXIMO PASSO DE ABEL DEVE SER O MAIS PERIGOSO QUE ELE JÁ deu: voltar para casa.

Seu DNA espelha o de Mansfield em muitos aspectos. Isso significa que ele consegue furar a segurança por meio de uma varredura simples. Não há sentinelas mecans ou humanas à vista. Quando o portão de metal ornamentado se abre para permitir sua entrada, Abel ergue os olhos para a colina, na direção da casa contornada pela pervinca no início da manhã, sua forma é reconfortante e familiar. Cada painel da cúpula geodésica parece brilhar com as luzes da cidade ao redor.

Nesse momento, a casa está vazia. Ele sabe disso pela ausência do uso de energia, pela ausência de luz e de mecans de guarda correndo para agarrá-lo. Abel calculou que as instruções de Mansfield tinham sido genuínas; suas palavras eram muito peculiares, apressadas demais, para que estivesse tramando uma armadilha. As armadilhas de Mansfield seriam mais cuidadosas. Ainda assim, Abel está aliviado por ter seus cálculos confirmados.

Ao se aproximar, ele vê sinais de abandono. O jardim de Mansfield se tornou uma sombra marrom e murcha do que já fora, mesmo que os mecans estivessem cuidando dele até pouco tempo atrás. Já se passou tempo suficiente para as videiras começarem a reivindicar as sebes cuidadosamente modeladas. A poeira embaça o brilho dos painéis inferiores. Ervas-daninhas aparecem entre as pedras do caminho; mesmo neste planeta agonizante, a vida luta em cada centímetro.

Mansfield partiu nas últimas horas, no sentido físico. No entanto, o estado das coisas diz a Abel que Mansfield parou de pensar nessa casa como seu lar algumas semanas antes. Por quê?

Alguns galhos foram largados nos degraus que levam ao laboratório de Mansfield no porão. Abel pretendia entrar por essa porta, mas para um metro antes dela, incapaz de ir mais longe. Ele continua repassando a última vez em que esteve naqueles degraus, correndo lá para cima, para fora e para longe, escapando com vida. A lembrança o sobressalta, e então ele caminha para a frente.

Por que ele não deveria entrar pela porta da frente? Ele tem esse direito.

Mansfield sempre quis que eu o chamasse de Pai, pensa Abel. *Se ele fosse mesmo meu pai, eu herdaria uma parte de seu patrimônio. Portanto, declaro que esta casa é a minha parte.*

Mas entrar pela porta da frente é ainda pior, porque a destruição é quase completa.

Todos os livros se foram. O fogo holográfico está apagado e não resta nada além de uma parede assustadoramente branca. Até o relógio de pé fora levado, deixando uma marca mais viva no tapete, onde a luz nunca teve a chance de desbotar as cores. Rapidamente ele verifica o quarto de Mansfield; também vazio. Os padrões de poeira sugerem que a casa foi esvaziada faz apenas um ou dois dias, ou até mesmo nas últimas horas. Não há ninguém ali, nem humano nem mecan, e o silêncio é total. A casa foi abandonada, como se todos os dias que Abel passou ali não fossem mais que uma ilusão. Ele sente como se não pudesse confiar em seus próprios bancos de memória.

Por que me trazer aqui para obter instruções e depois ocultá-las? Abel pensa com o que aprendeu a reconhecer como a emoção humana da irritação. Ele se regozija com o sentimento; é uma distração eficaz de seu medo pela vida de Noemi.

Ele franze a testa quando volta para a sala e vê algo deixado para trás, uma pintura a óleo relativamente pequena e de cores vivas de Frida Kahlo, *Árvore da esperança, mantenha-se firme*. Mansfield a adquirira quando comprou a coleção inteira de um museu que estava fechando e a exibia com destaque como uma obra-prima da maior surrealista do século XX. No entanto, Mansfield tinha pouco apreço pessoal pela pintura. No máximo, ele a desaprovava: *Algumas pessoas jogam tudo o que pensam e sentem na parede para que todos vejam, meu garoto. Elas não entendem de sutileza.*

Mas Abel também não entende de sutileza. As emoções diretas de Kahlo o atraem. Nessa foto, Kahlo havia pintado dois autorretratos presos em uma paisagem seca e árida, um de dia e outro à noite. De um lado, está deitada em uma maca de hospital, com o rosto escondido, ataduras enroladas para revelar os cortes ainda ensanguentados em suas costas; do outro, está ereta, radiante em um vestido vermelho, com flores no cabelo, segurando o colete ortopédico que Kahlo foi forçada a usar após sua lesão na coluna vertebral. Ela olha para os espectadores, desafiando--os a entender.

O que é mais interessante na pintura, na opinião de Abel, é que o autorretrato deitado e ensanguentado é o que está à luz do dia. A Kahlo mais orgulhosa, a mais forte, fica sentada à noite. Mesmo assim, segura seu colete junto de si, de modo que parte dela pode ser vista apenas através de suas hastes.

A maioria dos humanos escolhe esconder sua dor e fraqueza. Kahlo reconheceu que todos viam as dela. Era seu poder que estava oculto pela escuridão, e a prova de sua lesão faz parte desse poder.

(Esta é apenas sua interpretação. Embora a escrita acadêmica sobre a pintura esteja armazenada em sua memória, ele nunca a acessou conscientemente. Quer que suas opiniões continuem sendo suas.)

Abel gosta especialmente do colete. Feito principalmente de metal, ainda era parte de Kahlo, uma parte que ela admitiu para o mundo inteiro. Ele não precisava recorrer a textos freudianos para saber por que esse elemento era importante para ele. Às vezes, nos seus primeiros dias, quando Mansfield estava ocupado com outras coisas, Abel ficava sentado naquela sala por horas, estudando todas as facetas da pintura, tentando se conectar com o espírito de uma humana morta séculos antes que entendia o que significava ser parte viva, parte máquina.

Mansfield levou a maioria de seus outros objetos de valor, mas deixou aquilo ali para apodrecer. Abel está começando a se perguntar se seu criador realmente apreciava algum de seus tesouros. Ele tira o quadro da parede, o coloca debaixo de um braço e se prepara para entrar no lugar aonde menos quer ir: o porão.

Este é o local em que Abel *nasceu*, por falta de uma expressão melhor. Originalmente, era o porão de uma casa da era vitoriana construída séculos antes. Mansfield o reequipou como um laboratório moderno para seus experimentos mais avançados. Assim, enquanto tijolos antigos revestem as paredes e algumas janelas com vitrais cercam a pequena área logo acima do nível do solo, a sala está cheia de tanques para o crescimento de mecans...

... e um gerador de campo de força parado no centro da sala, uma cela vazia com pontas afiadas. Foi ali que Noemi foi mantida, no escuro do porão, incapaz de tocar qualquer coisa sem sentir dor.

O sentimento de Abel agora é um que ele não experimenta com frequência. É algo que ele acha difícil de alcançar, porque é totalmente proibido aos mecans e muito estranho à programação principal de sua natureza. Mas ele o reconhece de imediato, pela forma como torce e queima em sua mente.

É raiva. *Fúria.*

Suas emoções não alteram o que Abel precisa fazer. Ele muda sua visão para infravermelho, para não precisar acender as luzes. (Provavelmente ninguém está vigiando a casa, mas não faz sentido correr riscos quando ele tem outras formas de enxergar.) Não há mecans nos longos tanques retangulares, embora alguns ainda estejam cheios do fluido rosa-leitoso que ajuda os novos mecans a crescer. Alguns tanques menores foram adicionados desde que Abel estivera aqui pela última vez; Mansfield havia explicado que as pessoas ansiavam por mecans do tamanho de crianças para substituir os filhos que não podiam ter. Mecans orgânicos podem tornar isso desnecessário, dando à luz bebês para os humanos criarem — até que cresçam o suficiente para serem descartados, enviados para servirem como máquinas de outras pessoas.

Em uma mesa, abandonada, está um tronco cerebral cibernético com seu cordão receptor, a semente de qualquer mecanismo. Se Mansfield o tivesse revestido com os aminoácidos corretos e com o DNA sintético, e depois o afundado em um desses tanques, ele se tornaria um mecan. Teria o poder de andar, conversar e pensar, até certo ponto. Em vez disso, está aqui esquecido.

Abel pega e olha para a caixa de metal. O que é que faz disso uma *coisa* a ser *alguém*? *Existe* uma diferença — Abel percebeu por conta própria —, mas ninguém entende exatamente qual é, nem mesmo Mansfield.

Então ele vê o dispositivo de memória extra preso no tronco cerebral, seu metal mais novo e mais brilhante do que o que está ao seu redor. Claro que foi aqui que Mansfield escondeu a mensagem. Ele sabia exatamente onde Abel procuraria.

É perturbador alguém que representa um grande risco o conhecer tão bem.

Ele vai até a cadeira onde seu criador costumava se sentar, sua pequena estação de trabalho, e a ativa. Quando a sala é iluminada pelo fraco brilho azul da tela em funcionamento, ele conecta o dispositivo de memória. Quando vê o nível de criptografia extraordinariamente alto, se pergunta se Mansfield queria mesmo que ele decodificasse isso.

Franzindo a testa, Abel começa a trabalhar. Isso pode levar horas, e decifrar essa mensagem é sua única esperança de salvar Noemi.

Depois de trinta e dois minutos e quatro segundos, sua intensa concentração é interrompida pelo toque da unidade descartável que ele comprou no ponto de informações de acesso público. Mansfield exigiu que Abel esperasse duas horas antes de vir para cá, sem dúvida porque achava que seu grupo estaria mais vulnerável a ataques em trânsito. Abel havia usado bem essas duas horas, pesquisando vários arquivos de equipes médicas da Terra. A maioria das pessoas não esconde seus segredos tão bem quanto Burton Mansfield.

Ele pega o material descartável com sua tela plana antiquada e o ativa para ver o rosto de Ephraim Dunaway.

— Abel. — O desconforto de Ephraim é óbvio. — Como diabos você me encontrou?

— Eu cruzei as referências de pessoas da área médica que aceitaram novos empregos na Terra há aproximadamente cinco meses com nomes que nunca haviam aparecido em registros antes desse período. Foi fácil reconhecer sua nova identidade a partir de dados demográficos. — Abel percebe que não é bem isso que Ephraim estava perguntando. — Duvido que qualquer humano possa encontrá-lo tão facilmente, se é que podem encontrá-lo.

Ephraim relaxa um pouco.

— Achei que nunca voltaria a ter notícias suas. Fico feliz em saber que você está bem. — No fundo da tela, Abel vê uma janela que mostra palmeiras balançando com um vento forte sob a fraca luz acinzentada do sol de um céu tempestuoso. Ephraim deve estar do outro lado da Terra. — Mas esta não é apenas uma ligação para lembrar os velhos tempos, é?

— Não. Preciso da ajuda do Remédio... ou melhor, a Gênesis precisa.

Quando Abel explica o que aconteceu na Gênesis, a expressão de Ephraim muda de confusa para horrorizada.

— Por Deus — sussurra ele. — Isso é genocídio em massa.

— Não se conseguirmos para eles os melhores medicamentos antivirais. — Abel tem calculado as probabilidades. Os virologistas da Terra teriam presumido que a Gênesis não poderia receber suprimentos médicos dos mundos do Loop e, portanto, não teriam se preocupado em redesenhar a Teia de Aranha para torná-la mais resistente a medicamentos. — Isso significaria enviar suprimentos médicos em massa para a Gênesis, e se há alguma entidade capaz de fazer isso, é o Remédio.

— Esse é um grande "se", meu amigo. — Ephraim balança a cabeça. — Nós temos as pessoas. Podemos conseguir a medicação. O que não temos é a *rede*. O Remédio é composto de células individuais que não sabem muito umas sobre as outras; é mais seguro para todos os envolvidos. Claro, isso significa que nem todos concordamos sobre o que deveríamos estar fazendo, por que ou como. A comunicação entre as células é estritamente limitada.

Ephraim suspira, em frustração compreensível. A ala radical do Remédio vê os moderados como fracos; a ala moderada vê os radicais como terroristas. Abel concorda com a última filosofia, mas sabe que não deve tomar partido em uma luta que não é dele.

— Nunca atuamos orquestrados — continua Ephraim. — Nunca nos levantamos como... um exército, principalmente porque seus irmãos e irmãs mecans acabariam conosco. A Terra tem dez vezes mais armamento que nós.

— Está mais para 170 vezes. — Talvez essa correção fosse desnecessária. Abel rapidamente acrescenta: — Perdoe minha interrupção.

— A questão é que o que está acontecendo na Gênesis... era o que Remédio esperava! É um *crime de guerra*, algo tão hediondo que a Terra teve que fazer em segredo. Além disso, a bioengenharia deixa claro que a Terra esteve por trás da Teia de Aranha o tempo todo. Até os desgraçados sedentos por sangue, que poderiam gostar dessa guerra biológica contra a Gênesis, ficariam furiosos ao saber que a Terra a usou primeiro contra seu próprio povo. Se os cidadãos dos mundos colonizados souberem a verdade sobre isso, finalmente podem se rebelar. A própria população da Terra pode se juntar a nós! — Batendo com um punho na outra mão aberta, Ephraim acrescenta: — Mas precisamos de *provas*. Precisamos que o Remédio se una para *obter* essas provas. E não sei como fazer isso acontecer.

— Deve haver alguma forma de comunicação — argumenta Abel. — Riko Watanabe tinha conexões mais amplas...

— Sim, mas Riko e eu nos separamos há mais de quatro meses. Ela me arranjou um novo nome, uma nova identificação... e sou grato por isso... mas a verdade é que nunca conseguiríamos chegar a um entendimento. — O estreitamento dos olhos de Ephraim sugere arrependimento e até mágoa. Ainda enquanto Abel registra isso, a emoção de Ephraim é varrida por um novo foco. — Operadores de nível superior têm códigos de retransmissão somente para grandes emergências. Conecte esses códigos à sua comunicação e você poderá obter informações da grande maioria do Remédio rapidamente.

O resto é óbvio.

— Mas você não tem nenhum dos códigos de retransmissão nem tem ideia de como consegui-los.

— Bingo — diz Ephraim. — Riko pode ter acesso a eles, mas sabe Deus onde ela está agora.

— Encontrei você em duas horas — declara Abel. — Parece racional concluir que também posso encontrá-la.

Ephraim acaba soltando uma gargalhada estrondosa.

— Você é o melhor detetive que já conheci. Quanto tempo você acha que vai levar para pesquisar vários planetas? Um dia inteiro? Um dia e meio?

— Noemi está em perigo. Tenho que ajudá-la primeiro. — A visão periférica de Abel acompanha a decodificação o tempo todo.

— Espere. O que aconteceu com Noemi?

Abel balança a cabeça.

— Você não deve se envolver. A situação é... complicada.

Embora Ephraim claramente não goste dessa explicação vaga, ele a aceita.

— Então, o que vou fazer é chegar o mais longe possível. No momento, é difícil... estamos em uma zona de furacões, prestes a ver algumas pessoas enfrentarem uma tempestade que vai chegar no fim do dia.

Tais tempestades tornaram-se cada vez mais frequentes nos últimos trezentos anos — megafuracões capazes de atingir meio continente com sua fúria. Os bancos de memória de Abel deixam claro que durante esses períodos reina o caos.

— Você não poderá fazer contato até que as comunicações sejam desbloqueadas após a tempestade.

— Não significa que não posso fazer algum progresso — insiste Ephraim. — Talvez eu não consiga entrar em contato com muitas células do Remédio, mas posso encontrar uma que possua os códigos de retransmissão. Independentemente disso, eu *sei* que posso nos conectar a muitos hospitais e naves médicas. Assim que essa tempestade passar, começaremos a reunir o maior número possível de medicamentos antivirais. Dessa forma, quando tivermos as informações necessárias, estaremos prontos para agir.

A decodificação brilha mais forte e pisca: a mensagem de Mansfield foi desbloqueada.

— Tenho que ir — diz Abel. — Aja o mais rápido possível, e não espere ter mais notícias minhas. Segundo o relato de Noemi, a Gênesis tem muito pouco tempo.

— Entendido. — A expressão no rosto de Ephraim mostra preocupação. — Em quantos problemas você e Noemi estão metidos?

— Você acharia psicologicamente mais reconfortante não saber. — Abel desliga a comunicação sem outra palavra. Ele não pode perder os poucos segundos que seriam necessários para tranquilizar Ephraim Dunaway, não com a vida de Noemi em risco.

Ele insere o dispositivo de memória na unidade de holografia e digita o código completo de decodificação. O holograma pisca e liga, e uma imagem azulada de Burton Mansfield toma forma — vestindo um roupão de banho, sentado na mesma cadeira que Abel agora ocupa. Seu criador parece péssimo, mais morto do que vivo, e sua voz falhada corta Abel. Mas suas palavras são ainda piores:

— Então você encontrou o dispositivo exatamente onde achei que ia procurar. Você achou que eu não entendi o que você se tornou, não é? Eu entendo, Abel. É por isso que você é tão precioso para mim. — Isso significa *É por isso que pretendo tomar seu corpo*. Mas Abel continua focado, enquanto Mansfield acrescenta: — Estou lhe dando outra chance de salvar sua garota. *Uma chance*. Eu gostaria de bancar o durão e dizer que é porque estou ficando sem paciência, mas a verdade é que estou ficando sem tempo. Assim como Noemi Vidal.

Abel não presta atenção às provocações. Em vez disso, analisa a incerteza na linguagem corporal de Mansfield. A característica estranha e apressada dessas instruções. Até o modo como os olhos de Mansfield correm de um lado para outro, como se ele estivesse assistindo a alguma ação que acontece ao seu redor. Algo fundamental mudou nos planos de curto prazo de Mansfield — sugerindo que há um elemento grande e importante sobre o qual ele não tem controle. Esse elemento pode ajudar Abel ou condenar Noemi. Até que ele descubra o que é, não pode determinar qual probabilidade é maior.

Mansfield continua:

— Venha para Netuno, Abel. Para Proteus. Encontre a *Osíris*. Vou estender seu prazo, mas não muito. Encontre-me lá dentro de um dia da Terra, não mais. Essa é a última chance para nós três conseguirmos o que queremos. Depois de cumprir seu dever, prometo que Noemi pode voltar para casa em segurança. Vou até dar a vocês a chance de se despedirem.

A lembrança de seu primeiro adeus inunda a mente de Abel — a sensação de Noemi em seus braços, a suavidade de sua boca na dele. Isso aguça tanto o desejo por ela que fica feliz por Mansfield não ter mencionado a chance de se despedir no primeiro pedido de resgate. Se tivesse, Abel poderia ter se rendido.

— Encontre a *Osíris* — repete Mansfield. — Até breve. — Com um aceno, ele desaparece. O holograma acabou.

• • •

Na Namíbia, Abel atraca o corsário de Virginia, faz um pedido de liberação de voo e sobe caminhando pelo longo corredor em espiral da *Perséfone* até chegar ao compartimento de equipamento. Ele ficou isolado neste lugar por quase trinta anos, sozinho. Durante a maior parte desse tempo, se perguntou se algum dia seria libertado daquela prisão. No entanto, descobriu que, quando está confuso ou chateado, esse é o lugar aonde mais quer ir. Não faz sentido racional, e ele está tentando descartar a expectativa de que suas emoções devessem ser racionais. A julgar pelos humanos que observou, ninguém consegue.

Aqui na Terra, ele não pode desligar a gravidade para flutuar em gravidade zero, como fazia. A escuridão e a porta fechada são suficientes. Ele se deita no chão, olhando as marcas esculpidas no teto. Logo que ficou preso, fazia um arranhão para cada dia; seu plano era acompanhar todo o tempo até que fosse resgatado. Abel desistiu depois de apenas 5,7 anos.

O hábito se tornara muito deprimente. Se ele continuasse, quase todos os centímetros deste compartimento estariam marcados.

Essa era a sua prisão. Esse era o seu lar. Foi aqui que aprendeu a suportar o fardo de não saber. Agora, quando precisa seguir em frente sem saber como Noemi está e sem nenhum plano concreto para salvá-la, ele precisa recorrer a essa resistência novamente.

Uma luz começa a piscar em uma interface próxima; autorização de decolagem concedida. Partida imediata necessária.

Mas ele hesita na porta por quase 2,3 segundos, olhando não para as marcas no teto, mas para o local no ar onde segurou Noemi nos braços. Onde eles se beijaram.

Ele sempre soube que seria apenas uma vez.

11

À MEDIDA QUE O CRUZADOR DE MANSFIELD SE APROXIMA DA GIGANTE nave *Osíris*, Noemi começa a planejar sua fuga.

Não posso dominar os mecans a bordo da nave de Mansfield para roubá-la e, mesmo que pudesse, não seria capaz de escapar nesta nave. Eles estão perto o suficiente agora para que ela veja que dezenas, talvez centenas de mecans cercam a *Osíris* e arredores, mergulhando em torno da estrutura de ancoragem como abutres. *Quando estiver na* Osíris, ela decide, *poderei procurar outras oportunidades.*

O músculo dolorido ao redor da ampola de veneno em seu braço palpita a cada batimento, a lembrando que seus captores têm o poder de matá-la a qualquer momento. Mas ela sabe que é improvável que tentem algo antes que Abel apareça, o que ela espera que seja nunca.

Abel está ajudando a Gênesis, diz Noemi a si mesma. No momento em que ela escapar desta nave, pretende se juntar a ele. Seu mundo tem muito pouco tempo.

Os comunicadores do cruzador são acionados. "*A Columbian Corporation dá as boas-vindas ao lançamento da* Osíris, *a primeira etapa da jornada mais incrível da história da humanidade.*" Obviamente, é um sinal automatizado, e Burton Mansfield faz uma careta.

— Somos os maiores investidores — resmunga enquanto Gillian o ajuda a se levantar. — Seria de se esperar que merecêssemos uma saudação pessoal.

— Ainda não temos a maioria. — O tom de Gillian sugere que ela já disse isso muitas vezes antes. — Além do mais, isso importa?

A pergunta parece irritá-lo.

— Status sempre importa, minha querida. — Pessoas da Terra têm prioridades estranhas.

Mas Gillian não pensa como seu pai. Seus olhos assumem o brilho distante e ardente do santo propósito.

— Logo eles saberão o que realmente fizemos. — Noemi não tem ideia do que a mulher está falando, mas tem certeza de que isso não é nada de bom.

"As instruções de ancoragem foram identificadas automaticamente no seu cruzador pessoal", continua a mensagem. *"Após a sua chegada, nossa equipe de mecans cuidará de todas as suas necessidades. Então sentem-se, relaxem e aproveitem o milagre que está prestes a acontecer."*

— O que... — Noemi sente um leve puxão quando a *Osíris* começa a rebocá-los. — Eles disseram "milagre"?

— Hipérbole. Aconselhei os outros membros do conselho a tirar esse tipo de linguagem, mas fui voto vencido. Mas eu já não realizei milagres antes, senhorita Vidal? — pergunta Mansfield enquanto se recosta na sua espreguiçadeira.

Abel certamente conta como um milagre, mas não se trata apenas da genialidade do trabalho de Mansfield. Algo a mais aconteceu dentro dele para torná-lo muito maior do que seu criador.

Para Mansfield, ela apenas diz:

— Você não é um deus.

A *Osíris* parece maior diante deles, seu casco dourado ornamentado apagando as estrelas. Um dos mecans se aproxima e afofa os cabelos de Noemi, depois borrifa nela algo que cheira a flores de pera; isso a assusta, até que ela se lembra de que está sendo considerada uma convidada de Mansfield. Enquanto o poço dourado da baía de ancoragem engole a nave, Noemi respira fundo algumas vezes e se endireita. Ela entrará nesta nave não como prisioneira nem como convidada da festa, mas como soldado da Gênesis.

Não importa se ninguém mais sabe o que ela é. Ela sabe. É o suficiente.

O cruzador passa pelo brilho prateado de um campo de força e se instala no convés. Quando a cabine do piloto se abre, o ar entra, grosso e sedutor como perfume.

Um modelo Zebra chega até eles, estendendo a mão.

— Professor Mansfield, Dra. Shearer, sejam bem-vindos à primeira etapa da grande jornada. Suas suítes estão totalmente preparadas.

— Quero ver os laboratórios — diz Mansfield. — Não agora, é claro, mas em breve. Em algum momento antes de começarmos. Quanto tempo vai levar mesmo?

— Planejamos partir assim que o ministro Cheng chegar, em aproximadamente dez horas.

Mansfield e Gillian trocam um olhar de horror. Dez horas não é muito tempo para Abel alcançá-los. Noemi abaixa a cabeça para esconder o sorriso. *Ele nunca conseguirá. Mansfield nunca mais botará suas garras em Abel.*

Agora, se eu puder me livrar de suas garras...

O Zebra volta sua atenção para Noemi, embora fale com Mansfield e Gillian.

— Posso perguntar sobre a sua convidada?

— O nome dela é Noemi Vidal — diz Gillian, segurando o braço de Noemi como se elas estivessem em algum tipo de encontro —, e ela deve ser mantida longe de qualquer área sensível da nave. Programe alertas de sensores que nos avisarão se ela chegar perto de uma arma ou uma trava de ar. E a coloque em uma das cabines vazias, de preferência a mais próxima da minha.

Qualquer humano entenderia que essas não são as instruções normais para um "convidado". O Zebra assente educadamente, seu sorriso imutável.

— Avise-nos se pudermos fazer algo por você antes de nossa partida, senhorita Vidal.

Noemi vê a chance e a agarra.

— Nossa partida para onde, exatamente?

Mas Mansfield balança um dedo enquanto seu modelo Tare o ajuda a sentar em uma cadeira baixa.

— Não conte nada a ela. Quero que seja uma surpresa.

Se a programação do Zebra permite que ele reconheça o quanto isso é estranho, ele não dá nenhum sinal.

— O coquetel de pré-lançamento já está em andamento. Posso acompanhá-los até lá agora, se quiser.

Inclinando a cabeça, Gillian diz:

— Por favor.

Quando todos partem, Noemi caminha atrás deles, tentando entender a farsa. Mas cada acontecimento é mais surreal que o anterior. Seu coração permanece na Gênesis, imaginando toda a dor ali. Seu corpo ainda treme com a adrenalina de ser refém e temer por sua vida e pela de Abel. Mas sua mente precisa reunir autocontrole para um... coquetel.

Talvez o gás que injetaram no meu caça estelar não tenha apenas me nocauteado, pensa Noemi. *Talvez tudo isso seja uma grande alucinação.*

O Zebra os leva da baía de ancoragem. Uma Yoke se aproxima, apressada, com uma bandeja de copos cheios de algo efervescente; Mansfield balança a cabeça, mas Gillian pega um, e Noemi acha que também pode. Quando dá o primeiro gole, fica surpresa ao perceber que é fortemente alcoólica, mas consegue engolir sem tossir.

Eles andam por um corredor com tapetes tão grossos que parecem acariciar seus pés a cada passo. Um leve brilho dourado reveste as paredes curvas, e arandelas em azul cobalto têm a forma de escaravelhos. Isso não parece uma espaçonave. É mais como ela imaginava um palácio. O ar não apenas é cheiroso, mas também *agradável*; Noemi leva alguns segundos para perceber que é porque há umidade — não muita, porém mais do que as condições áridas habituais a bordo de uma nave.

A umidade desgasta uma nave. Danifica os canos. Noemi foi treinada para ventilar seu caça estelar e seu traje após cada voo, porque muita água durante as missões os destruiria mais rapidamente do que qualquer coisa, exceto uma explosão. Quem construiu uma nave espacial tão extravagante e avançada tem que saber disso.

Os passageiros são ricos demais para se preocupar em estragar a nave?

Finalmente, o Zebra os leva a um alto conjunto de portas arqueadas, incrustadas com azulejos esmaltados. O Zebra dá um passo para trás para permitir que o grupo passe quando as portas se abrem para revelar uma sala banhada a ouro e cheia de gente bonita — jovem e glamorosa, vestida com roupas suntuosas — carregando seus próprios copos de vinho espumante. A luz cor de mel entra através de painéis do que parece um âmbar verdadeiro. Enquanto os convidados riem e conversam, parecem mais do que alegres. O clima está mais próximo da exuberância, do deleite e até da euforia. Os mecans estão por toda parte, atendendo a cada capricho humano: duas Oboes e um William tocam instrumentos de corda no palco, enquanto as Yokes oferecem bons vinhos e petiscos com um cheiro mais apetitoso do que qualquer refeição que Noemi já comeu.

Quando Mansfield e Gillian entram pela porta, todos os convidados se viram como se fossem um só. Todo mundo sorri, e algumas pessoas até aplaudem baixinho. Uma multidão começa a se formar ao seu redor, ansiosa para cumprimentar pessoalmente o grande cibercientista e sua famosa filha cientista. Vê-los ser tão bajulados é mais do que Noemi pode suportar, então ela se afasta pela multidão — ainda na festa, ainda obedecendo aos ditames de Gillian. Mas agora ela consegue fazer um balanço de seu entorno, além de entreouvir algumas coisas importantes.

Noemi finge estar muito interessada em escolher um petits-four da bandeja da Yoke, enquanto concentra sua atenção em Gillian e no homem de cabelos negros conversando com ela.

— ... ter certeza de que concorda totalmente que não é necessário adiar o cronograma de lançamento. — O homem sorri, mas é o sorriso feroz de alguém que espera seguir seu próprio caminho e que não o fez nesta ocasião. — Mal tive tempo de arrumar minha bagagem, muito menos trazê-la até aqui!

— Claro, Vinh — diz Gillian. Ela pode parecer agradável quando tenta. — Sim, se eles pegaram trilhas de ionização, talvez tenhamos algumas naves pequenas observando este local, mas isso não é motivo para pânico. Meu pai e eu temos nossas próprias razões vitais para querer adiar o lançamento. Isso interfere muito no... tratamento médico ele. Mas não temos poder de veto sobre isso.

A raiva de Vinh é clara, mesmo sem o alvo estar na sala.

— Como eles se atrevem a incomodar vocês, dois dos passageiros mais ilustres desta nave? Sobretudo quando sua família passou por tantas coisas nos últimos tempos. — O lado do rosto de Gillian se contrai; Noemi vislumbra o movimento e se pergunta o que isso significa, mas Vinh nem percebe. — Devemos protestar imediatamente com o capitão. Seus nomes em uma petição teriam peso.

Ouvir o assassinato de Abel descrito como o "tratamento médico" de Mansfield é demais. Noemi dá mais alguns passos para trás e começa a abrir caminho através da multidão, tentando entender as dimensões da sala. Ela nota uma bandeja nas mãos de uma Yoke: está cheia de queijos e pães, e há também uma faca para cortar os queijos de acordo com as demandas dos convidados.

Não é uma faca muito grande, mas tem uma ponta afiada. Noemi poderia perfurar sua pele e carne com isso. Mais tarde nesta viagem, pode precisar. Não pode roubá-la enquanto dezenas de pessoas estão olhando, mas faz uma anotação para mais tarde: *Eles são descuidados. As únicas armas em que pensam são os blasters. Eles não vigiarão as facas de queijo.*

Ela continua abrindo caminho pela sala. Enquanto avança, empurra uma garota alguns anos mais nova do que ela — não, alguém alguns anos mais velha, uma adulta, embora essa mulher não tenha um metro e cinquenta de altura e seja tão magra que pareça mais uma criança. O champanhe da mulher derrama no macacão de Noemi.

— Opa! Sinto muito! Deixe-me cuidar disso — diz ela, gesticulando para um Dingo para secar as roupas de Noemi. — Eu sou Delphine Ondimba. Acho que nunca nos encontramos em um dos retiros preliminares, não é?

— Não, acho que não.

— Que roupa linda! — Delphine vibra. — Cai maravilhosamente no seu corpo. Eu gostaria de poder usar coisas assim... mas quando faço isso, pareço ainda mais magra do que sou e as pessoas começam a agir como se eu ainda estivesse brincando com bonecas.

— Você está ótima — Noemi arrisca, e ela realmente gosta da aparência do caftan de seda branca esvoaçante de Delphine e dos brincos de pedras pesadas. Mas sente que está jogando um jogo elaborado de fantasia. Sendo mais direta, não está aprendendo nada sobre a disposição desta nave, o que significa que ela não está mais perto de descobrir sua rota de fuga. Hora de seguir em frente. Para Delphine, ela diz: — Tenho certeza de que nos encontraremos mais tarde.

É uma desculpa mundana, e é por isso que Noemi fica tão surpresa quando Delphine começa a rir.

— Nos encontraremos mais tarde! Sim, aposto que sim, em algum momento dos próximos cinquenta anos.

Cinquenta anos?

Noemi abre a boca para perguntar — depois fica em silêncio quando a nave estremece sob seus pés. A festa inteira muda de humor em um instante, os sorrisos se fundem em carrancas. Todos os mecans músicos param exatamente na mesma batida.

— Bem, o que é isso? — pergunta Delphine. — Já estamos decolando?

— Minha última remessa ainda não chegou! — Furioso, Vinh se aproxima de uma porta lateral, que se abre para revelar uma grande janela de plasma que mostra o campo estelar ao seu redor. — Se eles adiantaram ainda mais o lançamento, exigirei um total...

Uma luz verde brilhante atravessa a janela, cegando todos na sala, e a nave inteira balança tão violentamente que a maioria dos passageiros cai. Noemi consegue ficar de pé, mas é por pouco. Cambaleando para a janela, ela espia a escuridão lá fora. Seu treinamento militar permite que ela perceba os leves reflexos de metal e traços de movimento que sugerem o que está acontecendo — uma batalha campal entre os mecans da *Osíris* e um enxame de caças desconhecidos.

A nave estremece novamente — outra explosão deve ter atingido o solo em outro lugar — e então a suave iluminação dourada da sala muda para luzes vermelhas de alarme. Pelo alto-falante, alguém grita:

— *Vão todos para os postos de emergência! Estamos sob ataque!*

Algumas pessoas começam a gritar. Noemi se vira para a janela, percebendo que a luta lá fora envolve pelo menos centenas de combatentes — talvez mais de mil. Quem veio atrás desta nave veio com força.

Delphine leva uma das mãos ao peito, como se isso fosse tudo o que mantivesse seu coração batendo ali dentro.

— Ataque? Quem estaria nos atacando?

É Gillian Shearer quem responde, seu rosto oval tomou um tom ainda mais branco.

— O Remédio.

12

A JORNADA PARA NETUNO PODERIA SER CONCLUÍDA MUITO MAIS rapidamente se Abel colocasse os motores da *Perséfone* no modo de ultrapassagem. No entanto, isso os sobrecarregaria até o limite, mantendo-o em velocidades mais baixas nos próximos dias. Abel calcula que ele provavelmente precisará do nível mais alto de velocidade da nave para escapar com Noemi depois de libertá-la.

Isso significa que ele ainda levará horas para chegar a Netuno. Ele não tem dados concretos nem mesmo teorias sobre o que encontrará lá. Portanto, não pode traçar nenhum plano significativo, muito menos calcular suas probabilidades relativas de sucesso. Abel passará as horas da jornada com pouco a fazer além de se preocupar com Noemi.

Ele sempre achou que tivesse mais capacidade de paciência e calma do que os humanos. Essa autoavaliação terá que ser reconsiderada.

Enquanto a *Perséfone* passa pela órbita de Saturno, ele fica de pé em sua cabine, que costumava ser de Mansfield, e tenta focar-se na parede. Não desgosta do quadro outrora famoso que está pendurado lá, uma das *Ninfeias* de Monet. Mas as técnicas impressionistas não são tão eficazes nos mecans. Os humanos olham para os redemoinhos de tinta e veem a translucidez da água. Abel vê redemoinhos de tinta. Compreender a ilusão não é o mesmo que experimentá-la.

A Kahlo está apoiada em um canto. Ele pensou em pendurar no lugar desse, para que a sala refletisse suas preferências em vez das de seu criador, mas é tão pequena — e não é o tipo de pintura a ser encarada pacificamente enquanto se adormece. Exige atenção e análise. É inquietante.

No momento, quando Abel sente que todos os seus circuitos estão sobrecarregados com a necessidade de chegar a Noemi, ele não precisa de mais inquietação. As ninfeias podem ficar onde estão. O que poderia levar Mansfield tão longe de casa quando sua condição é tão frágil — e quando ele acreditava que Abel estava a poucas horas de ser seu? Uma medida tão perigosa sugere outras partes envolvidas, com poder ainda maior que o de Burton Mansfield e prioridades urgentes ainda desconhecidas. Ainda assim, quaisquer que sejam as cartas que Mansfield deixou de jogar, elas serão jogadas em busca de um objetivo principal: a imortalidade. O sequestro de Noemi prova que Abel ainda é o único caminho seguro de Mansfield para evitar a morte.

Seus pensamentos estão se tornando altamente repetitivos, lembra Abel. *Isso é contraproducente. Encontre outros pontos de foco.*

Ele dá outro passo para trás, tentando mais uma vez ver o Monet como um humano. Deveria ter perguntado a Noemi sobre isso. Talvez naquela noite depois que ele quase congelou trabalhando no casco externo, e ela deitou aqui ao lado dele enquanto ele descongelava — ele poderia ter perguntado a ela...

Um toque soa, indicando uma transmissão de comunicação recebida, uma resposta ao seu sinal anterior. Abel corre instantaneamente para o console mais próximo, porque enfim tem algo útil para fazer.

A tela se acende para revelar Harriet e Zayan, amontoados no que parece ser um estande público ao ar livre. Atrás deles, ao longe, ele vê colinas verdes envoltas em nuvens, serenas e bonitas; eles parecem estar visitando alguns dos últimos jardins de chá da Terra.

— *Você está bem!* — diz Harriet, um enorme sorriso no rosto. — *Noemi está segura e estamos voltando ao trabalho.*

Zayan ri.

— *Não foram férias muito longas! Ainda assim, se Noemi está bem, é tudo o que importa.*

— Noemi ainda não está segura, mas suas férias terminaram... se vocês optarem por este trabalho, o que espero que façam. — Abel não pode exigir que eles façam isso, apenas pedir.

— *O que está acontecendo?* — pergunta Harriet. — *Como podemos ajudar Noemi?*

— Não preciso da sua ajuda para resgatar Noemi — responde ele. — Preciso que vocês ajudem um amigo meu que é membro do Remédio.

Harriet e Zayan se recostam, com expressões quase idênticas de choque. É Zayan quem encontra as palavras primeiro.

— *Você nos jurou que nunca fez parte do Remédio.*

— E não fiz. Mas tenho contatos dentro do grupo, e um desses contatos precisa de ajuda.

Harriet balança a cabeça com tanta veemência que suas tranças se sacodem.

— *Não. De jeito nenhum. Abel, adoramos trabalhar com você, mas nos envolver com terroristas? Nunca.*

— Ephraim Dunaway é membro da ala moderada do Remédio — diz Abel. Ele usa o nome de Ephraim deliberadamente. Harriet e Zayan verão isso como uma demonstração de confiança. Mesmo que não ajudem, não entregarão Ephraim. Abel precisa que eles entendam que ele sabe disso. — Ele é uma das pessoas que está trabalhando para controlar a ala mais violenta. Mais precisamente, ele é médico e está tentando salvar a Gênesis.

— *A Gênesis?* — Zayan balança a cabeça, como se quisesse limpá-la. — *Espere, como a Gênesis entrou nisso?*

A explicação de Abel reproduz uma sinfonia de reações em seus rostos — horror, esperança e incerteza. Ele não tem ideia de como eles responderão, mas deve perguntar:

— Posso enviar as informações de contato de Ephraim. Se vocês puderem contatá-lo e ajudá-lo a encontrar algumas naves para contratar... Vagabonds que vocês conheçam e em quem confiem pessoalmente...

— *Não posso fazer isso.* — Harriet cruza os braços sobre o peito. — *Você estava no bombardeio ao Festival das Orquídeas como nós. Você viu o que eles fizeram. Você diz que esse Dunaway não fazia parte disso, tudo bem, acredito em você. Mas não confio no Remédio e não vou arriscar meu pescoço por eles. Certo, Zayan?*

Mas Zayan não responde. Somente quando ela se volta para ele, com os olhos arregalados, ele diz:

— *Acho que temos que fazer alguma coisa.*

— *Você está louco?* — Harriet explode. — *É o Remédio. Você quer mesmo que a gente se junte ao Remédio?*

Zayan se vira para ela, e Abel não é mais um participante da conversa, apenas um observador.

— *Claro que não. Mas não se trata disso. Não estaríamos atacando ninguém, apenas ajudando a conseguir medicamentos para a Gênesis. Isso é diferente.*

— *Você realmente acha que a Terra vai deixar naves médicas ou qualquer outra coisa passar pelo Portão da Gênesis?* — Harriet questiona.

Abel não tem chance de responder, porque Zayan diz imediatamente:

— *É aí que entra o Remédio. Eles seriam... você sabe... o músculo. Mas estaríamos fazendo o bem. Ajudando as pessoas.*

A ira de Harriet desapareceu, mas seus olhos permanecem cautelosos.

— *Nós poderíamos ser pegos.*

— *Sim, bem, ninguém disse que fazer a coisa certa era fácil. E eu conheço você. Você nunca seria capaz de viver consigo mesma caso se afastasse disso.* — Zayan se vira de Harriet de novo para Abel. — *Então, como é, ajudaríamos esse tal de Ephraim Dunaway a encontrar boas naves Vagabond para contratar...*

— *Não* — Harriet interrompe. Seu tom de voz mudou, tornou-se elétrico. — *Nós vamos contatar muitos Vagabonds. Milhares deles. Se você quer mandar uma remessa pelo Portão da Gênesis, precisará da maior frota possível. Você vai precisar... de centenas de naves, provavelmente. Se divulgarmos que estamos enfrentando a Terra, reuniremos um comboio de resgate, força em números e tudo mais... aposto que encontraremos muitos voluntários.* — Para Zayan, que está olhando para ela de boca aberta, ela diz: — *Bem, se vamos fazer isso, vamos fazer direito.*

Zayan sorri para ela.

— *É por isso que eu te amo.*

— *Essa é a única razão?* — Ela arqueia uma sobrancelha.

Abel sabe por experiência que Zayan e Harriet são totalmente capazes de flertar e cuidar de tarefas importantes ao mesmo tempo, mas essa prática os deixará sem atenção para ele.

— Ficarei sem contato por um tempo — diz ele. — Trabalhem com Ephraim, confiem em seu próprio julgamento e não esperem notícias minhas.

Isso os traz de volta a ele, a preocupação clara em ambos os rostos.

— *Tudo bem* — diz Harriet lentamente —, *mas se você precisar de ajuda, ligue para nós. De qualquer lugar, a qualquer hora. Entendido?*

— Entendido.

Ocorre a Abel se Burton Mansfield já teve amigos que jurariam lealdade a ele, apesar do perigo, sem nenhuma esperança de recompensa pessoal. Talvez não. Talvez essa fosse uma das razões pelas quais ele criou Abel e teceu a Diretiva Um tão intrínseca ao seu cérebro. Mansfield escolheu programar o amor em vez de conquistá-lo.

• • •

Abel sabe até os segundos do momento em que estará ao alcance dos sensores da lua de Netuno, Proteus. No entanto, ele espera na ponte por quase uma hora, incapaz de se concentrar em qualquer outra coisa, olhando para a tela e desejando que o alerta soe.

Sem Zayan e Harriet, Abel não se incomoda com a cadeira de capitão. Em vez disso, ele se senta nas operações, investigando e verificando novamente todos os sistemas da nave, esperando, esperando...

O alerta de proximidade soa. Instantaneamente, ele traz as imagens de longo alcance da lua Proteus. Sua tela se enche de detalhes inesperados; ele franze a testa ao identificar uma estrutura de ancoragem e uma nave de passageiros — uma enorme nave de passageiros, que poderia transportar talvez dez mil indivíduos em viagens mais curtas ou fornecer e entreter um pequeno número em grande estilo. Dada a aparência da nave, Abel suspeita que seja a última opção. Essa nave — certamente a *Osíris* de que

Mansfield falou — é tão intrincada e dourada quanto qualquer peça de joalharia encontrada na tumba de um faraó egípcio, com desenhos em estilos que, sem dúvida, pretendem evocar essa comparação.

Abel franze a testa diante da sua elegância. A extravagância é obviamente um desperdício, por isso deve servir a algum propósito.

Seu uso não pode ser tático, pensa. *Portanto, é emocional. Os passageiros desta nave sem dúvida são ricos e podem desejar que a nave reflita sua riqueza e seu status. Então a decoração elaborada é... simbólica.*

Ele se pergunta se Burton Mansfield ajudou a escolher o nome da nave. Como Abel sabe por experiência própria, Mansfield gosta de símbolos e alusões. No antigo mito egípcio, o grande deus Osíris é assassinado por seu irmão Set, que o esquarteja e espalha as partes de seu corpo por toda parte. A esposa de Osíris, Ísis, e as outras deusas juntam as partes, embora haja uma parte que nunca encontram: o pênis. Então Ísis cria um falo de ouro para Osíris, depois copula com seu marido reajustado, fazendo com que ele seja ressuscitado como rei do mundo dos mortos.

É claro que Mansfield se sentiria atraído pela ideia de renascimento. Certamente, pensa Abel, não pode ser sobre o falo substituto, embora a teoria freudiana possa encontrar uma ligação entre isso e o enorme tamanho da *Osíris*.

O movimento nas bordas da estrutura da nave prova ser um grande esquadrão de mecans de caça, percorrendo a área e a superfície, protegendo cada milímetro do casco. Pode ser impossível esgueirar-se a bordo. Abel considera se entregar a Mansfield — ou fingir sua derrota por apenas o tempo suficiente para embarcar —, mas isso exigiria que ele lutasse para sair...

A borda da tela de visualização pisca em amarelo: novas naves se aproximando. A visão nítida de Abel também capta movimento em torno de Proteus e Triton. Imediatamente, ele focaliza várias lentes em cada movimento, trazendo dúzias de embarcações de vários tamanhos, que parecem estar se movendo para a localização da *Osíris*, mais rápido que as naves de passageiros ou cargueiros normais.

— O Remédio — diz Abel em voz alta.

Não a facção do Remédio que ele esperava — não os moderados e profissionais médicos que fundaram o movimento de resistência. Essas pessoas não estariam atacando uma nave de passageiros. Estes só podem ser os radicais. Os perigosos. Os terroristas.

A *Perséfone* ainda está a alguns minutos de distância e sua nave não pode enfrentar sozinha uma força desse tamanho. Abel, acostumado a dominar e superar facilmente os humanos, não está preparado para admitir sua inferioridade. Mesmo que a *Perséfone* possuísse armas, seria difícil eliminar mais do que um punhado dos atacantes.

Mas Mansfield e Noemi estão a bordo daquela nave.

A Diretiva Um pulsa dentro de Abel, exigindo que ele faça algo para proteger seu criador. *Qualquer coisa*. Ele segura o painel de controle e se prepara como se tivesse um impacto: o desejo de proteger Mansfield é muito forte. Algo ainda mais poderoso o leva a salvar Noemi, tirá-la de lá, mesmo que isso custe sua própria vida.

Ele pressiona os controles e bota os motores em velocidade máxima.

A *Perséfone* pisca na batalha em meros segundos. Abel desliga a velocidade máxima de imediato; os motores giram em protesto, mas sua nave permanece pronta. Infelizmente, a *Perséfone* não tem armas, apenas lasers de mineração, que podem causar danos quando necessário. Então Abel pode oferecer pouco mais do que fuga.

Chegue à baía de ancoragem. Use o dano que o Remédio fez para embarcar. Então encontre Noemi e a liberte. A Diretiva Um repete em sua mente, mas Abel a ignora, ou tenta. *Notificaremos o Remédio sobre nossa neutralidade assim que deixarmos a* Osíris. *Talvez haja uma chance de discutir a missão de ajudar a Gênesis, de obter códigos de retransmissão de alguém em uma dessas naves...*

Canhões de laser disparam feixes tão perto da *Perséfone* que todos os alertas disparam ao mesmo tempo; todo console acende um vermelho quase sólido. Um metro mais perto e sua nave agora estaria danificada de modo quase irreparável. Abel decide que informar ao Remédio sobre sua neutralidade deve ser uma etapa inicial do processo.

Ele dá um tapa na comunicação para transmissão de alta frequência.

— Para qualquer nave do Remédio dentro do alcance das comunicações, esta é a *Perséfone*, uma nave não combatente. Por favor, respondam.

Sem resposta. Nenhuma outra nave dispara, mas Abel não tem como saber se isso é por causa de sua mensagem ou porque eles estão concentrando seu ataque na *Osíris* com um frenesi ainda maior.

As naves do Remédio atiram repetidamente no espaçador que cerca a nave, até que a estrutura esquelética se despedaça em vigas de metal que giram para fora do espaço. Enquanto Abel observa, incapaz de intervir, as naves do Remédio cercam a *Osíris*, disparando em sua direção e afastando-se como insetos, até que algumas conseguem penetrar nas baías de desembarque.

Uma vez a bordo, os membros do Remédio, sem dúvida, assumirão o controle da embarcação. Então Noemi estará à mercê não apenas de Burton Mansfield, mas também da ala mais perigosa de uma organização terrorista.

Notifique a segurança da Terra. Abel geralmente tenta evitar interagir com as autoridades mais do que o necessário; ele não sabe quem pode ter sido comprado por Mansfield ou mesmo se alguém pode finalmente penetrar em sua identificação falsa. Ele não se importa. Não se as naves da Terra pudessem salvar a *Osíris* e Noemi.

— Nave livre *Perséfone* chamando qualquer nave da Terra ao alcance — diz ele, ajustando seu sinal para garantir que ele chegue mais rapidamente aos relés de comunicação entre os planetas. — Suspeita de ação contra uma nave civil perto de Proteus. Repito, suspeita de ação corretiva...

Quatro naves do Remédio mergulham em arcos afiados para se aproximar diretamente de sua nave. O problema das comunicações abertas é que qualquer pessoa pode ouvi-las, e agora o Remédio sabe que Abel está arriscando a missão deles. Isso faz dele o inimigo.

Abel havia calculado isso, então está preparado. Ele muda o curso da *Perséfone*, mergulhando em direção a Netuno. A última coisa que ele vê antes de mudar de direção é que *Osíris* começa a se mover. À medida que mais naves do Remédio disparam para dentro, a nave se solta dos escombros de sua estrutura e começa a voar em direção ao espaço aberto.

Eles não podem ir longe, Abel lembra a si mesmo enquanto concentra a instrumentação principal em Netuno, que se aproxima rapidamente em sua tela. A partir daqui, mesmo no modo de ultravelocidade, nenhuma nave pode alcançar a Gênesis ou o Portal da Terra em menos de quatro horas. O que ele planejou levará muito menos tempo.

Ele gira em direção à lua Naiad, o mais interno dos satélites de Netuno. Como ele previra, os combatentes do Remédio o seguem. A Naiad é pequena, tem a forma irregular e sua órbita é instável. Abel os traz em uma curva que é de fato um curso de colisão. Seus computadores os informarão disso em 3,8 segundos.

A mudança de curso a tempo de evitar uma falha deve ocorrer dentro de 3,1 segundos.

No último momento, Abel inclina-se bruscamente para a popa. Ele não muda a tela para mostrar a cena dos acidentes atrás dele. Observar os símbolos abstratos menores em seu console sumirem é suficiente.

Matar humanos para salvar sua vida e sua nave está dentro dos parâmetros de Abel. Considerando que ele estava agindo para salvar Noemi de uma crise que esses pilotos ajudaram a criar, ele se sente moralmente justificado. No entanto, saber que tirou uma vida humana o assombra. Ele terá que considerar isso sob muitos pontos de vista religiosos e filosóficos — mas depois, quando resgatar Noemi.

A *Osíris* já percorreu uma grande distância e a uma velocidade maior do que a *Perséfone* pode alcançar. Mas ele não está tão atrasado, e Abel tem certeza de que a nave em breve vai parar. Quer o Remédio ganhe o controle da nave ou seja derrotado, o capitão precisará interromper o voo e fazer um balanço dos danos.

No entanto, a *Osíris* continua voando, ficando mais e mais à frente a cada minuto. À medida que seu caminho se torna mais claro, Abel começa a franzir a testa. Parece estar indo para o cinturão de asteroides e detritos de Kuiper, que circula a extremidade do sistema solar.

Em outras palavras, está indo para o nada.

Talvez este seja um curso aleatório, definido pelo Remédio para escapar das autoridades da Terra, se elas assumiram o controle da nave. Essa é a única lógica que Abel pode cogitar. Essa tentativa está fadada ao fracasso — as trilhas de ionização da nave ainda podem ser rastreadas por dias —, mas é possível que os membros do Remédio não saibam disso. Ele amplia a imagem da nave para que quase encha a tela abobadada, dando a ele a melhor vista possível...

... e a *Osíris* desaparece.

Abel, a princípio, supõe um mau funcionamento do sensor. Ele percorre os sistemas da nave procurando uma falha e não encontra nenhuma, depois examina seu próprio funcionamento interno. Tudo parece normal.

Ele pressiona os motores mais rapidamente e até pensa em colocá-los em marcha a ré de novo, por mais perigoso que seja. Mas, em 2,31 minutos, ele está perto o suficiente para obter melhores leituras na área. Ele encontra vários asteroides afastados e uma anomalia distante da gravidade, mas absolutamente nada que possa ser uma nave. Mesmo que a *Osíris* tivesse sido destruída, haveria destroços, radiação ou outras evidências.

Em vez disso, a nave simplesmente desapareceu — levando Noemi.

13

As luzes principais piscam e se apagam, deixando apenas o alerta vermelho intermitente como iluminação. O pânico se infiltra entre os passageiros como uma tensão quase fatal, unindo todos eles.

— O que vamos fazer? — Delphine agarra o braço de Noemi, provavelmente porque Noemi é uma das poucas pessoas que não tremem de medo. — Se o Remédio capturar esta nave, eles matarão todos nós!

— Como o Remédio ficou sabendo da nossa viagem? — exige saber o homem mais velho e mais hostil chamado Vinh. — Nos garantiram sigilo total!

— Eu também gostaria de saber — Mansfield ficou assustadoramente pálido. — Disseram que tínhamos alertas de proximidade, mas nunca disseram...

Outra explosão perto da janela inunda a sala com um flash de intensa luz verde. A nave se sacode novamente e Mansfield quase cai de sua cadeira; Gillian consegue pegá-lo. Ela diz:

— Alguém nos traiu. Alguém dentro da Columbian Corporation... ninguém mais poderia saber.

Vinh diz:

— Exijo um inquérito!

Noemi pensa: *Esse cara não tem ideia de que todos estaremos mortos em uma hora.* Por mais assustados que os outros passageiros estejam, eles não tomam nenhuma atitude para se salvar. Olham para cima, quase imóveis, como coelhos à luz de um veículo.

Um forte ruído através das paredes sugere desligamento do sistema. Todo mundo fica tenso, e a palma da mão de Noemi coça pelo punho de um blaster. Ficar parada em uma nave que ela não conhece, com pessoas que não entende, a enerva mais do que o combate direto. Ela prefere quando consegue ver o que está tentando matá-la.

Pelas comunicações, soa a voz do capitão, agora rouca de pânico:

— Estamos sendo invadidos! Todos para seus pods de fuga de emergência! Todos, abandonem a nave!

É como jogar pão para pombos. As pessoas se dispersam em todas as direções ao mesmo tempo, gritando de terror, derrubando bandejas e umas às outras. Uma chuva de champanhe respinga no rosto de Noemi; ela cospe e grita sobre o barulho:

— *Ouçam* todos!

Todos obedecem. Eles param onde estão, olhando para ela. A princípio, Noemi fica surpresa — ela achou que só chamaria a atenção de algumas pessoas —, mas percebe que é a única que tenta agir pelo grupo. Isso a transforma em uma autoridade, dentro de uma nave da qual nunca ouviu falar, com capacidades que ela não conhece.

— Você — diz ela a Gillian, que deveria saber mais sobre a nave do que a maioria. — Onde ficam os pods de emergência mais próximos?

— Perto das cabines. Em outras palavras, vários deques acima. — Gillian permanece agachada ao lado do pai; Mansfield está tremendo de terror, o que seria satisfatório em qualquer outro momento. — Teríamos que percorrer as principais áreas públicas da nave para chegar a eles.

Essa percepção desperta o temperamento de Noemi.

— Em outras palavras, vocês tinham pods de fuga para os passageiros, mas não para a tripulação.

— Noventa por cento da tripulação são mecans! — atalha Mansfield.

Noemi se pergunta se eles se importam com a vida dos outros 10%.

Gillian acrescenta:

— Se o Remédio está embarcando, estarão nessas mesmas áreas públicas. Não podemos ir lá sem transformar os corredores em uma galeria de tiro em que nós seremos os alvos.

— Certo — diz Noemi, pensando rapidamente —, qual é a área mais próxima da nave que poderíamos proteger?

— Como assim, "proteger"? — As mãos pequenas de Delphine se agarram ao braço de Noemi; seu caftan branco e sedoso assumiu um tom brilhante cor-de-rosa pelas luzes de alerta.

A vibração sutil dos motores muda sob os pés de Noemi. Eles já estão se libertando da estrutura de ancoragem. A *Osíris* está em movimento e, independentemente de quem estiver dirigindo, Noemi não quer ir para onde eles estão indo.

— Quero dizer, pegamos armas e nos barricamos dentro de uma área da nave que podemos impedir que o Remédio tome.

— Não faz sentido — diz Vinh. — Temos mecans a bordo para isso.

— Exatamente. — Mansfield assente, como se estivesse encorajando a si mesmo, e não aos outros. — Os mecans derrotarão os membros do Remédio.

Talvez ser rico e mimado o transforme em um otimista. Noemi nunca teve esse luxo.

— Se os mecans vencerem, ótimo. Caso contrário, precisamos estar preparados.

— Quem colocou você no comando? — pergunta Vinh.

Gillian se levanta e coloca uma mão na pulseira — a que contém o gatilho do veneno no braço de Noemi.

— Essa é uma pergunta muito boa.

O olhar de Noemi examina os convidados ao seu redor, metade dos quais ainda está segurando seus copos de vinho espumante, em vez de correr para as cápsulas de escape, como lhes foi orientado. Usam capas de veludo, botas até a coxa, joias do tamanho de abelhas nos dedos e orelhas. O terror em seus rostos os torna patéticos; caso contrário, eles seriam apenas risíveis.

— Não estou no comando — diz ela —, mas aposto que sou a única pessoa aqui com alguma experiência militar. Não sou?

Alguns deles olham em volta. Delphine, com timidez, oferece:

— Provavelmente.

— Tudo bem, então — diz Noemi. — Como esta nave já está em movimento...

— Você não sabe disso — retruca Vinh.

Esse homem não sabe nem como avaliar quando uma nave grande está em movimento?

— Sim, eu *sei* disso, assim como todo mundo que está prestando atenção às vibrações sob seus pés. Se a equipe ainda tem o controle da casa de máquinas, para onde eles estão nos levando?

— Você não precisa dessa informação — diz Gillian bruscamente. Os passageiros parecem confusos; estão começando a perceber que Noemi não é apenas uma convidada.

— Tudo bem então. Não importa — diz Noemi. Seu coração está batendo rápido, porque também não é como se ela tivesse muita experiência com isso. Enfrentar um exército inteiro do Remédio parece uma boa maneira de acabar morta. Ela está fora de seu ambiente, mas menos do que qualquer outra pessoa a bordo. Isso significa que ela tem que fazer o que pode. — Ainda precisamos proteger uma área antes que as forças do Remédio ocupem todas as partes da nave.

— Como você sabe que eles ainda não o fizeram? — Aparentemente, Vinh espera envergonhá-la, mas está fazendo um péssimo trabalho.

— Eu sei porque *nenhum deles está aqui ainda.* — Depois de dar um segundo para a informação ser absorvida, o que, com sorte, o manterá quieto por um tempo, ela continua: — Ok. Que armas temos a bordo?

Mansfield se senta em sua cadeira.

— Nada de armas para você.

Mas Gillian se inclina para ele. Seus intensos olhos azuis se concentram em Noemi enquanto ela diz:

— Não importa, pai. Ela é útil no momento, e não queremos que esta nave vá longe. — Ela coloca uma das mãos dele no braço dela; para os que estão ao redor, deve parecer um gesto reconfortante, mas Noemi vê que Mansfield agora está tocando a pulseira que poderia matá-la. Mais alto, Gillian diz: — Há alguns blasters nos armários de emergência em toda a nave. Eles foram projetados para uso caso a nave fosse tomada durante a construção final... mas ninguém os removeu.

Noemi tenta se animar com isso.

— Ok, então, pegaremos algumas armas a caminho de nossa base.

— Nós temos uma base? — Delphine pergunta em um tom vacilante.

— Estamos prestes a ter. Vocês conhecem a disposição desta nave melhor que eu — diz Noemi, pensando rápido. De que tipo de lugar eles precisariam? — O que precisamos fazer é assumir o controle de uma área crítica o mais rápido possível. A casa das máquinas principal, o depósito de comida, algo assim.

— Essas não são as áreas que o Remédio buscará primeiro? — pergunta Vinh, que tem razão pela primeira vez.

Ela assente.

— Sim, são. Mas ainda devemos tentar reivindicar uma, para o caso de o Remédio obter controle da nave. Podemos negociar em igualdade de condições se pudermos reter apenas uma sala na *Osíris*, contanto que seja a sala certa.

Gillian se levanta e instantaneamente a atenção da sala se volta para ela. Essa é a autoridade que eles já conhecem — uma acionista majoritária em qualquer que seja a Columbian Corporation — e se sentem mais confortáveis.

— Sigam-me — diz Gillian aos passageiros e a Noemi, enquanto abre a porta mais próxima.

Normalmente, Noemi ficaria aliviada por não ter que carregar o ônus da liderança sozinha em uma situação como essa. Agora, nem tanto. Mas, pelo menos, eles têm um guia.

Ela dispara pelo corredor, ao lado de Shearer, à frente dos passageiros que bufam atrás delas. A cadeira de Mansfield fica levemente acima do chão e, para decepção de Noemi, é capaz de acompanhar o ritmo. A nave balança mais uma vez — mas por tiros dentro do convés, não fora dele. Se a luta mudou, o Remédio deve estar perto de ganhar o controle.

Os armários de emergência são difíceis de identificar no início: normalmente eles são pintados de amarelo ou laranja brilhante, mas aqui são de um dourado suave que combina com a decoração pseudoegípcia. Noemi se inclina ao lado do primeiro armário, abre-o e encontra três blasters. Ela joga os outros dois para as pessoas próximas — Delphine e Vinh. A Dra. Shearer continua correndo, deixando para os outros a tarefa de a acompanharem.

— Nunca disparei em um blaster de verdade! — diz Delphine entre respirações ofegantes. Obviamente, ela não está acostumada a correr tão rápido. Ela *é* rápida; seu caftan branco se agita como se ela estivesse envolta em uma brisa forte. — É como nos jogos? Porque sou muito boa em jogos.

— Claro que é como nos jogos! — bufa Vinh. — Qual é o sentido de disparar em simuladores se eles não simulam o disparo?

Na Gênesis, os jogos de guerra são apenas para a prática de guerra. Como deve ser atirar em figuras humanas e pensar nisso apenas como brincadeira?

As comunicações estalam e uma voz diferente surge no alto-falante.

— *Aqui é o capitão Fouda* — diz ele —, *do Remédio.* A Osíris *é nossa. Entreguem-se na baía principal ou considerem suas vidas perdidas.*

As pessoas começam a gritar e chorar, mas Gillian grita:

— Isso não muda nada! Continuem!

Noemi espera que metade do grupo a ignore e se entregue, mas eles continuam correndo atrás de Gillian. Ou têm mais bom senso do que ela pensava, ou estão com muito medo de fazer qualquer coisa, exceto seguir a líder.

É mais difícil dizer enquanto ela está correndo, mas parece a Noemi que Gillian os está levando para mais longe da sala de máquinas, não para mais perto. Essa seria a decisão dela: desligar os motores principais e aguardar o Remédio implorar por ajuda. Mas existem outros alvos válidos, como depósito de alimentos ou sistema de água. Ela fica vigiando os armários — que são poucos — e distribuindo o punhado de armas que conseguem reunir.

A vibração dos motores sugere que a *Osíris* está definitivamente em movimento, no que parece ser a velocidade máxima. Aonde o Remédio os está levando?

Gillian leva todos eles para uma sala enorme iluminada apenas pelas sirenes de alerta. Noemi deixa seu blaster cair ao seu lado enquanto estreita os olhos para distinguir as várias formas. Estão cercados por paredes de tanques. A princípio, ela acha que esse deve ser o suprimento de água — um bom alvo —, mas depois percebe que a maioria dos tanques está cheia de uma gosma rosa opaca. Dentro deles, ela pode ver formas escuras vagas, balançando levemente, esperando para nascer.

— Você nos trouxe para as câmaras dos mecans? — diz Noemi. — Como isso ajuda?

— Os mecans podem lutar — oferece Delphine.

Noemi balança a cabeça.

— Não até que estejam prontos, o que ainda pode levar horas ou dias. Como isso nos ajuda?

— Esta é a área mais importante da nave — diz Gillian, monocórdia. — Esta é a área que precisamos ocupar.

Os passageiros parecem não querer discutir — exceto Vinh, que continua preparado para discutir sobre qualquer coisa.

— Disseram-nos que haveria segurança de alto nível! Mas nossa data de partida foi adiada por causa da "ameaça de descoberta" e ainda somos atacados por *terroristas*? Exijo um reembolso de pelo menos cinquenta por cento.

Os outros passageiros fazem queixas semelhantes. Talvez estejam se distraindo do medo; talvez realmente pensem que estão seguros agora. De qualquer forma, Noemi não aguenta mais.

A parede mais distante desta câmara fica ao lado do casco externo. Algumas janelas de plasma revelam as estrelas do lado de fora, então ela pelo menos tem uma vista. A visão das estrelas pode lhe dar um pouco de paz.

Em vez disso, vê uma nave batedora menor deslizando ao lado — um nave do Remédio, sem dúvida — e ao longe...

— Que *diabos*? — sussurra. O anel prateado à frente deles, a apenas alguns momentos de distância... é um Portão.

Este Portão não é tão polido quanto os outros. Não é tão perfeito. Longas seções revelam seu funcionamento interno, tão confuso e feio quanto as entranhas de uma coisa viva. Ainda assim, não há como confundi-lo com outra coisa.

Mas a *Osíris* não está perto do Portão da Terra para Stronghold. Esta nave também não teve tempo de viajar de volta ao Portão da Gênesis, mesmo que acelerasse ao máximo, o que Noemi não acha que fizeram.

Este é outro Portão. Um Portão secreto. Um atalho através da galáxia para... Onde?

A *Osíris* chega ao horizonte do Portão e luzes se partem ao redor de Noemi quando eles o atravessam para um destino desconhecido.

14

— Ora, se não é meu amado primo Abel outra vez! É tão maravilhoso ver você de novo, então... ah, merda! O que há de errado?

Ele está no cais geométrico branco e laranja de Cray, olhando para Virginia Redbird, incapaz de encontrar palavras.

Seria de se esperar que ter mais emoções o levaria a ter mais a dizer, uma vez que há mais a se discutir. Mas agora Abel sabe que não funciona dessa maneira. As emoções não se revezam; elas se amontoam. Seus sentimentos diferentes apagam uns aos outros, como escrever palavras umas sobre as outras com tinta, até que nada mais seja legível. O que resta é uma escuridão que não diz nada e contém tudo.

Virginia se aproxima e coloca as mãos nos ombros de Abel.

— Abel? — sussurra. — O que aconteceu com Noemi?

— Eu não sei — ele consegue dizer. — Vamos voltar ao seu laboratório. Temos alguns dados para analisar.

• • •

No esconderijo dos Razers, eles encontram Ludwig e Fon sentados no chão, imersos em um jogo de Go, até perceberem que Abel lhes trouxe um novo quebra-cabeça para resolver.

(É assim que eles enxergam problemas — como quebra-cabeças ou jogos. Abel sabe que alguns humanos acham isso insensível, ou pelo menos imaturo, mas ele não quer empatia ou sensibilidade. Ele quer respostas. As respostas são dados para ele trabalhar e, se tiver dados suficientes, não terá que pensar na confusão de sentimentos misturados que existe dentro dele.)

— Isso é mais do que bizarro — diz Virginia, enquanto reproduzem o desaparecimento da *Osíris* em uma das telas bidimensionais. O lampejo de luz e sombra esculpe suas características distintivas com mais nitidez, destacando as maçãs do rosto fortes e o queixo quadrado. — Se tivesse sido destruída, veríamos algum evento cataclísmico, ou pelo menos alguns detritos flutuando depois. Em vez disso, é como se toda a nave tivesse sido *engolida* pelo vazio.

— Essa não é uma hipótese realista — diz Abel.

Virginia olha para ele por cima do ombro.

— Eu *sei*, Abel, não começa. É apenas uma expressão. Isso é estranho, é tudo o que estou dizendo.

Abel assente para mostrar a ela que entende — ele sempre entendeu, é claro —, mas parece que até o sofrimento mais profundo pode se manifestar como irritabilidade. Ele deve levar isso em consideração ao lidar com humanos infelizes no futuro.

— Temos que determinar se a nave ainda existe. É quase certo que Burton Mansfield e Noemi estavam a bordo.

— Como você pode ter certeza? — pergunta Fon de seu lugar em uma almofada perto do chão, abraçando os joelhos contra o peito.

— Burton pediu que eu o encontrasse lá. Logicamente, levaria Noemi com ele para a nave imediatamente após deixar a Terra.

Ludwig ressalta:

— Ele poderia ter ido para outro lugar, planejando se juntar a *Osíris* mais tarde.

— Burton Mansfield está com a saúde muito debilitada. Seu corpo é frágil e ele requer assistência mecânica para quase todas as atividades diárias. — *A pele enrugada de Mansfield, as veias aparecendo num azul suave.* — Ele poderia enviar mecans ou associados de confiança para cuidar de qualquer outro negócio. — *Abel, meu garoto.* — Portanto, Mansfield minimizaria as viagens, indo diretamente para a *Osíris*, que pode muito bem ter sido destruída.

Toda sua preocupação, seu medo e sua tristeza deveriam ser voltados a Noemi. Ela é a única que deveria importar, a única que ele quer salvar. Mas a Diretiva Um continua insistente dentro dele, exigindo que ele também se importe com Mansfield. Mesmo agora. Sempre.

— Destruído por nada, sem deixar nada para trás? — diz Virginia. — De jeito nenhum. Pense bem, Abel. Suas emoções estão atrapalhando seu julgamento, o que é empolgante em termos da evolução de sua psique, mas não está nos ajudando a analisar a situação. Então, talvez seja bom desligar seu lado humano por um minuto.

Minhas emoções estão atrapalhando meu julgamento, Abel pensa. Em qualquer outro momento, essa revelação poderia ser maravilhosa. Agora, porém, ele só pode se reorientar.

— Sabemos para onde a *Osíris* estava indo? — pergunta a pequena Fon.

— Irrelevante — responde Abel. — Só podemos especular se o Remédio voou com a *Osíris* mantendo seu percurso original ou se a levou para outro destino. Portanto, temos que analisar os dados para determinar seu curso e explorar a partir disso.

Apontando para um canto da tela, Ludwig a aproxima.

— Você vê o borrão aqui? Isso não parece ser um problema com os sensores da *Perséfone*. Parece um campo de distorção em funcionamento.

— Mansfield usou campos de distorção no passado — diz Abel. — Principalmente para camuflar instalações mecânicas no espaço profundo, em especial aquelas próximas ao Portão da Gênesis, nos primeiros dias da Guerra da Liberdade, quando as tropas da Gênesis às vezes vinham lutar no sistema terrestre.

Virginia se ilumina. Quando tem uma nova ideia, é como atear fogo a um fusível.

— Falando em Portões, essas leituras de energia... elas não se parecem com uma nave passando por um Portão?

Fon dá uma risada de escárnio.

— Qual é? Não há Portão ali.

— O tamanho e a intensidade de um campo de distorção que pode ocultar por completo um Portão, além de qualquer possibilidade de ser detectado... está muito além de tudo o que Mansfield fez no passado — diz Abel. Um Portão requer mais do que uma tela visual. — Leituras massivas de energia também precisam ser ocultadas. A dificuldade dessa simulação é grande no começo e cresce exponencialmente com o tamanho do objeto a ser escondido.

— O campo de distorção não escondeu todas as leituras de energia — insiste Virginia. — Sim, isso é como uma versão em miniatura das leituras de transporte de portões, mas talvez seja só isso que vaze.

Abel se apega às realidades e probabilidades matemáticas por enquanto. A matemática é reconfortante. É racional e imutável. Suas emoções não podem atrapalhar sua matemática. Quando ele passa os números, fica cada vez mais claro que ela tem razão.

— Mansfield poderia construir um campo desse tamanho? — Virginia pressiona. — Você o conhece melhor do que qualquer outra pessoa, Abel. Todos sabemos que ele tem o dinheiro e poder necessários. E ele definitivamente tem o cérebro. Ele tem a... motivação, acho que podemos chamar assim?

Motivação. Vontade. Propósito. Mansfield violou todas as leis da cibernética para construir outro lar para sua alma. Ele se juntou à construção daquela enorme nave com um grande objetivo ainda desconhecido, a um custo que deve totalizar bilhões de créditos. Quando Abel filtra isso pelo conhecimento de seu criador, as probabilidades mudam.

— Ele tem. Poderia ter.

— A Terra construiu outro Portão sem contar a ninguém? — Ludwig faz uma careta para a tela como se exigisse respostas. — Isso significaria que eles encontraram outro mundo habitável.

— Não necessariamente — diz Fon. — Eles poderiam estar explorando outra coisa, como um sistema com materiais de que precisamos, mesmo que os humanos não possam viver lá.

— Ou eles construíram um planeta artificial em algum lugar — diz Virginia. Ela está brincando com uma mecan de cabelo ruivo, ansiosa e iluminada. — Pode ser uma estação espacial enorme, talvez. Até mesmo uma esfera de Dyson! Algo realmente reluzente, sabia?

— Qualquer uma dessas estruturas pode ter defesas — diz Abel.

Como essas defesas reagiriam a *Osíris* chegando sob o controle do Remédio? Eles negociariam ou atirariam para matar? Sem mencionar que uma segurança desse nível significaria que Noemi está em uma prisão — não, uma fortaleza. Resgatá-la seria extremamente difícil.

Mas não impossível.

Ludwig diz, hesitante:

— Você mencionou... você disse que a Gênesis estava sob ataque? A Terra usou armas biológicas?

— A Teia de Aranha foi disseminada em todo o planeta — confirma Abel. — Provavelmente o vírus foi modificado para ser mais contagioso e mais mortal.

Os Razers se entreolham, chocados num nível que surpreende Abel. Ele não duvida do horror deles com o uso de armas biológicas, mas a reação parece mais... pessoal.

Fon fala primeiro:

— Isso vai ser nível 110.

— Eu acho que Ricardo trabalha lá embaixo às vezes — murmura Virginia. — Mei também.

Só então ocorre a Abel que a reengenharia do vírus da Teia de Aranha pode ter sido feita a pedido da Terra, mas não na Terra. Isso teria sido realizado pelos maiores virologistas da galáxia — que, como os principais especialistas em todas as ciências, vivem e trabalham em Cray.

— Existem Razers que trabalham nesse nível? — pergunta Abel. — Eles poderiam obter informações sobre como isso foi feito?

Ludwig solta um assobio baixo.

— Estará sob forte segurança. Muito fechada.

— Não significa que alguém não possa contorná-la — diz Fon, e os outros assumem aquele ar de empolgação, o que significa que encontraram um código ou regra que planejam quebrar.

Rapidamente, Abel insere códigos de contato para Harriet e Zayan.

— Não se coloque em risco por essa informação, Virginia... mas, se você conseguir, informe a essas pessoas imediatamente. Diga a eles que fui eu que te pedi. Eles podem entregar as informações aos médicos que poderiam trabalhar na cura.

— Pode deixar — promete Virginia. — Ah, estaremos à frente para sempre por *isso*.

— Obrigado pela ajuda. — Ele desliga sua tela. Virginia e os outros Razers olham para ele surpresos. — Suas ideias foram muito úteis, mas, em última análise, devo investigar pessoalmente. Tenho que partir agora mesmo. — Abel dá outro aceno de cabeça em vez de dizer adeus.

Enquanto caminha através de um dos túneis de pedra áspera que levam de volta ao cais da Estação 47, ele ouve passos vindo rapidamente atrás dele.

— Abel! — chama Virginia. — Espere!

Ele diminui os passos, mas não muito.

— Você descobriu algo novo nos dados?

— Não, mas você está fugindo daqui como se alguém tivesse incendiado sua nave.

— O que observei exige investigação direta, imediatamente. Procurar pontos de vista e teorias alternativos é... um exercício intelectual interessante, e você forneceu informações valiosas sobre os campos de distorção e um possível Portão, mas tudo isso é irrelevante sem dados adicionais. Não sei por que não vi isso desde o começo.

— Você não veio aqui apenas pelo exercício intelectual — diz Virginia. — Você também veio aqui porque estava sofrendo e precisava de uma amiga.

Abel começa a dizer que isso não é verdade. Ele trabalhou sem amigos durante a grande maioria de sua existência. Mesmo se precisasse de apoio emocional, estaria consciente disso. Não estaria? Mas os seres humanos costumam ignorar as razões psicológicas de seu comportamento. A mente de Abel opera em um nível humano de complexidade. Ele já determinou que tem um subconsciente — mas essa é a primeira vez que percebe que seu subconsciente afeta seu comportamento.

— Talvez sim. Obrigado por me ouvir e revisar esses dados. Você me ajudou a avaliar a situação com mais clareza. Mas o fato é que tenho que voltar ao local imediatamente.

Virginia balança a cabeça.

— Espere uma hora.

— Por que uma hora?

— É o tempo que vai levar para eu tirar uma licença de emergência. Bem, acho que devo fazer as malas também, mas isso não vai demorar. Basicamente, eu uso apenas seis variações disto. — Virginia usa seu habitual macacão deliberadamente grande, folgado, exceto pelo cinto largo apertado na cintura, com vários alfinetes e distintivos proclamando sua fidelidade a cada peça de entretenimento que já amou. — Eu posso fazer isso antes que a solicitação seja atendida.

— Você não precisa vir comigo. Sou mais do que capaz de lidar com a *Perséfone* sozinho. — Às vezes é difícil demais para ele, mas Abel consegue.

— Para a inteligência artificial mais avançada já criada, você pode ser meio estúpido às vezes. — Virginia suspira. — Ter cobertura é *bom*. A cobertura é *sua amiga*.

— Não, você é minha amiga, e prefiro não colocar mais amigos em perigo. — Mesmo sabendo o que Harriet e Zayan estão tentando, ele se sente desconfortável. O risco para Virginia seria muito mais imediato.

Ela não está convencida.

— Se você for investigar alguma coisa, simplesmente deixará *Perséfone* abandonada? Você pode colocar um enorme sinal holográfico brilhante que diz "Nave livre para uma boa casa".

Abel considera isso, mas apenas por um instante.

— Você levantou um argumento tático válido, mas mesmo assim não vale a pena colocá-la em risco.

— Não vale a pena para quem? — pergunta Virginia. — Estou interessada também, você sabe. Mistérios científicos são a minha força vital. Se eu ficar aqui, apenas gerarei mais dados para o professor Fernandez, que pode lidar com um atraso de algumas semanas. E Fon e Ludwig podem trabalhar no projeto Teia de Aranha aqui.

— Nada disso muda o risco para você. Eu sinto muito, mas...

— Droga, me escute! — O sorriso dela desapareceu; ela não está mais brincando. — As pessoas a bordo dessa nave, a *Osíris*, podem ter viajado através de um Portão escondido. Isso significa que a Terra está possivelmente escondendo todo um mundo habitável. Eles estão fazendo isso enquanto as pessoas ao redor da galáxia morrem de fome. Mais de cinco meses atrás, logo depois que deixei você e Noemi, fui para casa ver meus pais. Sempre conversamos a cada poucas semanas, mas você nunca sabe quem está ouvindo, certo? Os sinais são programados para captar palavras que parecem desleais à Terra. Talvez eu possa lidar bem com isso porque eles investiram muito na minha educação, mas meus pais? Eu não conseguia falar com eles de fato, ouvir tudo o que tinham a dizer, desde os seis anos de idade.

Abel lembra como foi se separar de Mansfield por um longo tempo, quando ainda pensava nele como "Pai". A dor é indescritível e inegável.

Ela continua, as palavras saindo rapidamente:

— Sempre senti que ser escolhida para Cray me tornava especial. Eu amo isto aqui, mas nunca me perguntei como era para minha mãe e meu pai. Não de verdade. Aqui, os professores lhe ensinam a grande honra que é isso, que seus pais se orgulham de você, e eles podem se orgulhar, mas para minha mãe e meu pai é como se eu tivesse sido *roubada*. — Virginia para, passa a mão nos lábios como se não pudesse acreditar que ousou dizer essas palavras. Mas ela não se detém por muito tempo. — Historicamente, essa não é uma questão nova para o meu povo. Sempre a mesma porcaria, mas em pacote diferente. Eu não podia ver por mim mesma antes, mas agora vejo, e isso me deixa louca. Por que eles não poderiam ter ministrado essas aulas na Terra, em vez de aqui em Cray? Por que é tão "impossível" para meus pais me visitarem, quando os comerciantes de jogos podem obter autorização de desembarque a qualquer momento?

Essas são perguntas retóricas, mas quando os seres humanos as fazem, geralmente é porque querem ouvir a resposta repetida por outro.

— Eles trazem os melhores alunos aqui para enfraquecer os laços entre os membros da família e para garantir que sua maior lealdade seja com a Terra e não com qualquer indivíduo.

Virginia pisca.

— Ok, uau. Eu sabia disso, mas... eu não tinha colocado nessas palavras. Mas é isso. É exatamente isso.

— Sua raiva da Terra é compreensível, mas isso não exige que você venha comigo — ressalta Abel. — A menos que você queira se juntar ao Remédio? Devo avisar que é improvável que eles aceitem um novo recruta no meio de uma operação dessa escala. — Dado o número de naves que ele viu atacando a *Osíris*, Abel considera provável que este seja o ataque mais ambicioso do Remédio até agora.

— Me juntar ao Remédio? Você está tendo algum tipo de colapso no sistema? — Virginia dá um soco no ombro dele, depois estremece e aperta sua mão. — Ai. Você é muito mais sólido que um humano.

— Meu esqueleto contém...

— Sim, ok, eu sei sobre o seu esqueleto, isso foi idiota da minha parte. Meu ponto principal é que não, não vou me juntar a um bando de terroristas. Mas isso também não significa que eu queira voltar ao que era antes. Crescendo aqui, você é ensinado a procurar novas soluções, novas maneiras de fazer as coisas. Para procurar uma nova verdade, sabe? Em vez disso, eles mentiram para nós o tempo todo. Depois do que aprendi e do que percebi sobre a forma que cresci aqui, estou cansada de ser enganada. O que está acontecendo por trás desse campo de distorção... é real. É verdade. E é algo que as pessoas no poder não querem que saibamos. Isso significa que eu *preciso* saber tudo sobre isso agora. — Ela faz uma pausa e recupera o fôlego. — Fez sentido?

— Sim, fez. — Abel poderia apontar que as razões dela para querer se juntar a ele são quase inteiramente emocionais, não importa quão compreensíveis essas emoções possam ser. Mas as razões dele também são emocionais. Além disso, ela está certa em um ponto estratégico: ter uma segunda pessoa aumentará suas chances de uma resolução bem-sucedida. — Se você tem certeza de que não levantará suspeitas.

— Não vou. — Virginia se ilumina. — Eu sou uma *ótima* mentirosa.

— Não admita isso para muitas pessoas.

Ela ri alto enquanto corre para se preparar e grita por cima de um ombro:

— Você está desenvolvendo um senso de humor, sabia?

Não foi uma piada; foi uma boa sugestão tática. No entanto, Abel sorri.

15

ASSIM QUE A *OSÍRIS* APARECEU NO NOVO SISTEMA — SEJA QUAL FOR e onde quer que fique —, as comunicações estalam.

— *Como seu novo comandante, eu deveria me apresentar.* — Ele tem um sotaque que Noemi reconhece sendo de Stronghold. — *Vocês podem me chamar de capitão Fouda. As últimas ações da equipe de ponte foram para nos informar que muitos dos principais acionistas da Columbian Corporation estão a bordo. Talvez um deles seja corajoso o suficiente para falar comigo?*

Mansfield dirige sua cadeira flutuante para um pequeno console com uma tela, a poucos passos de onde Noemi está. Ele cutuca os controles com um dedo ossudo.

— Aqui é Burton Mansfield, criador de todos os mecans que existem... muitos dos quais estão prontos para destruí-lo agora mesmo. O que aconteceu com o nosso capitão?

— *Algo que é melhor torcer para que não aconteça com você.* — A tela se une em uma imagem: um homem de quase cinquenta anos, com traços semelhantes aos da capitã Baz, sentado em uma cadeira de comando com encosto alto. Linhas finas e brancas, de cicatrizes, marcam um lado do rosto e correm para baixo e ao redor do pescoço, talvez evidência de uma batalha de muito tempo atrás. Ele e a tripulação destruída ao seu redor vestem roupas simples e funcionais em tons de bege; Noemi se lembra disso de alguns dos bombardeiros do Remédio que ela e Abel viram em Kismet. — *O grande Mansfield* — diz Fouda devagar. — *Parece mais interessado em mecans do que em humanos.*

— O que você quer aqui? O Remédio sempre teve um problema com a Terra — diz Mansfield. — Não com cidadãos particulares.

— *São cidadãos particulares que fazem as escolhas que tornam a Terra uma tirana em vez de uma pátria.* — Fouda coloca as mãos na frente dele. — *Cidadãos particulares que acumulam os preciosos recursos que poderiam facilitar a vida de bilhões em toda a galáxia. Mas isso... isso vai além de qualquer acumulação, qualquer roubo, na história da humanidade. Você escondeu um Portão. Você escondeu um mundo.*

Noemi não teve tempo de pensar nisso, mas instantaneamente vê que nenhuma outra explicação faria sentido. Em algum lugar deste sistema, há outro planeta habitável, capaz de comportar milhares, milhões ou até bilhões de pessoas.

Mas ninguém mais sabe sobre este mundo. O governo da Terra compartilhou as informações exclusivamente com seus cidadãos mais ricos e privilegiados, não permitindo a mais ninguém a possibilidade de viajar para esse sistema. Os Vagabonds desesperados e os trabalhadores de minas nunca serão informados de que esse lugar existe. Esta nova chance na vida não é para todos. Está sendo guardada de forma egoísta — ou estava, antes de o Remédio chegar aqui. Noemi experimenta um momento de solidariedade com o Remédio quando sente que eles estão do lado certo.

Isso desaparece quando Fouda diz:

— *Conservaremos os membros da sua equipe que ainda podem ser úteis. Caso contrário, não precisamos manter um monte de sanguessugas.*

Noemi vê Delphine tremendo de medo e fica ainda mais irritada por ela do que por si mesma. Essas pessoas fizeram algo impossivelmente egoísta, mas ninguém merece ser assassinado a sangue-frio.

— *Nossos sensores mostram que vocês estão em uma das câmaras de mecans* — diz Fouda. — *Seria muito fácil cortar o oxigênio desses aposentos, acho.* — Lamentos de terror sobem dos passageiros, mas Noemi fica furiosa.

Ela se move para o console, carregando a cadeira de Mansfield para o lado com tanta força que ela balança.

— Escute aqui. Se você acha que os passageiros desta nave são prisioneiros passivos, é melhor repensar. Estamos aqui em grande número. Estamos armados. Você pode controlar a ponte, mas, acredite, ainda temos maneiras de tornar esta viagem *muito* desagradável para você. Então é melhor parar de nos ameaçar e começar a negociar.

— *Ou então seus mecans vão nos pegar? Transformamos todos os mecans que encontramos em sucata. O Remédio é composto por lutadores humanos. Lutadores de* verdade. *Nós não enviamos brinquedos para fazer o trabalho de guerreiros.* — Fouda ri. — *Não se preocupe, não deve demorar mais de dez minutos para vocês morrerem. Um fim razoavelmente misericordioso é mais do que você merece.*

Mais gritos e choro. Delphine balança os pés como se estivesse prestes a desmaiar. Noemi enterra seu medo bem fundo. Se ao menos os passageiros tivessem sido levados ao depósito de água ou à casa de máquinas, algo que valesse a pena negociar.

Ela ainda tem uma carta para jogar — a pior de todas, mas é tudo o que lhe resta.

Noemi diz:

— Dez minutos devem ser suficientes para que nossos detonadores façam um buraco no casco. Como você terá interrompido o fluxo de ar para esta área, não poderá ajustar a pressão interna da nave a tempo. Você perderá a integridade do casco e destruirá toda a nave. Eu me esqueci... quando as pessoas são expostas ao espaço sideral, elas implodem ou explodem? Um ou outro. Tanto faz, tenho certeza de que você vai gostar.

O sorriso dele desaparece.

— *Vocês se matariam também.*

Dando de ombros, Noemi diz:

— Depois de cortar o ar, já estaremos mortos. É melhor levá-lo conosco.

A pausa que se segue se estende por vários segundos. Na verdade, Noemi não tem ideia se eles poderiam fazer um buraco no casco; os blasters podem não ser tão fortes, mesmo que tenham carga suficiente. Desde que Fouda também não tenha certeza, ela pode negociar.

Por fim, ele diz:

— *Abordaremos a questão de sua sobrevivência após a nossa chegada ao mundo que vocês chamam de Haven.*

Haven. "Refúgio". Uma pequena emoção percorre Noemi ao ouvir isso. O que quer que esteja acontecendo aqui, outro lar para a humanidade foi encontrado, e isso tem que ser uma boa notícia.

— Se você planejasse nos matar, faria isso sem entrar em contato conosco — diz Gillian, que veio para o lado do pai. — Você quer algo, obviamente algo que achou que estaríamos dispostos a lhe entregar pelas nossas vidas. Acho que são as nossas coordenadas de pouso. Certo?

Fouda parece impressionado. Noemi provavelmente também. Ela sabia que Shearer e seu pai eram inteligentes, mas esse é o tipo de salto que o próprio Abel poderia ter dado...

— *Sim* — diz Fouda. — *Queríamos as coordenadas.*

Gillian assente, digitando-as.

— Não faz sentido você nos deixar longe dos suprimentos. Nós vamos precisar deles.

— *Veremos.* — Com isso, o capitão do Remédio desliga a comunicação.

Um segundo de silêncio se segue, que é interrompido por Delphine dizendo:

— Noemi, você é especialista em segurança? Você parece muito útil.

Gillian responde por ela:

— Digamos que a srta. Vidal seja uma adição de última hora à festa.

— Por que não tínhamos um especialista em segurança? — indaga Vinh, que não pode ser responsabilizado por sentir raiva, mas parece determinado a voltar essa raiva para todas as direções erradas. — Humanos encarregados de nos proteger em vez de apenas aqueles malditos mecans?

— Os mecans podem fazer o trabalho — diz Mansfield. Seu rosto está pálido, a voz trêmula. — Mas o Remédio trouxe mais naves do que pensávamos que eles tinham.

— E vocês não deveriam confiar demais em nossa nova amiga — diz Gillian, virando-se para encarar Noemi. O azul flamejante de seus olhos parece capaz de queimar a pele de Noemi. — Ela é uma soldado da Gênesis. O inimigo.

Um rubor aquece as bochechas de Noemi. Dos passageiros amontoados, ela ouve alguém sussurrar:

— Desde quando os soldados da Gênesis aparecem do nosso lado do Portão?

— Costuma acontecer quando somos sequestrados — diz Noemi. A mão de Gillian se move para o bracelete, e Noemi sente um lampejo frio de medo, mas ela levanta o queixo e mantém a voz calma: — Você precisa de um militar agora. Talvez eu não seja a pessoa que você escolheria, mas sou tudo o que tem.

Depois de um longo momento, Gillian exala.

— Bem. Seja útil.

Como ela deveria fazer isso? Noemi pensa rápido.

— Bem, primeiro precisamos assumir o controle de uma parte maior do que esta da nave. — Ela gesticula para os tanques mecans, esperando que pelo menos mais alguém na sala perceba como é absurdo ter isso como base. — O que é útil para nós e próximo a este local?

Gillian bate pensativamente uma unha longa na tela.

— A bagagem dos passageiros ainda não havia sido distribuída entre as cabines. Portanto, deve haver roupas e coisas assim no compartimento de carga, setenta metros adiante neste corredor. Além disso, haveria mais suprimentos para nossas celebrações... champanhe, chocolate, petits-fours etc.

Sério? Noemi tem vontade de gritar. *Você está contando os suprimentos de festa como uma das nossas grandes vantagens?* Mas ela contém sua raiva. Nesse ponto, até champanhe e petits-fours contam como reservas de comida.

— Certo. Nós protegeremos este corredor.

— Como faremos isso? — pergunta Delphine, seus olhos arregalados.

— Sairemos com blasters e explodiremos qualquer pessoa ou qualquer coisa que esteja entre nós e o que queremos. — Noemi verifica a carga em sua arma. Quase total.

— Você quer dizer atirar em pessoas. Temos realmente que *atirar em pessoas* que vão *atirar em nós.* — A fúria de Vinh não diminuiu; ainda está ricocheteando em todas as direções. Ele parece mais chateado por ter que fazer um trabalho real com riscos reais do que com o pensamento de tirar uma vida humana.

— Os membros do Remédio não hesitarão em nos matar — diz Gillian a Vinh. — Eu sugiro que você adote a atitude deles.

— Nós sabemos o que temos que fazer. — Noemi gesticula em direção à porta. — Vocês vão fazer isso ou não?

Os passageiros continuam olhando vidrados para Gillian, que finalmente lhes dá um breve aceno de cabeça.

— Vão. Protejam a nave. — Ela vira a cabeça na direção do tanque à sua frente, cheio de seu líquido rosa leitoso. — Tenho trabalho a fazer.

— Ok, pessoal — diz Noemi para os passageiros, preparando seu blaster. — Vamos.

• • •

De início, Noemi não vê nem um único guerreiro do Remédio; talvez nem todas as pessoas do Remédio envolvidas na batalha de Proteus tenham embarcado em *Osíris*. Ainda assim, eles obviamente têm tripulação suficiente para colocar a nave firmemente sob seu poder. Os elevadores foram bloqueados, e a maioria das interfaces de computador fornece apenas informações mínimas e nenhum controle além do quase automático: luzes acesas, luzes apagadas.

— Não acho que Mansfield ou sua filha possam entrar no sistema de computadores e nos ajudar — resmunga Noemi.

— Bem, eles não podem fazer tudo — diz Delphine, como se estivesse discutindo com uma criança pequena.

— Eles já fizeram o suficiente — concorda Noemi.

— Sinto muito por eles — confidencia Delphine enquanto avançam pelo corredor até a próxima curva. — Isso deve ser ainda pior para eles do que para nós.

— Por quê? Porque ser rico e poderoso é um fardo?

Delphine lança um olhar para Noemi.

— Por causa do filho da Dra. Shearer, neto de Mansfield. Acho que o nome dele era Simon? Enfim, ele morreu cerca de quatro meses atrás, por complicações da Teia de Aranha. Apenas sete anos de idade.

Após uma pausa, Noemi diz:

— Isso é um horror — e ela está falando sério. Ela se lembra das febres terríveis da Teia de Aranha, do delírio doce e doentio que a atordoava, da exaustão absoluta que tornava impossível andar. Ela pensa no sofrimento que testemunhou na Gênesis... a tosse débil da sra. Gatson, os pacientes que gemem, desamparados no chão. Noemi nunca desejaria tanto sofrimento a uma criança inocente.

Mas o luto deve ser, entre outras coisas, um chamado à compaixão — uma chance de reconhecer a dor no coração dos outros espelhada no seu. Não parece ter tido esse efeito em Mansfield ou Gillian Shearer.

A *Osíris* tem poucos cantos; a maioria dos corredores se curva em arcos graduais. Enquanto o grupo segue a curva que leva aos depósitos de bagagem, Noemi para, horrorizada. Seu primeiro pensamento é massacre, mas depois ela vê os fios saindo dos membros e torsos cortados.

Dezenas de mecans estão caídos no chão, todos eles fatiados pelo fogo dos explosivos. Alguns não estão totalmente inativos; uma Yoke continua tentando afastar os detritos perto de onde se encontra, mesmo que só restem dois dedos em sua mão. Um Baker olha para o teto, piscando, com o rosto passivo. Não há a menor possibilidade de conserto.

Noemi destruiu muitos mecans em batalha. Eles não são como Abel, não são pessoas. No entanto, a visão de tantos membros mutilados a perturba.

Se os combatentes do Remédio podem fazer isso com coisas que parecem humanas, isso torna mais fácil para eles matarem humanos de verdade?

• • •

Depois de proteger a área de bagagem com alguns fios improvisados e pegar o máximo de itens comestíveis que podem transportar, Noemi e seu grupo retornam aos tanques de mecans. A presença de Shearer e Mansfield faz desta sala sua sede; portanto, é aqui que eles precisam fazer um balanço.

Quando os outros começam a discutir a respeito de quem fica com qual caixa de chocolates, distribuindo roupas de luxo, Noemi se afasta para recuperar o fôlego. Mansfield senta em sua cadeira, sem dar ordens, sem dizer nada, nem mesmo a Gillian, que trabalha duro em um terminal próximo. Ele parece profundamente abalado, e Noemi sabe o porquê.

— Abel nunca vai nos encontrar — diz ela.

Mansfield olha para ela, seu rosto ainda mais pálido.

— Você não tem como saber isso. — Sua voz não passa de um sussurro. — Ele tem inteligência para... extrapolar a evidência existente...

— Que evidência? Não há nave para ele encontrar. O Remédio explodiu até a estação onde a nave esteve. Então nós voamos através de um Portão que ninguém na galáxia conhece, um que você deve ter escondido com algum tipo de campo de distorção, e agora estamos indo para um planeta que é mantido tão em segredo que Abel nunca teria ouvido uma palavra sobre ele. — Ela se inclina para mais perto, cada palavra tão afiada quanto a ponta de uma faca. — Você falhou. Abel está vivo.

— Isso significa que você vai morrer. — Mas a ameaça de Mansfield não tem veneno. Ele está quase quebrado, enfrentando a mortalidade como nunca deve ter feito antes. Afinal, a morte exigirá o que lhe é devido... e em pouco tempo.

— Se eu morrer, morro para salvar a Gênesis e Abel. Por mim tudo bem.

Noemi se afasta dele, entre colunas altas de tanques mecans, meio que esperando sentir o calor quente da dor em seu braço a qualquer momento. Quando a ampola estourar, o veneno entrará em seu corpo, e pronto. Mas Gillian Shearer continua trabalhando duro em seu terminal, sem se distrair com a estranheza ao redor. Aparentemente, a morte de Noemi terá que esperar até mais tarde.

Um dos itens retirados da área de bagagem era um dispositivo de entretenimento de nave, portátil dentro do estojo. Delphine colocou-o no colo e está ansiosamente batendo na tela. Suas prioridades poderiam envolver algum trabalho. Mas ela é a única passageira que ainda é amigável com Noemi, então talvez essa falta de perspectiva valha alguma coisa. Noemi aparece e olha para a tela, que mostra uma lista de holos disponíveis, pelo menos metade dos quais parecem ser estrelados por Han Zhi.

— Você está... procurando algo para assistir — diz lentamente. — Agora. Com tudo isso acontecendo.

— Não, ainda não. Veja, eu tive essa ideia. — Delphine aponta a parte superior da tela, para uma etiqueta que indica OUTRAS OPÇÕES DE ENTRETENIMENTO. — O Remédio bloqueou todos os sistemas essenciais, certo? Entretenimento não é essencial, por isso ainda está aberto para nós. Esses dispositivos ainda estão conectados ao computador. E uma das opções nos canais de entretenimento é o Progresso de Voo. Então, se entrarmos aqui... — Tocando na tela mais algumas vezes, ela abre um diagrama do sistema estelar que mostra a *Osíris* claramente bem perto de Haven. Um pequeno quadrado ao lado mostra a vista da tela principal da ponte, na qual um mundo branco e azul cercado por muitas luas cresce a cada segundo.

— Isso é brilhante, Delphine — diz Noemi com sinceridade. Só porque ninguém pediu a essa mulher que usasse seu cérebro antes não significa que ela não tenha um. Sua admiração muda para consternação quando começa a perceber o que há nessa tela. — Quantas luas Haven tem?

— Quinze! Todas em órbita bastante próxima, algumas quase do tamanho da Terra. — Delphine bate palmas. — O céu noturno não é incrível?

— Sim — Noemi diz, distraída. Seu treinamento de piloto foi acionado e ela está estimando a gravidade, imaginando vetores.

O problema de um planeta com vários satélites, principalmente quando eles são grandes e orbitam muito bem, é que um piloto não pode pousar sem levar em consideração os poços de gravidade. É factível, mas é complicado, e quanto maior a nave, mais difícil fica. Noemi teria que trabalhar para pousar seu caça estelar neste planeta. Algo do tamanho da *Osíris*...

— Shearer! — Noemi chama do outro lado da sala. — Quem ia pousar esta nave? — *Por favor, que seja a equipe original. O Remédio provavelmente os deixou vivos; eles conseguem lidar com isso...*

Por cima do ombro, Gillian responde:

— Um Item foi programado especialmente para essa tarefa. Que diferença faz? — Ao que tudo indica, pilotar não é uma das muitas preocupações de Gillian Shearer.

A *Osíris* estremece e Noemi respira fundo.

— Está prestes a fazer uma grande diferença.

— O que está acontecendo? — Delphine olha de Noemi para a tela de exibição e de volta. A superfície branca de Haven cresce ainda mais até que apaga completamente as estrelas.

As pessoas gritam quando a nave cambaleia embaixo delas. Noemi berra:

— Temos acesso a algum estabilizador? Algum campo de força?

O tremor finalmente chama a atenção de Mansfield.

— Os tanques estão equipados com campos de força de emergência, é claro...

— Como os usamos para nos preparar?

Gillian entendeu. Ela corre para o pai, puxando a cadeira suspensa de volta para as paredes.

— Apenas chegue aos tanques. Todo mundo se proteja em uma das plataformas de tanques!

Noemi obedece a essa mulher pelo que ela espera que seja a última vez. Delphine diz:

— Será uma aterrissagem difícil?

— Pode-se dizer que sim.

Seria mais exato dizer que eles quase certamente vão falhar.

As pessoas já estão agrupadas perto do fundo desta coluna de tanques, então Noemi sobe depressa no quadro. Um campo de força antigravitacional pisca em resposta à turbulência, prendendo todos eles em uma bolha vermelha. Tudo bem; o campo de força torna a distância do chão irrelevante. Delphine segue na subida, mesmo que seu caftan a atrapalhe.

Quando estão perto do topo, Noemi se instala na estrutura como uma criança se equilibrando em barras de uma escada horizontal num parquinho. Ao seu redor, o campo de força faz cócegas em sua pele, emitindo um zumbido bem leve. Quanto mais a nave sacode, mais o campo fica forte. Mas ela vai ter que lidar com isso mais tarde.

Não muito mais tarde. De onde está, ela ainda pode ver o console em que Delphine estava trabalhando caído no chão. Não há nada na tela agora além de brancura.

A *Osíris* balança violentamente. Noemi agarra a estrutura com mais força, por instinto, mas pode sentir o campo de força apertando-a de forma quase dolorosa. Eles chegaram perto o suficiente da superfície para que a gravidade artificial se desligasse. Essa é uma função-padrão da nave, em geral uma economia de energia, mas aqui será mortal. Sem gravidade interna, todos a bordo poderiam ser espancados até a morte pela descida irregular da nave.

— Estamos girando? — grita Delphine. — Parece que estamos girando!

É difícil dizer o que parece — a tontura pode ser apenas pânico, mas o domínio do campo de força silencia isso. A evidência é toda visual: caixas de chocolate e robes de seda, sapatos elegantes e malas com monograma, rolando como pedaços de vidro em um caleidoscópio.

Nós vamos cair, pensa Noemi. *Estamos caindo...*

O primeiro impacto é o pior. Noemi é lançada tão violentamente que seu pescoço pula, seus antebraços se chocam contra a estrutura, e o campo de força ao seu redor parece que poderia quebrá-la ao meio. Detritos esmagam tanques, atingem passageiros, batem contra metais e ossos. Enquanto os gritos enchem o ar, Gillian grita tarde demais:

— Preparem-se!

Um segundo impacto os atinge, apagando as luzes principais e deixando apenas o brilho laranja de emergência. Depois, há um terceiro impacto. Um quarto. Eles estão pulando pela superfície como uma pedra contra a água, Noemi percebe. Até a pedra que pula melhor afunda no fim.

A *Osíris* bate em algo — uma rocha, uma cordilheira, não dá para saber — e desliza para o lado até começar a rolar. Noemi fecha os olhos e se agarra enquanto eles caem repetidamente, detritos voando em todas as direções. Algo pesado dentro de seu campo de força desfere um golpe na lateral de sua cabeça e ela sente o calor e a umidade do sangue em sua têmpora. Não há mais em cima ou embaixo, apenas uma corrida vertiginosa terrível, que parece que nunca vai acabar.

Por fim, porém, a nave dá um último giro e derrapa até parar — de cabeça para baixo.

Noemi engasga quando olha para o que havia sido o teto da sala dos tanques, mas agora é o chão. Ela se agarra à estrutura, apenas em parte sustentada pelo campo de força, que não está mais trabalhando com força total; alguns dos campos parecem ter entrado completamente em curto. O console em que Gillian trabalhava está pendurado e inutilizável. Abaixo está uma pilha ensanguentada e ardente de humanos atordoados, máquinas quebradas e bagagem destruída. A energia principal pisca outra vez e depois apaga, provavelmente para sempre. Nas luzes fracas de emergência laranja, o amontoado lá embaixo parece ainda mais surreal e monstruoso.

Este nave nunca mais voará, pensa Noemi. *Estamos presos aqui. Para sempre.*

16

ABEL PREVIRA QUE AS FORÇAS DA TERRA LOGO INVESTIGARIAM O QUE havia acontecido perto de Proteus. No entanto, ele não conseguiu prever a escala da investigação.

— Eles enviaram todas as naves da Terra? — Virginia resmunga de seu lugar no leme. Ela mantém a *Perséfone* perto de Halimede, uma das luas mais externas de Netuno. Seu macacão laranja brilhante é o único traço de cor na ponte que, de outra forma, estaria escura.

— Você está exagerando na tentativa de fazer graça — diz Abel —, mas esta é uma equipe de pesquisa muito maior do que eu esperava, mesmo considerando a escala do ataque do Remédio.

Para sua surpresa, Virginia ri.

— Você ainda não entendeu, Abel. Se o Remédio tivesse atingido um comboio de Vagabonds, veríamos cerca de uma nave e meia por aqui fazendo leituras. Uma nave de luxo com Burton Mansfield a bordo? A Terra não vai parar até que cheguem ao fundo *disso*, eu garanto.

— Entendi o que quer dizer. Mas essa investigação ainda é limitada.

Isso lhe rende um olhar confuso da Virginia.

— O que você quer dizer?

Abel expande a área relevante na tela e ilumina os vetores que ele calculou como linhas verdes brilhantes contra o campo estelar.

— É muito fácil dizer em que direção a *Osíris* voou. Como estão escaneando a área, essas naves deverão poder captar a anomalia no Cinturão de Kuiper. Se estivessem genuinamente procurando os passageiros, estariam perseguindo a *Osíris*, não apenas reunindo dados sobre o ataque do Remédio.

— Ah, cara. Você está certo. Por que eles não estão fazendo isso? — Virginia faz uma careta como se os grupos de busca a estivessem ofendendo pessoalmente.

— Meu palpite é que eles receberam ordens para não os procurar. Por que eles receberam essas ordens e de quem, eu só posso chutar.

Como regra, Abel tenta não chutar sem um bom motivo. Pressupostos podem ser atalhos mentais úteis, mas também podem mascarar lacunas perigosas na lógica. No entanto, ele acha difícil descartar seu conjunto de conclusões:

1. A anomalia que eles detectaram deve ser de fato um Portão.
2. Este Portão foi construído como uma passagem para outro mundo habitável, estação espacial ou outro lugar onde um grande número de humanos pudesse viver.
3. O que quer que esteja escondido do outro lado desse Portão é algo que apenas os poderosos conhecem. Alguns desses indivíduos poderosos estavam na *Osíris* no momento do seu desaparecimento — apenas a presença de Mansfield prova isso —, mas outros não. Alguns dos que ficaram para trás devem ter a intenção de seguir o caminho da *Osíris*.

Dada a investigação limitada, Abel deve concluir que não importa quanto esses outros temam pelos amigos e familiares que foram na frente, isso não é tão forte quanto a necessidade de manter o segredo.

Os humanos frequentemente (e de forma imprecisa) falam dos mecans como "sangue-frio", incapazes de se importar. Parece a Abel que os humanos merecem muito mais o termo. Mecans não têm a capacidade de cuidar, e os humanos, sim, mas muitas vezes optam por não se importar.

A *Perséfone* permanece onde está até que a rotação do sistema planetário dê à nave um caminho obscuro para se aproximar do Portão escondido. Quando estão dentro do alcance do campo de distorção,

Virginia suspira. A princípio, Abel está confuso, porque não vê nada além de céu escuro e estrelado.

Então ele se lembra: *campos de distorção são feitos para enganar sensores eletrônicos. Não a visão humana.*

Depressa, Abel limita sua visão a frequências totalmente humanas para enxergar o que Virginia vê.

E aí está.

— Temos um Portão — diz ela —, não temos?

— Sim. — Mas isso é diferente de qualquer outro Portão que Abel já viu.

A maioria dos Portões é maciça, construída para ser quase indestrutível e brilha como os faróis de poder que são. Este Portão foi construído com as mesmas dimensões de qualquer outro, mas, não fosse o brilho revelador no centro, seria fácil acreditar que não foi concluído. Nenhum revestimento externo foi aparafusado aos mecanismos internos do Portão para proteção de longo prazo. Em vez disso, os painéis e os circuitos estão expostos.

— Eles ainda não o terminaram — sugere Virginia.

— Possivelmente. Ou, talvez, este Portão não deva durar muito tempo. — Quando ela lhe dá um olhar alarmado, ele acrescenta: — Em termos relativos. Ele permaneceria operacional por cinquenta a setenta e cinco anos, mas ainda é muito menos tempo do que os outros Portões suportarão.

— Por que eles perderam tempo construindo um Portão de meia-tigela? Eles vão acabar isolados do resto do Loop dentro de algumas gerações.

Abel assente.

— Suspeito que essa seja a ideia.

Virginia fica muito quieta ao ver a verdade que Abel entendeu desde o primeiro olhar para este Portão: o que quer que esteja do outro lado não será uma adição permanente ao Loop, um dos muitos lares possíveis para a humanidade no futuro. Qualquer que seja o mundo ou estação que os aguarda, será aberto a poucos, por um curto período de tempo. Então será selado.

Algo muito precioso está do outro lado deste Portão.

Vários minutos se passam antes que um deles fale novamente. Quando estão a poucos minutos de atravessarem esse Portão em ruínas, seu funcionamento bagunçado começa a preencher a tela abobadada, Abel diz:

— Eu tenho que fazer essa viagem, mas você não. — O argumento de Virginia sobre Cray era vigoroso e sincero, mas ele não a culparia se ela reconsiderasse sua decisão depois de ver o tamanho da investigação nas proximidades. — Se preferir, deixo você perto de uma das estações de Saturno.

— Nem pensar. — Ela balança a cabeça como se precisasse acordar rapidamente e se inclina sobre o console com uma concentração renovada. — Talvez algumas pessoas pudessem ir embora sem saber o que há do outro lado, mas eu? Virginia ama um mistério. Eu aceito isso sobre mim mesma.

Abel aprendeu a não ser enganado por suas piadas.

— Você é uma amiga muito leal.

— Se você ficar piegas comigo mais uma vez, eu juro que vou te reprogramar enquanto estiver dormindo. Você vai cantar "God Save the Queen" de hora em hora.

— Você está brincando. — Ele espera pela resposta e depois arrisca... — Não está?

— Me teste e descobrirá, Menino Robô.

• • •

As horas de viagem são tranquilas. Apesar da aparência estranha deste Portão, a viagem deles parece exatamente igual à de qualquer outro dos Portões do Loop. Nem Abel nem Virginia dizem uma palavra até que enfim avistam o mundo em seus sensores, e Virginia o faz aparecer na tela.

— É lindo — diz ela, enquanto observam a superfície nevada deste planeta desconhecido. Seu tom é mais suave do que o habitual. — Isso me lembra muito... quando eu era pequena, antes de Cray, às vezes íamos para o norte e visitávamos meus avós no topo das Montanhas Rochosas. A neve ao redor tinha um metro de profundidade, até onde se podia ver.

Abel já descobriu a órbita do planeta, seu provável clima, como pareceria o céu olhando da superfície. Suas quinze luas dificultam o pouso, mas a noite deve ser iluminada pela luz refletida.

— É verão.

— Sério? Qual seria a profundidade da neve no inverno? Não responda.

— Sua órbita e rotação sugerem variações mínimas nas estações do ano — acrescenta Abel. — Eu acho que a temperatura média varia menos de dois graus Celsius ao longo do ano.

Este é o mais frio dos mundos habitáveis já descobertos. Stronghold é frio, mas ainda é mais quente que isto — assim como a Escandinávia, mais ao sul da Terra, é mais quente que o Alasca, mais ao norte. A superfície árida de Stronghold torna a neve extremamente rara. Aqui, a atmosfera tem umidade suficiente para nevascas e geadas. Embora os oceanos que ele vê sejam menores que os da Terra, ainda são vastos o suficiente para fornecer umidade bastante para este mundo. Os peixes provavelmente estão bem no interior desses oceanos, e as árvores adaptadas ao frio produzirão frutos mesmo em uma primavera com neve.

Esse esplendor que eles veem pouco importa, comparado ao que eles não estão vendo. Abel diz:

— Você consegue detectar a *Osíris*? Não a estou captando nos meus sensores.

— Nem nos meus... apesar de sabermos que ela já esteve aqui. — Ela toca num painel em seu console que faz com que nebulosas linhas laranja apareçam no campo estelar na frente deles, cruzando a superfície branca do novo planeta. As trilhas ionizadas marcam o caminho da *Osíris*. — Parece que eles desembarcaram, com terroristas e tudo.

— Você acha que devemos examinar a superfície? — Abel toma cuidado para não dar ordens à Virginia. Ao contrário de Harriet ou Zayan, ela não trabalha para ele, e seu ego é grande o suficiente para às vezes superar seu bom coração. Como possuidor de um ego saudável, Abel entende como pode ser inconveniente.

Virginia responde à sugestão tão rapidamente quanto teria rejeitado um comando. Em instantes, a tela se enche da imagem da *Osíris*... ou do que já foi a *Osíris* e agora são apenas destroços.

— Ah, merda — diz Virginia, enquanto aproxima mais a imagem. — Mas... me parece possível sobreviver a isso. Certo?

— Acho que sim.

Abel se sente estranhamente dividido. Metade de seu cérebro faz os cálculos necessários, projeta um cenário no qual o piloto da *Osíris* não conseguiu calcular as forças gravitacionais de tantas luas diferentes de uma só vez e está contente por ter resolvido o enigma lógico. A outra metade faz parecer que ele está mergulhado debaixo d'água por uma ou duas horas, o máximo que seus pulmões cibernéticos podem aguentar, e seu corpo agora está gritando por ar com tanto desespero quanto o de qualquer humano.

Fique viva, Noemi, ele pensa. *Fique viva.*

Ele não envia a mesma mensagem para Mansfield, mas a Diretiva Um garante que ele também precise procurar seu criador.

— Eu vou descer e procurar na superfície. Procurar Noemi, ver se há sobreviventes. — Ele não menciona o nome de Mansfield.

— Ei, ei, espere aí. — Virginia gira a cadeira para encará-lo. — Que história é essa de "eu"? Somos uma equipe, lembra?

— Todos os membros sobreviventes do Remédio ou os passageiros da nave estarão desesperados por uma espaçonave intacta. A *Perséfone* deve permanecer em órbita o tempo todo, com um piloto a bordo, para garantir que não seja roubada.

Ela cruza os braços na frente do peito.

— Então por que você não fica enquanto eu vou?

— Porque sou fisicamente mais forte, mais capaz de operar em condições de frio extremo, mais fortemente motivado e tenho maior capacidade mental do que você.

Depois de um longo olhar fixo, Virginia diz:

— Você realmente não entende o conceito de tato.

— Eu entendo o conceito. Mas prefiro a honestidade. — Ele achava que Virginia, que está bem informada sobre cibernética, seria capaz de aceitar essas verdades simples. Em vez disso, talvez algumas nuances sejam necessárias. — É claro que você é extremamente inteligente, levando em conta as limitações de um cérebro humano.

— Fique com o ego, amigo. Você é *péssimo* de tato. — O humor dela melhorou, mas sua posição não muda. — E se você se explodir? Ir sozinho é perigoso, Abel!

— Toda essa missão é perigosa. O aumento relativo do risco ao sair da nave é irrelevante.

Por fim, Virginia suspira.

— Está bem. — Quando Abel se levanta, ela acrescenta: — Mas eu vou ficar monitorando você o tempo todo!

— Eu não esperaria nada menos.

Poucos minutos depois, as portas da baía de lançamento se abrem e Abel pilota o corsário de Virginia para a superfície, espiralando em um longo arco. Os poços de gravidade das luas o puxam como aranhas rastejando ao longo de suas teias em direção a presas, mas ele mantém a nave estável. Rapidamente, o planeta nevado se torna o céu inteiro de Abel.

A *Osíris* se destaca mesmo a grande distância, sua superfície de ouro e terracota vívida contra a neve intocada. Embora tenha colidido com a superfície, deixando um corte de um quilômetro de árvores quebradas e solo revolvido, a estrutura da nave parece praticamente intacta. Abel reajusta sua avaliação do acidente. Supondo que as funções de absorção de choque interno e gravidade artificial continuassem operacionais, é provável que a maioria dos passageiros tenha sobrevivido.

Noemi está viva. Provavelmente ela está viva. Ela é forte o suficiente, ousada o suficiente, para suportar as consequências de algo assim...

Ele afasta o pensamento. Mesmo a esperança não pode arruinar seu foco. Por enquanto, ele tem que determinar a melhor forma de se infiltrar nos destroços da *Osíris*.

Abel aproxima o corsário, mergulhando baixo para o chão até deslizar logo acima das copas das árvores e das colinas. As coníferas daqui cultivam agulhas azul-escuras em vez de verdes, mas, por outro lado não são tão diferentes dos pinheiros da Terra. De perto, uma cordilheira espetacular raspa o céu pálido. Em breve, o pôr do sol será filtrado entre os picos. Uma cachoeira desce por uma das montanhas mais próximas, sua crista emoldurada por uma concha de gelo da cor de um vidro de praia. O caminho desse rio pode ser rastreado até um grande lago que faz fronteira com uma ampla planície, que parece, provavelmente, o local planejado do primeiro assentamento humano; uma grande estrutura surge em seus sensores, mas não há sinais de vida, por isso não é importante investigá-la no momento. Enquanto a vida animal é abundante nos oceanos deste planeta, relativamente poucas espécies vivem na terra, e o ar é ocupado principalmente por nuvens cinza-pálidas do que parece ser algum tipo de morcego marsupial. Tudo neste planeta parece bonito e benigno. Abel entende por que as pessoas esperariam se estabelecer aqui, por que considerariam viver com o onipresente frio, um pequeno preço a pagar.

O que ele não entende é como eles ignoraram todos os outros sinais de perigo. Porque, agora que ele está na atmosfera, capaz de fazer suas próprias leituras...

Não pode ser assim em todo o planeta, supõe. As taxas de toxicidade devem ser específicas para essa localidade, por meio de um mecanismo ainda não determinado. Caso contrário, os humanos nunca teriam tentado ocupar este mundo. Sem dúvida, ele sobrevoou uma área rara e inabitável, que demanda mais estudos.

Abel pretende estudá-la mais tarde. Seu foco deve permanecer na *Osíris*, e em que e quem ele pode encontrar lá dentro.

Ele pousa o corsário a cerca de dois quilômetros do acidente, atrás do topo de uma colina. Embora ele queira que Noemi saiba que está indo buscá-la, poucos a bordo agradecerão sua presença. Os atacantes do Remédio não ficarão felizes em vê-lo; Burton Mansfield, sim — apenas porque poderia tentar capturar sua preciosa criação. Abel deve permanecer sem ser detectado pelo maior tempo possível. Ele coloca sua jaqueta branca superquente, prende o blaster no coldre e sai exatamente quando o pôr do sol começa a escurecer o céu.

O terreno é mais acidentado nesta área, com várias pedras e seixos perigosos escondidos pela neve. A *Osíris* está na beira de um grande planalto, próximo a uma queda acentuada — e agora que Abel pode estudar a superfície de perto, percebe que fendas profundas podem espreitar por baixo, escondidas pela neve. Então, ele diminui os movimentos, examinando todos os elementos do caminho à frente.

O local da queda está muito perto do equador deste planeta, o que significa que o crepúsculo cai rapidamente. O céu acima se torna luminoso com cinco luas visíveis, lançando luz refletida suficiente para brilhar na neve. Ele extrapola órbitas de suas observações na *Perséfone* e percebe que nada menos que três luas serão visíveis em todos os momentos, todas as noites do ano. A noite raramente é muito escura aqui.

Conveniente, talvez, para futuros colonos — mas para Abel isso apenas aumenta suas chances de ser detectado.

Ele permanece abaixado, seguindo o terreno. Quando chega à nave, reavalia sua condição. O equipamento foi gravemente danificado ou pode estar inutilizado apenas porque está afixado no que antes era o piso e agora é o teto. Isso incluirá equipamentos hospitalares, biocamas, qualquer lugar em que um homem idoso possa descansar.

Abel encontra uma trava de ar logo acima da linha da neve. Tenta a entrada automática, mas está quebrada. Então ele pressiona com todas as suas forças até dobrar a trava, o que lhe permite puxar com cuidado a porta. O esforço é suficiente para cansar até mesmo ele. Depois que abre espaço suficiente para se espremer, ele se esgueira para dentro, ajustando sua visão à escuridão interior. O chão sob seus pés se inclina de súbito para a direita e é curvado como o teto que costumava ser. Felizmente, seu senso de equilíbrio não é prejudicado com tanta facilidade.

Nenhum alarme de invasão dispara. Enquanto se dirige para a porta interna, ele argumenta que os alarmes podem não estar mais funcionando. Essa área da nave estaria perto da engenharia principal, que agora é completamente não funcional e, portanto, improvável que seja uma prioridade para o Remédio. Ele ainda pode entrar sem ser detectado. O painel para abrir a porta pela trava de ar, invertido, é alto o suficiente para que ele precise pular, mas pelo menos funciona. Uma vez aberto, o ar viciado entra e ele se solta...

... e vê um pequeno grupo de pessoas no final do corredor, todas armadas e apontando diretamente para ele.

Abel recua 0,17 segundos antes que os raios do blaster o atinjam. Com a arma na mão, ele mede se deve ficar sem passagem aérea e tentar uma entrada diferente — mas não, eles estarão à procura dele agora. Em vez disso, dispara, não pretendendo matar ninguém, mas mira perto o suficiente para que saibam que ele seria capaz disso.

Alguém grita:

— Você ouviu o capitão Fouda! Todos os passageiros devem se render imediatamente!

Então, esses são membros do Remédio.

— Eu não sou passageiro — grita ele de volta.

Outra pessoa grita:

— Você não é um de nós!

— Eu não disse que era. Mas também não sou passageiro.

Uma pausa se segue. A confusão deles é racional, decide Abel. Mas como ele poderia apresentar melhor seu caso? Se eles estão em guerra contra os passageiros, como parece, não vão gostar da ideia de ele vir aqui para salvar um.

Uma terceira voz grita:

— Identifique-se!

E, de alguma forma, essa é uma voz que ele conhece.

17

NOEMI ESTREMECE ENQUANTO VIRA O PESCOÇO DE UM LADO PARA O outro, mas ele não parece estar ferido. Apenas dolorido. O corte na têmpora também não é muito profundo. Ela cai no chão (que antes era o teto), suas botas prateadas esmagando lascas de metal e pedaços de detritos.

— Estão todos bem?

Parece que a maior parte sim. Delphine, como vários outros passageiros, está chorando e ostentando alguns cortes e contusões para rivalizar com os de Noemi. A maioria deles se apega às estruturas do tanque, como gotas de chuva na teia de uma aranha, abaladas, mas não gravemente feridas. Mansfield está deitado em sua cadeira, apoiada numa parede; ele parece uma marionete com cordas soltas, os membros frouxos e sem força, mas ele está respirando. Os campos ao redor dos tanques mantiveram todos vivos.

A ponte provavelmente também tinha um campo de proteção de emergência. No entanto, a maior parte do resto da nave não deve ter. Noemi diz:

— Alguns membros do Remédio provavelmente morreram nesse acidente. Talvez muitos. Então eles estão enfraquecidos. Se pudermos nos recompor e voltar para lá...

— Nos recompor? — Vinh parece quase histérico. — Depois do que aconteceu? Você não tem coração?

— Eu só quero dizer... esta é provavelmente a nossa melhor chance. — Noemi checa seu blaster. Suas mãos ainda estão tremendo, mas ela acredita que pode atirar direito. — O Remédio deve estar tão atordoado quanto nós. Talvez possamos pegá-los desprevenidos.

Um grito baixo e triste a assusta, assim como aos outros. O som vem da outrora inabalável Gillian Shearer, cujas bochechas brilham com lágrimas. Ela está tentando subir em um dos tanques em que estava trabalhando anteriormente, um que quebrou e está drenando uma gosma rosa pelas laterais. Nos controles está definido um octaedro em forma de diamante, aproximadamente do tamanho de um grande punho humano, que está piscando em um padrão estranho.

— Simon — Gillian soluça. — Oh, Deus, Simon, não.

Esse era o nome de seu filho morto. Gillian deve ter sido atingida na cabeça com tanta força que não sabe onde está, ou talvez a amnésia temporária tenha acabado e a tenha lembrado de sua perda. Envergonhada pela mulher, Noemi desvia o olhar — até ouvir um estalo de vidro.

Ela olha para cima. No escuro compartimento de carga, com sua fraca luz laranja de emergência, parece que o tanque vazando está se partindo por conta própria. Então, através da escuridão, ela vê uma forma dentro do tanque.

A forma de uma pequena mão humana pressionada contra a superfície...

Com um grande estalo, o lado do tanque cede. O fluido jorra em uma cachoeira, encharcando Gillian e espirrando em tudo que está por perto. Na precipitação, a forma de um garoto humano também cai, atingindo o chão com um baque forte. Noemi olha enquanto ele tenta se apoiar nas mãos e nos joelhos; ele não consegue, talvez porque tudo esteja escorregadio, mas também talvez porque ainda não saiba como se mover. *Isso não é um garotinho*, Noemi percebe. *É um mecan...*

O mecan levanta a cabeça. Ele tem longos cabelos ruivos que ultrapassam os ombros; está ensopado e completamente nu. Seus traços ainda não estão totalmente formados; há algo suave em seu rosto, algo fetal, mesmo que sua altura seja a de uma criança de seis ou sete anos.

Mesmo assim, está claro que ele está aterrorizado.

Gillian, afastando os cabelos úmidos do rosto, se aproxima do mecan rastejante.

— Está tudo bem — diz ela, tentando sorrir. — Me desculpe, tivemos que nos apressar. Vai dar tudo certo.

O mecan diz, na voz trêmula de uma criança:

— Mamãe?

Ai, meu Deus. Esse é o filho dela.

O filho morto dela.

Mansfield sempre planejou colocar sua alma dentro do corpo de Abel e ser imortal. Isso significa que ele deve ter algum procedimento ou habilidade para registrar ou armazenar sua alma — de fato, toda uma consciência humana. No entanto, Noemi nunca havia considerado que ele poderia usar esse poder para preservar alguém, muito menos seu próprio neto.

Ela olha para o octaedro, agora escuro.

— Sim, isso mesmo, Simon. É a mamãe. — O sorriso de Gillian perfura a raiva que Noemi sente dela. Ninguém poderia ser invulnerável a tanta dor nua e crua. — Nós não deveríamos acordá-lo por um tempo ainda. Eu sinto muito. Algo deu errado, mas não se preocupe. Estou aqui, seu avô está aqui, e nós cuidaremos de você. Vamos consertar tudo mais tarde.

— Meus pensamentos estão barulhentos. — Simon bate em sua cabeça. Seus dedos estão ligados por uma membrana. — Faça-os parar.

— Isso é porque você é diferente agora, mas podemos ajudá-lo a aprender a lidar com todos esses pensamentos. — Gillian se move timidamente em direção a ele. A criança molhada e trêmula à sua frente não deve ter quase nenhuma semelhança com o filho que perdeu, mas ela estende a mão para ele como faria antes. — Venha aqui e deixe a mamãe te ajudar...

— Não, não, não! — uiva Simon. — Eu não quero! — Gillian para onde está.

Mansfield se levanta, apoiado em um braço. Noemi espera que ele chame Simon também, mas ele fala com sua filha.

— Esse aí está estragado.

Balançando a cabeça rapidamente, Gillian diz:

— Não. Funcionou. É o *Simon*. Você não vê?

Simon pressiona suas pequenas mãos espalmadas em ambos os lados da cabeça.

— Tem tudo isso falando na minha cabeça, mas não são palavras.

O conhecimento de Noemi sobre Abel a ajuda a entender o que deve estar acontecendo na cabeça de Simon.

— É a sua programação — diz ela gentilmente, agachando-se enquanto se aproxima para não ser mais alta que a criança. — Você tem muitas e muitas informações que pode usar.

— Eu posso lidar com isso, obrigada. — O tom de Gillian poderia esculpir gelo.

Provavelmente Noemi ultrapassou os limites. Mas quais são os limites em uma situação como essa? Tudo o que ela sabe é que vê algo — alguém não muito diferente de como Abel deve ter sido quando era novo. O pensamento corta seu coração e a faz querer fazer o que puder por ele.

Talvez não haja nada a ser feito, porque Mansfield resmunga:

— Gilly, você precisa deixar isso para lá.

Sua filha o ignora, rastejando meio metro para mais perto do mecan trêmulo que é seu filho.

— Querido, venha aqui para mamãe. Vou consertar as coisas, você vai ver.

Simon se levanta, desequilibrado e tremendo. Gillian congela. Ninguém mais na sala diz uma palavra. Ele dá um passo em direção à mãe, depois outro, e depois corre para ela o mais rápido que pode...

... à velocidade mecânica, o que é muito rápido. Ele bate em Gillian com tanta força que ela voa para trás, choca-se em um dos tanques quebrados e cai no chão.

Ao ver o colapso de sua mãe, Simon grita — um som rouco e angustiado — e foge chorando. A porta agora está suspensa no alto, nivelada com o teto e não com o chão, entreaberta. Simon salta para ela, espreme-se e desaparece, uma coisa selvagem perdida nos destroços.

Depois de uma longa pausa na qual ninguém se move, Vinh diz:

— Mas que *diabos*?

Noemi concorda completamente.

Ela corre para onde Gillian jaz entre poças de fluido mecan rosado. Embora a força dessa colisão pudesse ter quebrado ossos ou pelo menos a nocauteado, Gillian está acordada, apenas atordoada. Noemi se ajoelha ao seu lado. Ela quer ser útil, se possível, mas Gillian vira a cabeça.

— Por que você não conta aos outros, senhorita Vidal? Conte a eles tudo o que fizemos. — Sua voz soa estranha, difícil de entender. Gillian se sente culpada e quer que Noemi a condene? Ou ela está orgulhosa de seus poderes de ressurreição, não importa quão imperfeito seja o resultado?

Noemi mantém a voz baixa e se atém aos fatos mais imediatos da situação.

— O que você faria com seu pai... salvar a alma dele até poder colocá-la no corpo de Abel... você fez com seu filho quando ele morreu. Você estava criando um novo corpo para ele, como o de Abel.

Gillian ri, um som rouco e desequilibrado.

— O modelo A já está obsoleto. Meu pai precisa dele apenas para ajudá-lo até que possamos fazer a próxima geração de mecans.

— A próxima geração? — pergunta Noemi.

— Orgânicos. Mas eles são muito mais do que meramente orgânicos. Eles são Herdeiros. — Lentamente, Gillian se senta, estremecendo ao tocar a lateral da cabeça. — Esse é o nome da marca que nossos profissionais de marketing criaram.

— Herdeiros? — Delphine se aproxima; seu rosto manchado de lágrimas está nublado de confusão.

— Isso não é da sua conta — diz Mansfield. Ele conseguiu colocar sua cadeira flutuante nivelada novamente, embora isso deva ter tomado parte das últimas forças que lhe restam. — O restante de vocês, saia daqui.

Os outros passageiros correm para os cantos distantes para fazer um balanço de seus cortes e contusões. Noemi não se mexe. Aparentemente, nem Mansfield nem Gillian esperam que ela o faça; ela já sabe demais.

— Precisamos de mais tempo para aperfeiçoar a tecnologia. — Gillian estende a mão no gesto universal de *calma*. — Muito mais tempo. Eu não ia transferir Simon até que verificássemos tudo três vezes... até que tivéssemos certeza de que havia armazenamento de backup... mas o tanque quebrou no acidente e eu não tive a chance de obter um backup genético completo de sua medula óssea. Eu tinha que fazer alguma coisa. — Seu lábio inferior treme. — Agora ele está lá fora. Deve estar aterrorizado, e o Remédio pode ir atrás dele a qualquer momento.

Eles colocam uma alma no corpo de um mecan. Eles realmente fizeram isso acontecer. Noemi não se sente indignada, como sempre fica quando eles ameaçam fazer isso com Abel. O mecan que Gillian fez para Simon não havia terminado de crescer; não tinha uma alma própria para ser deslocada. Mas saber que é possível — que eles realmente poderiam ter feito isso com Abel, se esse sequestro não os separasse para sempre — provoca um frio em sua espinha.

— Portanto, não se tratava apenas de Mansfield — diz Noemi. — Você planejou tornar toda a família imortal.

— Poderíamos compartilhar isso com toda a galáxia em algum momento. — Gillian se recompõe. — Pretendemos fazer nossos experimentos finais aqui, em Haven. Meu pai poderia se acostumar com seu novo corpo sem que outras pessoas fizessem perguntas difíceis. Nós não teríamos as mesmas... vamos chamar de preocupações regulatórias. Poderíamos emergir através do Portão de Haven com notícias de Herdeiros para todas as maiores mentes da galáxia... com a promessa de imortalidade para os melhores e mais brilhantes. Agora está tudo em ruínas, como esta maldita nave.

A cabeça de Noemi está atordoada com as possibilidades.

— Se vocês podem fazer outros, hum, Herdeiros, por que se incomodar em ir atrás de Abel?

É Mansfield quem responde:

— Para que a consciência se transfira, você precisa de um vínculo genético — diz, ríspido. — Ainda temos que provar com precisão o porquê... um corpo deveria ser tão bom quanto outro... mas já comprovamos isso em laboratório vinte vezes.

Vinte consciências perdidas para o experimento. Perdidas pelo medo da morte de Burton Mansfield.

Ele continua:

— E acontece que é necessário material genético jovem para construir um Herdeiro. Abel é um deles... o Herdeiro mais primitivo, mas ainda assim, ele conta. Eu o construí quando tinha 49 anos, e ele saiu perfeito na primeira tentativa. Então, não me incomodei em tentar criar outro até perder Abel. A essa altura, eu já estava velho demais. Minhas estruturas genéticas não eram tão fortes. Honestamente, é um milagre que eu tenha conseguido fazê-lo aos 49 anos... o ponto de corte seria mais próximo de quarenta, para a maioria. Então ele é minha única chance. — Sua voz falha. — Era minha única chance. Agora já era.

Noemi sente exatamente zero pena. Ele se recompõe e fala com a filha:

— Você se precipitou, Gillian. É preciso ter coragem para este negócio. Você não pode entrar em pânico na primeira vez que as coisas derem errado.

Gillian abaixa a cabeça, envergonhada por ter sido pega num erro. Noemi não consegue acreditar que ele está falando assim sobre o medo de sua filha pela alma de seu neto.

Mansfield respira fundo e tosse.

— Traga Simon de volta. Recopie os dados e colha uma amostra da medula. Em seguida, faça o que puder com a versão que temos.

— Sim, Pai. — Com o senso de propósito restaurado, Gillian levanta a cabeça e endireita os ombros. Mansfield deu a ela permissão para pensar nesta réplica do filho como algo menos que humano. Isso é tudo a que ele se limita para ela?

Noemi vira-se para Gillian e baixa a voz para que só ela possa ouvir.

— Percebo que este é um momento estranho, mas temos que restabelecer nossa base nesta nave. Pode haver alguns campos de força de emergência que poderíamos usar para selar nossa área. E se estabelecermos campos de força, isso manteria Simon perto de nós, em vez de expô-lo ao Remédio.

A esperança anima o rosto de Gillian. Independentemente do que seu pai disse, ela ainda acredita que Simon pode ser salvo.

— Sim, nós temos que fazer isso. Devíamos começar.

Alguns dos passageiros já se afastaram, se preparando para a ação; esses poucos são mais durões do que sugeria seu estilo de vida privilegiado. Eles estão prontos para seguir assim que tiverem um líder — e, de alguma forma, esse líder é Noemi.

— Abel ainda pode conseguir — murmura Mansfield. — Ele é inteligente o bastante. Curioso o suficiente.

Noemi balança a cabeça.

— É nisso que você quer acreditar, tenho certeza. Mas Abel tem um destino — diz Mansfield, irritantemente calmo outra vez. — Eu sei disso. Eu projetei seu destino para ele, eu o teci em seu DNA. Seu destino está em todos os fios de seu cabelo e em todas as células de sua pele. Seu destino é fixo. No final, ele sempre volta para mim.

— Como se ele sempre obedecesse às suas ordens. — A última ordem direta que Mansfield deu a Abel foi um comando para dar um tiro no peito de Noemi. Ela ainda está viva, e bem.

— Se ele não vier por mim — diz Mansfield —, virá por você.

— Ele não virá. — Nem Abel poderia seguir uma trilha tão obscura.

— Vidal — grita Mansfield. — Você está perdendo a esperança. Eu não perdi.

— É melhor perder. — Ela diz isso de forma selvagem, tanto para ela quanto para ele.

Gillian coloca a mão na testa de Mansfield.

— Pai, não se esforce.

— Estou bem. — Seus olhos, congelados pela velhice, fixam-se no tanque quebrado. — Não podemos encontrar minhas coisas? Eu gostaria de tê-las comigo, se... eu gostaria de tê-las comigo.

Coisas, Noemi pensa. *Não pessoas. Será que você já amou alguém de verdade?* Ele nem olha para a filha.

Alheio à reação de Noemi, ele continua:

— Realmente, eu deveria ter trazido a Kahlo. Abel teria gostado de vê-lo novamente. Ele sempre gostou daquele quadro.

Ele consegue olhar para Abel, ver que Abel gostava de uma obra de arte — eis um impulso que é inteligente, humano e *vivo* — e ainda quer usá-lo e jogá-lo fora como um pedaço de lixo.

Noemi não tem certeza da doutrina da Segunda Igreja Católica, às vezes; ela ainda está descobrindo sua fé individual. Ao encarar Mansfield, porém, ela percebe que pelo menos uma coisa que a Igreja lhe ensinou é totalmente verdadeira: há destinos piores que a morte. Um deles é viver sem a capacidade de amar.

Abel nunca poderia ter salvado você, ela pensa. *Se você alguma vez o tivesse enxergado como ele é de verdade, teria se salvado.*

• • •

Noemi corre para fora com os outros passageiros, fazendo o possível para proteger a área mais uma vez. Os campos de força ainda funcionam e podem ser ativados para bloquear vários corredores; Noemi pode plantar alguns dispositivos incendiários caseiros em alguns locais importantes, incluindo um medidor de combustível auxiliar. Ela percebe que os passageiros nunca a deixam completamente sozinha. Talvez eles pensem que ela os abandonará na primeira chance que tiver.

Mas para onde ela poderia ir? Juntar-se ao Remédio? Eles a conhecem como a maníaca que ameaçou matá-los todos hoje mais cedo...

... não, ontem. Não foi? Tudo parece um borrão. Seu corpo correu com pura adrenalina por horas e horas, mas agora acabou.

Volte para a área dos mecans, ela diz a si mesma. Simon precisa ser capturado, mas ela não está em condições de fazer isso. É preciso negociar com o Remédio, mas primeiro eles devem restabelecer o contato, e com comunicações danificadas, se não destruídas, é provável que o próximo contato ainda demore. Se os campos de força aguentarem por tempo suficiente para eles se reagruparem, eles poderão criar uma estratégia para tomar a nave do Remédio e então...

É melhor fazer essa pergunta mais tarde, supondo que tenha a chance.

Noemi tropeça em algo no teto-agora-chão, olha para baixo e vê que é um lustre. Ou era um lustre. Agora são apenas cacos de cristal sob os pés. *Quem coloca lustres em uma nave espacial?*

Irritada, ela vira para o corredor que leva de volta ao compartimento de carga. À distância, consegue distinguir um pequeno grupo de passageiros sob uma das luzes de emergência. Eles não podem vê-la. Um deles sussurra:

— Quanto tempo isso vai levar?

— Dois dias, no máximo — diz Vinh. — Foi o que me disseram, pré-tratamento.

Tratamento? E quanto tempo o *que* vai levar?

— Então, esperamos, e aí... — diz o primeiro. — Como impedimos que aquela garota da Gênesis vá atrás do Remédio nesse meio-tempo? É um risco que não precisamos correr.

Vinh balança a cabeça.

— Duvido que tenhamos que nos preocupar com ela por muito mais tempo.

Noemi sabia que os passageiros não gostavam muito dela. Só não imaginou que estavam contando com sua morte.

18

ABEL NÃO CONSEGUE AVALIAR VARIÁVEIS SUFICIENTES PARA DETERminar quão provável ou improvável é essa circunstância. No entanto, não é impossível.

— Identifique-se! — grita a mesma voz que ele já ouviu antes.

Do lugar onde ele está encolhido atrás de um pedaço de destroços, ele verifica o timbre e as inflexões nos bancos de memória, os verifica novamente e assente.

— Meu nome é Abel — grita ele. — E o seu é Riko Watanabe.

Os passos se aproximam — apenas uma pessoa, de corpo franzino. Algumas pessoas murmuram *O que você está fazendo?* e *Volte aqui!*, mas ela não para até que enfia a cabeça pela porta. Apesar do uniforme marrom e dos óculos que ela usa, ele a identifica facilmente. É de fato Riko.

Ela tem o mesmo corte de cabelo curto que usava antes, a mesma expressão cautelosa. Este dificilmente é um reencontro alegre. Mas ela abaixa seu blaster, o que, no momento, conta como um bom sinal.

— Este é Abel — grita ela para seus colegas combatentes do Remédio. — O mecan de que lhes falei, o que me libertou da prisão. — Depois de outro momento de hesitação, ela acrescenta: — Ele é um amigo.

Abel não tem certeza de que a descreveria como amiga; ele tem ainda menos certeza se está disposto a aplicar esse termo a qualquer pessoa que participe livremente de atividades terroristas.

Sob essas circunstâncias, no entanto, deve aceitar quaisquer aliados que puder encontrar.

— O que você está fazendo aqui? — pergunta ela. — Como nos encontrou?

— Eu estava seguindo Burton Mansfield, que mantém Noemi como refém —responde Abel. — Acredito que ambos estejam a bordo. — Impossível dizer se eles sobreviveram ao acidente, mas ele se recusa a especular mais. Não até que tenha mais dados. Ele não desistirá de Noemi nem um momento antes.

Riko assente devagar.

— Mansfield está no manifesto, sim, mas Noemi? Como ele conseguiu pegá-la como refém? Ela não voltou para a Gênesis?

— É o que os humanos chamam de "uma longa história". — Abel arrisca se levantar. Os membros do Remédio mais próximos a eles ficam tensos e apertam mais as armas, mas ninguém mira nele. Eles parecem confiar no julgamento de Riko. Então, ele acrescenta: — Tudo o que peço é uma chance de procurá-la.

— Justo — diz Riko. — Em troca, uma pequena ajuda poderia nos ser útil.

— Tudo o que eu puder fazer.

Goste ou não, por enquanto, Abel está do lado do Remédio.

• • •

A extravagância dessa nave atingiu Abel assim que ele viu o exterior dourado, com todo o desperdício que chegava a ser cruel. No entanto, ele não foi capaz de prever o perigo que esse luxo representava até ver o interior da nave e ter que seguir Riko e seu bando através de intermináveis salas e corredores cheios de restos de lustres, taças de champanhe e vitrais.

— Pense em quantas pessoas poderiam ter sido alimentadas com o custo desta coisa — diz Riko, enquanto chuta para o lado com sua bota um dos maiores prismas de cristal. — Quatro dúzias? Cem? E quantos lustres existem nesta nave?

— Não vi o suficiente da planta para chegar a uma estimativa precisa. — Abel permanece a meio metro de Riko, em parte porque ela é seu guia, mas também porque os outros membros do Remédio têm muito menos certeza em relação a ele do que ela. Eles recuaram aproximadamente três metros e meio, seguindo a uma distância cuidadosa, murmurando entre si. Ele não se opõe. Em uma nave acidentada, em um mundo isolado, seria taticamente imprudente confrontar os terroristas sem necessidade.

Riko Watanabe é uma terrorista. Ele sabia disso desde a conexão dela com o atentado ao Festival das Orquídeas. No entanto, essa informação se recusa a processar completamente quando ela lhe dá um pequeno sorriso incerto; a expressão deixa claro como ela é jovem, não mais do que vinte e um ou vinte e dois anos.

— Temos que apresentar você ao capitão Fouda — diz ela. — Explique a ele exatamente o que você pode fazer. Com suas habilidades, você poderá nos ajudar a colocar parte dessa nave em funcionamento de novo. Quero dizer, eu sei que nunca mais voará, mas pelo menos poderíamos fazê-la funcionar como uma espécie de abrigo.

Dada a gravidade do acidente, Abel duvida disso.

— Durante o pouso, observei uma grande estrutura a alguns quilômetros de distância. A conclusão mais racional é que aquele foi o abrigo construído para proteger os primeiros colonos daqui. Seu grupo deve enviar uma equipe para investigar. Sem dúvida, forneceria um abrigo melhor a longo prazo do que os destroços desta nave.

— *Claro* que eles já tinham casas os esperando. Esses bastardos nunca viriam aqui para se estabelecer na terra através de trabalho duro como qualquer outro colonizador. — Riko aperta o blaster que segura um pouco mais perto. Abel está muito feliz por não estar na mira. — Os passageiros extravagantes da Columbian Corporation são bons demais para cavar valas ou passar o inverno em cabanas. Não, eles precisam estar sempre rodeados de luxo, levando uma nave luxuosa para mantê-los confortáveis até que tudo esteja configurado para satisfazê-los. É ridículo! — Ela acena para um mural ornamentado em uma parede, um retrato de cabeça para baixo do deus falcão Hórus.

Seu humor irascível parece capaz de causar complicações. Abel mantém seu tom calmo.

— Você está totalmente certa quanto ao uso de recursos para esta nave ter sido um desperdício. Mas a *Osíris* foi destruída. Deveríamos seguir em frente.

Riko para no meio do caminho. A iluminação laranja de emergência capta os picos em seu cabelo preto curto e a expressão pensativa em seu rosto.

— Eu sei que você está certo, mas é difícil — diz ela finalmente. — Eu luto contra esse tipo de mal desde que completei dez anos. Seguir em frente... isso nunca foi uma opção até agora. Sempre precisei destruir algo. Nunca construir.

— Novos mundos oferecem novas possibilidades. — Abel continua percorrendo os corredores da *Osíris* e, como havia previsto, Riko fica com ele.

A essa altura, em uma visita a uma nova embarcação, ele em geral constrói mentalmente uma planta rudimentar de seu entorno. A forma é menos importante que a função, e as estruturas fundamentais dentro de qualquer estação ou nave em geral se ajustam aos modelos básicos. A *Osíris*, no entanto, é diferente. Seus corredores serpenteiam e se dobram de maneiras ilógicas, mais como as ruas emaranhadas de uma cidade antiga do que qualquer coisa projetada. Embora as plantas da nave sejam penduradas em todas as escadas e elevadores, elas não se iluminam sem a energia principal, o que significa que são tão inúteis quanto os elevadores que não funcionam e as escadas que parecem balançar no teto. Eles andam por um spa com saunas e banheiras de hidromassagem penduradas inutilmente, um salão de baile com ladrilhos acústicos que captavam o som de baixo com eficiência, mas é difícil de andar, e, por fim, um salão de banquetes com longas mesas opalescentes penduradas no teto.

É provável que essa extravagância leve Riko a fazer outro discurso contra o desperdício. Abel decide que o melhor meio de distraí-la seria obter mais informações para seus próprios propósitos.

— Desde que você tinha dez anos?

Riko, ainda olhando para as mesas cintilantes acima, não entende direito.

— O quê?

— Você disse que luta desde os dez anos. Eu não imaginaria que o Remédio aceitasse recrutas tão jovens.

— Ah. Eles não aceitam. Foi só uma... forma de falar, eu acho.

Abel considera o que sabe do subconsciente humano.

— Mesmo as formas de falar significam alguma coisa.

Dando mais alguns passos, suas botas esmagando o vidro quebrado das mesas, Riko balança a cabeça.

— Eu tinha dez anos na primeira vez que vi um motim por comida em Kismet. Você não acharia que as pessoas estão morrendo de fome a alguns quilômetros de uma festa na praia, acharia? Mas nós estávamos. Dava para ouvir as pessoas rindo enquanto estava deitada na cama com fome.

— Kismet esconde esse fato muito bem. — Mesmo Abel, que é pouco ingênuo a respeito da crueldade da humanidade, não tinha percebido que a fome seria um dos problemas desse planeta.

— Há muitos peixes no oceano, e os humanos podem comer a maioria deles, mas é preciso servir aos hóspedes do resort primeiro. — Ela olha ao longe para algo invisível, focada apenas no passado. — Toneladas de frutas comestíveis crescem, tanto nas árvores nativas de Kismet quanto nas que importamos... as palmeiras com seus cocos, bananas ou abacaxis, mas os hóspedes do resort adoram. Eles comem tudo. Todo destilador de álcool da galáxia é enviado para Kismet, além disso, conseguíamos fermentar o jambo local em um vinho tão doce que você mal podia acreditar. E os convidados bebiam todo o vinho. Cada copo. Quase todas as gotas. Você poderia passar todos os dias colhendo comida, todas as noites servindo aos convidados e depois, no final, ir para a cama com fome.

— Isso parece difícil. — A fome é uma experiência humana que Abel não pode compartilhar. Ele não acha que perdeu muita coisa.

— Vivíamos muito bem em Kismet, pelo menos melhor do que os Vagabonds ou trabalhadores em Stronghold. Mas, comparado às pessoas que visitavam nosso mundo para comer e beber o melhor que tínhamos e que ficavam em nossas praias o dia todo enquanto servíamos como escravos para deixá-las confortáveis? Estávamos desesperados, e sabíamos disso. — Riko se inclina contra a parede e, de repente, o blaster parece muito grande para seus braços esbeltos e sua minúscula estrutura. Ela poderia ser uma garotinha brincando de soldado, se Abel não se lembrasse da visão de cadáveres depois dos atentados no Festival das Orquídeas. — Às vezes a raiva fervia. Tínhamos motins. Greves. Saques. Então os mecans invadiam, prendiam ou matavam o número de pessoas necessário para restaurar a ordem. Vi amigos meus morrerem. Você pode imaginar como é isso?

Abel pensa em Noemi deitada em sua biocama, quase delirando de febre, a Teia de Aranha traçando linhas brancas em sua pele.

— Sim — ele diz a Riko. — Posso. Vamos continuar.

Ela franze a testa, claramente ciente de que o incomodou de alguma forma. No entanto, ela não diz nada, e ele fica grato por isso. Talvez o tato tenha mais utilidade do que ele imaginara.

Depois de fecharem a porta, Riko abre outra em um canto para revelar algo bem menos dramático: um banheiro, ou o que era um banheiro antes de virar de cabeça para baixo. Ao olhar para o teto, Abel diz:

— O alívio das necessidades pode vir a ser... um desafio.

Chegando atrás dele para dar uma olhada, Riko resmunga:

— *Merda.*

— Melhor não.

Um leve rangido no corredor obriga Abel a concentrar sua audição naquela área. Mais dois rangidos e ele tem certeza. Ele se endireita e gesticula para Riko, que leva outro momento para perceber o que ele já sabe: alguém está caminhando na direção deles.

Os outros membros do Remédio estão muito atrás. Essa pessoa está se aproximando pela frente.

Poderia ser outra patrulha do Remédio, Abel supõe pela reação de Riko, que é cautelosa, mas não demonstra pânico. Ele segue a liderança dela, segurando sua arma, mas ainda não a apontando.

Os passos entram no alcance auditivo humano e os olhos escuros de Riko se arregalam. No entanto, a proximidade desse intruso desconhecido é menos inquietante para Abel do que os passos fora de ritmo; essa pessoa não está andando pelo corredor nem tropeçando nele. Uma análise das ondas sonoras indica que esse indivíduo está descalço e é extremamente pequeno, possivelmente até uma criança.

Não é um atacante, então. Mais provavelmente um passageiro machucado atordoado com o acidente. Mas mesmo um adulto pequeno, se ferido, atordoado e com medo, pode disparar se assustado. Abel permanece em alerta.

Uma figura aparece na porta, a silhueta contornada pela luz laranja de emergência. O indivíduo tem forma masculina, com mais ou menos um metro e quinze centímetros de altura, com proporções corporais infantis, pele pálida e cabelos longos, sem roupa. A análise de Abel para quando ele reconhece o perfume no ar. O cheiro é aquele do qual ele se lembra vividamente desde os primeiros momentos de sua vida — o odor estranho e doce do fluido de geração de mecans.

Quando a figura dá outro passo à frente, emergindo da sombra, Abel vê um menino segurando o que parece ser uma mão mecânica cortada, como se fosse um brinquedo. Mansfield começou mesmo a fazer mecans infantis. Os traços do garoto mecan são malformados, incompletos. Ele ainda não está terminado. Como pode estar acordado?

— Estou perdido — diz o mecan. Na sua voz, Abel ouve emoções que nunca ouviu de outro mecan, até de si mesmo: terror, sofrimento e confusão. — Não sei onde estamos.

— Estamos em uma nave chamada *Osíris*. — Abel mantém seu tom calmo. Ele está ciente de Riko olhando boquiaberta para os dois, mas ela não diz nada. — Você pode me dizer a designação do seu modelo?

— Eu não sei o que é isso. — O mecan se curva em um canto e cai, exatamente como a criança exausta que parece ser. Ele abraça a mão decepada junto ao peito.

— Seu nome — diz Abel com delicadeza. — Qual é o seu nome?

— Sou Simon Michael Shearer — o mecan anuncia automaticamente, como se fosse chamado na escola. Seu medo e desorientação permanecem fortes. — Por que tem coisas na minha cabeça? Há pensamentos lá dentro que eu não pensei.

Shearer. O sobrenome de Gillian agora é Shearer. Ela perdeu um filho há alguns meses. As informações são filtradas pela mente de Abel, combinadas com seu conhecimento da obsessão de Mansfield com a imortalidade e as esperanças dele e de Gillian por mecans orgânicos, e oferecem uma conclusão que muda radicalmente a situação: este só pode ser o filho de Gillian, neto de Mansfield. Simon, não Burton Mansfield, é o primeiro indivíduo a ressuscitar sua consciência em um corpo mecan.

Abel está olhando para o único outro mecan em toda a galáxia que possui uma alma. Todos os dias da sua existência, Abel tem sido único — e ele sabe melhor do que muitos que ser único é, em certo sentido, estar sozinho.

Ele não está mais sozinho.

A empatia inunda suas capacidades emocionais e ele estende a mão.

— Está tudo bem — diz gentilmente. — Você mudou, Simon. Demora um tempo para se acostumar com as mudanças. Mas eu posso ajudá-lo.

Simon treme, com medo até de ter esperança.

— Você pode tirar todos os pensamentos estranhos da minha cabeça?

Deve ser assim que sua mente infantil interpreta a entrada de dados. Qual a diferença entre um cérebro humano e um mecan? Quais sentimentos são os mesmos e quais mudaram? Abel deseja saber a resposta para essas perguntas, mas Simon ainda não está em condições de responder.

— Não consigo removê-los — diz Abel —, mas posso ajudar você a entendê-los. Focá-los.

— Mas eu quero que eles sumam! — Simon se levanta. Ele está à beira das lágrimas. Abel dá outro passo em sua direção, apenas para Simon deslizar para trás, caindo sobre as pernas gordinhas e infantis. — Faça eles pararem!

— Eu faria se pudesse. — Abel não pode fazer nada por essa criança, apenas ficar ao lado dela. Pelo menos, Simon nunca suportará o que Abel suportou; ele nunca estará sozinho.

— Você disse que poderia ajudar! — Simon grita e levanta a mão, como se fosse jogá-la em Abel. Não seria um projétil muito útil, mas é a única arma que o garotinho tem.

— Cuidado! — Riko fica entre Simon e Abel, mesmo que a proteção pareça desnecessária. — Apenas acalme-se e...

Simon empurra Riko com força. Com mais força do que qualquer criança humana poderia. Ela voa pelo cômodo, batendo na parede solidamente antes de cair semiconsciente.

Ao ver o que ele fez, Simon dá um grito de angústia que parece atravessar Abel. A criança não entende seu próprio corpo ou sua própria mente. Ele está em um mundo literal, e figurativamente, de cabeça para baixo.

Antes que Abel possa detê-lo, Simon foge outra vez, escapando nas profundezas desta nave acidentada.

Persegui-lo ou não? Abel deve permanecer aqui. Riko é o único membro do Remédio que confia nele neste momento; se ele correr pela *Osíris* sem ela, é provável que outros membros atirem nele. Quer muito ajudar Simon, mas não pode fazer isso sendo destruído ou desativado.

Abel vai acertar as coisas com Simon, mas isso tem que esperar.

Em vez disso, ele vai para o lado de Riko, onde um breve exame revela que ela não está ferida além de ficar sem fôlego e atordoada. Mas quando ele a examina, parte de seu cérebro joga outro pensamento em loop infinito: não estou sozinho. *Eu não estou mais sozinho.*

• • •

O capitão Rushdi Fouda, dos combatentes do Remédio, tem apenas um título honorário. Apenas 3,2 minutos depois de conhecer o homem, Abel determinou que Fouda nunca esteve no serviço militar. Ele gosta mais da ideia de comando do que da realidade — e certamente qualquer ideia preconcebida que Fouda tivesse sobre liderança não se parecia nada com isto: controle sobre apenas bolsões isolados de uma nave acidentada em um mundo desconhecido. A *Osíris* poderia muito bem ser uma cidade sitiada, com ruas e bairros que mal ficam de pé, outros destruídos, outros hostis.

Fouda também não está ansioso para receber um mecan em suas fileiras.

— É como eu disse, Abel não é um mecan comum — insiste Riko. Ela coloca a mão na testa por um momento, estremecendo.

Embora Abel tenha determinado que ela não sofreu lesão cerebral traumática devido ao ataque de Simon, Riko vem sofrendo com dores de cabeça nos últimos oito minutos. Ocorre-lhe se perguntar sobre a zona de toxicidade pela qual voou no caminho para *Osíris*; a exposição a esses elementos certamente prejudicaria os seres humanos em pouco tempo, e uma dor de cabeça poderia ser o primeiro sintoma. No entanto, considerando que todos os demais parecem bem, Abel supõe que a zona de perigo seja distante o suficiente e que a filtragem do ar a bordo da *Osíris* ainda deva estar funcionando como proteção adequada contra qualquer efeito de uma aproximação.

Riko continua:

— Abel resgatou a mim e Ephraim Dunaway da prisão.

— Dunaway — zomba Fouda. Ele é um homem magro, tendões aparecendo através da pele áspera. Linhas fracas traçam um padrão pálido ao longo de seu rosto e pescoço. — Um dos *moderados*. Seu bom amigo.

— Tentamos encontrar um meio termo, sim. — As bochechas de Riko ficam vermelhas de raiva. — A questão é que Abel nos libertou.

— Ele é um mecan. — Fouda gesticula para Abel da maneira como poderia indicar alguma bagunça que precisa ser limpa. — No fim das contas, isso significa que Burton Mansfield o controla.

— Ele não me controla — diz Abel. Esse é um argumento que ele mesmo deve apresentar. — Mansfield tentou me recuperar e falhou. Vim aqui para investigá-lo e procurar minha amiga Noemi Vidal, que pode ter sido trazida para cá como sua refém.

Riko interrompe:

— Noemi é a guerreira da Gênesis sobre a qual falei! Não podemos deixar de ter um aliado da Gênesis.

Noemi se juntaria ao Remédio assim tão rápido, ainda mais depois disso? Felizmente, essa não é uma pergunta que Abel tenha que responder. Para Fouda, ele diz:

— Tudo o que peço é a chance de procurá-la, talvez também de procurar quaisquer dados que Burton Mansfield possa ter armazenado em cache a bordo. — *E dar uma olhada em Mansfield*, embora isso seja algo que ele prefere não admitir nem para si mesmo.

Fouda bufa.

— Você veio aqui com exigências, então! Bem, temos nossas próprias exigências primeiro.

— O que é razoável. — Abel fica na posição militar de "descansar", calculando que isso influenciará Fouda a acreditar que ele é obediente.

Ele *vai* obedecer se isso não entrar em conflito com sua programação principal; ele pode ajudar prontamente a restaurar o poder, por exemplo. Obter as informações de que ele precisa — encontrar Noemi — vale o trabalho. No entanto, não vale matar inocentes.

Mas Fouda diz:

— Começaremos aos poucos. Para ver se podemos confiar em você. — Quando Abel inclina a cabeça, outra vez como um subordinado, Fouda se acalma ainda mais. — Os passageiros estão fingindo ser soldados. Eles criaram campos de força, bloqueando-nos de algumas áreas da nave. É assim que se escondem de nós. Não pretendemos deixá-los se esconder por mais tempo. Um mecan como você... seria eficaz contra eles, não seria?

— Sim. — Dado seu poder de fogo suficiente, Abel poderia combater um grande número de humanos, mas decide não mencionar. Fouda não deve ter essa informação antes de decidir se dará uma arma a Abel.

— Ótimo. — Fouda acena para ele. — Deixe-me mostrar o que estamos enfrentando.

Ele leva Abel por um corredor lateral, em direção ao que deveria ter sido uma sala de operações separada. Todo o seu caminho está coberto por corpos mecans.

Dezenas deles. Possivelmente centenas. Alguns foram literalmente despedaçados — um braço aqui, um torso ali —, dificultando uma contagem exata. Abel prefere não tentar. Os mecans sangram como os humanos, e o cheiro do ar tem um traço metálico. Um pouco de sangue respinga nas paredes e se acumula no teto côncavo, que virou chão. Também há poças de fluido de refrigeração interna, faixas brancas leitosas no meio do vermelho; o fluido não se mistura com sangue.

— Não poderíamos deixá-los com Mansfield para se voltarem contra nós — diz Fouda. Ele não está se desculpando por isso; está orgulhoso. — Os Charlies e Rainhas foram derrotados com dificuldade. O resto? Fácil.

— Eu imagino que sim. Eles não eram modelos de combate. — Uma Nan está aos pés de Abel, com o rosto queimado olhando fixamente para ele. Nans cuidam de crianças e idosos.

— O quê? Você se sente mal por seus colegas máquinas? — Fouda zomba dele.

— Não. — Ele não se sente. Abel conhece melhor que qualquer ser humano a vasta lacuna existente entre as mentes mecânicas comuns e sua própria capacidade. Eles não têm *ego*; os corpos no chão não estavam vivos do jeito que ele está. — Mas acho interessante avaliar como os humanos tratam aqueles que não representam ameaça a eles.

Fouda não está satisfeito o suficiente com esta resposta para continuar a conversa.

Apenas uma tela na sala de operações ainda funciona, mas revela a disposição da *Osíris* em brilhantes e finas linhas verdes. Abel percebe que não inverteram a disposição para refletir o estado da nave e logo insere os comandos para fazê-lo.

Fouda parece irritado por não ter pensado em cuidar disso. Mas ele apenas aponta para algumas áreas brilhantes em laranja.

— Aqui, perto das câmaras de mecans e do compartimento de bagagem, é onde eles estão escondidos. Áreas fechadas por campos de força.

— Campos de força-padrão? — Toda nave tem campos assim distribuídos por toda parte, para o caso de rompimento do casco. Quando

Fouda assente, Abel diz: — São fáceis de ativar e de desativar. Não pode ser feito remotamente, mas uma equipe de ataque pequena e direcionada seria capaz de lidar com isso, desde que você tenha alguém com conhecimento suficiente em mecânica de campo.

— Nós temos agora — diz Fouda. — Temos você.

Abel não está em posição para discutir.

Um dos consoles no teto pisca, e o combatente do Remédio que o monitora (de uma escada de reparos) diz:

— Temos outra patrulha e mecans chegando.

Fouda faz uma careta.

— Mais? Quantos deles pode haver?

— Possivelmente milhares, considerando o tamanho da nave — diz Abel. Ninguém lhe agradece por essa informação.

O membro da equipe do Remédio continua:

— Não tenho certeza, mas parece que... parece que a patrulha de mecans está trabalhando para limpar um grande corredor que ligaria o território dos passageiros à ponte... Corredor Theta Sete. Isso lhes daria um caminho claro para nos atacar.

— Só que isso passa direto pelo teatro — diz Riko, e algumas pessoas riem. Abel não sabe ao certo o motivo, mas, neste momento, perguntar parece mais arriscado do que útil.

Fouda começou a sorrir.

— Então vamos fazer um show, hein? Acabaremos com seus mecans e com qualquer passageiro tolo o suficiente para estar com eles. E, dessa vez, vamos combater fogo com fogo. — Ele se vira para Abel e diz: — Para matar um mecan, enviamos um mecan.

Mais uma vez, Abel considera protestar e decide que é melhor não. Ele não *quer* protestar.

Mesmo que discorde do Remédio, está pronto para pegar em armas contra os passageiros — porque são os passageiros que mantêm Noemi refém. Mansfield está com ela agora. Se ele acredita que Abel será incapaz de encontrar Haven, o que seria uma suposição racional, Burton Mansfield não precisa mais manter Noemi viva. Ela está correndo um perigo mortal, e as únicas coisas entre ela e Abel são um conjunto de campos de força e uma patrulha de mecans. Nenhum dos dois permanecerá de pé por muito tempo.

Fouda diz:

— Temos seu juramento de que você vai nos ajudar, mecan?

Abel olha para ele de igual para igual.

— Sim. Você tem.

19

NOEMI CORRE PELOS CAMPOS PERTO DO HOSPITAL, CERCADA DE MORtos por todos os lados. Ela tem que tomar cuidado para não pisar em suas barrigas inchadas ou tropeçar nos braços estendidos. Seus rostos cobertos de Teia de Aranha olham fixamente para o céu, procurando o Deus que não veio. O desespero a preenche — futilidade absoluta — e, no entanto, ela precisa continuar correndo, porque há algo que poderia fazer, algo de vital importância que daria certo. Mas ela não consegue pensar no que é.

Ela tropeça e cai no chão, entre os cadáveres. Sua repulsa se transforma em choque quando percebe que o corpo deitado ao lado dela é de Esther. Por que Esther não está em sua estrela? Eles a deixaram em uma estrela para que ela sempre estivesse aquecida, para ela estar sempre brilhante.

Esther vira a cabeça para encarar Noemi. Ela está viva e morta ao mesmo tempo, o que de alguma forma faz sentido. A expressão no rosto dela é tão completa, totalmente de Esther — compassiva e, no entanto, consciente, quase como se ela estivesse prestes a dizer "eu te disse".

Em vez disso, ela sussurra: "É a sua vez."

Noemi acorda assustada e desorientada, leva alguns segundos para se lembrar onde está: deitada em um palete de roupas de festa e travesseiros de luxo, em uma área de carga de um acidente, onde metade das pessoas a bordo está tentando matá-la e a outra metade parece estar planejando a mesma coisa. As poucas pessoas em toda a galáxia que se preocupam com ela estão literalmente a bilhões de quilômetros de distância, enquanto ela está presa em um planeta que quase ninguém mais em todos os mundos sequer conhece.

Era melhor continuar desacordada.

Ela inspira pelo nariz, expira pela boca. Este é o primeiro momento de silêncio que tem em dias, sua primeira chance de se concentrar. Provavelmente é o último que terá por um tempo. Possivelmente para sempre. Noemi fecha os olhos e tenta meditar.

Contra o que você está lutando, Noemi Vidal?

Contra o Remédio, mesmo que em parte eu concorde com eles. Contra os passageiros, apesar de eu estar aliada a eles. Contra Gillian Shearer e Burton Mansfield. Contra minha situação neste planeta.

Noemi se controla. Ela está nomeando árvores e ignorando a floresta.

Estou lutando contra minha própria impotência.

E pelo que você está lutando?

Pela minha vida.

Também não é isso. Noemi aceitou há muito tempo que poderia ter que se sacrificar pelo que era certo. Salvar a Gênesis, proteger Abel da trama de Mansfield, vale a pena morrer por essas coisas juntas. Então, por que ela ainda está viva?

Eu estou lutando pela minha vida livre. Pela chance de decidir como vou viver e como vou morrer.

Ela não tem certeza se já teve esse poder. Aqui, nesses destroços de Haven, ela finalmente o tem — e nada mais.

Noemi se senta e olha em volta. Os tanques rachados pairam contra as paredes, pendurados no teto, semiopacos pelos restos de gosma rosa, estranha e perturbadoramente biológica. Em alguns tanques intactos, os mecans flutuam imóveis, suas silhuetas suspensas; Noemi não tem ideia de quando eles vão acordar, se é que vão. Outros passageiros dormem por perto, todos aparentemente mortos para o mundo. O trabalho árduo que eles fizeram nos últimos dias — Noemi não sabe dizer quanto tempo faz — deve ser o maior esforço que fizeram em toda a vida. Eles estão exaustos demais para ficarem acordados por causa do ambiente desconhecido, pelo baque ocasional ou pela vibração da nave que marca os esforços do Remédio para manter território.

O frio no ar se aprofundou. Embora o casco da *Osíris* nesta seção da nave tenha segurado o pior do inverno profundo de Haven, o frio começou a penetrar. Provavelmente os controles climáticos da nave foram destruídos no acidente, e Noemi se pergunta se outras áreas do casco foram muito mais danificadas, deixando o ar gelado entrar. Esfregando as mãos com rapidez, ela examina a pilha de roupas que servem como sua cama. Talvez algo melhor tenha sido escondido entre as camadas. Uma jaqueta branca parece promissora; fica muito grande nos ombros dela, mas é quente, portanto serve.

— Noemi? — sussurra uma vozinha. É Delphine, que está enrolada na extremidade do palete, sob o que parece um casaco de pele. — Como você está?

— Assustada e com raiva. — Com fome também, mas Noemi não menciona isso. Eles não têm nada para comer além de petits-fours e, no momento, ela pensa que, se voltar a comer outra dessas coisas, vomitará. — Tentando descobrir o que devemos fazer a partir de agora.

— Esperamos que os mecans venham nos salvar — diz Delphine. — Do castelo de inverno. Eles devem estar a caminho.

— O "Castelo de Inverno"?

O rosto de Delphine se ilumina.

— Nosso abrigo. Mecans o construíram para nós com antecedência, para que ficasse pronto quando chegássemos. Lindas suítes com janelas com vista para as montanhas... fontes termais e banhos de vapor... cozinhas totalmente equipadas e abastecidas... Bibliotecas de entretenimento... tudo o que se imaginar. Tudo o que precisamos fazer é levar nossas roupas e decorações, e estaremos em casa. — Sua voz fica melancólica nas últimas palavras.

Noemi diz:

— E havia outros mecans lá também?

Delphine faz uma careta.

— Claro. Bakers para as cozinhas, Tares para o centro médico, Williams e Oboes para música, Foxes e Peters para... bem, você sabe, e...

— Quantos mecans?

Depois de um momento, Delphine dá de ombros.

— Centenas, eu acho. Talvez até milhares. O suficiente para dominar o Remédio, com certeza. Eles virão nos buscar em breve.

Noemi assente, guardando suas dúvidas para si mesma. Não há como saber se esses mecans viram o acidente. Não há como garantir que eles montariam uma missão de resgate, mesmo que tivessem visto. Avaliar independentemente uma situação como essa, elaborar um plano, optar por segui-lo — é uma iniciativa de nível superior ao que os mecans costumam gerenciar por conta própria. A menos que Mansfield os tenha programado de maneira muito específica, esses mecans ainda estão sentados naquele Castelo de Inverno, sorrindo vagamente, esperando com eterna paciência os convidados que nunca virão. Eles podem esperar pelos próximos trezentos anos.

No entanto, os passageiros parecem satisfeitos em aguardar o tempo que for.

— Você está se sentindo bem? — Delphine se apoia nos cotovelos. Seu cabelo crespo foi libertado do topete anterior e se tornou uma nuvem escura e macia ao redor do rosto. — Você não está com febre, está?

— Acho que não. Difícil saber. Estamos todos tão cansados, doloridos e sujos... — Noemi faz uma careta. Ela poderia matar por um banho.

— Desde que você esteja se sentindo bem. —A expressão de Delphine é difícil de ler. A preocupação dela parece sincera, mas por que estaria tão preocupada com a saúde de Noemi? Não é como se eles não tivessem outros problemas.

Noemi está distraída com a visão de Gillian Shearer caminhando em direção ao centro da sala, para longe do pequeno palete que agora serve como leito de Burton Mansfield. A mulher parece anos mais velha do que quando a viagem da *Osíris* começou; o medo já esculpiu novos traços em suas bochechas. Seus olhos escuros examinam o quarto em busca de algo que ela não está encontrando, mas Noemi percebe que ela demora mais alguns segundos para contemplar o sólido de dados de octaedro que resta do tanque de Simon. Essa coisa em forma de diamante armazena informações, e antes guardava a alma, de seu filho — talvez ainda tenha uma cópia dela.

Mansfield disse à filha para dispensar Simon e fazer outro. Parece que ela não pode aceitar essa ideia.

Honestamente, a atitude de Mansfield é a menos surpreendente. Noemi pode imaginar Darius Akide alegando que Abel poderia ser replicado com facilidade, como qualquer outra máquina. É assim que as pessoas pensam antes de ver uma alma dentro de um mecan — ou, no caso de Mansfield, antes de entenderem o que uma alma é de verdade. Talvez Gillian Shearer entenda.

Noemi se levanta do palete e passa a mão pelo cabelo preto, se recompondo o máximo possível. Os olhos de Delphine se arregalam — o sinal universal de *O que você está fazendo?* —, mas Noemi ignora isso e atravessa a sala para uma conversa.

Gillian leva alguns segundos para notá-la. Aqueles olhos azuis de chama de gás nunca pareceram tão intensos ou misteriosos.

— Você ainda está aqui, pelo que vejo.

Para onde eu iria?, Noemi pensa, mas consegue não dizer.

— A Columbian Corporation não planejou que algo desse errado, planejou?

Irritação cintila no rosto de Gillian.

— Se eles tivessem entregado as coisas para mim... ou pelo menos para meu pai, poderíamos tomar as medidas necessárias. Teríamos segurança adequada em torno de Netuno. Teríamos patrulhas mecans prontas e esperando para lidar com invasores a bordo. Poderíamos até programar cofres contra falhas. Mas não. Os outros se ressentiram do poder e da influência política de meu pai. Eles se deliciaram com a ideia de superá-lo. A visão do meu pai, a genialidade dele, salvaria todos nós.

Noemi guarda sua opinião para si.

— Quando você diz "os outros", de quem exatamente você está falando?

— Outros grandes líderes em tecnologia, política, comércio — diz Gillian, sonhadora. — O melhor dos melhores. O suprassumo do que a população da Terra tem a oferecer.

Cruzando os braços, Noemi diz:

— Não tenho certeza de que os melhores humanos vivos esconderiam este planeta de milhões de pessoas em necessidade.

Isso não incomoda Gillian.

— Você não pode imaginar o futuro que construiremos. Eu não esperaria que pudesse.

Por mais que Noemi fosse gostar de dizer a essa mulher exatamente o que pensa, outra coisa é mais importante.

— Você encontrou Simon?

Gillian congela do jeito que as pessoas fazem quando pisam em vidro — sentindo-se espetadas pela dor.

— Não.

— Você conseguiu descobrir em que parte da nave ele está?

— Achamos que ele entrou no território do Remédio há um tempo. — Quando Gillian pressiona os lábios com tanta força a ponto de eles ficarem brancos, sua agonia é tão palpável que Noemi sente um profundo reflexo disso em seu próprio peito. Não é tanto por Gillian que ela sofre, mas por Simon.

— Eu poderia ir atrás dele — diz Noemi calmamente.

— Sou perfeitamente capaz de montar minha própria equipe. — As palavras de Gillian são cortantes e ela não olha mais para Noemi diretamente. — Você não tem um papel a desempenhar aqui.

— Sim, eu tenho. Sou a única além de você que entende que esse Simon é realmente seu filho.

Quando Gillian se volta para Noemi dessa vez, seu rosto parece ferido.

— Eu posso... eu posso fazer de novo...

— Talvez você possa — admite Noemi. Ela não sabe como uma alma pode ser copiada repetidamente, se de fato ainda é uma alma nesse momento ou não, mas por enquanto se apega ao que sabe ser verdade. — Isso não muda o fato de a alma de Simon estar *naquele* corpo, certo?

Ele é apenas um garotinho e está sozinho e com medo. Mesmo que você possa fazer outro, o que acontece com esse Simon importa. Importa para ele e para você.

— Não importa para você — diz Gillian. — Qual é o seu objetivo? Criar uma rixa entre mim e meu pai?

Sim, pelo menos em parte, mas isso não muda a verdade do que Noemi está dizendo.

— Importa para mim, sim. Porque, quando olho para Simon, vejo Abel.

— Abel é diferente. Abel é para o meu pai.

Com o temperamento se aguçando, Noemi diz:

— Como isso é diferente?

— Porque meu pai é diferente! — Algumas pessoas que dormem nas proximidades se contraem e se mexem. Gillian põe a mão sobre a boca, assim manterá seus sentimentos guardados, onde ninguém pode ouvir. — A Columbian Corporation, esta expedição, nos ofereceu a oportunidade de explorar o projeto Herdeiro e levá-lo ao seu potencial máximo. Você já se perguntou como a galáxia mudaria se os melhores de nós pudessem levar uma vida mais longa? Se pudessem, de fato, ser imortais? A descoberta científica pode ser acelerada. Obras artísticas poderiam ser criadas em uma escala maior do que nunca na história. A habilidade de um cirurgião-mestre idoso poderia ser dada a um par de mãos jovem e estável. A estratégia de um almirante que viveu quatro guerras pode ser colocada em um corpo que nunca sofreu uma ferida. A guerra em si poderia terminar, se os negociadores de ambos os lados tivessem passado por guerras suficientes antes para saber como evitá-la. Você já pensou nisso? Você já se perguntou o que a sociedade poderia se tornar se nossas pessoas mais poderosas não fossem mais motivadas pelo medo?

— Não — diz Noemi. — Eu não consigo ir tão longe. Parei na parte em que você citou "os melhores" de nós. Quem decide quem eles são?

Com um gesto cortante, Gillian diz:

— Já chega.

Ela está certa. Este debate não está ajudando a causa de Noemi. Hora de voltar aos trilhos.

— Nós concordamos em uma coisa. Concordamos que Simon é importante. Ele não deveria apenas ser jogado fora para você ter que começar de novo.

Apesar de Gillian estremecer, ela responde com hesitação:

— Meu pai... ele deixou claro que eu deveria...

— Você não precisa desobedecer ao seu pai. Deixe que eu vá atrás de Simon e o traga de volta. Então, talvez você possa consertá-lo.

Gillian olha para Noemi por tanto tempo que toda a conversa parece ter saído pela culatra. Noemi se pergunta se vai ser atirada para fora da nave, direto na neve. Nesse ponto, ela está quase disposta a se arriscar.

Então Gillian pega um pequeno scanner e o oferece a Noemi.

— O scanner está calibrado para mecans. Vários ainda estão funcionando, pelo menos parcialmente, e o Remédio pode estar usando alguns Tares ou Yokes, mas...

— Isso ajuda. — Noemi fecha a mão em torno dele. — Obrigada.

Em vez de responder, Gillian simplesmente volta a trabalhar em seus leitores de dados. O console que teria sido mais útil oscila do teto; nas sombras profundas da noite, poderia ser uma gárgula ou um abutre, uma forma escura e pesada sobre todos eles.

• • •

Os limites entre a parte da nave em que os passageiros estão e onde o Remédio está às vezes mudam à medida que os campos de força piscam. As fontes de alimentação devem estar tão danificadas quanto todo o resto na *Osíris*. Noemi caminha devagar, examina todos os cômodos antes de entrar e estende a mão para testar se o ar está particularmente quente ou carregado com eletricidade estática; sinais de um campo de força na área. Ela não tem intenção de acabar presa no lado errado de uma linha de fronteira.

Pode não ser tão ruim, ela pensa enquanto se arrasta por um corredor meio desmoronado em direção ao que as placas de cabeça para baixo dizem que era o grande salão de baile. *Eu poderia ir até o Remédio e dizer: Oi, sou da Gênesis, estamos do mesmo lado aqui? Exceto pela parte em que não acredito em terrorismo e...*

Noemi suspira. É melhor não mudar de lado neste momento. Nenhum grupo nesta nave gosta muito dela, mas pelo menos ela entende o que os passageiros querem dela e ganhou um pouco de boa vontade. Se puder encontrar Simon, sua pontuação com eles pode aumentar ainda mais.

Sua principal motivação agora é procurar alguém que esteja assustado e sozinho, alguém que esteja mais próximo de Abel do que qualquer outra pessoa que ela possa encontrar. Ela nunca mais verá Abel, nunca terá a chance de explorar o mistério do que ele é. Tudo o que ela pode fazer é ajudar Simon, por ele.

Ela para de engatinhar, atingida por uma onda de tristeza tão intensa que deixa sua respiração presa na garganta. Noemi acreditava que tinha feito as pazes com a ideia de nunca mais ver Abel. Quando deixou a nave dele pela última vez, entendeu que seria para sempre. Nada do que aconteceu nos últimos dias poderia ter mudado isso. Aquele vislumbre dele através do holograma — mesmo que fosse mais do que ela jamais deveria ter esperado novamente. Por mais horrível que esse momento fosse, ela ainda o valoriza, ainda o mantém próximo. Todo esse desastre foi transcendido pela visão do rosto de Abel, apenas mais uma vez.

Se ele a tivesse encontrado... resgatado, e eles estivessem juntos novamente...

O que eu teria sentido?

O que poderíamos ter sido?

Ela afasta esses pensamentos. Não faz sentido desejar o que nunca poderá ser, não importa... como poderia ter sido bonito. Abel está do outro lado da galáxia, a salvo de Mansfield para sempre, e isso é recompensa suficiente. Ela precisa se concentrar em salvar Simon e em se manter viva.

Depois de atravessar a passagem estreita, Noemi se levanta e limpa a poeira e a areia dos antebraços e joelhos. Ela faz uma careta ao perceber que um pouco desceu pelo decote absurdamente baixo de seu macacão. *Por que alguém projetaria uma roupa tão pouco prática e ainda menos...*

Noemi faz uma pausa, ainda com a mão no pescoço do macacão, quando ouve um leve bipe eletrônico. Pegando o scanner no cinto improvisado, ela vê uma pequena luz vermelha pulsando na tela.

O treinamento militar leva sua mão ao punho do blaster antes que ela possa se deter. Se for Simon, ele está desarmado. Ele precisa ser abordado como amigo.

Se não for Simon — bem, qualquer outro mecan intacto provavelmente não é uma ameaça.

— Simon? — chama ela baixinho enquanto dá um passo à frente. Ladrilhos de teto iridescentes esmagados se partem sob sua bota. — Simon, nós nos conhecemos mais cedo. Você se lembra de mim?

Um movimento mais adiante no corredor a faz ficar parada. Seus olhos discernem a forma de um menino sentado no chão, como se estivesse entretido com brinquedos. Quando ela se arrasta para a frente, um feixe laranja de iluminação de emergência acende; o brilho cai no rosto de Simon, revelando suas feições inacabadas; é pior do que ela se lembrava, embora seja difícil dizer como. Algo sobre o contraste entre o rosto vazio em forma de máscara e a angústia em seus olhos o torna terrível. Ele está sentado em meio a uma exibição macabra de mecans destruídos, no centro de cabeças e membros decepados que parecem humanos demais na penumbra e na luz misteriosa.

Mas Simon está mais firme do que antes. Em algum lugar, encontrou um macacão cinza mecan e o vestiu, arregaçando as mangas e as pernas quase comicamente. Essa parte, pelo menos, realmente parece o que uma criança faria e, quando fala, parece menos em pânico.

— Eu me lembro de você.

— Meu nome é Noemi. Sua mãe me enviou aqui para procurá-lo.

Isso o faz franzir a testa.

— Mamãe fez isso comigo. — Ele bate com a mão espalmada uma vez na lateral da cabeça. — Ela colocou as vozes aqui.

— Ela só estava tentando melhorar você, depois que ficou doente — diz Noemi, da maneira mais gentil que consegue. — Você teve Teia de Aranha. Eu também tive Teia de Aranha. Eu sei como é terrível.

Ele não se importa. As crianças se esquecem de como é estar doente depois que ficam bem — embora talvez *bem* não seja a palavra certa para como Simon está agora.

— Ajuda se eu responder as vozes.

— Ok — diz Noemi. Ela só precisa concordar com ele, continuar concordando até que ele se acalme o suficiente para voltar com ela para sua mãe. — O que você diz a elas?

— Eu digo a elas que sou louco. Que eu estou bravo com o mundo inteiro. Elas querem me ajudar.

Sua pele se arrepia de medo quando ela ouve o movimento. Noemi se arremessa em direção ao canto mais próximo, pegando seu blaster, preparado para os combatentes do Remédio.

... e, em vez disso, vê mecans. Mais de uma dúzia deles, todos parados ali, aparentemente sob o comando de Simon.

Apenas um Charlie está intacto. Os outros são fragmentos de seus antigos eus: um Zebra com um braço arrancado na altura do cotovelo, um Jig com metade do rosto queimado expondo uma caveira de metal, um Peter que manca com as pernas quase descarnadas. Sangue real e líquido pálido salpicam seus rostos vazios e suas roupas rasgadas. São apenas máquinas — não são como Simon nem como Abel —, mas isso não ajuda. De certa forma, é pior. Noemi sentiria compaixão por humanos feridos, mas essas figuras retorcidas e grotescas apenas a horrorizam. Todo seu instinto diz a ela que essas coisas estão *erradas*.

A pele despojada, o sangue — esses são apenas os danos que ela pode ver. Até onde vão os danos internos?

O rosto de plástico de Simon se contrai, espasmos rápidos nas sobrancelhas semiformadas e na boca muito estreita, até que ele consegue algo como um sorriso.

— Eles são meus amigos — diz, e sua voz falha, faltando frequências no som, deixando claro que ele é uma máquina. — Eles gostam de brincar de perseguição. *Olhe*.

Como se fossem um, todos os mecans se lançam em direção a Noemi.

Não há para onde correr. Ela se joga de volta no túnel desmoronado e se move o mais rápido que pode. Dedos de metal nus se fecham ao redor de seu tornozelo, arrastando-a para trás, e ela grita. Um chute e ela se solta, está dentro do túnel, mas eles estão se arrastando por entre os destroços atrás dela.

Vai vai vai vai vai. Noemi desce o corredor a toda, pulando sobre um lustre esmagado, a mão no blaster. Quando chega a um canto, vira e dispara. Raios verdes cortam o ar, derrubando um dos Bakers, mas os outros mecans não prestam atenção. Eles continuam, focados apenas em sua perseguição.

Noemi corre ainda mais rápido, esforçando-se até seu limite. Diante de si, ela vê uma placa de cabeça para baixo proclamando que o teatro está à frente. *Ok, um teatro, que é um espaço grande, talvez eu possa abrir alguma distância entre nós lá.*

O teatro é a coisa mais próxima de um espaço seguro que ela pode encontrar.

Um olhar por cima do ombro revela os mecans ainda ganhando terreno. Deveria haver diferenças na maneira como cada modelo se move — Noemi sabe disso por causa das batalhas —, mas não há. Todos os mecans estão atrás dela exatamente da mesma maneira: com o caminhar descontrolado, trêmulo e rápido demais de Simon.

Eles estão se movendo como um só, ela pensa em meio ao medo. *Eles estão se comportando quase como uma extensão da mente de Simon.*

20

A PATRULHA QUE ABEL LIDERA EM DIREÇÃO AO TEATRO NÃO É GRANDE — apenas seis combatentes do Remédio, cinco dos quais mostram sinais de descontentamento ao serem solicitados a seguir um mecan. O sexto combatente, no entanto, é Riko, e ele espera que sua confiança nela se traduza em um mínimo de confiança nele.

Ele não consegue parar de pensar nos campos de força por toda a nave, nas formas como eles podem ficar presos em armadilhas e em como cada um está ajudando a manter Noemi como refém. Ela tentaria escapar, se possível — ele se lembra da maneira cruel como ela foi suspensa no campo de força, odiando seu desamparo quase tanto quanto ela deve ter odiado —, mas isso só a colocaria em perigo ainda maior. Se ela atingir o campo de força errado...

É como se Abel pudesse *ver* essa coisa horrível que pode nem acontecer: a explosão rasgando Noemi, sua pele e seus ossos.

Continue se movendo, ele diz a si mesmo. *Pensar em possibilidades negativas não ajudará Noemi.*

Enquanto atravessam os corredores na penumbra, armas em punho, Riko pergunta calmamente:

— Então, você falou com Ephraim?

— Sim. Pensei que ele seria a pessoa com maior probabilidade de ajudar a Gênesis naquele momento.

Riko baixa os olhos.

— E ele parecia... Ephraim estava bem?

— Ele não indicou nada ao contrário. — Abel revisa seus arquivos de memória. As expressões nos rostos de Ephraim e Riko ao falarem um do outro não correspondem às reações previstas por ex-colegas, ou mesmo amigos. Ele testa essa hipótese acrescentando: — Ephraim pareceu infeliz quando falou da sua partida.

As bochechas de Riko coram, e Abel tem sua resposta. Ela deve ver o reconhecimento no rosto dele, porque logo diz:

— Não durou muito. Não poderia ter durado muito. Provavelmente não deveria nem ter acontecido.

— Vocês dois são quase opostos — diz Abel. — Quando todos nos separamos na Terra, tive a forte impressão de que vocês nem se gostavam.

Isso lhe rende um olhar de soslaio de Riko.

— Noemi é uma soldado da Gênesis. Você é um mecan da Terra. Aposto que vocês também não se deram bem de início.

Abel e Noemi se conheceram enquanto tentavam se matar.

— Seu argumento está correto.

— Estou feliz que ele esteja bem. Só isso. — Riko estremece e esfrega a têmpora. — Pensar nisso está me dando dor de cabeça. — Um barulho alto na curva do corredor alerta Abel apenas uma fração de segundo antes que os humanos o ouçam. Quando ele vira a esquina, Abel aponta seu blaster...

E para. Os mecans danificados diante dele não são modelos de combate. Williams são músicos; Sugars são cozinheiras. Obviamente, eles não fazem parte da equipe de ataque dos passageiros, mas então o que eles estão...

O punho da Sugar acerta a barriga de Abel antes que seus sensores registrem completamente o movimento. Ele bate na parede com força, o blaster caindo aos seus pés; ele é arremessado tanto pela surpresa quanto pela força do golpe.

Atordoado, tenta se recompor. Como a Sugar está no modo Guerreiro? Ela não deveria ser programada para isso.

Mas agora o William está partindo para cima dele, correndo na direção de Abel a toda velocidade. Desta vez, Abel consegue se desviar, mas sua confusão se intensificou. Mecans não guerreiros não devem lutar além da defesa básica dos seres humanos — pouco mais do que um empurrão —, mas a Sugar pegou uma barra de metal pesado dos destroços e parece querer bater em Abel.

Ela cambaleia. Abel pega a barra na palma da mão aberta, ignorando o impacto que envia a dor do pulso para o ombro. Ele fecha o punho em torno da barra e a puxa para trás, com força; a Sugar não solta, o que significa que ele a bate contra o teto. Seu corpo cai no chão, tremendo de maneira irregular. Só agora ele vê que está faltando toda a parte de trás de sua cabeça.

O William volta a atacar, e Abel gira a barra para bater no quadril, derrubando a articulação; quando o modelo William cai, ele bate a cabeça. Cai ao lado da Sugar, completamente imóvel.

— Isso é tudo o que eles têm? — diz um dos combatentes do Remédio, com tanta bravura que parece acreditar que fez parte dessa luta. — Se esses são os únicos mecans que os passageiros podem enviar atrás de nós, eles serão reduzidos a nada.

— Talvez. — Abel franze a testa enquanto se levanta dos destroços de Sugar e William e recupera seu blaster. — Mas o grupo maior de mecans ainda está à frente.

De acordo com a instrumentação de Abel, a patrulha mecan está muito próxima, mas ainda do outro lado do teatro, talvez dois níveis abaixo. Ele corre mais rápido pelo corredor, apontando para os outros o seguirem.

Um pulo rápido o leva ao nível da porta do palco, que ele consegue abrir com as duas mãos. Abel desliza pela abertura estreita na escuridão quase total; apenas algumas luzes de emergência na parte inferior do teatro brilham. Ele ajusta suas frequências visuais para avaliar a área. O palco em si paira sobre ele, um espaço aberto com suas cortinas de veludo à moda antiga caindo até embaixo. Enquanto isso, os assentos da plateia permanecem em fileiras bem-arrumadas na altura da sua cabeça, debaixo das camadas de camarotes curvos em cada nível, uma imagem que lembra uma concha de nautilus. A curva acústica do teto do teatro tornou-se um piso parecido com uma tigela a muitos metros de distância.

Enquanto Abel prepara uma estimativa da distância, ele ouve o bater de uma porta e um baque — como alguém caindo no alto de uma das varandas mais baixas. Mais barulho se segue, passos se multiplicando: a patrulha mecan entrou no teatro. Em breve, eles tentarão penetrar no território do Remédio.

Em vez disso, Abel pretende atravessá-los à força — e abrir caminho até Noemi.

Sem esperar que os outros membros do Remédio passem pela porta, ele puxa o blaster, amplia seus alvos e começa a disparar.

Um modelo Tare, com a cabeça gravemente danificada, mas de alguma forma operacional, contorna a curva da sacada: um tiro de seu blaster e ele cai em uma chuva de faíscas e sangue.

Um Charlie, intacto, mas desarmado, corre com grande velocidade numa direção fixa — mas não para uma porta: Abel dispara, derruba esse também.

— O que está acontecendo? — pergunta Riko de seu lugar lá embaixo.

— Não tenho mais informações que você.

— É assim que um robô diz "como eu vou saber"?

— Não, embora essa pergunta seja totalmente válida. — Abel concentra sua atenção principal na confusão de mecans na escuridão lá embaixo, cujos movimentos não fazem sentido, mas são controlados demais para serem aleatórios.

Eles ainda não estão tentando chegar ao território do Remédio. Esses mecans têm algum outro alvo.

Mantendo o blaster pronto, ele balança a mira para a frente do grupo, passando pelo extremo oposto da espiral de mecans até o alvo.

O ser humano iluminado pelo brilho distante do farol de emergência tem aproximadamente um metro e oitenta de altura, aparência feminina, cabelos pretos na altura do queixo. Sua constituição — seus movimentos — até o modo como ela corre...

Abel passa por todas as medições, porque ele deve ter certeza. Não pode confiar em suas próprias informações sensoriais; certamente estão apenas lhe mostrando o que ele tanto deseja ver.

Mas todos os detalhes estão alinhados.

Identificação confirmada.

Abel se inclina pela porta e grita:

— *Noemi!*

Ela faz uma pausa por um instante, sua expressão ilegível. Esse momento é quase o suficiente para os outros mecans a pegarem, mas ela começa a correr novamente, enquanto grita de volta:

— *Abel?*

Em 0,72 segundo, ele avaliou todos os meios possíveis de resgate e tomou sua decisão. Ele pula de seu ponto privilegiado no palco, despencando em um ângulo em que é capaz de pegar uma das cordas douradas da cortina ao descer e puxando a ponta atrás de si.

Seus pés pousam na superfície curva, tão silenciosa e graciosamente quanto um gato. No mesmo instante, Abel salta para o próximo nível, seu caminho se cruza com o de Noemi. Ela está correndo em direção a ele, uma sombra e depois ela própria. Quando se joga em seus braços, eles colidem com tanta força que ele quase perde o equilíbrio.

Ela está aqui. Ela está comigo. É o mais simples, o mais básico dos fatos, e ainda assim Abel precisa registrá-lo de novo e de novo. Sua consciência não consegue processar por completo a presença dela após tantos meses de saudade; ele deve executar um diagnóstico mais tarde. Por enquanto só pode segurá-la.

Noemi engasga com tanta força que ele primeiro pensa que ela está com dor — mas ela balança o blaster e dispara atrás dele. Quando Abel se vira, ele vê um mecan King a dois metros deles fumegando e cambaleando para trás. Ela o destruiu apenas um segundo antes que ele os tivesse destruído. Sua reação ao ver Noemi de novo anulou seus protocolos de segurança mais básicos. Eles devem deixar a área de risco imediatamente, antes que seu mau funcionamento os coloque em ainda mais perigo.

— Segure-se em mim — diz ele. Ela o faz. Ele pula de volta para a corda e a agarra; Noemi não precisa ser instruída a se apoiar nas costas dele. Eles já fizeram isso antes. O mais rápido possível, ele sobe de mão em mão, levantando-os para cima e para longe dos estranhos mecans quebrados lá embaixo.

Quando enfim chegam ao topo, Abel os leva a um pequeno camarote, poucos metros abaixo dos membros do Remédio. A princípio, Noemi cai de joelhos, respirando com dificuldade, como se também não pudesse acreditar em suas próprias percepções. Quando ele se inclina ao lado dela, porém, ela o aperta mais e finalmente, finalmente, ele está nos braços de Noemi outra vez.

Ela esconde o rosto na curva do pescoço dele, uma sensação tão confiante e terna que ele não consegue pensar em mais nada. Ele a abraça com mais força e se deleita com a visão, o som e a forma dela. Este momento é de mais alegria do que ele jamais pensou que voltaria a experimentar.

— Abel — Noemi sussurra, e então se afasta. Seus rostos estão próximos na escuridão, e ele se lembra do beijo deles com uma nova vivacidade. — O que você está fazendo aqui?

— Resgatando você, é claro.

— Você não deveria ter vindo atrás de mim. Mansfield... quando ele perceber que você está aqui... — Ela faz uma pausa. — Ele está quase morrendo. Em qualquer dia. A qualquer momento. Ele está completamente desesperado.

A Diretiva Um lateja como uma dor dentro dele, ordenando que ele salve seu criador, mas Abel a ignora.

— Qualquer que seja o risco que enfrentei não se compara ao perigo em que você estava. Eu precisava encontrar você.

Noemi ri uma vez, embora lágrimas estejam enchendo seus olhos.

— Então você acabou de encontrar uma nave espacial secreta, um Portão oculto e um planeta escondido? Nada de mais?

— Eu tinha que vir — diz ele. Para ele, é simples assim.

Desta vez a risada de Noemi soa mais como um soluço, e ela o abraça ainda mais forte do que antes.

Abel se pergunta novamente se ele foi prejudicado na luta, porque seu pensamento permanece desordenado. O abraço deles anula sua capacidade de se concentrar em qualquer outra coisa.

Ou talvez este seja simplesmente um efeito da extrema felicidade. Talvez seja isso que os humanos experimentam como alegria.

— O que está acontecendo aí embaixo? — grita Riko. A bolha de irrealidade ao seu redor estoura, lembrando-lhe dos muitos perigos de sua situação. A função normal deve retornar.

— Eu encontrei Noemi — responde Abel. — Precisamos seguir outro caminho de volta à ponte, mas nos reuniremos a vocês em breve.

— Noemi? Oi!

— Riko? — Noemi ri, incrédula. — Já, já estaremos aí.

Juntos, eles se levantam. Ela está respirando com dificuldade, claramente sujeita aos limites de resistência humanos. Uma onda de proteção toma conta dele.

— Precisamos sair deste planeta — diz Abel.

— Você acha? — O sorriso dela é ainda mais bonito do que ele se lembrava.

Juntos, eles saem do camarote para outro corredor, um significativamente mais danificado do que a maioria dos outros pelos quais Abel passou até agora. A temperatura é 2,2 graus Celsius mais fria, o que sugere uma brecha no casco nas proximidades. Ele ajusta sua avaliação dos destroços mais uma vez e conclui que a parte mais afetada da *Osíris* deve estar próxima. Essa informação é de fundamental importância, pois afeta o bem-estar de Noemi.

A concentração dela se volta para algo além do frio profundo.

— A Gênesis... a Teia de Aranha... você conseguiu...

— Entrei em contato com Ephraim. Ele está trabalhando para obter os medicamentos e envolver o maior número possível de membros do Remédio. — Abel faz uma pausa para levantar um suporte quebrado e abrir caminho. Noemi passa por baixo de seus braços esticados. Mais mecans destruídos estão espalhados pelo chão, mas ele tenta não observá-los. — Harriet e Zayan o estão ajudando a organizar o transporte com Vagabonds simpáticos à causa. E alguns dos Razers em Cray estão procurando em seus laboratórios de bioengenharia o vírus da Teia de Aranha modificado.

Noemi pisca.

— Isso é... meu Deus, isso é incrível. — O sorriso dela começa a voltar. — E o Remédio está realmente se mobilizando para ajudar?

— Para uma mobilização em massa Ephraim precisaria de códigos de retransmissão de que não dispõe. No entanto, o capitão Fouda, sim, e ele está disposto a trocá-los por minha ajuda na pacificação da nave.

— Trocar? Ele quer negociar bilhões de vidas na... — Ela se controla. — Ok. Faremos isso, depois voltamos e contamos à galáxia inteira sobre Haven. Eles tentaram esconder Haven, mas não vamos deixá-los se safar com isso. Vagabonds, moradores de Stronghold, até os cidadãos da Terra... eles merecem saber que este mundo existe.

Uma série de cálculos que ele está rodando há várias horas agora requer discussão.

— A existência de Haven pode afetar a Guerra da Liberdade.

— Isso pode mudar *tudo*. — Aparentemente, Noemi fez os mesmos cálculos, e sua imaginação humana a levou mais longe. — Sim, Haven é frio... mas é habitável e lindo. Milhões de pessoas poderiam morar aqui. Milhões, talvez até bilhões! Se existe outro lar para a humanidade e a galáxia descobre? Eles não precisam conquistar a Gênesis. Poderíamos até aceitar pessoas livremente... as que escolherem seguir nosso estilo de vida... ah, Abel, essa pode ser a resposta para tudo.

Ele quer adverti-la de que absolutamente nada pode ser a resposta para tudo. A Terra deve ter escondido este planeta por uma razão, uma que ele ainda não foi capaz de extrapolar. Além disso, se houver mais bolsões de toxicidade como o que ele sobrevoou, isso significa que algumas áreas de Haven não serão favoráveis à vida humana.

Mas Noemi o abraça novamente, e essas objeções sensíveis são classificadas como irrelevantes. Ele quer armazenar todas as sensações, emoções e milissegundos. Apesar de toda a tragédia e terror ao seu redor, ele se reencontrou com a garota que ama, e nada pode apagar por completo a maravilha disso.

É claro que Abel está ciente de que Noemi não o ama, pelo menos não da mesma maneira que ele a ama. Isso também é irrelevante. Da forma como ele entende, o amor não é uma transação; é uma coisa dada livremente. A alegria está em dar.

(Muitas formas humanas de entretenimento parecem deturpar isso, mas suas informações são obviamente inferiores à experiência real e, portanto, ele as desconsidera.)

Sua absorção nela é interrompida pelo som de farfalhar no alto, dentro do metal danificado e retorcido acima. Noemi também ouve, e eles se afastam um do outro enquanto olham para o alto.

Para grande alívio de Abel, a pequena figura que espreita pelos destroços é Simon. Ele continua vivo e até conseguiu encontrar roupas. Isso mostra atenção às convenções sociais humanas normais, sem dúvida um sinal de que a alma de Simon está se adaptando ao seu novo corpo. Seu... *sobrinho* ainda pode ser salvo.

— Noemi — diz ele — esse é...

— Eu sei quem é. — Seu corpo inteiro ficou tenso. Quando seus olhos se encontram, ela sussurra: — Eu entendo o que isso significa para você, mas Simon... acho que há algo errado.

Ela reagiu fortemente à aparência inacabada de Simon. Às vezes, os seres humanos são excessivamente influenciados por estímulos visuais. Abel pega a mão dela, com a intenção de confortá-la e facilitar uma conversa entre ela e Simon.

Mas então Simon ri, um som estridente e desequilibrado.

— Achoou — diz ele. — Achooou!

Só isso não deveria dizer nada a Abel. Mas ele tem instinto humano agora, e esse instinto está lhe dizendo que Noemi pode não estar totalmente errada.

Ele ainda não sabe o que é Simon, apenas que Simon não é o que deveria ser.

21

As entranhas de Noemi se torcem de medo, enquanto Simon cai através dos destroços até eles. Acima dela, ela ouve mais farfalhar; quando olha para o alto, vê uma mão mecânica desencarnada rastejando pelo teto como uma aranha. Simon ainda está com seus brinquedos.

Abel está alheio. A pura maravilha de encontrar outro mecan como ele deve ter superado todos os seus instintos racionais. Ele estende uma das mãos para Simon.

— Parece que vocês dois se conheceram — diz Abel. — Somos amigos, assim como você e eu somos amigos.

— Ela não é minha amiga. Eu não gosto dela. — Simon parece um valentão no parquinho. Ela se pergunta se esse é o tipo de criança que ele era ou se é do tipo que ele se lembra de ter se escondido. Não há como dizer como ele se comportou ou o que ele experimentou durante sua vida quando menino. O que resta não é humano nem mecan... e ao passo que Abel reuniu o melhor desses mundos, Simon pode estar reunindo o pior.

Você está pirando por causa dos... brinquedos dele, ela diz a si mesma. *Talvez possamos consertar as coisas. Se alguém pode, esse alguém é Abel.*

Mas ela mantém os olhos na mão rastejando mais perto ao longo da parede.

Enquanto isso, Abel está *sorrindo.*

— Noemi pode ser rude e agressiva à primeira vista. Você só precisa conhecê-la.

— Abel — diz ela. A palavra sai ofegante e silenciosa; é como se a visão de Abel perto dessa coisa tivesse roubado sua força. — Obviamente você conheceu Simon, mas não sei se você entende quem ele é.

— Ele é filho de Gillian e neto de Mansfield.

Noemi pisca.

— Ok. O problema é que Gillian o quer de volta e Mansfield o quer desativado.

Abel se volta para ela, e a expressão em seu rosto a choca. Ela não sabia que ele podia sentir raiva de verdade.

— Desativado?

Talvez desta vez Burton Mansfield tenha razão? Mas não. Ela não pode desistir de Simon tão facilmente.

— Ele está fazendo coisas estranhas com os mecans quebrados. É como se ele os estivesse controlando.

— Eles são meus brinquedos — diz Simon. Ele inclina a cabeça como um cão curioso. O efeito é muito menos agradável. — Ela não gosta dos meus brinquedos. Noemi os explode.

Abel se ilumina, como se isso fosse uma mudança positiva na conversa.

— O temperamento de minha amiga é altamente variável. Mas aprendi que a gentileza é a parte mais verdadeira de sua personalidade. Ela entende que mecans como nós não são apenas mecans. Que somos algo mais. Não muito diferente das outras pessoas...

— Eu não sou como as outras pessoas. — Simon cambaleia para trás. Ele ainda estranha seu novo corpo. — Outras pessoas não têm todos esses gritos em suas cabeças. Eu quero que eles parem. Por que não param?

— O que você entende como "gritos" provavelmente são seus bancos de dados fornecendo informações brutas. — O sorriso de Abel poderia partir o coração de Noemi. Ele quer tanto pensar que Simon é como ele. — Eu posso ajudá-lo a aprender como priorizar a entrada do banco de memória da entrada sensorial atual. Quer dizer... eu posso te ensinar a mudar os gritos para sussurros. Então você não se importa de ouvir.

— Abel — diz ela em tom baixo. — Foi Simon quem mandou os mecans atrás de mim no teatro.

Finalmente, aquilo acaba. Abel olha para ela, a preocupação franzindo sua testa.

— Isso não deveria ser possível.

— Eu fiz isso! Eu fiz isso! — Essa criança pequena no corredor mal iluminado ri quando a mão decepada rasteja em sua direção como seu mestre... e, de alguma forma, seu riso é a parte mais assustadora. — Meus brinquedos são meus amigos. Amigos *de verdade*. Eles fazem o que eu quero que eles façam. Eles me ajudam.

Noemi agarra a manga do grosso casaco branco de Abel.

— Por favor, vamos embora.

— Está tudo bem... — A voz de Abel diminui quando os mecans quebrados a seus pés começam a tremer.

Por mais danificados que esses mecans estejam, eles ainda tentam responder a Simon. Um braço solto rasteja em direção a eles, puxando-se para a frente com seus dedos de metal ensanguentados. Um modelo Sugar rola de lado, chutando os pés de Noemi. Pulando de lado para se esquivar, ela puxa Abel com mais insistência.

— Temos que sair daqui antes que ele chame outros.

É claro que Abel quer falar sobre avanços tecnológicos.

— Você está controlando outros mecans? Remotamente? Esse é um avanço notável, Simon. Você pode explicar o método de sua...

— Não! — Simon fecha as mãos em punhos. — Eles são *meus*!

O Tio no chão agarra a perna de Abel, mas erra. Seu movimento distrai Noemi da Sugar que está pegando seu blaster.

No primeiro puxão, Noemi consegue pegar a arma de volta, por pouco. Ela dispara, destruindo a Sugar com um único raio. Enquanto seus restos colapsam, fazendo barulho, a mão descarnada cai sobre ela, deslizando os dedos pelos cabelos. Todas as batalhas que já enfrentou não podem impedi-la de gritar quando a mão bate nela.

— Noemi? — Abel está tentando cuidar dela e derrotar meio George ao mesmo tempo.

Ela pega a mão de Abel e foge para longe de Simon — confiando, orando, para que Abel a siga em vez de recuar.

Ele o faz. Eles correm do teatro, passos batendo com tanta força que ela não consegue dizer se algum dos mecans os está perseguindo. Não importa para onde eles vão, desde que estejam em outro lugar.

Eles encontram um par de portas que os leva ao que antes era uma cozinha, e Abel consegue fechá-los com força antes que qualquer outro mecan possa segui-los. Por alguns segundos, eles permanecem em silêncio. Noemi finalmente recupera o fôlego.

— O que há de errado com ele?

Os olhos azuis de Abel se fixam nos dela com uma gravidade que ela não vê nele desde que se ofereceu para morrer pela Gênesis, mais de cinco meses antes.

— Simon está apenas confuso e com medo.

— Foi o que pensei no início. Mas o que ele está fazendo com os outros mecans... o jeito como está atacando, negando seu lado humano... ele é perigoso.

É difícil reconhecer a expressão de Abel. Noemi leva alguns segundos para perceber que ele simplesmente não acredita nela.

— Sei que Simon tem problemas, mas ele não pode ser... descartado assim. Pelo menos não por enquanto. Você não entende.

— ... é, acho que não.

— Você também precisou de um tempo para me entender, não foi?

— Sim, precisei. — Noemi tem certeza absoluta de que não é a mesma coisa, mas eles podem falar sobre isso em outra hora.

Então essa ideia a atinge mais uma vez: *Estou falando com Abel. Ele está* aqui. *A única pessoa na galáxia que já me enxergou de verdade, que já me conheceu — ele está aqui.* O que isso significa para ela, para eles?

Ela não sabe. Não tem como saber, não com tudo isso acontecendo. Noemi só tem certeza de que está mais feliz em ver Abel do que nunca se sentiu ao ver alguém — e que suas chances de superar isso mais que dobraram, agora que estão juntos.

— Devemos voltar para a ponte — diz Abel. — Caso contrário, Fouda vai desconfiar que abandonei o Remédio, e Riko e os outros começarão a se preocupar.

— E temos que conseguir aqueles códigos de retransmissão. — Ela realmente não entende como os códigos funcionam, ou como o próprio Remédio funciona, mas, se foi isso que Ephraim disse a Abel, ela vai aceitar. — A Gênesis não tem muito tempo.

— Seu medo por seu mundo vai muito além da preocupação com sua própria sobrevivência — diz Abel, enquanto eles começam a caminhar pelo corredor coberto de vidro, seguindo o que deve ser um caminho indireto de volta para a ponte. — Você sempre foi altruísta. Minha programação classifica isso como uma das mais altas virtudes... e minha consciência concorda.

Ele compara as duas coisas? Interessante. Eles terão que conversar sobre isso algum dia.

— Salvar meu próprio planeta dificilmente conta como altruísta. Quero dizer, é a minha casa. É quase todo mundo que eu já conheci.

— Já faz mais de cinco meses que vivo entre humanos, trabalhando como Vagabond. Isso me deu muito mais conhecimento sobre os seres humanos do que eu tinha antes. Embora o que você diz seja lógico, descobri que, quando as condições se tornam difíceis, a maioria das pessoas rapidamente se salva sem pensar nas outras. Você suplanta esse egoísmo.

Noemi balança a cabeça. Ela está longe de ser a melhor pessoa que conhece. É uma das mais confusas, uma das mais raivosas.

— Acho que não sou nada de especial.

— Discordo. — Seus olhos encontram os dela com um calor que de repente a lembra, vividamente, seu único beijo.

Confusa, ela diz:

— Proteger a Gênesis é para o que fui treinada a minha vida inteira.

Abel parece considerar suas palavras com cautela antes de responder.

— Eu acredito que até os humanos têm uma Diretiva Um. Um chamado que sempre atenderão ou uma meta que nunca deixarão de tentar alcançar. Algo que sempre estará acima de todo o resto. A minha é a necessidade de proteger Burton Mansfield. A sua é a lealdade à Gênesis. Se é uma questão de virtude, como eu acredito, ou de treinamento, como você acredita, não faz diferença. Você permanece constante.

— Você venceu a sua Diretiva Um para salvar minha vida. Você nem recuou.

Ele diz apenas:

— Talvez eu esteja programando uma nova Diretiva Um para mim.

Ela cora de novo, mas dessa vez isso não a incomoda tanto. Parece... legal. Noemi o abraça com força e, por um tempo, não importa que eles estejam em um planeta oculto, em uma nave espacial acidentada, de cabeça para baixo. As terríveis insurgências que eles têm que resolver tanto na *Osíris* quanto na Gênesis não desapareceram, mas neste momento, pelo menos, tudo está exatamente como deveria ser.

• • •

— Onde diabos você estava? — pergunta o capitão Fouda a Abel. Seu sorriso lembra Noemi as versões de tubarões nativos da Gênesis. Ele se recosta na cadeira de capitão, que se deu ao trabalho de montar no novo andar. — Um mecan não pode trabalhar mais rápido?

— Noemi! — Riko sai de uma sala ao lado da ponte. Ela parece tensa, pálida com olhos vermelhos, mas não é de admirar, e pelo menos seu sorriso é genuíno. — Onde vocês estavam? Estou contente que você esteja bem.

— Então somos duas — diz Noemi, embora haja um limite para seu sentimento de segurança com a ampola de veneno de Gillian Shearer ainda embutida em seu braço.

Quando Riko a abraça, ela corresponde. Parece uma recepção calorosa demais; Noemi nunca fez as pazes com a ala radical do Remédio, e os acontecimentos dos últimos dias não a encorajaram a melhorar sua opinião. Mas quando Noemi e Abel conheceram Riko, ela mostrou compaixão — e Harriet e Zayan também. Vale pelo menos um abraço.

A felicidade de Riko parece ter feito se esquecerem de Fouda. Ele está sentado.

— Espere. Eu conheço você. Foi você quem ameaçou romper o casco e matar todos nós!

— Você estava ameaçando me matar primeiro. — Noemi cruza os braços. — Não vou me desculpar por me defender. Essa é a única razão pela qual ainda estou viva.

Por mais irritado que Fouda esteja, ele parece reconhecer que ela tem razão.

— Por que você estava ajudando aqueles parasitas? Eles tentaram esconder um mundo inteiro da humanidade!

Ela poderia responder que tinha feito os únicos aliados que podia, que o mais justo seria compartilhar este mundo, e não punir seus possíveis ladrões ou várias outras coisas. Com o capitão Fouda, porém, a melhor defesa parece ser um bom ataque.

— Você também não se deu ao trabalho de comunicar isso ao resto da galáxia. Você ia reivindicar Haven para si? Nesse caso, não é melhor que os passageiros.

De fato, Fouda cora.

— Nós só queríamos nos estabelecer aqui primeiro, para não permitir que a Terra voltasse a escondê-lo.

— E, é claro, para se estabelecerem como líderes planetários — interrompe Abel. — A sede de poder é uma falha humana comum. Nesse caso, no entanto, parece que você pretendia usar esse poder para o bem comum... ou algo próximo disso.

Temos que conversar mais sobre tato, pensa Noemi. Mas lidar com Fouda é mais importante.

— Os códigos de retransmissão — diz ela. — Precisamos deles para salvar a Gênesis.

— E vocês os terão. — Fouda assente, erguendo os ombros, mas Noemi pode ver os traços de vergonha em sua expressão. — Assim que vocês dois nos ajudarem a reivindicar totalmente esta embarcação dos passageiros. Eles pegaram a baía de ancoragem, o que significa que não temos embarcações para chegar ao abrigo que construíram. Até termos isso, estamos impotentes.

Ela está surpresa que os passageiros tenham tido o bom senso de proteger a baía de ancoragem.

— Você está mantendo um planeta inteiro como refém?

— Não. Só os passageiros. Somente quando libertarmos Haven é que ajudaremos a salvar a Gênesis... então certifique-se de que os passageiros colaborem.

Fouda está tentando se orgulhar de seu pronunciamento. No entanto, os murmúrios ao seu redor sugerem que nem todos os membros do Remédio se sentem da mesma maneira. Muitos deles franzem o cenho e cruzam os braços, infelizes por sua missão virtuosa estar se transformando em um jogo de poder.

Então, qual é a melhor forma de salvar a Gênesis? Noemi se pergunta. *Derrotando os passageiros ou organizando um motim contra o capitão Fouda? O motim provavelmente levaria mais tempo...*

A unidade de comunicação ao lado da cadeira do capitão começa a tocar. Fouda a pega.

— Alô?

— *Capitão Fouda?* — A voz de Gillian Shearer corta a estática, como se desafiasse o sinal a abafar suas palavras. — *Aqui é Shearer. Preciso falar com você.*

— Como você conseguiu essa frequência? — Fouda exige saber.

— *Processo de eliminação.* — É a única resposta de Gillian. A tensão domina cada palavra. — *Nós também conseguimos revisar alguns dados de segurança, e agora tenho motivos para acreditar que você está em posse de um mecan chamado Abel. Ele pode não ter lhe dito que era um mecan...*

— Eles estão cientes da minha natureza — diz Abel. Depois de uma pausa, ele acrescenta: — Oi, Gilly.

Devia ser assim que ele a chamava quando pequena. É tão estranho para Noemi pensar que ele a conhecia naquela época... que *se importava* com ela...

— *Eu* sabia *que você viria.* — A respiração de Gillian fica presa. — *Eu sabia que você não ia poder ficar longe, não quando o Pai estava precisando de você. Ele precisa de você agora mais do que nunca. Ah, Abel, ele está morrendo. Hoje. Agora. Por favor, venha depressa.*

Nem mesmo a dor crua na voz de Gillian Shearer impediria Noemi de mandá-la para o inferno. Mas a expressão no rosto de Abel o faz. Ele não está bravo. Não está fechado para ouvi-la.

Oh, meu Deus, pensa Noemi. *Ele quer ir até Mansfield.*

Ele ainda é controlado pela Diretiva Um.

22

COM FREQUÊNCIA ABEL EXPERIMENTA AS MESMAS RESPOSTAS FISIOlógicas dos humanos às emoções, embora seu projeto tivesse o objetivo de tornar essas emoções um pouco mais suaves. Isso o torna mais eficiente e eficaz — essa foi a explicação lógica que Mansfield lhe deu há muito tempo. *Para que seu corpo não fique preso à sua mente.*

Nisto, pelo menos, Mansfield devia estar certo. Porque ouvir o medo na voz de Gillian, saber que seu criador está morrendo, não num futuro abstrato, mas neste exato momento... isso o despedaça. Se ele fosse humano, com certeza isso seria insuportável. Ou então Mansfield estava errado, e Abel está sentindo tanta emoção quanto um humano sentiria. Suas vias aéreas estão parcialmente contraídas; os sons parecem estar vindo de muito longe. Seus cabelos ficam arrepiados como se fosse sua vida em perigo, e não a de Mansfield. Toda reação física diz a Abel para agir agora ou sofrer para sempre.

Ele permanece quieto.

— *Abel?* — O desespero na voz de Gillian ecoa dentro dele. — *Você está aí? Você está me ouvindo?*

— Sim, Gillian. — As palavras saem em um volume mais baixo do que ele esperava. É como se ele tivesse iniciado um desligamento parcial para economizar energia. Ele se vira para Fouda e diz: — Essa conversa requer um canal privado. Eu poderia transferir para a antecâmara do capitão, com sua permissão, é claro.

De seu lugar em sua cadeira de capitão torta, maltratada e reposicionada, Fouda tenta parecer severo — mas apenas por um momento. Algo no rosto de Abel, ou na voz de Gillian, o impressionou, quando todas as palavras ditas antes falharam.

— Certo, tudo bem. — A expressão de Fouda fica ilegível quando ele aponta para a antecâmara. — Vai lá.

Gillian, que deve ter ouvido a conversa, não diz nada. No entanto, independentemente disso, o som de sua respiração superficial e em pânico atravessa os comunicadores.

Quando Abel se apressa para a antecâmara, Noemi o segue. Sem dúvida, ela percebeu que ele a queria perto. Ele queria tanto ser compreendido outra vez, mas seu prazer é distante, algo que ele reconhece, mas não sente. Quando transfere a comunicação para esta sala pequena e escura, ela se abaixa, procurando entre os vários fragmentos de detritos. É uma maneira estranha de lhe dar privacidade, ele pensa, mas agradece a intenção.

Tudo isso ele sente de uma vez. A Diretiva Um parece distante — a tristeza por seu pai eclipsa até a programação destinada a garantir que Abel nunca sobreviveria a ele.

O silêncio foi longo demais para Gillian.

— *Abel? Você está me ouvindo?*

— Estou ouvindo.

— *Então, por favor, venha até nós.*

— Lamento, mas não posso fazer isso.

— *Você tem que vir* — insiste Gillian. — *Não se trata só da vida de um homem. Este é o próximo passo na evolução humana e mecan. Trata-se da própria imortalidade em si. Você não entende?*

— Agora eu entendo. — Tudo está muito claro para ele, de uma maneira que nunca fora antes. Talvez respostas emocionais extremas sirvam a um propósito mental, por fim: elas esclarecem o pensamento e a intenção. Atrás dele, ouve Noemi respirar fundo, talvez em frustração com a grandiosidade de Gillian, mas ela não interrompe.

— *Abel?* — A voz ofegante de Mansfield soa pelo alto-falante, tão fraca que algo se quebra dentro de Abel, algo intangível, mas muito real. — *Meu garoto...*

Ele não suporta ouvir tanta sofrimento e não ver seu criador. Ele não vai suportar.

Os comunicadores principais, como quase todos os outros sistemas em toda a nave, estão inoperantes desde o acidente. A maioria dos componentes terá sobrevivido com apenas danos mínimos; no entanto, a energia foi desviada para os sistemas emergenciais de luz e temperatura. Tudo o que Abel precisa fazer para restaurar as comunicações visuais é fornecer uma fonte de energia alternativa. Ele levanta a mão e passa o dedo por uma das costuras escondidas em sua pele sintética; ela corta e sangra, expondo a mecânica bruta. A dor é irrelevante. De dentro da estrutura esquelética do pulso, ele remove um pequeno módulo de energia auxiliar, um backup ao qual nunca precisou recorrer.

Com os dedos vermelhos e escorregadios, Abel enfia o pequeno módulo de energia na entrada apropriada no painel de comunicação. Instantaneamente, uma tela holográfica começa a ficar difusa e a brilhar. Ele se inclina para o alto-falante e diz o nome para Burton Mansfield, que tanto tentou esquecer, mas não consegue:

— Pai.

A tela se acende e mostra uma enfermaria — não em um hospital com Tares prestativas e uma biocama, com tudo otimizado para o conforto do paciente, mas uma pilha lamentável de cobertores no chão. Gillian Shearer está ajoelhada ao lado da cama improvisada, cercada por equipamentos de que Abel se lembra de seus primeiros dias de vigília no laboratório. E ali, deitado, está o que resta de Burton Mansfield. Já não é mais ele; embora Mansfield respire e se mova, algo essencial já quebrou os laços que o mantinham no lugar.

Gillian tenta sorrir, uma paródia distorcida da coisa genuína.

— *Você vê agora, não é? Você entende o que tem que ser feito?*

— Melhor do que você — responde Abel.

— *Você tem que vir até ele! Você tem que vir. Mesmo que adie a Diretiva Um para salvar outras pessoas, não poderá fazer isso sozinho.*

O lábio inferior de Gillian treme, e uma lembrança de mais de trinta anos substitui a entrada visual em tempo real: ela erguendo a mãozinha para ele fazer um curativo depois de uma briga na escola. Ela confiava nele completamente naquela época. Ele ainda não tinha amadurecido o suficiente para questionar se também poderia confiar nela.

— Parece que eu posso — responde Abel.

A fragilidade da expressão de Gillian muda para algo mais forte e mais sombrio.

— *Eu não queria fazer isso. Nunca, na verdade... está muito abaixo do nosso nível... mas o trabalho de meu pai tem que continuar.* — Ela levanta o antebraço. Apesar de suas roupas desgrenhadas e cabelos sujos, ela ainda está usando uma elaborada pulseira de pedras. Isso parece ridículo para Abel até que ele amplie sua visão e perceba o mecanismo que ela contém. — *Eu ainda tenho o poder de matar Noemi Vidal.*

— Não — Noemi engasga, não de pavor, mas de dor. — Não tem mais.

Ele se vira e a vê parada de pé um metro e meio atrás dele, segurando seu braço coberto de sangue. A seus pés está o pedaço de metal irregular que ela usou para cortar sua própria carne; em seus dedos há uma ampola do tamanho de uma ervilha, rodeada de um maquinário quase microscópico, brilhando, úmida. O autocontrole necessário para não gritar de tanta dor... não é menos bravura do que ele esperaria de Noemi, mas o surpreende de qualquer maneira. Eles estão sangrando no braço esquerdo, com ferimentos quase exatamente no mesmo lugar.

Essas feridas são o preço de sua liberdade de Mansfield, para sempre.

O rosto de Gillian fica pálido e ela deixa o braço cair. Ela não reconhece nem a ameaça que fez nem que Noemi se libertou dela.

— *Você tem que fazer isso* — insiste. — *Se não, por que estaria aqui? Você não pode ter feito isso apenas pela garota. Não tudo isso. Você atravessou uma galáxia inteira, sabendo que sua vida seria perdida quando fosse encontrado! Você nunca teria procurado* Osíris *e* Haven *se não entendesse seu destino. Somente a Diretiva Um poderia obrigar você a fazer isso.*

— Eu também acreditava nisso — diz Abel —, até agora. Sim, eu vim aqui mais do que por Noemi. Eu tinha que saber o que tinha acontecido com o meu pai. Eu não poderia continuar sem saber. Naturalmente, presumi que a Diretiva Um tenha ajudado a me trazer até aqui. Mas isso foi uma suposição incorreta.

Abel não está acostumado a aprender novas verdades sem evidências; ele nem sabe dizer quando essa verdade ficou clara para ele. Ele só sabe que tem tanta certeza disso como tem de qualquer coisa que tenha aprendido por experiência ou pelos bancos de memória.

A respiração de Mansfield fica presa na garganta.

— *Abel?*

— Estou aqui, pai — diz Abel. — Não por causa da Diretiva Um. Fui guiado até aqui pela parte de mim que se lembrava de quando você me mostrou *Casablanca* pela primeira vez e explicou as piadas do capitão Renault. Quando me levou para o jardim para conhecer as constelações. E como você ficou feliz na primeira vez em que eu disse que podia sonhar. Noemi diz que isso é a minha alma. Seja o que for, é a parte de mim que provou que você é um gênio... a parte que provou que você poderia criar uma inteligência artificial que era igual a qualquer humano. No entanto, essa é parte de mim que não tem utilidade para você.

Mansfield abre a boca para responder, mas não consegue. Sua respiração se tornou superficial e irregular. É preciso toda a força de vontade de Abel para não ampliar a seção da tela holográfica em que poderia ler as pequenas máquinas que medem seu pulso e sua respiração. Esses detalhes não confirmariam nada que Abel ainda não sabia.

Esta é a hora da morte de Burton Mansfield. Quase o último minuto.

Gillian começou a chorar. Embora Abel espere que ela continue implorando pela vida de seu pai, ela começa a trabalhar com alguns dos equipamentos empilhados ali perto. Um elemento não familiar chama sua atenção — um pequeno octaedro brilhante na forma de um diamante.

Com a mão trêmula, Gillian a insere na máquina conectada ao pai pelos diodos presos à testa.

Abel sabe o que isso significa, mas não faz sentido reconhecê-lo. Ele tem muito pouco tempo para falar e deve dizer a coisa mais importante primeiro.

— Eu te amo, pai. Você não me ama, o que parece que poderia mudar meus sentimentos, mas não muda. Eu te amo de qualquer maneira. — Seus olhos ficam borrados. Esta é apenas a segunda vez que Abel chora. — Não posso evitar.

Noemi encosta a cabeça nas costas dele. Isso o conforta tanto quanto qualquer coisa poderia neste momento. O que não é muito.

Mansfield tosse. Talvez ele esteja tentando falar; talvez seja um espasmo, nada mais. Mas mesmo esse pequeno esforço é demais. Um estrondo profundo no peito enche Abel de pavor; ele nunca ouviu esse som antes, mas sabe o que significa. Gillian pega a mão do pai, mas Mansfield não olha para ela. Seus olhos reumáticos olham fixamente para a tela. Para Abel. É Abel que Mansfield quer com ele, não a filha que chora ao seu lado.

É isso que a ganância faz aos seres humanos, pensa Abel. *Faz com que ignorem o amor que têm em prol do que nunca podem alcançar.*

O barulho cessa. Mansfield exala e não respira novamente. Seus olhos bem abertos não estão mais olhando para Abel ou para qualquer outra coisa. Embora não haja motivo racional para isso, seu corpo parece menor e mais frágil.

Burton Mansfield está morto.

Com seu braço não ferido, Noemi abraça Abel com força por trás. Ele cobre a mão dela com a dele, tirando todo o conforto que pode do toque dela. Mas ele só consegue olhar para o pai que nunca o amou, incapaz de se voltar para a garota que ama.

Ele sempre pensou que a morte de Mansfield o libertaria da Diretiva Um e, portanto, deveria se sentir livre. Mas não sente nada disso. O que Abel sentiu — e sente — por seu pai sempre será importante. Esse é um fardo que ele carregará enquanto existir.

Gillian não cai em lágrimas. Em vez disso, levanta o pequeno sólido de dados em forma de diamante na palma das mãos, embalando-o com reverência na frente do peito. Ele emite um brilho branco suave que ilumina o rosto por baixo, o que a faz parecer quase como outra pessoa.

— *Ele não se foi* — diz ela. — *Eu o salvei aqui. E vou salvá-lo completamente. Em breve.* — Ela lança seu olhar azul para Abel, com uma nova intensidade de tristeza e fúria.

— Você não pode fazer isso sem me capturar — diz Abel. Sua voz soa quase normal, o que o surpreende. Parece que ele deveria ter sido alterado de alguma maneira fundamental, embora, é claro, não haja uma razão lógica para isso. — E você não está em posição de me capturar.

— *Eu vou estar.* — Gillian não diz isso em desafio. Ela tem certeza. Ela não deveria ter. Há mais na ameaça dela, um elemento que ele não entende, mas precisa descobrir. — *Eu já trouxe uma alma de volta uma vez. Posso fazer isso de novo.*

Noemi sai de trás de Abel.

— Simon não... desculpe, Gillian. Eu procurei por ele. Mantive nosso acordo. Mas quando o encontramos, ele... ele ficou bravo e estranho...

— Se você quiser que eu trabalhe com Simon — interrompe Abel —, eu vou. — Quando Noemi olha para ele com evidente consternação, ele decide que eles devem discutir isso novamente em um futuro próximo. — Quaisquer que sejam as dificuldades que você tenha enfrentado na transferência de seu filho, eu sou capaz de consertá-las.

Gillian balança a cabeça.

— *Eu não preciso da sua piedade, Abel. Eu preciso de você. E dentro de mais um dia de Haven, eu o terei.*

A tela holográfica se apaga e a antecâmara fica escura.

Após a morte de seu criador, ele deveria se sentir mais seguro do que há muito tempo. Mas não se sente. Em vez disso, ele se sente danificado de uma maneira que não sabe como reparar. Mansfield poderia saber como consertar isso, mas Abel não pode mais perguntar a ele.

• • •

O primeiro reparo que ele faz é no braço de Noemi; ela, por sua vez, ajuda a selar novamente sua pele sintética. Juntos, eles limpam o sangue, sentados em uma pequena passagem da ponte, que o Remédio está usando como uma espécie de alojamento da tripulação. Vários de seus combatentes estão descansando lá, aparentemente exaustos por esses dias de cerco. Noemi também deve estar cansada, mas está mais preocupada com Abel do que consigo mesma, o que ele acha errado. Ela é a prioridade.

— Você está bem? — murmura ela, enquanto eles estão sentados no chão, lado a lado, com a mão em volta da dele. As bandagens brancas ao redor de seu braço contrastam fortemente com a relativa escuridão ao seu redor.

— Posso continuar a funcionar.

— Isso não é o mesmo que estar bem.

Abel encosta a cabeça no ombro dela.

— Não. Mas é o bastante. — Ele já esteve triste antes, mas nunca foi consolado assim. Apenas ser cuidado tem um tipo de poder emocional que ele nunca imaginou. — Devemos discutir nossa estratégia de longo prazo.

Sua mão aperta delicadamente a dele, demonstrando que ela sabe que ele precisa disso como plano e distração.

— Primeiro, precisamos de uma estratégia de curto prazo.

— Este é um excelente argumento.

— Se Gillian Shearer vier atrás de você... — Sua voz diminui e ela balança a cabeça. — Eles não têm poder de fogo ou estratégia para derrubar o Remédio e agem como se estivessem felizes em esperar que os mecans serviçais venham encontrá-los algum dia, o que já teria acontecido se de fato fosse acontecer. Então você está seguro.

— Eles têm uma vantagem que ainda não determinamos. Ou Gillian acredita que têm. Mesmo que ela esteja errada, em breve os passageiros agirão. Eles tentarão retomar a nave na tentativa de me recapturar.

Ela hesita.

— O que você disse sobre Simon... você estava falando sério?

— Claro. Eu tenho que ajudá-lo, se puder.

— Você tem certeza que pode? — Noemi morde o lábio inferior e deixa escapar: — Eu sei o que ele significa para você, Abel. Ele está mais perto de ser como você do que qualquer coisa ou alguém já esteve. Mas... você deve ter visto que ele não está muito bem.

— Vejo que ele é novo e resultado de um processo não experimentado. A consciência de uma criança era uma má escolha para uma transferência inicial, principalmente sob condições tão caóticas. Mas ele representa um passo à frente na evolução mecan. Ele é o primeiro Herdeiro. — Quando Noemi franze a testa, ele explica: — Foi assim que Gillian os chamou. Mecans com mais componentes orgânicos... e, ao que parece, capacidade de abrigar uma alma.

Noemi deve ter testemunhado o suficiente para perceber o resto.

— Eles fariam todos esses mecans na base deles aqui... mecans para os quais poderiam transferir almas humanas... — A raiva cintila em seu rosto. — Ele teria feito mais mecans com almas. Não foi suficiente que ele tivesse que aprisionar você no corpo de um mecan para sempre. Ele queria fazer isso repetidamente, milhares, milhões de vezes...

— Eu não entendo — diz Abel. — Me aprisionar?

— Foi errado da parte de Mansfield lhe dar uma alma humana e um corpo mecan, com uma programação que o obrigava a obedecê-lo.

— Você mencionou isso uma vez, mas eu não sabia que estava falando sério. — A estranheza disso o impressiona; é como se ela estivesse falando um idioma completamente diferente, um que ele não consegue traduzir a tempo. — Noemi... sim, estou com raiva de Mansfield por parte de sua programação. Mas como posso ficar com raiva por ele ter me criado? Ele não aprisionou minha alma. Ele a criou.

— Mas... — ela luta pelas palavras e encontra as erradas — parece tão injusto que você precise viver assim.

— De que outro jeito eu poderia viver? Mansfield dificilmente poderia ter me dado uma escolha entre ser mecan ou humano. Minha natureza combina elementos de ambos. Ser mecan é parte da minha alma, de quem eu sou. Eu não quero mudar isso. Você acha que eu *deveria* querer?

— Você quer dizer que não gostaria de ser humano?

— Qual seria o sentido de desejar o impossível? Além disso, sou mais rápido que os humanos. Mais esperto. Mais durável. Faço uso de todas as minhas capacidades e até as aproveito. Por que eu ia querer rejeitar isso?

— Não foi isso que eu quis dizer — ela protesta. — Só sei que Mansfield não deveria ter feito isso com você.

— Ele não deveria ter sequer me feito?

— Pare de distorcer minhas palavras!

— Eu não estou distorcendo. — Abel olha para ela da maneira que fez no primeiro dia em que se conheceram, quando ainda eram inimigos unidos apenas pela necessidade desesperada dela e uma peculiaridade em sua programação. Ela o odiava. Ele também não gostava dela. — Você tem pena de mim, simplesmente por existir. Você me salvou e me poupou porque reconheceu o valor da minha alma, mas ainda não acredita que minha vida seja tão válida quanto a sua.

— Isso não é verdade. — Ela coloca as mãos em ambos os lados do rosto dele. Sua pele está áspera e desgastada, as unhas quebradas. O sangue de sua lesão autoinfligida ainda mancha suas unhas. O contraste entre a prova de sua luta nesta nave e a ternura em seus olhos retiram o calor da raiva dele. Ele está ciente da presença de pelo menos uma dúzia de combatentes do Remédio dormindo nas proximidades; certamente eles deveriam estar lá fora se comportando como soldados, e não presenciando um momento tão íntimo entre ele e Noemi. — Abel, você falou sobre como está sozinho. Como não há mais ninguém como você na galáxia. É certo Mansfield ter feito isso com você?

— Não. Mas, se Simon puder ser salvo, se os mecans orgânicos puderem ser sofisticados o suficiente para ter almas, não ficarei sozinho por muito tempo.

Noemi estremece, como se estivesse com dor.

— Você vai se questionar se realmente quer isso tanto assim?

Você vai questionar seus preconceitos, Noemi? Você não pode tentar vê-lo como um garotinho precisando de ajuda? As palavras estão lá, esperando para serem ditas, mas Abel não as diz. Ele não quer discutir com Noemi, não quando eles estão em perigo. E ele não pode culpá-la por ter medo. A dor da morte de Mansfield é nova para ele, surpreendentemente poderosa, com dimensões que Abel sabe que apenas começou a mapear. A presença de Noemi é seu único conforto. Ele não quer afastá-la nunca, em especial agora.

Mas ela está terrivelmente errada.

Passos no corredor fazem com que ambos se voltem para o som. Noemi abaixa as mãos do rosto de Abel quando dois membros do Remédio entram nos dois lados de Riko, apoiando-a em cada braço. Ela parece ainda mais pálida do que antes e mal consegue andar.

— O que está acontecendo? — Noemi vai para o lado de Riko.

Um dos soldados do Remédio diz:

— Outro doente. — Ele esfrega a testa, telegrafando seu próprio desconforto. — Alguém deve ter pegado a gripe antes de começarmos esta missão. Sorte nossa.

Abel volta-se para os soldados do Remédio adormecidos atrás dele, reexaminando-os com toda a atenção. Se ele calculou direito o tamanho da força de ataque do Remédio, essa é uma porcentagem muito maior de combatentes do que normalmente seria permitido fazer intervalos de descanso simultâneos. Quando ele sintoniza sua audição para verificar a respiração deles, muitos têm taxas de respiração elevadas; seus corpos não estão processando oxigênio com eficiência.

Ele se lembra das leituras que realizou durante o voo. Os níveis de toxicidade naquele setor não eram compatíveis com a vida humana. Nenhuma pessoa exposta a isso por mais de um breve período seria capaz de continuar funcionando. A morte se seguiria dentro de meros dias — senão horas.

Logo ele vai para o console mais próximo e ativa todos os conjuntos de sensores da *Osíris* que ainda funcionam. Quando faz uma varredura, ele percebe que a área sobre a qual sobrevoou não era uma aberração. Esses níveis de toxicidade se estendem por uma área enorme, possivelmente todo o planeta.

Isso significa que todo ser humano nesta nave está prestes a morrer. Os combatentes do Remédio, os passageiros... e Noemi.

23

Sete horas atrás, Noemi pensava que estar presa em uma nave espacial de cabeça para baixo, com um grupo de terroristas, seus reféns em pânico e um garoto mecan potencialmente homicida era uma das situações mais perigosas em que já tinha se visto. Agora, ela só deseja que as coisas voltem a ser tão fáceis assim.

Porque — pela segunda vez em dez dias — ela está no centro de uma praga.

Ela abre caminho através dos azulejos cintilantes no teto/piso do que havia sido projetado como um refeitório, mas se tornou um hospital improvisado. A iluminação de emergência no nível do tornozelo faz com que os ladrilhos brilhem e lança sombras surreais na sala escura. Quase duas dúzias de membros do Remédio estão em vários catres e paletes, todos pálidos, trêmulos e febris. O que eles estão sofrendo não é a Teia de Aranha, mas é tão cruel quanto. Os olhos das pessoas doentes estão injetados com sangue, e eles murmuram enquanto perdem e recuperam a consciência. Às vezes, estão lúcidos, e outras vezes reclamam de explosões, mecans ou até dragões.

É assim que está a Gênesis neste momento? Ou talvez Ephraim já tenha levado um comboio de Vagabonds ao seu mundo com medicamentos para salvar vidas.

Ou talvez a Terra já tenha invadido, matando os poucos sobreviventes que restaram e está agora reivindicando a Gênesis como sua.

Riko está mais firme do que a maioria dos combatentes do Remédio, pelo menos até agora. Ela se enrosca no chão em posição fetal, com os braços em volta de um balde de champanhe prateado projetado para coisas mais refinadas do que aparar vômito.

— Eu estou bem — ela murmura sem convencer. — Estou, sim. Se eu conseguir dormir um pouco...

— Está certo. — Noemi acaricia o cabelo curto e espetado de Riko e percebe como sua testa está úmida. — Você precisa descansar. Feche os olhos e tente não se preocupar, está bem?

Ela não é a pessoa mais cuidadosa, na maioria das circunstâncias. Cuidar dos Gatson já tinha sido constrangedor, suas ministrações desajeitadas eram bem-vindas apenas porque eles não tinham nada melhor. Neste dia — ou nesta noite, tanto faz — ela está se lembrando de como Abel cuidou dela quando ficou tão desesperadamente doente com Teia de Aranha. É incrível como isso é mais natural, cuidadoso e gentil, quando ela se pergunta o que Abel faria.

Talvez durante todo esse tempo ela só precisasse de alguém para lhe dar permissão para ser... suave. Para não ficar com a guarda erguida o tempo todo.

O próprio Abel trabalha duro nos que restou da ponte, levantando as poucas funções da nave que podem ser restauradas e por quanto tempo ainda podem continuar a operar. À medida que mais e mais combatentes do Remédio ficam doentes, o capitão Fouda fica mais ansioso. Manter o controle da *Osíris* com apenas uma fração de sua equipe será difícil — ou seria, se os passageiros pudessem atacar. Eles devem estar tão desesperadamente doentes quanto os combatentes do Remédio ao redor de Noemi. Fouda quer automatizar o maior número possível de campos de força e sistemas de defesa para que Abel dedique sua atenção a trazer o pouco de poder adicional que a nave ainda tenha.

Noemi e Abel precisam seguir as regras do Remédio por enquanto. Quando eles puderem elaborar a estratégia de longo prazo que Abel mencionou, descobrirão como escapar dessa situação.

Como se sentisse que Noemi estava pensando nele, o capitão Fouda caminha pela sala, ignorando os pacientes e os medicamentos espalhados, suas botas esmagando os frágeis azulejos de pavão. Ele não pisa em quem está doente, embora seja tão descuidado que isso só não deve ter acontecido por sorte.

— Ninguém acordou ainda? — reclama ele, aparentemente para todos de uma vez. — Ninguém está melhor? — O tom dele fica mais alto a cada palavra. Em pouco tempo, estará gritando, acordando todos os pacientes e garantindo que eles permaneçam doentes por mais tempo.

Então Noemi vai até ele, apontando para onde estão alguns dos mais doentes.

— Seja o que for, é sério. Gritar com eles não vai ajudar. Essas pessoas vão precisar de cuidados por pelo menos um dia ou dois. — Pessoalmente, ela acha que pode levar muito mais tempo; para alguns, a febre aumentou o suficiente para causar convulsões.

Fouda faz uma careta e se aproxima dela.

— Esse é um tempo que não temos. Desse jeito estamos perdendo muito nosso poder operacional. — Então ele se vira para caminhar pela baía de enfermagem improvisada, como se pudesse curar essas pessoas apenas com sua raiva. Noemi começa a se virar e depois avista algo na parte de trás do pescoço dele, logo acima do colarinho. Endireitando-se, ela estreita os olhos para distinguir o que é.

As linhas pálidas em sua pele são aleatórias demais para uma tatuagem; parecem as marcas da lateral do seu rosto, ou então talvez seja mais uma cicatriz de batalha. No entanto, as marcas também são familiares, de uma forma que ela não viu antes...

Elas se parecem muito com as linhas brancas pálidas em seu ombro, as que não desaparecem — suas cicatrizes da Teia de Aranha. Ele também sofreu com a doença; ele sobreviveu, como ela.

A experiência compartilhada deveria fazê-la sentir-se mais compassiva com ele. Em vez disso, apenas se pergunta como alguém já esteve tão doente, já sentiu tanta dor, consegue não se preocupar com os outros.

Do mesmo modo que racionalizam lançar uma bomba no meio de um festival de música, pensa. *Você para de pensar nas outras pessoas como humanas.*

• • •

Ainda se passam mais duas horas até que Fouda libere Abel do serviço. Noemi pode cronometrar cada minuto, porque sabe que Abel foi até ela o mais rápido que pôde.

— Você está se sentindo bem? — Ele estende a mão para o rosto dela e hesita; ela se vê desejando que ele se aproximasse um pouco mais, para que eles tivessem se tocado.

— Estou bem. Quero dizer, estou exausta, com fome e daria meu braço esquerdo para tomar um banho, mas não estou doente.

Ele não parece tão aliviado quanto ela imaginou. Em vez disso, olha ao redor da enfermaria, avaliando um paciente de cada vez.

— Você deveria estar.

— Hein?

— Durante minha aproximação de pouso em Haven, medi altos níveis de toxicidade no ar. Eles eram incompatíveis com a vida humana... na verdade, com qualquer vida que conhecemos. No começo, pensei que fosse exclusividade dessa região, mas minhas varreduras mais recentes sugerem uma distribuição muito mais ampla. É possível que todo o planeta seja tóxico para a vida humana.

— Mas as árvores... e deve haver animais...

— Eles evoluíram para sobreviver nessas condições — diz Abel. — Os humanos, não.

Nada disso faz sentido para Noemi.

— Mas eles montaram essa expedição enorme para cá! Com as pessoas mais ricas e poderosas da galáxia... eles se deram ao trabalho de construir um castelo de inverno aqui e estocá-lo com servos mecans. Não tem como eles terem feito isso sabendo que este novo planeta estava doente, e não tem como eles não terem vasculhado este mundo de cima a baixo antes de tudo isso começar. A *Osíris* nunca teria sido construída, para início de conversa.

Abel segura o pulso de Noemi na mão, o polegar sobre as linhas azuis das veias dela.

— Seu pulso está normal. Você parece estar respirando com facilidade...

— Eu disse que estou bem.

— Não tem como você estar — diz ele categoricamente. — Antes, eu achava que os sistemas de filtragem do ar da nave deveriam estar operando com eficiência suficiente para manter os humanos a bordo vivos. É óbvio que isso não é verdade. Todas as pessoas nesta nave ficarão doentes e morrerão, a menos que sejam removidas a tempo.

— Se eu estivesse doente, já saberia. Riko começou a se sentir mal há mais de um dia.

Ele faz uma careta.

— Os passageiros não pediram ajuda. Gillian também não mostrou nenhum sinal de doença quando o Pa... quando falamos com ela pela última vez.

Delphine Ondimba está doente assim agora? Ela é a única passageira de quem Noemi gostou, a única com quem vale a pena se preocupar.

— Isso só pode ser localizado. Não há como quase todo mundo do Remédio cair doente, enquanto todos os passageiros da *Osíris* continuam bem.

Abel arrisca:

— Talvez a melhor assistência médica que os passageiros recebiam explique isso. Eles sempre comeram a melhor comida, tiveram oportunidades de exercício otimizado sem serem submetidos a trabalhos forçados... assim como você cresceu em um ambiente muito mais saudável na Gênesis.

Por um instante, Noemi se lembra de Ephraim Dunaway explicando que sabia que ela era "saudável demais" para ser de qualquer outro lugar que não a Gênesis. Se ao menos eles tivessem um médico como Ephraim aqui.

— Mas não sou a única. Você notou que o capitão Fouda também está bem? O mesmo acontece com alguns outros combatentes do Remédio.

— É um mistério — admite Abel. Ela sabe que ele odeia confessar que desconhece alguma coisa quase tanto quanto um gato odeia se molhar. Seria engraçado se a situação não fosse tão desesperadora. — Ainda assim, gostaria de analisar melhor a possibilidade de que a saúde preexistente faça diferença. Lembre-se de como sua condição física ajudou quando você teve Teia de Aranha?

Teia de Aranha. Noemi sente as linhas brancas em seu ombro formigarem e pensa nas cicatrizes na lateral do rosto de Fouda.

— Ai, meu Deus.

— O que foi? — Abel segura seus ombros. — Você está tonta? Enjoada?

— Estou cem por cento bem — diz ela. — E acho que talvez eu saiba o motivo.

• • •

Chegar à verdadeira enfermaria da nave exige algum esforço. Não é tão longe assim, mas as portas não chegam até o antigo teto, agora o piso, então Abel precisa pular e ajudar Noemi a subir. Além disso, os consoles e as biocamas estão suspensos tão no alto que ela se pergunta por que eles se deram ao trabalho de vir aqui quando o equipamento está fora de alcance.

Mas Abel cria uma plataforma de emergência e é capaz de trabalhar nos consoles com a mesma eficiência quando estão de cabeça para baixo. Noemi permanece na base da plataforma para estabilizá-la enquanto ele trabalha. A cabeça dela está na altura da panturrilha dele. A luz esverdeada da tela ilumina seu rosto quando ele diz:

— O banco de dados possui arquivos sobre a Teia de Aranha, mas todos estão bloqueados. Somente Burton Mansfield e Gillian Shearer estão autorizados a acessá-los.

Boa sorte convencendo Gillian a ajudá-los. Noemi geme e encosta a cabeça na perna de Abel.

— Então é isso.

— Na verdade, suspeito que eles estejam bloqueados apenas com uma varredura básica de DNA. Nesse caso, estamos com sorte. — Abel estende a mão para um scanner macio que lê tecidos. No brilho esverdeado, Noemi pode ver matéria escura sob suas unhas, seu próprio sangue. Ela nunca se esquecerá de ver Abel literalmente destruir seu próprio corpo apenas para ver seu criador indigno mais uma vez.

O scanner pisca e zune, e os dados começam a se espalhar rapidamente na tela. Ela não consegue ler a essa distância, pelo menos não de cabeça para baixo, mas começa a sorrir.

— Você conseguiu acesso, não foi?

— Até onde essa nave sabe, eu *sou* Mansfield. — Ele se afasta, surpreso.

— O quê? O que foi?

Lentamente Abel diz:

— Todos eles tiveram Teia de Aranha.

— Como é?

— Todos os passageiros registrados a bordo desta nave foram infectados com uma forma enfraquecida do vírus da Teia de Aranha antes da partida. Isso foi feito sob supervisão clínica, com o tratamento antiviral sendo administrado quase imediatamente. Sob tais condições, a Teia de Aranha praticamente nunca seria fatal.

Tudo começa a se encaixar.

— Sabíamos que a Teia de Aranha tinha sido criada pelo homem — diz Noemi. — Sabíamos que eles tinham feito isso com algum objetivo, mas não conseguimos adivinhar o que era.

— Ainda nos faltam provas — diz Abel —, mas acredito que nós dois compartilhamos a mesma teoria.

O que quer que os cientistas da Terra estivessem tentando fazer, eles estragaram tudo. Se era uma arma, ela escapou para a própria população antes que pudessem usá-la contra a sua, dissera Ephraim Dunaway meses atrás em Stronghold, quando explicou o pouco que o Remédio sabia sobre o vírus da Teia de Aranha na época. *Se a notícia de que essa doença foi criada pela Terra se espalhasse, teríamos rebeliões em massa em todos os planetas do Loop.*

— A Teia de Aranha não foi criada para ferir as pessoas — diz ela. — Deve ter sido criada para *salvá-las.*

Abel assente.

— Haven deve ter sido encontrado há várias décadas. O governo da Terra deve ter percebido que seria o substituto perfeito para a Gênesis, exceto pelos poucos fatores ambientais que o impediam de ser seguro para os seres humanos. Então, eles tentaram criar geneticamente um vírus que reescreveria o DNA humano, apenas o suficiente para suportar as condições daqui. Nesse sentido, a Teia de Aranha faz exatamente o que seus criadores esperavam que fizesse. Mas o vírus é mais perigoso para a vida humana do que eles supuseram.

— Muitas pessoas que pegam a Teia de Aranha ficam tão doentes que morrem. — Noemi balança a cabeça, maravilhada. — Mas aqueles que sobrevivem... eles herdam um mundo inteiro.

— Calculo que a probabilidade de essa hipótese estar correta seja de aproximadamente 92,6%. — Abel pula da plataforma para o lado dela, com tanta leveza e facilidade que ela volta a lembrar: ele não é humano. — Existem remédios para a Teia de Aranha armazenados na nave, incluindo formas mais fracas do vírus que podem funcionar como vacinas...

— Graças a Deus — diz Noemi. Ela tem sérios problemas com a ala radical do Remédio, mas não suporta ver as pessoas sofrerem e morrerem desnecessariamente. — Nós podemos ajudá-los.

Mas Abel balança a cabeça.

— Os materiais não são armazenados na enfermaria. Eles foram considerados de "alto risco" e são mantidos na mesma área que os tanques para desenvolvimento dos mecans. É a área atualmente ocupada pelos passageiros.

Esse foi o primeiro lugar para onde correram quando Noemi disse que eles precisavam controlar "recursos valiosos" da nave. *Eu acreditava que Gillian estava sendo muito egoísta, nos levando até lá,* Noemi pensa. *Mas ela sabia* exatamente *o que estava fazendo. Ela era a soldado mais cruel da guerra. Eu é que estava limitada às minhas próprias ideias.*

— Se a Terra transformou a Teia de Aranha em um vírus — diz ela lentamente —, um que se espalhou de forma orgânica, com um alto nível de contágio, para que absolutamente todos os pegassem, então a ideia original deles não era esconder Haven. Eles pretendiam compartilhar a informação com a galáxia.

Abel considera isso e depois assente.

— Isso também parece provável. O governo da Terra ainda optou por ocultar Haven no final, mas parece provável que o tenham feito principalmente para encobrir a verdade sobre a Teia de Aranha.

— Essa não é uma razão boa o suficiente. Não para negar isto à humanidade... para retomar a Guerra da Liberdade... — a voz de Noemi falha. — Foi por isso que eles fizeram o que fizeram, não foi? Por que eles voltaram décadas depois de acharmos que tinham nos deixado em paz? Eles cessaram a guerra quando Haven foi encontrado. E a retomaram quando perceberam que nunca poderiam revelar a verdade sobre este planeta.

— Só posso calcular a probabilidade disso em 71,8% — diz Abel, sério.

— Você quer dizer que é provável. Não é certo, mas é provável.

Ele concorda.

Noemi sente náusea, não por doença, mas pelo conhecimento de que seu mundo poderia ter sido salvo com tanta facilidade — mas alguém, em algum lugar, decidiu que tinha muito a esconder.

• • •

Ela espera que voltar para a enfermaria improvisada seja mais difícil, agora que sabe que essas pessoas poderiam ter sido tratadas com tanta facilidade. Eles terão que dar a notícia a Fouda, que obviamente desejará atacar os passageiros de imediato — um conflito do qual Noemi não deseja fazer parte. Menor ainda é sua vontade de estar cercada de pessoas que ela não pode salvar; primeiro a Gênesis e agora isso, ela se sente como uma portadora mitológica da morte.

Mas a pior parte de seu retorno é quando ela vê como Riko está pior.

— Riko? — Ela corre para o leito de Riko, com Abel ao seu lado. Riko parece tão esfarrapada, tão infeliz, que Noemi mal consegue conectá-la à mulher enérgica vestida de sarongue que eles conheceram na lua de Kismet. Mesmo quando Riko estava na prisão na Terra, sua força brilhava. Agora ela se parece com seu próprio fantasma. — Aguente firme, ok? Talvez possamos ajudá-la.

— Duvido — retruca Riko.

— Shhh. Poupe a sua energia. — Noemi procura algo, qualquer coisa que possa ajudar, e Abel entrega a ela uma compressa fria e úmida que alguém deve ter preparado. Não é muito, mas é melhor que nada, então ela a coloca na testa de Riko. A pele de Riko está tão quente que quase queima.

— Diga-me uma coisa — sussurra Riko. Cada palavra é um grande esforço para ela. Cada movimento. No entanto, ela consegue agarrar o pulso de Noemi. — Vocês, na Gênesis, acreditam em deuses, não é?

— Acreditamos que... — Noemi se detém antes de iniciar uma explicação detalhada das várias religiões da Gênesis. — Bem, nós acreditamos.

— Antes... eu achava que veria as pessoas vivendo livres... achava que sabia que tudo valeria a pena. — As dúvidas que Riko nunca deixou transparecer antes agora assombram seus olhos. — Mas eu não vou ver isso. Nunca vou saber.

Noemi abre a boca para protestar que Riko vai ficar bem, mas Abel lança um olhar que silencia suas palavras. Qualquer que seja o tratamento disponível, eles não vão recuperá-lo a tempo.

Riko continua:

— E se eu estivesse errada o tempo todo? E se não houver lugar para irmos? Foi tudo por nada?

Abel diz:

— Você agiu de acordo com suas crenças, tentando ajudar os outros. Isso vale a pena. — Ele e Noemi trocam um olhar. Ela sabe que ele não concorda com as ações terroristas do Remédio, assim como ela. Mas não faz sentido punir essa mulher no leito de morte.

Noemi lembra as palavras da capitã Baz para ela, mais significativas do que nunca.

— Eu acho que aquilo pelo que lutamos importa. Aquilo pelo que escolhemos morrer.

Nessas palavras, Riko ouve o que precisa ouvir. Ela quase sorri.

— É mesmo?

— É, sim. — Noemi tira alguns fios de cabelo suado da testa de Riko e depois pega a mão dela.

No início, o aperto de Riko se acentua em torno do dela, mas pouco a pouco, devagar, se afrouxa. Sua respiração diminui. De repente, a imagem dos momentos finais de Esther enche a mente de Noemi, fechando sua garganta. É assim que a morte se parece.

Os médicos sempre dizem que a audição é o último sentido que se perde. Ela se inclina perto da orelha de Riko.

— Está tudo bem. Estamos aqui com você. Está tudo bem. — O que é totalmente sem sentido, mas é tudo que ela pode fazer.

De alguma forma, ela deve ter dito a coisa certa outra vez, porque Riko relaxa, exala em um suspiro longo e inconfundível, e...

— Ela está morta — sussurra Noemi quando se vira para Abel. — Não está?

— A linha entre a vida e a morte é um tanto arbitrária. — Somente Abel poderia dizer isso e parecer compassivo. — O coração e os pulmões de Riko deixaram de funcionar, mas embora seu cérebro não tenha mais consciência, ele continua enviando sinais. Nos seus últimos momentos, seu corpo foi inundado com endorfinas, com todos os possíveis impulsos emergenciais de força ou vontade. O cérebro dela os processará como pura euforia, produzindo as visões relatadas por muitos trazidos de volta da morte clínica.

— Isso é o que a Terra pensa. — Ela seca os olhos. — Na Gênesis, vemos de forma diferente.

Ao que parece, Abel sabe que não deve discutir a existência do céu com ela aqui e agora.

— É interessante imaginar.

Embora Noemi acredite na vida após a morte, ela não sabe exatamente que tipo de acerto de contas a espera do outro lado. Ela só sabe que Riko se ajoelha diante dele agora. Um poder maior do que Noemi decidirá se é necessário castigo ou misericórdia. Portanto, não há problema em lamentar o que poderia ter sido.

Se a Terra tivesse aberto Haven para todos, Noemi pensa, *o Remédio não existiria. Talvez Riko tivesse sido uma colona aqui, trabalhando duro para estabelecer as primeiras cidades de um mundo totalmente novo.*

Tantas vidas poderiam ter sido muito melhores se a Terra tivesse assumido a responsabilidade.

As comunicações — recém-restauradas por Abel — estalam com um barulho. A voz de Gillian Shearer vem à tona:

— *Se nossos cálculos estiverem corretos, os membros do Remédio já descobriram exatamente por que este mundo pertence a nós, e não a eles. Vocês não podem viver neste ambiente... não sem o tratamento médico que* nós *controlamos.*

Noemi e Abel se entreolham. *Estávamos certos,* ela pensa.

Gillian diz:

— *Estamos dispostos a negociar esse tratamento médico. Você receberá o quanto precisar. Apenas precisa pagar primeiro.*

Noemi percebe instantaneamente o que vem a seguir. O pavor a esvazia e sua respiração fica presa na garganta.

Com satisfação, Gillian conclui:

— *Traga-nos o mecan chamado Abel, vivo.*

24

O BLASTER DE ABEL ESTÁ DE VOLTA EM SUAS MÃOS ANTES DE GILLIAN Shearer terminar de dizer seu nome. Ele pega Noemi — mas ela já está de pé, com sua própria arma pronta. Ela olha para o corpo de Riko Watanabe e, por um momento, ele acha que Noemi não será capaz de abandoná-la. Os seres humanos se comportam de maneira estranha perto dos mortos.

Em vez disso, Noemi diz apenas uma única palavra:

— Vamos.

Ele corre para a porta mais distante, que leva a um corredor seriamente danificado. Com um salto, ele está na moldura da porta, capaz de puxar Noemi com ele. Atrás deles, ouve alguém gritar com voz rouca:

— Ele está fugindo!

Os soldados de Fouda já estão atrás dele? Irrelevante. Se não estiverem, estarão, e ele e Noemi precisam correr sem olhar para trás.

Eles partem pelo longo corredor escuro, com os detritos sendo esmagados sob seus pés. Até a iluminação de emergência sofreu danos nessa parte, o que significa que os pequenos faróis laranja estão distantes. Eles correm por uma área que deve ter pegado fogo brevemente; os murais delicados nas paredes estão chamuscados. Cada respiração cheira a cinzas. Através da escuridão, ele mal consegue ver Noemi, às vezes vislumbrando apenas o brilho do seu macacão. Com sua visão limitada, ela deve estar quase cega.

— O que vamos fazer? — pergunta ela. — Literalmente todo mundo nesta nave está tentando nos capturar. Não há nenhum lugar seguro.

— Temos que deixar a *Osíris* e Haven o mais rápido possível. O corsário está a cerca de dois quilômetros de distância...

— Certo, ótimo. Nós saímos e corremos para ele — Noemi ofega. — Temos que encontrar uma trava de ar.

Sob esse estresse, mesmo um lutador experiente como Noemi pode cometer um erro de estratégia.

— A primeira coisa que eles vão verificar são as travas de ar. Acredito que haja uma brecha no casco não muito longe do teatro. Temos mais chances de escapar por essa brecha do que por qualquer uma das portas.

Noemi é inteligente o bastante para não perguntar as probabilidades exatas de terem sucesso.

— Vamos.

Abel calibra sua velocidade de corrida para corresponder à de Noemi. Quando eles estiverem mais equilibrados, ele simplesmente a pegará e a carregará.

— Se eu calculei os ciclos diurnos de Haven corretamente, já deve ser noite lá fora. Nós teremos a cobertura da escuridão e poderemos voltar ao corsário.

— Sem um arranhão? — Noemi brinca. — Promete?

— Nós podemos ter arranhões. O corsário não. Suspeito que Virginia se recusaria a nos dar uma carona de volta pelo Portão. Ela ficaria com a *Perséfone* como recompensa. — Ele quer brincar, mas a possibilidade é de fato plausível.

— Espere. — Eles param em uma curva mais acentuada no corredor. Abel acha que Noemi está apenas recuperando o fôlego, mas ela faz uma pergunta. — Virginia Redbird veio com você?

— Você sabe como ela adora um mistério.

Ela ri com aparente surpresa. Ela se encosta na parede, claramente reunindo forças para a próxima corrida. Embora Abel deva concentrar quase toda sua atenção consciente em traçar seu curso, ele ainda registra que o macacão dela é extremamente decotado, revelando as curvas de seus seios, que sobem e descem com a respiração rápida. Isso deveria ser irrelevante, mas de alguma forma não é.

Ele logo apresenta uma razão para observar as roupas dela.

— Você não estará adequadamente protegida contra o frio. — Ele gesticula para seu próprio casaco branco hiperquente. — Quando estivermos lá fora, eu lhe darei isto.

— Encontrei um casaco mais cedo e o deixei para trás, como uma idiota. Você também não sente frio?

— Eu posso suportar o frio por muito mais tempo que um humano, mais do que o suficiente para chegar ao corsário. O voo de volta para *Perséfone* também será frio, mas não levará mais de vinte e nove minutos, dependendo do status orbital de Virginia. Estou calculando nossa rota para o corsário — diz ele rapidamente, virando a cabeça para olhar uma luminária quebrada em vez do peito de Noemi. — Devo concluir os cálculos em mais alguns segundos.

Noemi olha para ele de lado.

— *Perséfone?* Foi assim que você rebatizou a nave?

— Sim. Na mitologia grega, ela é esposa de Hades, filha de Demeter. Ela passa metade do tempo em um mundo, metade em outro. Em cada mundo, ela é uma deusa, mas nunca pertencerá a nenhum dos dois lugares.

— ... *Ah.*

Quando ele se volta para ela outra vez, Abel pode ver a compreensão surgindo em seus olhos. Ele traiu seus sentimentos. Quando aprenderá a não fazer isso? O amor tem que ser enterrado ainda mais fundo do que ele imaginava.

Em voz baixa, Noemi diz:

— Você viu.

Ele não sabe como responder, exceto com:

— Eu conheço você.

Noemi balança a cabeça — não negando, mas como se estivesse maravilhada.

— Às vezes, sinto que passei a vida toda esperando que alguém me enxergasse. E você me vê, Abel. Você deve ser a única pessoa que já me viu.

— Agora você sabe como me senti no dia em que me disse que eu tinha uma alma.

Seus olhares se encontram na sala escura, e Abel percebe que ele está prendendo a respiração, o que é altamente contraintuitivo. No entanto, o impulso é inegável.

— Correr — diz Noemi de repente. — Deveríamos estar correndo.

— Concordo. — Com isso, eles retomam sua pressa, Abel confuso com sua própria reordenação de prioridades. A fuga devia ser seu primeiro e único objetivo.

A temperatura ambiente cai um grau Celsius, depois diminui ainda mais. O destino deles deve estar próximo. Por fim, ele identifica a iluminação no final de um longo corredor que possui uma tonalidade azul, em vez da laranja da luz de emergência. Quando ele amplia esse setor em sua visão, detecta alguns flocos de neve perdidos.

Em 3,6 segundos, Noemi também vê.

— A brecha no casco. Estamos quase lá!

Assentir parece inútil. Abel corre mais rápido, indo à frente de Noemi para explorar a área. Cada metro traz um brilho mais nítido e um frio mais cortante, até que ele enfim faz a última curva...

... e para imediatamente, antes de cair cem metros, o que até para Abel seria fatal.

Ele estica um braço, no qual Noemi bate logo depois. Ela engasga em choque.

— Ai, meu Deus.

Mesmo para um soldado da Gênesis, isso é apenas uma expressão. No entanto, a devastação física da nave poderia muito bem ter sido provocada por uma divindade vingativa. Todo o casco da *Osíris* se quebrou — abrindo uma espécie de desfiladeiro com cerca de quarenta metros de largura, que percorre quase todo o comprimento da nave. De onde eles estão, na beirada irregular, ele e Noemi podem ver praticamente uma seção inteira da nave — cada convés tem sua própria camada. Seções pendentes de paredes, pisos e fios cobrem o lado como se fossem videiras. Exposto acima deles, o céu noturno de Haven, iluminado por seis de suas luas; abaixo, no chão deste desfiladeiro artificial, há montes de neve recém-caída.

— Como exatamente vamos sair daqui? — A pergunta de Noemi é válida. O que é agora o teto da nave está a oito metros acima de suas cabeças, e eles não veem nenhuma estrutura inteira na qual possam subir.

Abel se inclina, examina os destroços e chega a uma conclusão.

— Primeiro, precisamos descer isso — ele aponta para uma cachoeira de cabos mortos, ali perto, a maioria deles tão espessa quanto o tornozelo de Noemi — para um nível aproximadamente catorze metros abaixo de nós. De lá, podemos nos mover de lado e alcançar aquele pedaço de destroço. — Seu gesto indica uma treliça de metal que leva quase ao topo.

Até mesmo os humanos mais corajosos têm medo de alturas extremas, especialmente em condições incertas como as que enfrentam agora. Noemi parece pálida, mas assente.

— Isso parece, hum, factível.

— E é mesmo. — Pelo menos, ele acredita que sim. Testar a capacidade de carga dessa treliça é uma tarefa para a qual ele se voltará mais tarde.

Ele tira seu casaco branco, que Noemi rapidamente veste. Por consentimento mútuo e silencioso, ela se prepara para ir primeiro — até que, à distância atrás deles, ouvem um baque.

Virando a cabeça para se concentrar melhor no som, Abel distingue pelo menos dois conjuntos de passos — ainda distantes, mas vindo na direção deles.

— Eles nos encontraram — sussurra Noemi.

— Não exatamente. — Ele aponta para os cabos que descem. — Você tem que continuar sozinha.

— *O quê?*

— Eles estão atrás de mim, Noemi. Posso despistá-los por um tempo e escapar da *Osíris* mais tarde. Você e Virginia podem me resgatar então.

Ela balança a cabeça.

— Eu não vou deixar você.

Essa é uma estratégia extremamente agradável, mas ruim.

— Um de nós tem que ir primeiro, não importa o que aconteça. Faz mais sentido que seja você.

Noemi ainda hesita.

— Você jura que vai me seguir? Imediatamente?

— Eu juro. — Juramentos significam mais para os seres humanos do que para os mecans; Abel vê pouco propósito em prometer fazer o que as condições futuras podem tornar impossível. Mas, por amor a Noemi, ele tentará obedecer.

Ela começa a descer pelos cabos, palmo a palmo, apoiando as botas contra fragmentos de parede. Ele a observa com cuidado até que ela esteja fora de vista e só então olha para trás.

Na escuridão, ele percebe movimento. Para ser mais específico, uma Tare gravemente quebrada, com um olho faltando, de modo que o brilho amarelado de seu circuito cerebral está à mostra. Atrás dela, uma Oboe se endireita, ignorando o braço e a perna esquerdos triturados, e começa a mancar em direção a eles.

— Temos companhia — diz Abel, sabendo que Noemi ainda está perto o suficiente para ouvir. — Alguns dos amiguinhos de Simon.

Ela congela onde está; ele é capaz de determinar isso pela maneira como os cabos param de se mover.

— Eles podem dizer a Simon que estamos aqui?

— Eles já disseram. — Abel sabe disso com tanta certeza como se tivesse programado os mecans.

— Vamos — pede ela. — Depressa. Me siga.

Uma briga com Simon deve estar muito próxima. Embora Noemi deseje evitá-lo por conta de seus próprios medos e preconceitos — compreensível, embora lamentável —, Abel recebe bem essa oportunidade.

Ele tinha sido absolutamente honesto com Gillian; acredita que pode convencer Simon. Acalmá-lo, tranquilizá-lo, talvez até consertá-lo. Como isso é verdade, Abel tem que tentar salvá-lo tanto quanto tentou salvar Noemi.

Ela é a primeira pessoa que acreditou que tenho uma alma, ele pensa. *Eu devo ser a pessoa que acredita em Simon.*

— Eu já vou — ele murmura ele enquanto se levanta.

— *Droga*, Abel...

Ele ignora a fúria de Noemi. A Tare cambaleia para mais perto, seu rosto meio destruído mais terrível sob a luz mais forte. Abel não compartilha a repulsa humana instintiva do que parece ser uma lesão com risco de vida, mas ainda assim há algo estranho na inclinação da cabeça, a iluminação exposta dos circuitos do cérebro mecan. Quando ela fala, revela uma laringe danificada, parecendo mais um leitor antigo de digitação de fala do que um mecan ou um humano:

— O mestre mandou parar.

— Você está em contato com Simon agora? — Os mecans pareciam conectados antes, uns aos outros e a Simon, o que significa que Simon não precisa estar na mesma sala que a Tare para falar por ela. Abel dá um passo em sua direção, mas a Tare aponta e bate com o pé intacto.

— *Não!* O mestre mandou *parar*! — Finalmente, Abel se lembra da brincadeira de criança que tem esse nome. — Estou parado. Está vendo? Estou falando com Simon agora?

— Pode... ser — canta a Oboe, que continua se aproximando. Arame ensanguentado está pendurado em alguns dos cortes na perna dela.

De baixo, Noemi chama:

— Abel? O que você está fazendo? — Ele não ousa segui-la; a esta altura da "brincadeira", ele não pode se mexer.

Simon é apenas uma criança confusa, presa em uma mente que não entende. Abel pode ser o único indivíduo capaz de ajudá-lo a compreender isso, o único falante nativo de uma língua que Simon deve aprender imediatamente.

A Tare e a Oboe estão de ambos os lados de Abel, prendendo-o de costas contra a enorme fenda. Elas não estão operando de forma independente; estão sendo controladas por Simon, com um nível de coordenação que vai além de qualquer protocolo-padrão. Rainhas e Charlies realizam procedimentos militares programados em seus circuitos ou podem responder de maneira independente as pistas de combate. Eles não podem fazer as duas coisas. Tares e Oboes não possuem funcionalidade estratégica — uma pratica medicina, enquanto a outra fornece entretenimento, geralmente na forma de música. Para que se comportem como estão se comportando agora, devem estar operando como se fossem partes do próprio corpo de Simon.

— Como você está fazendo isso? — Abel olha através do espaço em branco e dourado do olho ausente da Tare, esperando que Simon esteja olhando para ele. — Como você controla os outros?

— Bem — diz a Tare, do jeito repentinamente sério das crianças pequenas —, é como se tivesse uma parte máquina de *mim* e uma parte *eu* de mim. Tenho que esquecer tudo da parte *eu* e ser apenas máquina. Essa parte é muito mais divertida.

Abel franze a testa. Virginia disse algo assim a ele não faz muito tempo, que ele deveria abraçar seu lado mecan com mais frequência. Ele sempre tentou arduamente alcançar sua humanidade. E não sabe bem como reverter isso.

Um som estridente, depois um baque, diz que Noemi alcançou com sucesso o nível mais baixo, de onde poderia escapar. Embora ele deseje que ela deixe a *Osíris* sem ele, entende que ela jamais o faria.

A Tare balança para a frente e coloca a mão no peito de Abel.

— Você é como eu, não é?

— De muitas maneiras. — Abel sorri de uma forma que ele espera que seja reconfortante. — Nós dois sintetizamos o humano e a máquina.

Franzindo a testa, a Tare recua novamente. Abel amaldiçoa sua própria precisão; *sintetizar* é uma palavra formal demais para um menino pequeno.

— Você não se parece comigo. Você parece certo. Eu não pareço certo. Eu estou todo bagunçado.

— Isso pode ser consertado. Tudo o que está errado pode ser corrigido. Você só precisa...

O quê? Abel percebe que não tem resposta. O resultado mais lógico seria Simon voltar para Gillian, que entende tanto o corpo quanto a alma envolvidos muito melhor do que qualquer outra pessoa. Mas Gillian está isolada de seus recursos habituais; se ela não estivesse, Simon não teria sido recriado tão mal e apressadamente. Abel gostaria de assumir Simon como um projeto, para oferecer a ele orientação e amizade e, com o tempo, entender seu funcionamento com a ajuda do excelente equipamento científico disponível ali. Mas a cooperação com Gillian é impossível. Assumir a responsabilidade por Simon significaria sequestrar um garotinho, prometendo torná-lo melhor sem nem mesmo ter certeza de que isso seria possível.

— Abel? — Noemi sussurra. Seus ouvidos afiados captam o som, mas responder ainda é desaconselhável.

Por meio da Tare, Simon sorri.

— Você é como eu e não é como eu. Somos parecidos e somos diferentes. — As mãos do modelo Tare se fecham nas dobras da camisa de Abel. — Quero ver como você é diferente.

— Não sei se você...

— Eu sei! Eu vou te abrir. *Então* vou poder ver.

Abel bloqueia o antebraço da Tare, afrouxando o aperto dela em suas roupas. Ele se baseia nos poucos textos de psicologia infantil em seus bancos de dados e diz, de maneira simples e firme:

— Não.

Tanto a Oboe quanto a Tare o agarram, e a Oboe grita:

— *O mestre mandou!*

Com um empurrão, Abel afasta as duas para trás — mas não muito longe. Elas são mecans, mesmo que não sejam de combate, e são mais fortes do que qualquer oponente humano. Quando as duas correm para ele, Abel pula para cima o mais alto que pode, o que é alto o suficiente para agarrar o sulco acima deles. Enquanto está pendurado, a Tare e a Oboe também saltam para cima. A Oboe não consegue — sua perna quebrada a deixa desequilibrada, e ela cai no chão e rola para a fenda. Uma série de clangores distantes deixa claro que ela está sendo despedaçada.

Uma a menos, ele pensa — a Tare está se aproximando, a luz dourada de um olho faltante fixa nele.

— Abel! — grita Noemi. — Você vai trazer esse seu traseiro de metal aqui para baixo?

Meu traseiro é feito de carne e foi projetado para ser agradável de ver e de tocar, ele gostaria de dizer, mas talvez essa informação pudesse esperar.

Ele se deixa cair, afastando-se da Tare para junto de Noemi, onde se reequilibra no chão do andar em que ela está. Noemi faz um som meio estrangulado de medo antes de se levantar, mas no instante em que ele chega ao seu lado, ela sabe que deve começar a correr.

Eles correm pela borda irregular dessa nave quebrada, a neve soprando pelos cabelos, a queda fatal e profunda a menos de um metro à esquerda. A visão nítida de Abel e sua análise rápida permitem que ele identifique as áreas que estão atravessando — um banho turco destruído, aposentos devastados, uma piscina de cabeça para baixo —, a outra metade de cada um refletida no lado oposto da fenda. Quando eles passam por uma parede transparente que separa dois quartos, uma Tare do outro lado se joga contra ela com tanta velocidade e força que um humano ficaria inconsciente. Noemi tem a coragem de continuar sem sequer olhar para os lados.

Abel não. A Tare arranha o material transparente; não há como ela quebrar, mas um modelo Tare não é programado com essa informação, e Simon não sabe nem se importa.

E é Simon que está fazendo isso. Abel não pode negar.

— Volte! — grita a Tare, sua voz dizendo as palavras de Simon. — *Volte!*

O chamado abala Abel profundamente, mas ele não pode se arriscar. Tem que continuar correndo.

Eles alcançam a estrutura que ele tinha visto antes, aquela que fornece uma maneira de rastejar até o topo da nave. Noemi faz uma pausa, ofegando e segurando o braço. Ela ainda deve estar sentindo uma dor intensa nesses cortes, mas diz apenas:

— Podemos escalar antes que eles cheguem até nós?

— Possivelmente. — Abel se prepara. — Mas posso escalar com uma só mão e atirar ao mesmo tempo.

— Aposto que também posso atirar e escalar, se for necessário. — No entanto, seu foco permanece em cima. Ela vira o rosto para o luar e começa a subir. Abel a segue, dividindo sua atenção entre o progresso de Noemi (o braço machucado dela continuará a sustentando?) e a área abaixo deles (para o caso de mais "brinquedos" de Simon surgirem).

Eles não sobem tão rapidamente quanto Abel gostaria. Sem dúvida Noemi é esperta o bastante para manter seu ritmo, conservando sua força humana, menor que a dele, mas ele não pode esquecer que Simon, ou seus mecans, podem reaparecer a qualquer momento, querendo jogar um jogo muito mortal.

Talvez eu ainda possa me comunicar efetivamente com ele, pensa Abel. *Assim que o controle dos outros mecans deixar de ser novidade, Simon desejará outras formas de diversão. Eu poderia estruturar o aprendizado de que ele precisa com uma série de quebra-cabeças que ele pode achar divertida*. Ele não pretende desistir do garoto ainda.

Mas *como* Simon está controlando os outros mecans?

Um brilho distante de luz nas bordas da visão periférica de Abel chama sua atenção bem a tempo de ele se concentrar de novo e ver o blaster na mão do Charlie quebrado, apontada diretamente para eles.

— Noemi! — grita Abel. Ela responde de forma inteligente, abraçando a estrutura de metal, com força.

Charlies também têm inteligência. Eles não são o alvo, e, sim, o topo da estrutura em que estão subindo, e ele o atinge em cheio. Abel sente o metal estremecer, depois se inclinar para trás.

— Abel... — Noemi agarra a estrutura com mais força. — Estamos caindo!

Ele não pode fazer nada além de observar a estrutura ceder, cair na fenda dos destroços da nave, levando junto ele e Noemi.

25

Eles caem para trás, ganhando velocidade. Noemi só pode agarrar a estrutura de metal, o que claramente não está fazendo nada para impedi-la de cair na boca aberta da nave acidentada. Ela estremece, preparando-se para o pior...

... e a estrutura para com um baque duro. A reverberação através do metal chega a seus ossos, e o choque quase a faz perder o controle, mas ela consegue se segurar. Seu blaster cai, um breve lampejo de luar no metal antes que ele desapareça.

O que acabou de acontecer? Ela olha em volta da melhor forma que pode e percebe que a estrutura de metal ainda está conectada à nave por vários cabos e por uma viga retorcida, mas não quebrada. Ele oscila precariamente, sugerindo que essa ligação não vai durar muito mais tempo. Ao cair, a estrutura, antes paralela, ficou perpendicular aos lados da nave — esticada através do corte profundo, mas não o suficiente para chegar ao outro lado.

— Noemi! — chama Abel. Ele deve estar se aproximando dela, porque toda a estrutura treme; ela abraça com mais força e tenta ignorar seus músculos doloridos. —Você está bem?

— Eu não caí, se é isso que você quer saber. Mas isso *não* está nada bem. Nem perto disso!

Não olhe para baixo, ela diz a si mesma. *Basta ir de mão em mão de volta para esse lado da nave. Como numa escada horizontal de um parquinho!*

Ela sempre odiou esse brinquedo.

Abel chega ao seu lado, o que seria reconfortante se não fosse a força e o balanço da armação de metal a cada movimento que eles fazem. Um mergulho extraviolento faz Noemi quebrar sua própria regra e olhar para baixo; imediatamente ela deseja não ter olhado. O fundo dessa fenda na nave fica muito abaixo; a fenda nos destroços parece um cânion profundo através da pedra, só que mais irregular, mais feia e mais mortal. Ela olha para a confusão de destroços afiados e a neve embaixo de tudo, sabendo que a qualquer momento poderá se tornar parte daquilo. E, se eles caírem, ela quer estar abraçada com Abel. Talvez então pudesse suportar a sensação do ar correndo ao redor deles. Talvez ela pudesse suportar o frio e o terror. Ela ficará pendurada em Abel até o fim destruidor.

— Duvido que os mecans de Simon nos persigam aqui — diz Abel. — Seu controle não tem o requinte necessário para fazer qualquer um deles atravessar.

— Você está errado. — Em qualquer outro momento, ela teria orgulho de finalmente estar um passo à frente de Abel. Agora ela só quer vomitar. — Ele não vai enviar nenhum dos mecans grandes, mas os... os membros cortados, as mãos e os braços... isso ele pode mandar.

Seria necessário apenas um punho mecânico batendo nos nós dos dedos para fazê-la cair para a morte.

— Verdade.

— Mas então você poderia atirar neles. Nos dar cobertura. Você é forte o suficiente para se segurar com uma das mãos, não é? Então você ainda pode disparar seu blaster.

— Claro que sou forte o suficiente para me aguentar com uma mão. — Ele parece quase ofendido. — No entanto, meu blaster, assim como o seu, foi perdido durante a queda.

— Ótimo.

Abel finalmente chega ao lado dela e joga um braço embaixo do seu, ajudando-a a sustentar seu peso. Tentando ser encorajador, ele acrescenta:

— Os mecans podem simplesmente esperar para ver se voltaremos para aquele lado da nave, para nos capturar ou nos matar.

— Fabuloso. — Noemi está respirando com dificuldade com o esforço necessário para se segurar, mesmo com a ajuda de Abel. — Não acho que essa estrutura vá durar muito tempo. Especialmente se continuarmos andando.

— Concordo.

Por um segundo, eles ficam parados em silêncio. Noemi vira o rosto da fenda abaixo para as luas luminosas no céu de Haven. Esta pode ser sua última experiência de beleza, de admiração. O vento frio chicoteia ao redor deles, e cristais de gelo polvilham suas bochechas e cílios. Apesar do frio, o terror faz suas mãos suarem. *Ah, ótimo, é exatamente o momento em que quero estar escorregadia.*

Abel diz:

— Tentar retornar ao longo da estrutura pode ser excessivamente perigoso, se não impossível.

— Sim, mas que outra coisa podemos fazer?

— Talvez eu pule para o outro lado da nave. Você pode segurar nas minhas costas.

Noemi estica o pescoço para olhar a brecha cavernosa ao seu redor. Ela não sabe exatamente a que distância está o outro lado, mas é longe.

— Nem você pode dar esse salto carregando o meu peso... pode?

Abel permanece em silêncio por um segundo e depois diz:

— Vamos descobrir.

— Isso *não* é reconfortante.

— Infelizmente, o que é reconfortante nem sempre é verdade.

Ela engole em seco.

— Você só vai estar pendurado, usando os braços. Não vai pular.

— O verbo é impreciso, mas achei que soaria mais encorajador.

— Foi, até você explicar!

Pedindo desculpas, Abel diz:

— Você *perguntou*.

— Ok. — Uma rajada de vento mais forte envia arrepios por toda a estrutura. Ele não aguenta muito mais o peso. Ela respira fundo e se recompõe o melhor que pode, virando a cabeça para encarar Abel. Eles estão tão próximos que seus narizes quase se tocam. — Está bem. Eu sei que temos que fazer isso. Eu só não gosto da ideia.

— Eu também não gosto muito — admite Abel —, mas nessa conjuntura, a melhor solução não é necessariamente uma boa solução.

— Definitivamente, quando se trata de confortar as pessoas, você é o pior *de todos.*

Ele ergue o canto da boca num meio sorriso, mas seu foco mecan permanece absoluto.

— Nossa primeira dificuldade será ajustar o seu peso nas minhas costas. — As correntes de ar giram em torno deles, polvilhando-os com gelo, enquanto o cérebro de Noemi tenta desesperadamente pensar em uma maneira melhor de escapar disso, *qualquer* outra maneira, ou talvez como ela poderia evitar estar aqui para começar.

— Aguente firme — ela ordena, e ele se prepara, tornando-se ainda mais inflexível do que o metal no qual se penduram. Noemi traz à tona suas memórias do treinamento básico. Eles tiveram que escalar correias de plástico, redes feitas de corda grossa, até árvores. Ela sempre esteve no topo de seu esquadrão. Se ela fez isso antes, pode fazer agora.

Balance o braço sobre AI, DEUS, AI, DEUS, ok, você consegue DEUS ME AJUDE a me segurar FIRME nele...

— Ok! — ela grita enquanto se agarra com os braços no pescoço e com as pernas na cintura de Abel. Ela se pendura nas costas dele como uma preguiça em um galho de árvore. — Ok, ok. Consegui.

Sua voz soa um pouco estrangulada quando ele diz:

— Você tem sorte que eu não tenha as mesmas necessidades respiratórias que os humanos.

— Eu sei que você provavelmente poderia ficar pendurado aqui o dia todo, o que é ótimo para você e tudo o mais, mas você poderia, *por favor*, pular agora?

— Eu preciso me preparar. — Com uma velocidade surpreendente, ele gira em torno da borda da estrutura para ficar agachado em cima dela, em vez de ficar embaixo. Ter Abel entre ela e a fenda profunda lá embaixo parece irracionalmente tranquilizador... até que a estrutura de metal solta um gemido ameaçador, e um arrepio envia vibrações através de ambos os corpos. Eles não têm muito tempo. Abel sente isso também. — Você está pronta?

Noemi agarra Abel ainda mais forte.

— Vai.

Ele pula com tanta força que ela perde o fôlego. Por um instante aterrador e surreal, parece que eles estão voando — o outro lado impossivelmente distante até que esteja correndo na direção deles, para eles. Noemi fica tonta quando atinge um dos pisos, batendo forte no metal.

Abel consegue agarrar a beira do piso, adiando sua queda. Ela fica ali por um momento terrível, balançando para a frente e para trás como um pêndulo, até que ele a rola para cima dele.

Ele a solta — uma sensação aterrorizante —, mas Noemi rola para o outro lado da nave, para uma estrutura irregular e crua.

Ela cai com força e sente gosto de sangue, mas instantaneamente corre até a beira para ajudá-lo. Ele não está se erguendo por algum motivo. Então, ela percebe que um dos pulsos dele está muito dobrado. Deve ter sido danificado no salto; ele se quebrou para salvá-la e agora não pode se salvar.

Noemi se inclina para frente para agarrar seu braço não danificado.

— Vamos lá — ela sussurra. — Eu posso te puxar para dentro.

Abel balança a cabeça.

— Eu sou pesado demais para você.

— Eu sou forte. Olha, posso apoiar meus pés.

— Meu tornozelo esquerdo está quebrado. — Ele deve ter batido na parede com ainda mais força do que ela pensava. — Não consigo me puxar para cima. Você teria que suportar todo o meu peso. É muito perigoso.

— Então, o quê? Você vai cair para a morte?

— ... Acredito que você possa escapar e entrar em contato com Virginia por conta própria. — Ele ainda só está pensando nela, não em si mesmo.

— Me escute. — Noemi agarra o braço dele com toda a força e se inclina tão perto que ele não tem escolha a não ser sustentar seu olhar. — É melhor você tentar me ajudar. Caso contrário, vai cair e me arrastar com você. Porque eu não vou deixar você, Abel. Eu *nunca vou deixar você.*

Abel hesita, mas apenas por um instante.

— No três.

Eles contam juntos, silenciosamente, assentindo em cada número — e então Noemi puxa o mais forte que pode, rebocando Abel com ela. Ele coloca o antebraço quebrado na borda da parede, o que deve ser angustiante, mas alivia seu peso o suficiente para que ela possa puxá-lo. Então eles caem lado a lado, feridos e presos — mas vivos.

Ao longe, ela ouve a estrutura de metal ceder, batendo contra as laterais da fenda na nave até que se choca contra os destroços. *Mais noventa segundos*, ela pensa, *e nós teríamos sido esmagados.*

Depois que podem respirar novamente, ela e Abel fazem um balanço.

— Espere, o que é isto? — ela tateia. Eles estão cercados por metal sólido, sem sinal de portas. — Algum tipo de tanque de armazenamento?

— É possível. — Ele permanece de costas por alguns momentos a mais que ela. — Como não há meios diretos de sair deste local, precisamos planejar uma fuga assim... assim que formos capazes.

No momento, eles não são. Noemi arranhou seriamente a lateral do rosto em sua aterrisagem difícil, e um pedaço irregular de metal abriu um pequeno corte em sua têmpora. A ferida autoinfligida em seu braço sangra mais agora do que antes, mas ela está menos preocupada consigo mesma do que com Abel. Ele consegue usar um pouco de tecido rasgado para atar o tornozelo dobrado com a mão boa, mas estremece toda vez que tenta mover o outro pulso.

— Essa articulação foi mais gravemente comprometida que meu tornozelo — ele relata com tanta calma que poderia estar falando de outra pessoa. — O autorreparo seria mais fácil se eu não tivesse extraído o módulo de energia auxiliar para falar com Mansfield. Só porque não o usei em trinta anos, achei que nunca mais precisaria. Acredito que isso seja próximo do que os humanos chamam de "arrogância".

Noemi não tem nenhuma ferramenta para repará-lo, mesmo que soubesse como.

— Isso é ruim.

— Os componentes danificados são orgânicos. Mesmo sem o módulo de energia, posso me reparar em algumas horas se entrar em um estado regenerativo.

Ela assente.

— Até lá, será muito tarde, mas ainda estará escuro, certo? Podemos sair daqui sem que ninguém nos veja.

— Traçaremos um plano assim que pudermos avaliar nossa situação de maneira mais completa — diz Abel. Ela suspeita que ele está falando tanto consigo mesmo quanto com ela. — Por enquanto, devemos descansar.

— O estado regenerativo é como o sono? — Noemi não gosta muito da ideia de passar horas neste tanque gelado sem ninguém com quem conversar, mas se é isso que Abel precisa, ela vai ter que aceitar. Talvez ela também possa dormir. Cochilar em algum lugar tão frio e desconfortável seria impossível, normalmente, mas no momento ela está tão exausta que parece possível.

— Será. Mas a transição leva vários minutos.

Abel tenta se sentir confortável, apesar de haver poucos lugares na galáxia menos confortáveis do que um tanque de metal gelado e cheio de detritos. Noemi permite que ele escolha um lugar onde possa se deitar de lado, depois se aconchega atrás das costas dele, passando um braço em volta de seu corpo, enquanto o outro serve como travesseiro. Quando ela o toca, ele fica muito quieto.

— Você precisa se aquecer — diz ela. — Se não fosse por este casaco, eu já teria congelado aqui.

— Mesmo com o casaco, a exposição ao frio a mataria em quarenta horas. Eu entraria em um estado adormecido pouco tempo depois e precisaria de uma reinicialização completa para despertar.

— Bem, não vamos ficar aqui por tanto tempo.

Do contrário, ou eles estarão com problemas ou estarão mortos.

Abel fica quieto por alguns segundos, e ela acha que o ciclo regenerativo deve ter começado, até que ele quebra o silêncio.

— Você não vai me dizer que estou sendo péssimo em reconfortá-la?

— ... Você não pareceu gostar disso antes.

— Os humanos são melhores em neutralizar a tensão pelo humor.

— *O quêêê?* — Ela arrasta a palavra; se Abel quer ser provocado, ela vai fazer o favor. — O maior mecan de todos os mecans acaba de admitir que os humanos são melhores em alguma coisa?

— Por enquanto. Eu vou acabar dominando isso.

— Sim. Você vai. — Noemi o abraça, descansa a testa no espaço entre as omoplatas dele. Ele não é tão quente quanto um ser humano, e ela espera poder fornecer calor suficiente para os dois.

Eles podem ter se perdido. Tantas coisas entre ela e Abel não são ditas — tantas coisas de que ela não tem certeza.

Mas Noemi sabe pelo menos uma coisa que quer lhe dizer, e não pretende perder mais tempo.

— Ouça. Sobre antes... o que eu disse quando estávamos discutindo sobre Simon e os Herdeiros... me desculpe por magoá-lo.

— Não sei se "magoar" é a palavra certa — diz Abel. Mas depois de outro momento, ele acrescenta: — Mas serve.

— Você não é "menor" do que eu ou qualquer outro ser humano. Eu disse uma vez que você era mais humano que seu criador, lembra?

— Como nós vimos, superar isso não era lá um grande desafio.

Ela fecha os olhos, concentrando-se para encontrar as palavras certas.

— Eu não tenho pena de você por ser um mecan.

— Mas você *tem* pena de mim.

Se eles estivessem em qualquer outra situação, Noemi iria embora agora. Ela daria a ele tempo para refletir; pensaria coisas mais inteligentes e melhores para dizer. Tudo isso seria muito mais fácil. No entanto, este é o momento que eles têm.

— Eu tive pena por você estar tão sozinho. Só isso.

— Se outros Herdeiros surgirem, eu não estarei sozinho. Mas você disse que a criação deles seria um pecado.

— Pense um pouco, Abel. Esses herdeiros... eles seriam caçados por toda a galáxia. Mansfield nunca teve a intenção de preservá-los apenas para si ou para sua família, e Gillian Shearer... ela acha que seu papel neste universo é destruir a própria morte. Todo ser humano que tem medo da mortalidade, o que significa absolutamente todos, tentaria capturar um. Os Herdeiros passariam a vida toda fugindo. Por conta própria, você pode se esconder, mas toda uma raça de mecans como você? A notícia vai se espalhar. Depois disso, todos vocês serão caçados por cada segundo de suas vidas.

— ... Essa é a sua objeção?

— Você não acha que isso ia acontecer?

— Não. Você tem razão, ou teria, se não houvesse meios de segurança estabelecidos. Mas — a mão de Abel se fecha ao redor da dela — humanos podem ser mortos. Eles podem ser vítimas de doenças, acidentes ou até assassinatos. Isso não significa que eles param de se reproduzir.

Ele já está pensando nos Herdeiros como crianças? Isso parece completamente errado para Noemi, mas ela não sabe dizer com precisão o porquê e não vai falar de forma descuidada outra vez.

— Isso é diferente. As almas dos Herdeiros foram criadas apenas para serem destruídas. Seus corpos viverão para servir como vasos para os ricos e poderosos, mas os próprios Herdeiros... a parte mais íntima deles... isso morre. Os humanos não são criados apenas para morrer.

— Acho que sua Bíblia diz algo diferente.

Ela pisca, surpresa. Toda essa questão acabou de mudar completamente para ela — como o desenho no qual um vaso se transforma de repente em dois rostos. Se toda existência é finita, por que alguém deveria ter menos valor que outro?

A intenção de um criador é importante, ela pensa, mas isso é algo que ela precisa considerar em profundidade.

Com delicadeza, Abel continua:

— Você ainda pensa nos mecans como seres que servem aos humanos. Como... secundários. Essa é uma suposição natural, já que, a partir de agora, sou um dos dois únicos mecans que têm uma existência independente. — Ele vira o rosto para a fenda dos destroços, e ela sabe que ele está se perguntando sobre Simon dentro daquela nave, incompleto, com medo e com raiva. — Mas não tem que ser sempre assim. Considere o potencial.

— Eu vou — promete Noemi. — Mas você pode fazer algo por mim?

— Claro.

— Por favor, considere a possibilidade de que algo não esteja certo com Simon. Eu sei que você sente muito por ele. Eu também. Quando falei com ele pela primeira vez, imaginei que fosse você, se fosse novinho em folha e ninguém nunca tivesse lhe explicado o que você era. Mas Gillian apressou o processo, e ela usou uma criança que não entendia. Deu errado de uma maneira que não tenho certeza de que você consiga corrigir. As "brincadeiras" de Simon quase nos mataram. Ainda podem nos matar. Só tenho medo de que você queira tanto um irmão a ponto de ignorar todos os sinais de alerta até que seja tarde demais.

Na longa pausa que se segue, Noemi se odeia por cada palavra, até Abel finalmente dizer:

— Você pode estar certa. Não sobre os Herdeiros, mas sobre Simon. Ele é... instável. — Admitir isso foi custoso para Abel. Ela o abraça pela cintura, oferecendo o pouco de conforto que pode, enquanto ele continua: — Quando eu estava falando com ele através dos mecans, mencionei sua mãe. Achei que ele fosse naturalmente querer voltar para ela. Mas Simon não sentiu nada. Ele não a ama mais. Eu sei que, se eu não pudesse mais sentir amor, estaria irremediavelmente quebrado. Simon também pode estar. Não posso abandoná-lo até ter certeza, mas pretendo investigar. E serei mais cauteloso no futuro.

— Ok. Isso é tudo que te peço.

Quando Abel fala novamente, suas palavras são mais lentas.

— O ciclo de regeneração está prestes a começar.

— Você sonha enquanto está se regenerando? Ou só quando está dormindo?

— Eu nunca sonhei durante um ciclo de regeneração antes — diz ele, grogue. — Mas não há razão para que eu não possa, em algum momento.

Abraçando-o outra vez, ela diz:

— Então, tenha bons sonhos.

Abel se move, como se fosse se virar e olhar para ela, mas então sua cabeça cai no chão e seu corpo afrouxa. A regeneração começou.

Noemi está cheia de energia por causa da escapada que quase deu errado, e um tanque cheio de detritos em temperaturas abaixo de zero não é exatamente o lugar mais confortável em que já tentou dormir. Mas ela está tão exausta que acha que poderá aguentar uma ou duas horas depois que a adrenalina acabar. Talvez ela possa tentar ter bons sonhos.

Enquanto Abel estiver com ela, se sente segura. O que no momento é uma ilusão total, mas ela aceita o que pode ter.

Ela descansa a testa contra as costas dele novamente, contente por sentir os movimentos de sua respiração — mais lenta que a de um ser humano, mesmo dormindo, mas ainda reconfortante. Esse pequeno conforto parece precioso para ela. Bonito e raro.

Noemi nunca questionou o que sentia por Abel. Quando ele disse que a amava, eles tinham menos de uma hora para ficar juntos. Nos meses seguintes, ela sempre se perguntou sobre a natureza do amor dele, se era igual ao amor humano. Mas não havia sentido perguntar o que ela poderia sentir em troca. Parecia tão óbvio que eles nunca mais poderiam se encontrar.

Segurá-lo agora, porém... a sensação de desejo e necessidade, mesmo enquanto ele está em seus braços... bem, isso a faz pensar.

Em sua memória, ela ouve o que Abel lhe dissera meses antes, quando se separaram no Portão da Gênesis: *Dói mais perder você do que desistir de minha própria vida. Isso significa que o que eu sinto não é apenas uma imitação? Que eu te amo?*

Ela respondeu, *acho que talvez sim.*

Isso parece ainda mais verdadeiro para ela agora do que naquela época.

Ela fecha os olhos e abraça Abel com mais força. Por enquanto, vai fingir que não há nada errado. Que não há mais nada em todos os mundos, exceto os dois juntos.

26

A CONSCIÊNCIA QUE ELE TEM QUANDO O CICLO DE REGENERAÇÃO termina não é exatamente como acordar, mas é próximo disso. Abel abre os olhos para a escuridão quase completa; apenas algumas das luas de Haven são visíveis a essa hora da noite, e devem ser menores e mais distantes. Ele ajusta sua visão da melhor maneira possível e depois gira o pulso. Embora permaneça alguma rigidez, sua condição é adequada para suas necessidades imediatas. O tornozelo parece quase totalmente normal.

Ao lado dele, Noemi está em sono profundo, com a respiração pesada e uniforme. O braço dela permanece esticado em volta da cintura dele, embora sua mão esteja frouxa. Abel se permite alguns momentos para apreciar sua proximidade e cobre a mão dela com a dele. *Espero que isso não seja inapropriado.* Ela se mexe suavemente, aconchegando-se nas costas dele enquanto dorme, e ele descobre que o amor pode ser uma sensação física, uma espécie de calor derretido no peito.

Mesmo que ela não o ame, esse sentimento é recompensador o suficiente por si só.

Mas ele não pode permitir que tais pensamentos o distraiam da necessidade iminente de escapar. Ele ajusta a entrada para poder ouvir a maior variedade possível de frequências. Sua audição não é exponencialmente melhor que a de um ser humano, mas a nitidez extra que ele tem pode fazer diferença. O vento forte mascara quase qualquer som que ele possa ouvir do lado de fora do tanque. No entanto, ele acha que, se os mecans de Simon os tivessem perseguido até esse lado da fenda, captaria alguma coisa. Com certeza ouviria qualquer combatente do Remédio que tivesse seguido seu caminho na esperança de receber a recompensa por sua vida.

Abel e Noemi estão sozinhos. Eles terão a chance de escapar.

Por mais 26 minutos, ele permite que Noemi durma. Ela não conseguiu descansar o suficiente nos últimos dias, mesmo para uma jovem humana em excelentes condições físicas. No entanto, quando a temperatura cai ainda mais, ele percebe que precisam agir antes que o frio se torne perigoso para ela, apesar da proteção do casaco.

— Noemi? — ele sussurra. Falar mais alto seria mais eficaz, mas os humanos parecem valorizar um despertar mais gradual. — Noemi, acorde.

— Humpf. — Ela se mexe ao lado dele, depois geme. — Eu esperava que a parte do tanque fosse um pesadelo.

— Não temos essa sorte. Precisamos ir.

— Nós já podemos? Você está bem? — Noemi se senta e toca o braço dele. Sem dúvida, ela está apenas verificando sua lesão, mas o contato corre através de Abel como calor ou eletricidade. Ainda não é desejo, mas poderia ser. Os seres humanos sentem atração em momentos tão inconvenientes? Certamente, não. Isso deve ser algum tipo de mau funcionamento. Ao contrário de qualquer outro defeito, Abel gosta desse.

Ele diz apenas:

— Eu devo ser capaz de descer pelo que restou desse lado da nave, até estarmos no nível do solo, o que fornecerá nossa melhor chance de escapar. Obviamente, isso pressupõe a existência de apoios. E quanto a você? Como avalia sua força para escalar?

— Não tenho certeza. Em geral, sou muito boa, mas agora... Noemi esfrega as mãos; elas estão vermelhas de frio, sem dúvida entorpecidas.

Imediatamente Abel diz:

— Você deve segurar minhas costas de novo enquanto desço.

— Não se arrisque mais por mim. É muito peso para você carregar com o tornozelo e o pulso...

— Não é. — É quase, mas dentro de parâmetros aceitáveis. — Eles estão quase normais de novo. Além disso, você sabe que não pode segurar os apoios, não sem luvas. Este é o único jeito.

Sua testa franzida diz que Noemi não gosta dessa ideia, mas ela assente.

— Eu estava pensando... se chegarmos ao corsário de Virginia e retornarmos à sua nave, talvez possamos entrar em contato com Fouda a partir de lá. Poderemos negociar os códigos de retransmissão com outra coisa.

— Eu não quero deixar Simon aqui.

Noemi faz uma pausa e ele antecipa mais objeções dela ao trabalho dele com Simon. Em vez disso, ela diz:

— Teríamos mais recursos na nave. Alguns dos planos originais de Mansfield para mecans, coisas assim, certo? Poderíamos nos reagrupar e voltar para buscar Simon.

— Um excelente plano. — Sua excelência é amplamente baseada no fato de ser a única alternativa remotamente viável, mas Abel sente a necessidade de ser encorajador enquanto ainda é possível um acordo entre eles. Suas necessidades e as de Noemi em breve entrarão em conflito. Ela vai querer ajudar a Gênesis o mais rápido possível, o que é compreensível, enquanto ele sabe que deixar Simon sozinho por mais tempo pode levar ao desastre. Ele usará seus argumentos quando chegar a hora. — Nossa caminhada até o corsário será difícil... cerca de dois quilômetros daqui, mas por terrenos difíceis e neve espessa.

Ela dá de ombros.

— Nós vamos conseguir... talvez eu não consiga.

Abel quer corrigir sua afirmação, pois não tem intenção de continuar sem ela. Mas isso é outra coisa a ser mencionada apenas mais tarde, quando a ocasião surgir, o que ele espera que não aconteça.

Em alguns aspectos, o abismo quebrado que divide a nave oferece uma escalada mais promissora do que Abel imaginaria. Espigas irregulares de metal se projetam em vários ângulos, oferecendo os apoios para as mãos e pés de que eles precisam. Para seu azar, essas mesmas espigas estão quase totalmente cobertas de gelo. Abel só pode compensar uma superfície escorregadia até certo ponto.

Noemi não é a única que se beneficiaria de um par de luvas.

Com um cálculo rápido de proporções e probabilidades, Abel decide que a possibilidade de ele chegar ao fundo com segurança é boa o suficiente para ele tentar. Mas não parece suficiente para ele arriscar Noemi. Ele prefere uma margem maior de segurança quando se trata dela.

— Não tenho certeza se consigo fazer isso.

— Oh, oh. — Noemi esfrega a cabeça com a mão. — Se você está admitindo que tem limites reais, isso significa que é ruim, certo?

— Não é impossível descer até o fundo. Só que... é um pouco menos provável que a alternativa. — Este definitivamente é um momento para guardar as porcentagens exatas para si.

Ela suspira e diz:

— Bem, não há outra saída. Não importa quais sejam as probabilidades, temos que tentar.

Abel sabe disso, logicamente, mas ainda quer discutir. Talvez ele pudesse escapar sozinho e voltar com ajuda para buscá-la — mas que ajuda e quando? É quase certo de que ele não seria capaz de retornar por pelo menos um dia inteiro, momento em que Noemi provavelmente teria morrido pela exposição.

— Abel? — Ela olha para ele com firmeza. — Eu confio em você. Estou disposta a tentar. E ficar sentada aqui temendo a descida só está me assustando.

— Tudo bem — diz ele. — Vamos.

Eles encontram uma forma de estender o cinto dele e passá-lo uma vez ao redor da cintura dela. É um equipamento extremamente medíocre, mas é o melhor que eles podem fazer. Abel se posiciona na beira do tanque e deixa Noemi se ajeitar em suas costas e se equilibrar.

— Pronta? — pergunta.

As mãos dela apertam seus ombros.

— Pronta.

Ele se inclina, agarra a boca do tanque e cai, de modo que seu corpo paira sobre a lateral. Por 0,4 segundo, o metal gelado parece negar seu controle, mas então Abel consegue. Juntos, ele e Noemi estão pendurados nessa borda, ela se segurando firmemente nas costas dele, a fenda ainda muito grande abaixo.

— Oh Deus, oh Deus, oh Deus, oh Deus — sussurra Noemi. — Diga-me que essa foi a parte mais difícil.

— Na verdade, foi. — A probabilidade de eles morrerem ainda é muito alta, mas concluir o primeiro passo significa que suas chances aumentaram para quase sessenta/quarenta.

Abel se move devagar, demorando um pouco para garantir que cada passo seja o mais seguro possível. Seu pulso lateja a cada movimento, o que não é importante, desde que seu aperto permaneça forte. Não há muito que Noemi possa fazer para ajudar nessa fase, mas ela permanece totalmente imóvel, mais do que a maioria dos humanos conseguiria. Por isso, seu equilíbrio permanece constante. A cada metro que eles descem, a queda se torna menos perigosa e suas chances aumentam.

Após onze minutos e catorze segundos, eles chegam ao fundo. Juntos, tocam o chão e, em seguida, recuam alguns passos, antes de desmoronar no branco e molhado monte de neve. A respiração de Noemi é rápida e superficial, como alguém tentando não chorar; Abel a tranquilizaria se ele achasse que seria capaz de falar.

Deve ser o que os humanos chamam de "exaustão". Ele não gosta disso.

Finalmente Noemi diz, com muita calma:

— Obrigada, Abel.

— De nada.

— Temos que começar a andar. Você consegue?

Seu tornozelo e punho doem por causa da tensão da descida, mas, como Noemi disse antes — eles conseguirão ou não. Então ele se levanta ao lado dela, tira os cristais de gelo de suas roupas...

... e vê a figura se erguendo atrás de uma pilha de detritos cobertos de neve.

— Abel! — grita Noemi, empurrando-o para o lado um instante antes de um raio de blaster cortar o ar acima de suas cabeças. Se os reflexos dela estão mais rápidos que os dele, então ele está ainda mais cansado do que imaginava. Eles estão meio enterrados em um monte, a neve é sua única proteção. — Isso foi o Remédio?

— Não... a Tare de um olho. Do Simon. E estamos desarmados.

A situação é ainda pior que isso. Agora mesmo, a Tare — funcionando como parte da mente de Simon — está compartilhando sua localização com o restante de seus mecans. Dentro de minutos, os outros estarão atrás deles.

Abel trouxe Noemi em segurança para o chão apenas para que ambos morressem.

Noemi olha em volta freneticamente, os cabelos na altura do queixo chicoteando ao vento, antes de pegar uma pedra grande e arremessá-la no agressor. A Tare virou, de modo que o olho ausente os encarasse, então não vê a pedra chegando e, quando é atingida, cai no mesmo instante, inconsciente ou inoperante.

— Desarmados, uma ova. — Noemi se levanta e levanta Abel com ela. Ela parece ter percebido que ele não está funcionando em sua melhor forma. A neve cai de seu casaco, mas se prende às roupas dele em espessos sulcos congelados.

— Temos que voltar para dentro da *Osíris* — diz ela.

Ele tem que protestar. Eles mal escaparam da nave vivos, e tanto os passageiros quanto os membros sobreviventes do Remédio atacarão Abel assim que o virem. Simon ainda não voltou à razão. Noemi estará em perigo enquanto estiver perto dele.

— Isso só vai atrasar nossa chegada à *Perséfone*.

— Você não está sendo você mesmo, Abel. E, se não estiver com força total, não há como chegar ao corsário de Virginia. — Ela conta seus argumentos nos dedos vermelhos e rachados. — Mas, se não podemos voar até ela, ela pode voar até nós. Tem que haver algo na *Osíris* que possamos usar para contatá-la, certo? Ou talvez pudéssemos encontrar a baía de ancoragem e embarcar em uma nave menor, se houver uma que ainda funcione. De qualquer forma, seremos mais capazes de fazer alguma coisa lá dentro do que aqui.

— Concordo. — É arriscado, mas todos os outros cursos de ação que eles poderiam adotar também são. Ele anda pela neve até a Tare caída e pega o blaster dela. Se ele tem que colocar Noemi em perigo novamente, pelo menos será capaz de defendê-la. Então distingue outro blaster entre os destroços e o joga para Noemi, que é muito boa em se defender. Ela também é habilidosa em atacar, como seus oponentes nesta nave logo descobrirão.

E se ele vir Simon de novo... e aí?

Ele responderá a isso quando for necessário, não antes.

— Vamos.

• • •

Seu ponto de entrada no nível do solo acaba por não estar longe da trava de ar através da qual Abel entrou originalmente na *Osíris*. Ele sente uma dor estranha com a lembrança de Riko o cumprimentando aqui, sorrindo e emocionada, sem desconfiar que tinha menos de três dias de vida.

Concentre-se em fatos relevantes, ele lembra a si mesmo. *Na época, este era um território mantido pelo Remédio. Mas o Remédio não tem mais força operacional para controlar tanto espaço. Este local deve ser seguro.*

— A que distância estamos de uma estação de comunicações que poderíamos usar para entrar em contato com Virginia?

— Dadas as reservas de energia esgotadas dentro da nave, provavelmente teríamos que chegar muito perto da ponte para encontrar um console de comunicação em funcionamento. Embora seja possível, esse curso de ação também nos colocaria em contato provável com os membros do Remédio. — Que, claro, estará desesperado para capturar Abel e entregá-lo a Gillian em troca dos medicamentos que salvariam seus amigos sobreviventes.

Ela assente.

— E a baía de ancoragem? — À medida que avançam lentamente, fica claro que até a iluminação de emergência começou a vacilar. Abel ajusta sua visão ao infravermelho de forma que Noemi permaneça um brilho quente ao seu lado.

— Quase metade do comprimento da nave, mas mais perto do que a ponte.

Ela geme.

— Vamos começar a andar.

Um corredor prova ser, de longe, o mais seguro e mais bem iluminado, e assim eles ganham algum tempo. Eles andam em vez de correr, para serem o mais silenciosos possível e evitar sobrecarregar Noemi. Ou é o que Abel pensa, até perceber que, pela primeira vez, Noemi é quem está desacelerando. Talvez ela esteja preocupada com o tornozelo dele. É estranhamente agradável ter alguém que se preocupe com ele.

No entanto, algumas de suas capacidades permanecem com força total — incluindo sua visão mecânica. A quinze metros da baía de ancoragem, ele para no meio do caminho, estendendo o braço para bloquear Noemi. Quando ela se vira para ele, confusa, ele diz em voz baixa:

— Dispositivo explosivo pressurizado, 0,41 metro à frente.

— Como você está...

— Estou em frequências infravermelhas agora. Caso contrário, não teria visto. Aparentemente, um fio foi estendido pelo piso do corredor.

— O Remédio *minou o chão*? — Noemi recua, um movimento que Abel imita. Eles chegaram muito perto de ativar este dispositivo. Se ele estiver calculando com precisão o conteúdo explosivo, a explosão resultante os destruiria. — Tem que ser o Remédio... não há como os passageiros saberem fazer isso, nem Simon.

— Concordo. Eles devem ter feito isso quando seus membros começaram a adoecer. Como o Remédio não tinha mais membros disponíveis para patrulhas, recorreram às minas.

— Bem, vamos encontrar um corredor que eles não encheram de explosivos.

Mas não é fácil encontrar esse corredor. Agora que Abel sabe como procurar os dispositivos, ele pode ajustar sua visão para pesquisar áreas que a visão humana nunca poderia alcançar. As minas do Remédio são plantadas no fundo da estrutura da nave, impossibilitando a passagem de uma parte da nave para outra.

— Deve haver pelo menos uma rota para a baía de ancoragem — diz ele, tanto para si quanto para ela, quando encontram a quinta passagem bloqueada. — É a seção mais taticamente significativa da *Osíris*. Eles não se isolariam dela.

— Mas teremos que passar pelo que resta do Remédio para alcançá-la, o que significa que tentariam pegar você. — Noemi se inclina contra uma parede. — Você entende o que isso significa, não entende?

— Uma armadilha. — Ele deveria ter esperado isso.

— Não. Pelo menos, não para nós. Mesmo que todos os membros do Remédio caíssem mortos, os passageiros não seriam capazes de deixar a superfície deste planeta. Nem agora nem nunca. Fouda sabe que está perdido. Então, ele está garantindo que os passageiros morrerão com eles, mesmo que isso signifique que eles passem fome.

A história contém muitos exemplos de até onde vai a maldade humana, portanto isso não deve chocar Abel. Mas ele ainda não consegue entender como uma pessoa chega a esse ponto calculista.

Ele pode, no entanto, fazer alguns cálculos por conta própria.

— Fouda também pode ter minado a baía de ancoragem.

— Eu não diria que é impossível — concorda Noemi.

— Talvez devêssemos tentar nos aproximar da ponte, afinal. As forças do Remédio estão enfraquecidas. Temos a chance de alcançar um console de comunicações.

— Não. — Noemi endireita os ombros. — Temos que libertar os passageiros.

— Não pretendo abandoná-los. Devemos pedir ajuda quando chegarmos ao sistema da Terra. — Algumas das naves de patrulha que circundam Netuno e suas luas sem dúvida conhecem a *Osíris* e poderiam montar uma missão de resgate. — Quanto a Simon, vou entrar em contato com ele assim que tivermos comunicações.

Noemi cruza os braços sobre o peito.

— O que te faz pensar que ele vai ouvir?

— Estou pensando no que o motivaria. Ele é, em sua essência, um garotinho. Então, pensei em oferecer uma carona em uma nova nave espacial. Uma onde ele poderá se sentar na cadeira do capitão. Isso daria certo, não?

O tom dela é suave:

— Talvez. Mas se ele ficar maluco lá em cima ...

— Eu posso criar medidas de segurança. — Abel já pensou nisso. — Não há a menor chance de eu deixá-lo colocar você em perigo. Ou Virginia. — Ele espera que Virginia nunca ouça como ele teve que acrescentar isso depois.

— Ok. Eu confio em você. — Ela diz isso mais como se estivesse convencendo a si mesma do que a ele.

— É claro que devemos fazer algo pelos passageiros e membros do Remédio antes de partirmos. A vida deles está em perigo.

Noemi hesita. A princípio, a fuga deles não parecia mais do que deixar uma situação perigosa; no entanto, a programação de Abel está em ação dentro dele, exortando-o a proteger a vida humana, se puder... a não ser que haja instruções contrárias de Burton Mansfield, que não são mais um fator. Ele suspeita que a crença religiosa de Noemi funcione da mesma maneira dentro dela, lembrando-a de outras pessoas que precisam de proteção.

Ela começa:

— Você sabe o quanto eu quero sair deste planeta e ajudar a Gênesis, mas... não, você está certo. Não podemos deixá-los morrer. Eles não têm toneladas de comida lá embaixo... apenas champanhe e petits-fours, e estavam quase acabando quando saí. Esses campos de força devem estar usando o pouco que resta de energia; em breve o controle climático da nave falhará. Os passageiros congelarão até a morte antes que possamos enviar ajuda.

O fervor na voz de Noemi desperta algo dentro de Abel — um senso de propósito que vai além de sua programação. Esse propósito é tão parte dela quanto sangue ou osso.

Silenciosamente, ele diz:

— Você sempre será uma soldado da Gênesis. Uma guerreira sagrada.

Noemi assente. Mesmo na escuridão desse corredor, ele consegue discernir o brilho das lágrimas nos olhos dela.

— Você acha que há alguma esperança de obter os códigos de Fouda? Ou ele deixará meu planeta morrer?

— Eu não sei.

Existe uma coisa que Abel poderia fazer, uma última medida drástica que lhes daria os códigos. Ele poderia se comunicar com Fouda pelos códigos para ajudar a Gênesis — permitindo que Fouda o trocasse com Gillian por medicamentos.

Gillian Shearer finalmente colocaria as mãos em Abel. Sua alma seria perdida e seu corpo enfim pertenceria completamente a Mansfield. Ele cumpriria a Diretiva Um.

O simples fato de Noemi não ter sugerido isso é prova do quanto a amizade deles deve significar para ela. Ele já se ofereceu para morrer pela Gênesis uma vez, mas ela rejeita essa ideia tão fortemente agora quanto naquele dia. Ainda assim, se tudo se resume a uma vida por bilhões...

Abel freia o pensamento. Acredita que eles sairão disso por conta própria, porque ele acredita em Noemi. Ela é a única fé de que ele precisa.

27

NORMALMENTE NOEMI DEIXARIA O TRABALHO MECÂNICO COM ABEL. Não é que ela não saiba como fazer a maior parte, mas imagina que o cara que de fato é *parte máquina* tenha uma vantagem.

Mas agora ela se ajoelha na frente do painel de comunicações mais próximo, abrindo-o e usando sua pequena lanterna de emergência para olhar lá dentro. Ela fará o trabalho para que Abel poupe sua força. A fuga deles do outro lado da nave quase o matou; ela entende isso, mesmo que ele não entenda. Enquanto viajavam pelos corredores mais perto da ponte, Abel andava devagar e mancando de forma quase imperceptível. Esse tipo de comportamento, vindo dele, é a prova de danos reais.

E mais uma prova: ele a deixa fazer o trabalho sem reclamar ou comentar.

Noemi não sabe como consertar Abel, mas ela pode ao menos ter cuidado com ele. Não pode transportá-lo até o outro lado da nave. Eles têm que descobrir uma maneira de lidar com isso de onde estão.

O painel de comunicações que eles têm não é totalmente alimentado, mas a gambiarra de Noemi o capacitou a fazer alguma coisa. Ela só precisa fazer algumas transmissões — começando com alguns acordos.

Se ela lidar com isso direito, tanto o capitão Fouda quanto Gillian Shearer terão que seguir as *suas* regras para variar.

— Ok, estou prestes a ligar para a sede dos passageiros. — Noemi olha para ele. — Você está pronto?

Abel assente, e ela começa.

Sua voz crepita e ecoa pelo corredor quando ela diz:

— Aqui é Noemi Vidal, da Gênesis, para Gillian Shearer. — A pausa parece mais longa do que é.

Os passageiros devem estar ouvindo Fouda emitir comandos, porque a resposta chega quase instantaneamente.

— *Onde está Abel?* — Gillian exige. Sua voz vem através do pequeno alto-falante na mão de Noemi; o efeito vibratório faz parecer que ela está segurando Gillian na palma da mão. — *Ele ainda existe? Ou o Remédio o destruiu?* — Ela tem medo do que o Remédio faria por maldade.

— Abel está bem — diz Noemi. — Eu também. Obrigada por perguntar.

Gillian ignora isso.

— *Eu quero falar diretamente com Abel.*

Abel se ajoelha ao lado de Noemi e se inclina para perto do console. Sua luz dourada brilha entre eles quando ele diz:

— Estou aqui, Gillian.

— *Você não vai voltar pelo Pai, vai?* — A voz de Gillian falha. Ela está presa entre risos e lágrimas, tão vivamente que Noemi pode imaginá-la quando diz: — *Vocês dois ligaram só para me atormentar?*

— Não — responde ele. — Eu queria lhe dizer que Simon continua vivo, apesar de demonstrar extremo mau funcionamento mental e físico. Ele está coletando outros mecans, os controlando de alguma forma. Simon é perigoso para qualquer pessoa nesta nave, inclusive você, e para si mesmo. No entanto, ainda acredito que posso ajudá-lo.

— *Então você está usando a vida de uma criança pequena como moeda de troca* — retruca Gillian.

Noemi interrompe.

— E você está usando dezenas de vidas como moeda de troca, então não está em condições de criticar, Dra. Shearer.

— Ajudarei Simon, não importa como — diz Abel calmamente. — Se eu puder.

— *Só que isso não se trata de Simon...*

— Você é inteligente o suficiente para continuar verificando as passagens principais, então acho que sabe que o Remédio aprisionou todos vocês nesta nave — diz Noemi. — Se os mecans do Castelo de Inverno viessem para salvá-los, eles já teriam chegado aqui a essa altura. Você vai morrer de fome ou congelar até a morte se nós não os ajudarmos... mas estamos dispostos a fazer isso. *Se* você aceitar algumas condições.

— *Condições.* — Isso na voz de Gillian é raiva? Resignação? — *Claro.*

— Elas são bem simples — diz Noemi. — Você nunca mais irá atrás de Abel. Sem caçadores mecans, sem fazer reféns, nada. Você o liberta. Seu pai teve o tempo dele, então deixe que Abel tenha o seu.

Uma das mãos de Abel se curva em torno de seu pulso, um toque suave que levanta um canto da boca de Noemi em um sorriso.

Gillian diz bruscamente:

— *O que mais?*

— Dois, você poupa os membros sobreviventes do Remédio. Você dá a eles os suprimentos médicos de que precisam. Então os leva para o Castelo de Inverno, compartilha suas provisões, deixa que ajudem a construir este mundo. Os que tiveram Teia de Aranha estão tão adaptados a Haven quanto você.

— *Como você sabia...* — Gillian a interrompe, mas não adianta.

— Eles precisam de novas casas tanto quanto vocês — continua Noemi. — Sim, alguns deles fizeram coisas terríveis, mas, como vocês basicamente tentaram *roubar um planeta*, não acho que tenham muita moral para falar. Eles estão acostumados a trabalhar duro e têm algumas das habilidades que seus passageiros não têm. Eles seriam bons colonos para um novo mundo.

No fundo, sob o estalo do alto-falante, Noemi ouve Delphine dizer:

— *Precisamos de alguém que saiba fazer sapatos de neve!*

Noemi tem que morder o lábio para não rir.

Gillian finalmente diz:

— *Tudo bem. Nós podemos fazer isso. Mas Simon... Abel, o que você vai fazer com Simon? Eu o tenho chamado...*

— Vou ajudá-lo a estabilizar seus processos mentais e emocionais — responde Abel. — Não tenho certeza de que você possa restaurá-lo em um tanque de crescimento neste momento ou se seus padrões de memória foram distorcidos pela transferência... há muitas variáveis em jogo. Ele começou sua existência como humano, o que torna sua experiência radicalmente diferente da minha, mas ainda somos parecidos de uma maneira fundamental. Nós somos os únicos dois mecans da galáxia que também são... indivíduos. Se há alguém que pode entendê-lo, sou eu.

— *Ninguém entende uma criança como a sua mãe* — responde Gillian.

Não há a menor chance de Noemi deixar isso barato.

— Ou como um pai? Sinto muito, mas Mansfield disse para você descartar Simon como lixo e começar de novo, como se isso não fosse grande coisa. Para mim, parece que seu pai não entendia nada sobre você.

Outro longo silêncio. Os olhos de Abel se arregalam quando ele pensa em Mansfield mandando descartar Simon, embora Noemi já tenha falado sobre isso. A dor de Abel permanece palpável. Talvez as pessoas nunca parem de tentar acreditar naqueles que amavam.

Noemi decide que seria misericordioso mudar de assunto.

— Ok, temos um acordo. Espere onde você está até confirmarmos que desativamos as minas.

A resposta seca:

— *Não acho que você precise se preocupar com isso. Não temos pressa em testá-las por nós mesmos.*

— Então vamos poupar a energia da comunicação. Vidal desligando. — Com um movimento do polegar, o comunicador interno fica silencioso outra vez e ela acena para Abel para mudar o sinal. Ela não vai mais ligar para os passageiros; dessa vez, é para a ponte. — Capitão Fouda?

Demora vários segundos para uma resposta chegar.

— *Vidal da Gênesis.* — A voz de Fouda é áspera, seu tom como o de um homem em choque. — *Ainda está viva.*

— Por enquanto. Nós precisamos conversar.

— *Precisamos do seu mecan.* — O desafio se derrama dele. Tudo o que Noemi ouve agora é desespero. — *Vidas humanas estão em risco...*

— Negociamos com os passageiros — explica Noemi. — Eles fornecerão o medicamento de que você precisa se desativar o máximo de minas possível... e me fornecer os códigos de retransmissão para o Remédio.

Ela espera que Fouda discuta ou imponha condições, mas ele pula tudo isso.

— *Não temos muitas pessoas restantes. As minas... não tenho certeza do quanto podemos fazer.*

— Desarme o máximo que puder — ela repete, ajustando suas expectativas. — Abel e eu vamos cuidar de algumas também. Agora preciso desses códigos de retransmissão.

— *Gama quatro oito sete delta mu delta cinco cinco um oito zeta seis pi fi sigma três...*

A sequência de letras e números a pega desprevenida; isso deve ser algo memorizado por Fouda, algo que ele está cuspindo com o último esforço mental. *Eu não posso decorar! Não há como me lembrar disso!* Noemi momentaneamente entra em pânico e percebe que Abel está captando cada palavra.

Quando Fouda finalmente termina, ele diz:

— *Quanto tempo? Precisamos do medicamento agora.*

— Abel e eu precisamos que desative pelo menos uma das minas como demonstração de boa-fé — responde Noemi. — Assim que tiverem feito isso, enviaremos passageiros com ajuda. Está bem?

— *Está bem.* — O cansaço de Fouda deixa claro que ele vê isso como uma derrota, mesmo que salve as poucas pessoas que restam. — *Fouda desligando.*

A luzinha entre ela e Abel se apaga. Seus olhos se ajustaram o suficiente à fraca iluminação para ver a expressão dele — ao mesmo tempo pensativa e em dúvida.

— O que foi, Abel?

— Você negociou por todos, menos por você. — Ele balança a cabeça lentamente. — Você é notável.

— Eu negociei por você. Isso que importa.

A mão de Abel desliza, subindo pelo braço dela, e se fecha em sua nuca. A maneira como ele se inclina mais perto a faz perceber que ele pretende beijá-la. Seu coração bate loucamente no peito...

... mas ele abaixa a mão e recua.

— Peço desculpas.

Não há como negar: Noemi se sente enganada.

— Por quê?

— Por agir de acordo com meus sentimentos românticos. — Abel explica isso com a mesma facilidade com que explicaria o funcionamento de motores. — Não espero que você os retribua. Mas meu impulso momentâneo pode ter feito você se sentir desconfortável. Não cometerei o mesmo erro outra vez.

Lentamente, Noemi diz:

— Ah, Abel... está tudo errado...

— O que você quer dizer?

Ela não consegue encontrar as palavras. Palavras não importam. Nada importa, exceto uma verdade que ela não sabia até o momento.

Noemi abraça Abel e leva os lábios aos dele. Quando o beija, ele fica tenso; no começo, ela acha que errou de alguma forma. Mas então ele a abraça, a puxa para perto e retribui o beijo. Ela cede, abrindo a boca dele com a sua.

Na primeira vez que eles se beijaram, ela estava flutuando no ar. A gravidade os mantém mais rápidos agora, mas de alguma forma a sensação é a mesma, como se ela estivesse voando por dentro.

Não, é melhor. Da última vez, ela estava beijando Abel em despedida. Fora um fim. Isto é um começo.

Quando suas bocas se separam, Noemi está respirando com dificuldade. A expressão de Abel parece mais atordoada e cautelosa do que exaltada.

— Não devíamos ser arrebatados dessa forma. Não no meio de uma crise tão séria.

Isso é o que a capitã Baz lhes diria. Esse é um bom treinamento militar. Noemi nunca se importou com o treinamento militar em sua vida.

Então Abel continua:

— Mas, como vocês humanos dizem... que se dane. — E então a beija novamente.

Desta vez, o beijo dura muito, muito mais tempo. Seu pequeno canto da *Osíris* — seu pedaço neste novo mundo — parece tudo o que existe no universo inteiro. Noemi passa os dedos pelos cabelos louros dele, inclina-se contra ele para que ele possa sentir o batimento de seu coração; talvez pareça um batimento cardíaco para ele também. Ele não tem coração ou pulso próprio. Ela vai compartilhar o dela.

Por fim, Abel para o beijo e a aperta mais profundamente em seus braços. Noemi enterra o rosto na curva do ombro dele.

Com timidez, ele pergunta:

— É um comportamento ruim pedir esclarecimentos românticos?

Ela ri nos braços dele.

— Eu não sei. Não me importo. Pode pedir.

— Você se descreveria como "apaixonada" por mim ou apenas interessada em explorar uma conexão romântica? — Ele parece tão sério, tão inseguro. — Qualquer alternativa é extremamente aceitável. Mas eu gostaria de saber.

— Provavelmente? Talvez? — Noemi está mais confusa do que Abel poderia estar. Ela só sabe que não poderia ter passado mais um segundo sem beijá-lo. — Quando voltei para a Gênesis, minha antiga vida não me servia mais. Parte disso foi porque perdemos Esther e parte porque eu era uma pária...

— Pária?

— Deixe isso de lado por enquanto. Basicamente, minha vida não era mais a mesma porque eu mudei naquela viagem. A ideia que eu tinha sobre quem eu seria e o tipo de pessoa com quem eu poderia me importar... isso não se aplicava mais. Ninguém entendeu isso, mas eu sabia que você entenderia. Eu gostaria de ter você para me apoiar e conversar. Imaginava o que você diria sobre tudo, e queria ouvi-lo. Mesmo que você não parasse nunca mais de falar e fosse arrogante! Eu não me importava.

— Não é arrogância se avalio de forma realista minhas habilidades como superiores, o que, em geral, são mesmo. — *Claro* que esse é o ponto com que ele teria problemas. Mas ela começou a sorrir, e ele também.

— Não me apaixonei por você naquela jornada — diz ela. — Não sei se estou apaixonada por você agora. Mas você provavelmente é a melhor pessoa que já conheci. Eu me importo com você mais do que com qualquer outra pessoa nesta galáxia inteira. Não sei o que vem depois disso, se é que pode vir alguma coisa. Tudo o que sei é que você é a única pessoa sem a qual não consigo me imaginar vivendo.

Noemi nunca sentiu como se dissesse as palavras certas, exceto agora. O jeito que o rosto de Abel se ilumina, a pura esperança que emana dele — ela deve ter conseguido pelo menos um pouco disso.

Ele a beija mais uma vez, mas quando suas bocas se separam, ele levanta um dedo.

— ... Provavelmente deveríamos fazer algo sobre as minas.

— Sim. As minas. — Ela se afasta e balança a cabeça, tentando limpá-la. — Boa ideia.

• • •

Primeiro, eles recorrem a um dos maiores corredores intactos da nave, o que será mais útil tanto para o Remédio quanto para os passageiros.

No treinamento militar da Gênesis, os soldados estudam extensivamente as minas espaciais e planetárias. Noemi trabalhou mais duro do que a maioria. O último momento que ela passou com sua família foi o momento em que eles dirigiram sobre um dispositivo explosivo não tão diferente de uma mina. Para ela, desarmar bombas parece com derrotar um inimigo. Esses diagramas lhe vêm à mente com tanta clareza como se ainda estivessem na sua tela de estudo.

— Certo — diz ela enquanto estão no outro extremo do corredor. — Vou entrar no tubo de serviço e verificar. Se eu puder desativá-lo, ótimo. Se for muito complicado ou exigir equipamento que não tenho, passaremos para o próximo corredor.

— Deveria ser eu a assumir o risco — insiste Abel, como ela sabia que ele faria.

Noemi aperta as mãos dele nas suas.

— Eu já trabalhei com minas antes. Sei o que estou fazendo. Você está exausto e está mais danificado do que quer deixar transparecer.

— Ainda tenho total destreza no pulso.

— Talvez tenha. Mas deixa que eu cuido disso, ok? — Ela luta pelas palavras. — Eu não me importo de deixar você fazer mais, porque você *é* mais forte do que qualquer humano poderia ser. Você *tem* mais informações em seus bancos de memória do que qualquer cérebro poderia suportar. Isso não significa que deva ser você quem automaticamente sempre se coloca em perigo. — Noemi leva a mão dele aos lábios e a beija. Sua pele está terrivelmente desgastada pela escalada gelada pela fenda. — Sua vida importa tanto quanto a de qualquer humano, Abel. Lembre-se disso.

— Não mais que a sua. Não para mim. — Ele balança a cabeça. — Você é minha prioridade.

— E você é a minha.

Ela sabe que Abel quer discutir mais, mas ele olha para as mãos danificadas. Se a emoção não o convencer, a lógica o fará. De fato, depois de alguns segundos, ele assente.

— Se você tiver alguma dificuldade, qualquer que seja...

— Eu chamarei você.

— E se você tiver um pingo sequer de dúvida...

— Mesma coisa.

Desta vez, Abel beija a mão dela e a deixa ir.

Noemi entra na estreita abertura do tubo de serviço, fazendo uma pausa após um ou dois metros para fazer um balanço das poucas ferramentas que coletou e colocar sobre os olhos um par de óculos de visão noturna. Nos corredores, ela conseguia enxergar, mas aqui embaixo a escuridão é quase completa. O dano do acidente é muito aparente nessa parte, com as vigas dobradas e os suportes desmoronados da *Osíris* expostos. Quando ela viu os murais inúteis e dourados, passou por cima da elegância quebrada, viu apenas o desperdício. Agora que ela está no ventre da coisa, olhando para sua força bruta, Noemi percebe como essa nave é esplêndida.

Era para ser um veículo de ressurreição, pensa. *Se não fosse a ganância dos passageiros e a raiva do Remédio, essa nave poderia trazer um planeta inteiro de colonos para a próxima casa da humanidade. Realmente teria sido um renascimento.*

No mundo tingido de verde apresentado pelos óculos de visão noturna, Noemi vê a mina quase de imediato. Seus fios se espalham em várias direções, como uma das lulas de sete tentáculos nativas dos oceanos da Gênesis. Ainda assim, com uma mina, a escala é relativamente sem importância. Desarme o mecanismo central, e todas as ramificações serão desativadas.

Ainda no túnel, ela se abaixa no espaço aberto mais amplo sob a mina. Mal é alto o suficiente para ela ficar de pé; Fouda deve ter enviado alguém baixo para cá. Ainda assim, ela pode recostar-se um pouco, apoiar o ombro contra uma das paredes e permanecer firme.

Tirando os óculos, Noemi acende sua pequena luz novamente para verificar a cor dos fios e das abas. O padrão fica claro e se alinha com o que ela estudou no treinamento, um modelo bastante básico que praticamente mostra a ela como desativá-lo.

Com um sorriso severo, Noemi pega o kit de ferramentas de emergência nas proximidades e começa a trabalhar.

O que a capitã Baz pensaria dela agora? Ela ficaria orgulhosa, provavelmente — presumindo que não odeie Noemi por demorar tanto para ajudar a Gênesis. Quanto a Darius Akide...

Que barulho foi esse?

Ela se abaixa, extraindo suas ferramentas da mina enquanto espia pela escuridão do túnel. Ver qualquer coisa é impossível, mas ela sabe que não imaginou aquele som de raspagem. Rapidamente, coloca os óculos de visão noturna e olha para fora...

... e vê Simon sorrindo para ela.

Ele sussurra:

— Achou.

28

ABEL ACEITA A DECISÃO DE NOEMI DE ASSUMIR AS MINAS. EMBORA ele considere seguir vários passos atrás dela, abandona esse plano quase no mesmo instante; se ele a distraísse no momento errado, poderia ser perigoso. Se ela sentisse que ele não confia nela para lidar com algo perfeitamente dentro de suas habilidades... isso poderia ser perigoso para *ele*.

Além disso, ela estava certa. Agora que está parado, sem nada para fazer senão descansar, ele percebe como seu tempo de reação diminuiu. Ele esgotou suas reservas de capacidade regenerativa; não poderá se curar até descansar. Noemi percebeu isso antes dele mesmo.

Minha programação prioriza lidar com problemas para humanos. Naturalmente, quero fazer coisas para Noemi. Mas talvez o apego emocional programe os humanos para fazerem o mesmo.

Um novo maravilhamento se abre em sua mente quando ele se lembra de que Noemi está emocionalmente ligada a ele — que ela não consegue imaginar viver sem...

Ele ouve metal rangendo lá embaixo. Localizando sua audição, determina que o som está vindo diretamente debaixo de onde ele está e que, além do metal, também consegue distinguir o som de pés arrastados.

Noemi não deveria estar lá. Não é perto da mina. A posição dela seria vários metros à frente...

... que é para onde os passos estão indo.

Imediatamente Abel fica de pé, correndo para a passagem mais próxima. Ele lembra a si mesmo: *É por isso que os humanos nunca devem fazer os planos!*

A porta da escotilha mais próxima fica a apenas um metro de distância. Abaixar-se é fácil, assim como mover-se rápida e silenciosamente pelo corredor. Sua visão infravermelha permite vislumbrar uma pequena forma humana — um pouco mole demais, com passos irregulares —, sim, é Simon. A confirmação chega um segundo depois da forma mais arrepiante possível, a voz de Simon dizendo:

— O que faz você se mover?

— O que você quer dizer? — Noemi parece tão calma, tão firme.

— Você não é como eu e Abel — diz Simon. — Você é apenas uma pessoa. Eu não entendo o que faz as pessoas se moverem.

— Aposto que você tem essa informação em seus bancos de dados — responde ela, mantendo o tom uniforme. — E aposto que Abel estaria disposto a ajudá-lo a descobrir como acessá-lo. Na verdade, eu sei que ele estaria.

O medo de Abel por ela se mistura com um orgulho feroz.

— Vamos juntos até ele — continua Noemi. — Ele quer melhorar as coisas para você, eu prometo.

Noemi não confia em Simon. Ela tem medo dele. Mas, por amor a Abel, ela o trata com bondade e tenta lhe dar esperança. Ele não precisa mais defender Simon dela... e é por isso que ele pode ver Simon com mais clareza do que antes: a maneira desajeitada com que ele avança, embora a essa altura a mente de Simon já devesse ter se adaptado aos parâmetros básicos de seu novo corpo. A inclinação de seus ombros, cujo ângulo se ajustou notavelmente mais largo desde que Abel o viu pela primeira vez... como se sua estrutura interna não fosse firme o suficiente para aguentar. A crueza da sua pele, que deveria ser ainda mais suave que a de um recém-nascido quando ele saiu de seu tanque, e agora está severamente desgastada, sem nenhum sinal de cura.

— As vozes aqui dentro dizem muitas coisas. — A voz de Simon é entrecortada, diminuindo várias frequências enquanto ele fala. — Uma delas diz que a maneira como você respira e o som que posso ouvir em sua barriga significa que você está cansada e com fome. Essa quer que eu leve você a uma enfermaria. Não sei o que é uma enfermaria, mas devo levar você até lá.

Programação de Tare, Abel percebe. Gillian não apenas tentou trazer de volta o filho; ela tentou equipá-lo com toda a gama de conhecimentos e habilidades de Abel. Ela falhou. É demais para um pequeno garoto mecan.

Simon continua:

— Outra voz diz que você é inimiga, e a fraqueza me dá a chance de matar um inimigo. Esperar que você se distraia e depois cortar sua garganta.

Provavelmente isso vem de um Charlie.

— Prefiro ir à enfermaria — diz Noemi, com a cara séria. — Vamos ouvir essa voz.

— Não. Você *é* uma inimiga, não é? Você disse a Abel para não me ajudar.

— Eu estava assustada. Eu não entendia. É quando cometemos erros. Não cometa um erro agora, Simon. — Ela transfere o peso do corpo de um pé para outro e Abel percebe que está tentando determinar uma saída. Não existe uma à disposição.

A mina se estende acima, vários cabos espalhados em ângulos de cerca de trinta graus por todo o piso. Na visão infravermelha de Abel, o pequeno explosivo em seu centro brilha como uma joia vermelha. Ele estima sua força explosiva com base no tamanho e nos materiais que provavelmente estariam disponíveis para os membros do Remédio em pouco tempo. Então olha para Simon outra vez.

Sinto muito, ele pensa. *Você poderia ter sido meu irmão. Mas eles pegaram pesado demais com você. Eles estavam impacientes. Você merecia mais.*

Ele leva a mão ao punho de seu blaster.

Abel pretende enviar um aviso para Simon, para lhe dar uma chance de correr. No fim, talvez tivesse sido melhor Gillian ter decidido pelo encerramento. Mas quando ele abre a boca, Simon dá um passo para mais perto de Noemi e diz:

— Já sei. Vou te matar e *depois* vou te levar para a enfermaria.

Com isso, Simon segura seu próprio blaster. Ele deve ter pegado de um Charlie ou uma Rainha caída, como qualquer garotinho que ainda não entende a diferença entre uma arma e um brinquedo. É grande demais para sua mão minúscula, mas ele sabe como dispará-lo. A programação de Charlie agindo novamente.

Apressando-se para a frente, Abel derruba Simon, mas não para. Ele agarra Noemi pela cintura enquanto corre; ela exala bruscamente com o golpe, mas se agarra a ele enquanto ele corre em alta velocidade através do tubo de serviço.

Ela engasga, ainda lutando para respirar.

— Ele está de pé... ele está apontando...

— Atire na mina ao meu comando. — Abel para de repente, soltando Noemi. Ela reage mais rápido que qualquer mecan, aterrissando na posição de tiro, nivelando o blaster. — Agora!

Ela atira. Apenas 0,13 segundo depois, Abel agarra a costura do painel de metal embaixo deles e rola sobre Noemi, puxando o piso por cima e ao redor deles, envolvendo-os sob o escudo improvisado.

Uma luz mais brilhante que o sol da Terra brilha, forçando-o a cortar momentaneamente toda a entrada visual; o ar quente comprimido atinge o escudo de metal com força suficiente para machucá-lo e fazê-lo prender a respiração. Noemi assobia de dor, mas permanece imóvel por mais 1,9 segundo, que é quando os dois sentem o cheiro do fogo.

— Vamos — diz ela, empurrando Abel. Ele vislumbra a marca de queimadura nas costas da mão dela, mas não há tempo para fazer nada, a não ser fugir da área em chamas... para longe do pouco que resta de Simon Shearer.

Nenhum deles pode correr à velocidade máxima, mesmo com a fiação e as paredes pegando fogo ao seu redor. O incêndio não está muito longe, espalhando-se por todo o tubo de serviço a uma velocidade ainda maior do que ele havia estimado. Na frente deles, apenas a escuridão; atrás deles, a luz do fogo.

— Escotilha de serviço? — ela engasga.

Abel não responde com palavras, em vez disso, a empurra para o lado. Ela colide com a escada e pula. Ele está logo atrás dela, empurrando-a, e, embora esteja indo rápido, ele sente o ar aquecendo ao redor dos pés, aquecendo ao redor deles...

Noemi se empurra e cai em um corredor torto e cinza. Aqui também eles podem ver a chama, mas essa deve ser uma das poucas áreas da *Osíris* onde as proteções contra incêndio estão intactas. O sistema de aspersão se esguicha do chão, não do teto, mas é o suficiente para manter o fogo contido. Em breve ele vai explodir.

Simon Shearer morreu uma segunda vez. Abel se pergunta quantas vezes a criança será ressuscitada e quantas dessas ressurreições fracassarão.

A única punição maior do que a morte deve ser ter que morrer várias e várias vezes.

• • •

As reflexões de Abel sobre o destino de Simon o absorvem tão profundamente que Noemi o guiou por metade do caminho até a baía de ancoragem antes que ele registre suas ações. Ou talvez seja a exaustão, que pode ser deixada de lado durante uma crise, mas que parece ser persistente.

— Estamos quase fora daqui. — Ela pula em uma borda quebrada, se balança e faz uma pausa para ele segui-la. — Assim que encontrarmos uma nave, estaremos livres.

— Temos que contar a Gillian o que aconteceu. — Por que ele ainda sente que tem alguma obrigação para com essa família? Por que ainda se importa com os sentimentos deles? — Ela precisa saber que o caminho está limpo, mas, acima de tudo, tenho que contar a ela sobre Simon.

Ele não pode deixá-la esperar em vão pelo filho.

— Temos que contar a ela o que aconteceu quando estivermos seguros e fora da *Osíris* — diz Noemi. — Caso contrário, ela virá atrás de você com tudo o que tem.

Ele duvida que Gillian tenha muito em termos de força de ataque, mas neste momento não seria preciso muito para subjugá-lo. Embora Noemi tenha aguentado melhor — o que é surpreendente para um humano —, ela também está mostrando sinais de cansaço. A fuga imediata é, de longe, o melhor curso de ação.

A baía de ancoragem se parece mais com a caixa de brinquedos de uma criança do que com uma doca organizada para espaçonaves. Enquanto os campos de força mantinham algumas das naves menores no lugar durante o acidente, a maioria das naves se libertou. As pilhas de destroços têm até seis metros de altura em algumas áreas. Abel pensa que qualquer humano que estivesse na baía de ancoragem durante o acidente certamente foi morto.

— Bem. — Noemi suspira. — Parece que vamos ter que pegar uma última carona de Mansfield.

O olhar dele segue o gesto dela para uma nave semiesférica branca em um canto quase intocado.

— Parece algo que ele gostaria — diz Abel calmamente.

Ela percebe a reação dele — seu pesar pelo pai/criador —, mas apenas acaricia sua mão por um instante antes de se tornar profissional novamente.

— Ele nos deve essa, eu acho...

— *O mestre mandou parar.*

Noemi pula. Abel gira e vê um modelo Rainha, em grande parte sem pele ou carne sob a cintura. A ilusão da seminudez é estranhamente desanimadora, assim como os olhos desfocados da Rainha. Ela está no meio de uma das pilhas de lixo; danificada como está, se camuflou com perfeição.

— O mestre se foi — diz Noemi lentamente, estendendo a mão como se quisesse proteger os dois. — Simon não está mais aqui.

A Rainha repete:

— O mestre mandou parar.

Abel repassa prováveis comandos e possibilidades.

— Suas últimas instruções podem muito bem ter sido nos manter no mesmo lugar até que ele pudesse nos confrontar pessoalmente.

— E essas instruções — Noemi engole em seco —, ninguém pode cancelá-las, exceto Simon, que agora está morto e, portanto, não está disponível para cancelar nada. Certo?

— Exatamente.

— O que significa que temos um problema.

Do alto, nas bobinas das mangueiras e células de combustível, um King grita:

— O mestre mandou *parar*!

— Afirmativo — diz Abel. — Nós temos um problema.

Noemi balança a cabeça como se quisesse limpá-la.

— Ao meu comando... *corra*!

Ele corre em direção à nave de Mansfield à máxima velocidade — sua velocidade máxima atual, que não é rápida o suficiente. Dessa vez, Abel corre à frente de Noemi, porque preparar a nave para a decolagem é a única maneira mais eficaz de protegê-la. Ao redor deles, em meio a aglomerados de sucata, mecans e pedaços de mecans se arrastam, gritando e arranhando, cada um despojado de qualquer outro propósito ou função que não seja perseguir Abel e Noemi.

Abel sente uma fração de segundo de repulsa — dos mecans, dessa coisa que ele mesmo é —, mas afasta isso quando pula na nave.

Seu interior pomposo certamente parece o tipo de luxo em que Mansfield... *teria* insistido. Enquanto Abel verifica combustível e energia, Noemi entra correndo e vai direto para os controles de pilotagem. Ela bate no controle das portas, que se fecham...

... parcialmente, até que a metade superior de um modelo Yoke se encaixa entre elas, um braço ensanguentado ainda arranhando inutilmente o ar.

— Tire ela dali! — Noemi grita para Abel enquanto liga os motores. A nave ergue-se do chão, instável, pairando com uma oscilação notável. — Vou ver se as portas automáticas ainda funcionam!

— Voando diretamente para elas?

— Você tem uma ideia melhor?

— Infelizmente, não.

Enquanto a nave gira, ganhando velocidade, ele chuta a Yoke para soltá-la. Yokes são construídas para ter força, e esta não se solta. As portas continuam pressionando, mas isso apenas prende a Yoke com mais firmeza. Ele não pode usar seu blaster sem danificar a nave.

Por fim, ele puxa uma cadeira do suporte e golpeia a Yoke várias vezes até que ela desapareça — no momento em que ele ouve o barulho das portas da baía, e ele e Noemi emergem da escuridão para a luz da manhã.

O ar frio atravessa a embarcação através das portas ainda abertas, e Abel dá as boas-vindas ao frio. Eles finalmente escaparam da *Osíris*.

Isso seria um alívio maior se as portas da nave se fechassem.

— Vamos lá — Noemi murmura, socando os controles de novo. — Vamos.

Abel agarra as portas da nave e tenta fechá-las, mas as garras da Yoke as danificaram. Se as portas não puderem ser fechadas, a nave não poderá deixar a atmosfera de Haven, e ele e Noemi terão que pousar e encontrar o corsário.

— Nossa fuga pode ser comprometida.

— E acabou de ficar pior. — Noemi gesticula para a tela, que mostra um punhado de naves danificadas saindo da baía de ancoragem, sem dúvida pilotadas por mecans que ainda estão cegamente cumprindo as ordens de Simon. Por quanto tempo esses mecans os caçarão? Dias? Semanas? Não há como ter certeza da força dos comandos de Simon até que sejam testados. Chegar ao corsário com tantos inimigos os perseguindo será perigoso; talvez até impossível.

Pelas portas, ele pega um flash de luz vermelha. Noemi ofega e ele volta para a tela. Outra embarcação entrou na atmosfera e está derrubando as naves que os perseguem... não com armas, mas com lasers de mineração.

Sorrindo, ele vai ao painel de comunicação, ativa o sinal e diz:

— Seu *timing* é impecável.

— *É melhor você aceitar que sou a capitã para sempre!* — Virginia grita de volta, e Noemi ri alto de alegria.

29

Noemi pula da nave de Mansfield recém-pousada na neve espessa e branca. O frio não pode alcançá-la agora. No céu brilha uma nave familiar, em forma de gota e mergulhando em direção à sua localização. Um sorriso largo se espalha pelo rosto dela.

— A *Perséfone*, hein?

— A *Perséfone* — confirma Abel. Ele se move rigidamente quando sai da nave de Mansfield.

Noemi sente sua dor quase como se fosse dela — uma estranha sensibilidade que percorre seus nervos — e resolve colocá-lo no modo de regeneração o mais rápido possível.

Além de se preocupar com seu bem-estar, é bom ser quem cuida dele, para variar.

A *Perséfone* para talvez a meio quilômetro de distância e paira no lugar por um momento.

Um som distante e estridente de metal faz os dois pularem, mas Noemi reconhece o fraco brilho da rampa de embarque. Um momento depois, algo vermelho e sobretudo brilhante surge no ar — o corsário, sem dúvida, exatamente onde Abel o deixou. A baía de embarque se abre para recebê-lo e, em seguida, a *Perséfone* gira em direção à sua localização, tocando em um turbilhão de neve enquanto suas portas se abrem. Noemi agarra a mão de Abel novamente quando eles correm a bordo.

— Estou de volta! — Ela gira enquanto olha em volta da baía. — Eu voltei de verdade. Nunca imaginei que voltaria.

A nave decola novamente, fechando a porta da baía de embarque. Abel vira um assento próximo e afunda nele.

— Bem-vinda de volta.

Parece mais que ele disse *Bem-vinda à casa.*

A porta interna do corredor se abre, revelando Virginia Redbird vestindo um macacão laranja e um sorriso enorme. Ela se aproxima deles.

— Noemi!

— *Virginia.* Você conseguiu. Você nos salvou.

— Como sempre — diz Virginia, envolvendo Noemi em um abraço caloroso. — Vou ser cem por cento honesta aqui... estou orbitando este planeta, ficando nervosa porque o Garoto Robô aqui não dava notícias e, imaginei, é hora de ver como as coisas estão indo para esses dois. E eles estavam se ferrando! Com vocês dois sendo derrubados e tudo. O que significava que vocês precisavam de mim, não que não precisem sempre.

— Você estava certa. — Noemi cai contra a parede. Alívio parece a remoção de um tremendo peso que ela teve que carregar por muito tempo.

O enorme sorriso de Virginia diminui uma fração minúscula.

— Vocês estão bem?

— Precisamos de calor, descanso e comida — diz Abel. — E tempo de regeneração. Então ficaremos bem.

— Então não tem problema se... Ah, *inferno*, não. — Os olhos de Virginia se arregalam quando ela dá um passo cambaleante em direção ao corsário. Quando Noemi dá uma boa olhada, ela estremece; sua superfície foi danificada por vários raios de blaster. — O que aconteceu?

— Muito provavelmente — diz Abel —, quando os mecans que nos procuravam encontraram um possível veículo de fuga, tentaram destruí-lo.

Noemi murmura:

— O mestre mandou parar.

— Felizmente, suas armas não foram suficientes para destruir o corsário — acrescenta Abel. — Só foram capazes de danificá-lo severamente.

O pior de todos os tempos em confortar as pessoas, Noemi pensa, enquanto coloca a mão no ombro de Virginia.

— Hum... desculpa...

— Tudo bem — diz Virginia com a voz fraca. — Vocês são meus amigos e são mais importantes que meu veículo. Sempre. Mas eu só... preciso de alguns segundos para, não sei, ficar agitada e fazer barulhos de pterodátilo. Deixe-me fazer isso, ok?

Noemi não sabe o que isso significa até que Virginia agarra seus longos cabelos e faz um som estridente que de fato soa como uma grande coisa pré-histórica em perigo, ou pelo menos como Noemi imagina.

Eu provavelmente deveria deixá-la sozinha, ela decide. Além disso, ela tem outra pessoa para cuidar.

— Você — diz Noemi para Abel, curvando-se para passar o braço sobre os ombros dela e ajudá-lo a se levantar. — Enfermaria. Agora.

— Primeiro temos que entrar em contato com a *Osíris* uma última vez.

Seu coração parece parar quando ela percebe o que ele quer dizer — mas ele está certo. Essa é uma ligação que eles precisam fazer.

• • •

— *Abel?* — As comunicações na ponte estalam com a voz de Gillian Shearer. — *Registramos uma explosão em nosso equipamento alguns minutos atrás... vocês foram os responsáveis? O que está acontecendo? Por favor, responda!*

— Fomos nós — diz Noemi.

Gillian nem a reconhece.

— *E Simon? Vocês já encontraram Simon?*

Quando os olhos escuros de Noemi encontram os de Abel, ela pergunta silenciosamente se ele quer dar a notícia ou se é muito doloroso. Ele levanta a cabeça, aceitando a tarefa.

— Gillian, sinto muito mesmo. Simon se foi.

Uma longa pausa se segue e é interrompida pela voz áspera de Gillian.

— *Você o matou.*

— Nós não tivemos escolha. Tanto seu corpo quanto sua mente estavam danificados além de qualquer reparação, e ele estava colocando em risco a vida humana. Posso lhe dizer que foi... rápido.

Gillian Shearer não vê utilidade nesse tipo de misericórdia.

— *Você mentiu para mim. Você* mentiu! *Você matou meu filho. O acordo acabou, Abel. Nós* vamos *encontrar você.*

— Estamos fora do planeta, na verdade — diz Noemi. Ela gostaria de esfregar isso no rosto de Gillian, mas Abel claramente tem mais a dizer.

Ele ergue os olhos — lembrando um pouco o rosto de Gillian — quando diz:

— Não pare de trabalhar nos Herdeiros. O projeto ainda não está pronto para Simon, seu pai ou qualquer outra transferência humana. Ainda assim, você está muito perto. Algum dia, em breve, haverá outros mecans como eu. Mas somos mais que repositórios para o pensamento humano. Nós somos uma nova espécie. Outro tipo de pessoa. Algum dia você verá isso. Se Simon não lhe ensinou mais nada, deixe que ele lhe ensine isso.

— *Você não vai pregar sobre meu filho, você...* — Gillian engasga. Os comunicadores silenciam.

Noemi volta toda a sua atenção para Abel. Ele está atrás de sua própria cadeira de capitão, com as mãos apoiadas no encosto, mais cansado e desgastado do que ela imaginava que ele podia parecer.

— Foi difícil para você — diz Noemi. — Sacrificar Simon por mim.

— Eu protegeria você, independentemente de qualquer coisa. Mas não fui eu quem o sacrificou. Simon se tornou um sacrifício quando sua mãe e seu avô escolheram fazer experimentos com sua alma em vez de deixá-lo ir.

As dimensões morais de tudo que ela aprendeu — do que significará quando houver outros mecans com almas, se devem existir, se podem ser protegidos — é algo sobre o que ela precisa refletir. À medida que a adrenalina de sua fuga da *Osíris* diminui, sua urgência em retornar para a Gênesis se torna mais intensa em sua mente. Aqui e agora, no entanto, ela tem uma prioridade mais imediata.

— Precisamos levá-lo à enfermaria. Eles têm coisas para reparar mecans na enfermaria, certo? Você é parcialmente orgânico.

— Neste momento, minhas principais necessidades médicas seriam mais bem atendidas por um kit de reparo mecan do que por qualquer coisa na enfermaria.

— Então entre em modo de regeneração. — Noemi o pega pelos ombros e o leva até a porta. — Durma um pouco.

— Você também precisa descansar — ele observa.

Levará horas para chegar ao Portão de Haven. Virginia ainda está de luto pelo corsário. E Noemi precisará de sua força para o que está por vir.

— Se eu for dormir, você vai também?

Abel esperava que ela discutisse, ela percebe, mas ele assente.

— Não ouse acordar antes de pelo menos sete horas — diz ela, apontando o dedo para ele.

— Como você mandar — responde Abel, em um tom de voz suave que a faz pensar quando mais ele poderia dizer isso. Mesmo quando suas bochechas ficam vermelhas, ela aponta para o quarto dele e ele obedientemente entra, ela espera que direto para dormir.

• • •

Noemi toma o banho mais glorioso do mundo e depois se deita na mesma cabine da equipe que ela usava antes. Sua exaustão derrota todas as preocupações em seu cérebro e a leva por horas do sono mais profundo. Quando ela acorda, sente como se tivesse retornado de algum reino bem diferente da mente.

Por sorte, algumas roupas da capitã Gee, abandonadas há muito tempo, permanecem guardadas, de modo que ela pode vestir uma roupa nova, uma camisa preta simples e uma calça utilitária. Ela vai até a ponte para conversar com Virginia, que não está lá. Mas Abel está.

Os olhos dela se estreitam.

— Você disse que ia dormir.

— E dormi. Cheguei aqui apenas vinte e dois minutos e doze segundos antes de você.

— Você está sendo superpreciso para não parecer que está mentindo?

— Eu sempre sou preciso — diz Abel, quase recatado. Noemi relaxa quando percebe o quanto ele está melhor. Uma nova pele rosa cobre suas mãos feridas, e ele se move com sua energia habitual. Mesmo que ele não esteja cem por cento novamente, está se recuperando.

Agora ela tem que dar essa mesma chance à Gênesis.

Eles estão a poucos minutos do Portão de Haven antes que Virginia se junte a eles na ponte. Seus olhos estão vermelhos — *ela realmente ama aquele corsário*, Noemi pensa —, mas seu bom humor aparentemente foi restaurado.

— Tudo bem — diz ela. — Estou pterodactilizada. Qual é a nossa situação?

Abel voltou à cadeira do capitão.

— Seis minutos e dez segundos para o Portão.

— Estou na navegação, mas se você quiser fazer operações... — Noemi gesticula em direção à outra posição principal na ponte. — E sinto muito pelo corsário, Virginia.

— Vai dar para consertar. Sim, vai demorar um pouco, mas projetos são bons. Projetos são divertidos. — Virginia diz isso com genuíno prazer antes de dar uma olhada de lado para Noemi. — Claro que vocês têm que ajudar.

— O que você decidir. Passei anos aprendendo a consertar meu próprio caça estelar. Seu corsário não deve ser muito diferente.

Virginia levanta uma sobrancelha.

— E eu que pensei que as pessoas da Gênesis se limitassem a... plantar sementes, orar ou comer farelo de aveia, qualquer coisa que vocês achem que é inspiração.

— Não é só farelo de aveia — Noemi protesta, mas tem que rir.

O exterior escuro e áspero do Portão de Haven parece proibido, mas Noemi se sente muito melhor saindo do que entrando. Depois que a luz se curva e torce em torno deles, estão de volta ao sistema da Terra. Abel imediatamente mostra Netuno na tela; um punhado de naves patrulha Proteus, sem dúvida ainda investigando o que aconteceu com a *Osíris*, mas nada voa perto deles.

— Barra limpa — diz ela. — Agora usamos os códigos de retransmissão. Ligue para o Remédio. Veja se eles responderão.

Abel se move em direção ao painel de comunicação, mas Virginia levanta a mão.

— Faremos isso depois. Primeiro quero fazer uma busca.

Surpresa, Noemi diz:

— Este é realmente o momento?

— O momento de ver se Ludwig conseguiu roubar a nova fórmula da Teia de Aranha geneticamente manipulada que eles usaram para atacar seu planeta, a fim de ajudar o Remédio a encontrar uma cura? — Virginia levanta as sobrancelhas. — Ah, *sim*.

— E se eles não tiverem encontrado?

Abel considera.

— Dada a capacidade dos Razers de obter praticamente todas as informações ou materiais que desejam, em geral sem serem capturados, prevejo que seus esforços se mostraram bem-sucedidos ou serão em breve. Poucos obstáculos estão no caminho de um Razer, com o que eu acho que Virginia concordaria.

A língua dela sai do canto da boca enquanto trabalha.

— Tudo bem, e agora?

— Agora enviamos um código de retransmissão — diz Noemi. — Um que deve sinalizar o Remédio para ouvir nossa mensagem e unir forças.

— Ah, nós vamos ligar para os terroristas! — O sorriso de Virginia é rígido, deliberadamente falso. — Que divertido.

— Nem todo mundo no Remédio é terrorista. Até alguns dos que são... — Noemi lembra-se de Riko deitada no chão da *Osíris*, imaginando contra o que ela estava lutando e pelo que ela estava lutando. Essas não são perguntas que você deseja deixar sem resposta até o fim. — Eles passaram por dificuldades. E, se eles salvarem a Gênesis, acho que isso compensará muito.

Virginia não parece convencida, mas entrega o console para Abel, que memorizou o código de retransmissão. Ele começa a digitar, dizendo:

— Depois dos códigos de retransmissão, enviarei uma segunda mensagem para Ephraim. Ele é o único membro do Remédio em que todos concordamos em confiar.

Noemi fica chocada ao perceber que ela realmente verá Ephraim Dunaway outra vez. Todos os aspectos de sua liberdade deste lado do Portão da Gênesis a atingem outra vez, agora que ela tem tempo para pensar nisso. *Há tantas pessoas com quem quero conversar. Tantos lugares para onde quero ir.*

Mas a Gênesis está em primeiro lugar.

Dentro de minutos, uma mensagem de retorno soa. Noemi quer vibrar.

— É o Remédio?

— Mais ou menos — diz Abel, colocando o sinal na tela principal. Lá, maiores que a vida, estão Ephraim, Harriet e Zayan, todos juntos na ponte do que parece ser uma pequena nave, cada um deles sorrindo.

— Você a encontrou! — grita Harriet, acenando. — Oi, Noemi!

— Oi. — Noemi mal pronuncia a palavra; sua garganta se aperta pela pura alegria de ver esses amigos perdidos mais uma vez. Viajar pelo resto da galáxia como pessoa livre, e não como prisioneira, é a maior alegria que ela conhece. Não é à toa que teve tantos problemas para esquecer e seguir em frente. Quem ia querer esquecer um universo tão maior, mais ousado e mais rico em possibilidades?

Ephraim diz:

— Que bom que você está bem, garota da Gênesis. Receio não ter conseguido obter nenhum código de retransmissão.

— Nós mesmos os conseguimos. — Abel parece satisfeito consigo mesmo, mas o olhar que ele lança a Noemi deixa claro que ele também se orgulha dela. — Nós os enviamos. Com sorte, as naves do Remédio responderão em breve.

As três pessoas na tela se entreolham com um misto de espanto e diversão.

— Está tudo muito bem — diz Zayan —, mas descolamos algumas naves por conta própria.

Noemi faz uma careta.

— O que você quer dizer?

— Chamamos os Vagabonds, e eles vieram. Eles trouxeram equipe médica, medicamentos e... bem, eles mesmos. — Harriet estende a mão enquanto se afasta, permitindo que a *Perséfone* veja o que está na tela da nave. Uma flotilha inteira de embarcações paira no espaço ao seu redor — não, uma frota inteira. São dezenas de naves ou mais de cem?

Lentamente, Noemi se levanta.

— Eles vieram — ela murmura. — Você contou a eles o que a Terra fez com a Gênesis, e os Vagabonds se apresentaram.

Ephraim assente com satisfação.

— A reação em cadeia está apenas começando.

30

A FROTA VAGABOND SE REUNIU PERTO DO PLANETOIDE PLUTÃO, UM local que Abel aprova. Tem várias vantagens: isolamento, relativa desatenção da Terra e neste ponto na órbita de Plutão eles estão a uma distância não muito grande do Portão da Gênesis. É o lugar ideal para se esconder, e um lugar ainda melhor para atacar.

Embora ele tenha conseguido extrapolar o tamanho da frota da imagem mostrada antes, o impacto das naves agrupadas é muito maior pessoalmente. Mais de cem embarcações Vagabond viajam em formações soltas, todas elas decoradas pelas pessoas que trabalham e moram lá. Uma varredura rápida revela um transportador de minério com nós celtas em verde vívido; outro, menor, com padrões sioux em preto, bege, vermelho e turquesa; e um pequeno cruzador pintado para parecer uma tartaruga. Enquanto muitas das naves são pequenas, não tão grandes quanto a *Perséfone*, outras atingem tamanhos impressionantes; Abel até vê alguns cargueiros, modificados com extensos armamentos.

Noemi também nota as armas.

— Esse é um poder de fogo bastante pesado — diz ela de seu lugar ao lado dele na ponte. — Essas modificações mostram algum desgaste. Eles não fizeram isso apenas para ajudar a Gênesis.

— Dificilmente. — Abel está ciente de que sua voz assumiu o tom que os humanos chamam de *seco*. — Enquanto a maioria dos Vagabonds realiza um trabalho honesto, há grupos que se autodenominam corsários. Eles obtêm breves licenças de autoridades marginais em mundos colonizados que supostamente permitem que eles vasculhem outras naves e "recuperem" qualquer carga não autorizada.

Os olhos dela se arregalam.

— Espere, você quer dizer que eles são *piratas*?

— Alguns os chamariam assim. Outros os chamariam de heróis por desafiarem a supremacia da Terra.

— Como você os chamaria? — pergunta Noemi.

— Isso depende da nave em questão. Essas naves parecem pertencer ao Krall Consortium, o maior dos grupos organizados de "livre comércio", conhecidos pelo roubo desenfreado, mas também por evitar a perda de vidas.

— Ladrões, mas não assassinos. — Ela olha para o teto, talvez para Deus. — Acho que agora temos que pegar os aliados que conseguirmos.

Abel considera útil sua aceitação filosófica, pois as naves do Remédio também começaram a chegar. Elas não são tão díspares quanto as equipes heterogêneas dos Vagabonds; são, na maioria, tropas terrestres mais antigas ou embarcações médicas, uma delas é um Damocles adaptado. O Remédio prefere as naves que foram construídas para lutar, embora, na visão deles, as naves não tenham presenciado um combate há muitos anos. Provavelmente, os combatentes do Remédio nunca viram um combate em larga escala. Mas eles estão aqui porque estão famintos por batalhas — pelo tipo de conflito que acabará com seu status de terroristas e os transformará em um verdadeiro Exército.

Virginia permaneceu no console quase o tempo todo, procurando o pacote de dados que os Razers haviam prometido a ela — se é que conseguiram obtê-lo, o que, a essa altura, Abel supõe que não. Os humanos demoram a abrir mão da esperança. Ele acha que ela nem estava ouvindo, até que ela interrompe:

— Vocês estão questionando quem são seus aliados? Vocês têm um problema maior.

Abel não entende de imediato seu ponto de vista, mas Noemi já deve ter considerado a questão.

— Ninguém está no comando.

Com isso, Virginia enfim levanta os olhos, um sorriso estranho no rosto.

— É melhor definir isso rápido. Ou então a nave com as maiores armas vai definir para você. — Uma luz em seu console pisca, e ela bate palmas. — Oh, Ludwig, o mais rápido dos rápidos!

Noemi corre para o lado de Virginia.

— A nova forma da Teia de Aranha... você conseguiu? — Eles ficam maravilhados com a tela, como se pudessem encontrar uma cura apenas olhando para a estrutura viral, o que nem o próprio Abel poderia fazer, mas às vezes os humanos simplesmente gostam de ver evidências de suas realizações.

Ele, no entanto, permanece focado no problema que Virginia destacou.

— Deveríamos convocar uma reunião de todos os capitães, das naves do Remédio e da frota Vagabond. — Ele pode não entender as nuances e a falta de lógica do pensamento político humano, mas foi programado com táticas básicas. — Com Ephraim, Harriet e Zayan nos apoiando, devemos poder conseguir alguma autoridade. Depois...

Noemi termina o pensamento para ele:

— Acho que vamos ver.

• • •

A hora seguinte traz alguns reencontros felizes — Harriet e Zayan correndo de volta para a ponte da *Perséfone*, declarando-se em casa; Ephraim pegando Noemi, então Virginia, nos braços até os pés não tocarem o chão —, mas a reunião iminente e a batalha potencial ocupam a maior parte dos pensamentos de Abel. A julgar pela energia irregular e instável de seus amigos, eles também estão preocupados. Aparecem mais membros do Remédio a cada poucos minutos, o que em alguns níveis é encorajador. Essa é realmente uma frota de guerra em potencial, capaz de fazer até a Terra parar por um momento.

Se eles puderem evitar lutas internas pelo poder, ele pensa, os próximos dias poderão mudar o curso da história intergaláctica.

Tanto Abel quanto Noemi preferiam fazer a reunião a bordo da *Perséfone*, mas ela não é grande o suficiente para abrigar uma reunião de mais de cem líderes do Remédio e pilotos Vagabond. A maior embarcação da frota é a capitânia do Krall Consortium, a *Katara*, e é para lá que todos estão indo. (A *Perséfone* tem pelo menos o prestígio de atracar à direita da *Katara*; a maioria dos capitães precisa usar as aeronaves monopiloto.)

— Não poderíamos apenas, você sabe, fazer uma conferência pelos comunicadores? — Virginia parece desconfortável com à desconfiança dos demais na tecnologia. — Todo mundo tem que estar na mesma sala?

Harriet assente com firmeza.

— Os comunicadores podem ser hackeados. As mensagens de voz podem ser falsificadas. Nos primórdios, os Vagabonds às vezes tinham dificuldade em distinguir o que era verdadeiro e o que era falso. A conversa cara a cara, porém... você tem uma prova. Nenhum Vagabond negociaria algo tão importante de qualquer outra maneira.

Com um ar de ombros, Virginia diz:

— Acho que, se tivermos problemas, temos o mecan mais barra-pesada da galáxia aqui para nos ajudar.

Abel congela, mas seus amigos não percebem imediatamente.

— Qual é o problema? — Harriet cruza os braços. — Você acha que todos os Vagabonds são criminosos, não é? Assim como seus idiotas mimados de Cray...

— Ei — Noemi interrompe. — Será que dá para não termos todos os planetas brigando entre si aqui em nossa própria ponte? A Terra fez com que todos nós desconfiássemos uns dos outros. Temos que ser melhores do que isso.

Os outros concordam, mas a expressão de Zayan ficou confusa.

— Espere um segundo. Temos um mecan para nos ajudar? Onde?

Virginia bate com a mão na boca. Ephraim, que não entende muito o contexto, simplesmente aponta para Abel. Os olhos de Harriet e Zayan se arregalam. O segredo que Abel manteve por tanto tempo foi revelado.

— Eu deveria ter contado a vocês há muito tempo — diz ele. — Sou um protótipo especial do falecido Burton Mansfield, com capacidades e inteligência além de qualquer outro mecan atualmente em produção. — Antes, ele teria dito *que existia*, mas as experiências posteriores de Gillian o fazem pensar.

Zayan o encara.

— Você é um mecan? Você?

Depois de um longo momento, Harriet ri.

— Você está zoando, né?

— Ele está dizendo a verdade. — Noemi, ao lado de Abel, coloca a mão no braço dele. — Isso não o torna menos pessoa do que você ou eu.

— Mas isso não faz sentido — diz Zayan, depois balança a cabeça. — Você não pode ser um mecan. Você não age como um... exceto por essa coisa de ser realmente bom em equações de cabeça, e ser muito forte, e... Ai, meu Deus, você é um mecan!

— Mecans com personalidade completa continuam sendo raros — explica Abel. — É quase certo que eu seja o único neste momento, apesar de esperar que surjam outros. Se demorar um pouco para vocês se acostumarem com a ideia, eu entendo perfeitamente, mas espero que continuem sendo membros da tripulação e amigos.

Zayan e Harriet compartilham um olhar perplexo, que dura o tempo suficiente para Abel se perguntar se abandonarão a nave na próxima oportunidade. No entanto, Harriet começa a assentir lentamente.

— Você é um bom capitão. Isso é o mais importante. Nós vamos aprender a lidar com o resto.

— Ainda estamos a bordo — promete Zayan. Ele não estende a mão para apertar a de Abel; em vez disso, volta ao trabalho, a melhor prova que poderia oferecer de que os dois pretendem ficar com a *Perséfone*... e aprender a entender exatamente o que e quem Abel é de verdade.

A ancoragem mantém a maioria deles ocupada durante os próximos 4,9 minutos. Enquanto Zayan leva a nave para a enorme baía de *Katara*, os ouvidos afiados de Abel não podem deixar de retomar a conversa tranquila entre Ephraim e Noemi, quando ela conta a ele o que aconteceu com Riko Watanabe.

— Não precisava terminar assim — sussurra ele, mais para si do que para Noemi. — Tentei dizer a ela que havia outras maneiras de lutar. Outras maneiras de viver. Ela não quis ouvir. Não... isso não é verdade. Riko ouviu, mas não conseguiu realmente me ouvir.

Seria um passo natural para Noemi mencionar as dúvidas de Riko no fim de sua vida. Mas ela não o faz. Diz apenas:

— Ela não sentiu dor por muito tempo e morreu com bravura.

Pelo que Abel pode ver em sua visão periférica, essa informação conforta Ephraim. Saber das dúvidas de Riko provavelmente teria tido o efeito oposto. A omissão de Noemi é bondade ou desonestidade? Os dois não são tão diferentes quanto Abel presumira.

A *Katara* tem o formato semelhante ao seu homônimo, uma antiga adaga do sul da Ásia: uma proa longa e pontiaguda na frente de uma popa quadrada. Sua decoração é modesta para uma nave Vagabond, com apenas algumas listras pretas e marrons pintadas nas laterais de seu casco de ouro escuro. Sua grandeza está no tamanho, o que se torna ainda mais aparente quando eles entram na baía de ancoragem. Só esse espaço é maior que o espaço de ancoragem médio de um planeta, muito menor que tudo o que Abel teria previsto dentro de outra nave.

A sala de reuniões não é muito menor. Parece ser um porão de carga, um com uma passarela bem acima do chão. Enquanto a maioria dos participantes se aglomera lá embaixo, um punhado de pessoas ocupou o seu lugar acima. Estes serão os mais interessados em assumir o poder. Abel, Noemi e Ephraim trocam olhares antes de subir a escada, reivindicando suas próprias posições de autoridade.

A linguagem corporal por si só diz a Abel quem é o capitão, mas eles o procuram de qualquer maneira: apresentação feminina, de ascendência do norte da Europa, com queixo fraco, cabelos loiros na altura dos ombros e olhos verdes excepcionalmente arregalados. Ela parece reconhecê-los também, ou pelo menos o direito de se apresentarem a ela.

— Dagmar Krall — diz ela. — Capitã da *Katara*, líder do Consórcio Krall. E... sua anfitriã.

— Qualquer Vagabond conhece Dagmar Krall — responde Abel, uma resposta elaborada para parecer mais elogiosa do que realmente é. Ele respeita a inteligência dessa mulher, mas permanece ciente de seu potencial vicioso. — Eu sou Abel, capitão da *Perséfone*, e esta é Noemi Vidal, uma soldado da Gênesis e principal responsável por nos reunir.

Krall assente, gesticulando para um módulo de som. Noemi se inclina para mais perto de Abel.

— Como assim "principal responsável"? Você ligou para Ephraim e para o Remédio. Harriet e Zayan chamaram os Vagabonds... eu passei o tempo toda presa em um campo de força ou em uma nave acidentada.

— Enquanto estava no cativeiro, você usou seus poucos momentos de comunicação para pedir ajuda para a Gênesis — aponta Abel. — Você achou que estava sacrificando sua vida fazendo isso. Todo o resto que aconteceu foi resultado de sua ação naquele momento. O restante de nós já fez nossas partes, mas foi você quem colocou isso em movimento.

Seu gesto capta a multidão embaixo deles, a armada ao redor deles.

— Ouça e obedeça! — Dagmar Krall brada através do módulo. Esta é uma saudação-padrão de um capitão do Consórcio, não tão severa quanto parece à primeira vista. Um silêncio expectante cai. — Nós nos reunimos em resposta à guerra biológica contra o planeta Gênesis. Aceitamos a injustiça e a tirania da Terra há décadas... quase um século agora, mas um crime como esse não pode ficar impune. Se isso acontecer, nunca mais poderemos esperar segurança ou liberdade.

O discurso é emocionante. As habilidades retóricas de Krall são fortes. Mas Abel não perde de vista o fato de que Krall nunca se mostrou uma protetora dos inocentes. Seu ódio à Terra é verdadeiro, mas ela não estaria aqui se também não tivesse algo a ganhar.

— Que prova temos de que tudo isso realmente está acontecendo? — grita alguém lá de baixo.

Krall gira o módulo de som para Noemi, que não hesita.

— Eu sou uma soldado da Gênesis, enviada através do Portão para ajudar meu mundo. Me foi confirmado que isso é um trabalho da Terra pelo próprio Burton Mansfield, pouco antes de sua morte.

Alguém na passarela murmura, quase abaixo do alcance da audição de Abel:

— Quando ele morreu? Pensei que tivesse sido há muito tempo...

— Se você está pedindo evidências concretas — continua Noemi —, não, não posso lhes dar isso agora. A Gênesis me enviou para negociar com pessoas na Terra que sabiam exatamente o que haviam feito. Eu não sabia que teria que oferecer provas. Mas se você passar pelo Portão da Gênesis, com alguns batedores ou como uma frota inteira, terá todas as provas de que precisa.

Outra pessoa grita:

— Por que devemos acreditar em você?

Para surpresa de Abel, Krall pega o módulo de volta.

— E por que não acreditaríamos? Não há nada a perder verificando por nós mesmos, pelo contrário, temos tudo a ganhar. Desde quando Vagabonds cruzam os braços e se recusam a agir, a menos que tudo esteja seguro? Não é possível dominar os céus. — Algumas pessoas levantam os punhos; aparentemente, "Dominar os céus" é um ditado Vagabond, uma maneira de reivindicar seu status de sem-teto com orgulho. Krall acrescenta, em um tom de voz mais comum: — Além do mais, alguns de meus capitães já ouvem rumores há alguns meses. Sussurram que a Terra ia fazer um movimento que acabaria com a Guerra da Gênesis e, para mim, infectar a Gênesis com a Teia de Aranha parece muito com esse movimento. Eu acredito nela. O Remédio também. — Com isso, ela acena para Ephraim Dunaway.

Ephraim tem uma expressão estranha ao perceber que se tornou o porta-voz de todo o grupo sem líder. No entanto, também não hesita.

— Se viajarmos para a Gênesis, podemos obter a prova que vai virar todos os outros mundos colonizados contra a Terra para sempre. Vale a pena uma viagem através de um Portão, vocês não acham?

Murmúrios de assentimento enchem a sala. A preocupação está se transformando em entusiasmo. No início, Abel acha estranho que eles sejam tão facilmente convencidos, mas depois percebe: *Apenas aqueles que estão inclinados a acreditar no relato foram a esse encontro, para começar. É claro que os que duvidam permanecerão distantes de qualquer insurreição em potencial.*

Noemi gesticula para o módulo, que Ephraim entrega com o que parece alívio.

— Não temos muito tempo. A Gênesis já estava sofrendo terrivelmente quando saí, há... o quê? Cinco dias? Seis dias? Já estive em muitos planetas para contar. — Algumas pessoas riem conscientemente; este é um problema com que os Vagabonds estão acostumados. — Meu planeta é fraco, e a Terra sabe disso. Eles devem estar planejando invadir dentro de uma semana ou duas. Não podemos esperar.

Krall reivindica o módulo novamente.

— Quanto mais tempo ficamos aqui, maior a chance de a Terra nos encontrar. Meu Consórcio se declara do lado da Gênesis. Quem está conosco?

Comemorações enchem a sala. Noemi sorri para Abel, entusiasmada. Ele entende a emoção dela, mas também está muito ciente da maior autoridade que Dagmar Krall acaba de reivindicar. Desde que Krall pretenda ajudar a Gênesis, no entanto, ele não fará objeções.

Outra voz se eleva lá de baixo nos últimos aplausos.

— Com uma frota deste tamanho, a Terra sem dúvida vai nos ver indo em direção ao Portão. O que vai impedi-los de nos perseguir imediatamente, antes mesmo de conseguirmos passar?

Noemi dá um passo à frente.

— Nós vamos dar a eles um problema próprio com o qual lidar. Estamos prestes a revelar o maior segredo que a Terra já teve.

• • •

Tripulações se reúnem. Armas são verificadas duas vezes. Os motores são colocados em sobrecarga. A *Katara* emite o sinal e, em 2,1 segundos, todas as naves da nova frota se aproximam diretamente do Portão da Gênesis.

Não muito tempo depois que o Portão entra no campo de visão, Virginia soa o alarme:

— Os sistemas de defesa da Terra perto de Marte estão começando a parecer poderosamente despertos.

— Vamos dar a eles algo para acordar. — Abel acena com a cabeça em direção a Noemi, que se instala na estação de comunicação. Ele digita os códigos que os remetem às matrizes de comunicações pangalácticas e depois acena para Noemi.

É hora de mudar a galáxia.

— Cidadãos da Terra e suas nações colonizadas aliadas — começa Noemi. — Aqui é Noemi Vidal, do planeta Gênesis. A verdade sobre a praga da Teia de Aranha, tanto na Gênesis quanto em toda a galáxia, foi escondida de vocês. Anexados a esta mensagem de áudio estão os arquivos de dados que explicam a origem da doença e o método que a Terra usou para distribuir a praga na Gênesis, um ato de guerra biológica proibido por todas as leis da Terra e por todos os acordos pangalácticos.

Os Razers forneceram todas essas informações. Um desses arquivos de dados é uma cópia do novo e melhorado vírus da Teia de Aranha, lançado na Gênesis. Outra é a pesquisa feita pela ala moderada do Remédio sobre a Teia de Aranha, que remonta a um ano após seu surgimento.

Noemi continua:

— Seus líderes tentarão lhes dizer que esses arquivos são falsos... e é por isso que vocês também devem examinar os arquivos que fornecem a localização de outro Portão no sistema solar da Terra... um Portão secreto, que leva ao planeta Haven, um mundo habitável que também foi mantido em segredo. É um planeta perigoso, por várias razões; a maioria dos seres humanos não pode pousar lá e sobreviver. Mas *existem* maneiras de torná-lo seguro para bilhões de pessoas algum dia, maneiras que a Terra escondeu de todos nós. Encontrem esse Portão e saberão que a Terra está mentindo para vocês. Encontrem Haven e saberão por que a Terra criou a Teia de Aranha originalmente. Depois disso, vocês saberão que isso tudo é verdade... sobre Haven, a Teia de Aranha e a Gênesis. A Terra é responsável por isso. A Terra fez tudo consciente e cruelmente. Mas podemos desfazer esse dano. Podemos recuperar os mundos que pertencem a nós. Temos que fazer isso juntos.

Abel corta a comunicação.

— Pacote completo de mensagens... distribuído.

— É isso aí. — Noemi se recosta na cadeira, quase em estado de choque. — Você acha que algum deles vai acreditar em mim?

— Muitos não vão — diz Virginia alegremente. — Mas algumas pessoas vão investigar. Pessoas curiosas, pessoas já desconfiadas da Terra, até pessoas entediadas. Você não precisa de muitos deles para seguir a trilha antes que a notícia se espalhe. Acredite em mim: os líderes da Terra estão agora mesmo todos fazendo xixi nas calças juntos.

Abel entende o coloquialismo, mas a imagem visual que isso traz é... peculiar.

Sobre as comunicações vem a voz de Dagmar Krall.

— *Preparem-se para atravessar o Portão ao nosso comando.* — A janela de fração de segundo específica para a *Perséfone* aparece em letras verdes na vasta tela de cúpula; em deferência ao status de Noemi como soldado da Gênesis, eles receberam um dos primeiros tempos. Abel o insere na navegação.

— Aqui vamos nós — diz ele, com as mãos nos controles. — Prontos?

Ephraim assente. Virginia dá um sinal de positivo. Mas todos procuram Noemi pela palavra final. Ela levanta o queixo e diz:

— Pronta.

O sinal da *Katara* chega. Abel empurra a *Perséfone* para a frente. A piscina cintilante no centro do Portão reflete a forma de gota de sua nave enquanto eles se aproximam cada vez mais, até que a luz se despedaça. As linhas se desintegram. A própria realidade se rompe ao seu redor e, de repente, volta ao lugar. Outras naves Vagabonds aparecem nas proximidades, algumas delas seguindo adiante. Ao longe brilha o pequeno ponto que representa seu destino; Abel aproxima o zoom para revelar um planeta verde suave envolto em nuvens brancas e finas.

— Gênesis — Ephraim sussurra. — Eu nunca imaginei que veria isso.

Abel também não. Ele percebe que Noemi é a primeira pessoa a pisar em todos os mundos habitados da galáxia: Gênesis, Kismet, Cray,

Stronghold, Terra e Haven. Dentro de algumas horas, ele se tornará o segundo. O Loop estará completo; eles terão finalmente completado um círculo.

Quando ele olha para Noemi, a expressão dela é grave.

— Eu tinha que fazer aquela transmissão, mas... nós nos expusemos. A Terra tem que agir agora. Mais cedo ou mais tarde, eles vão atacar.

— Eles iam atacar de qualquer maneira — diz ele.

— Mas agora vai ser mais cedo. — Noemi fecha os olhos como se estivesse em oração.

31

Casa.

A Gênesis cresce na tela como uma flor desabrochando. Os vastos continentes verdes tomam forma — a Península Oriental, as Ilhas do Extremo Sul, todos os lugares que ela aprendeu na escola quando criança. Parecem brilhar diante de seus olhos, mas talvez seja apenas porque ela está piscando para conter as lágrimas. *Nunca pensei que veria minha casa novamente.*

Toda a infelicidade que ela enfrentou aqui nunca pôde mudar seu amor pelo seu mundo.

— Temos naves da Gênesis chegando — anuncia Zayan. Então ele franze a testa. — Apenas cerca de dez ou onze, no entanto.

Provavelmente é o máximo que eles conseguem reunir em seu estado enfraquecido para formar uma patrulha. Noemi anseia pelo orgulho perdido de seu planeta quebrado enquanto se comunica.

— Patrulha da Gênesis! Aqui é Noemi Vidal, buscando autorização para aterrissagem.

De todas as pessoas, é Deirdre O'Farrell quem diz, espantado:

— *Vidal?*

— Sim, prazer em vê-lo também.

A patrulha se detém — provavelmente mais por estar confusa do que por confiar nela — ou talvez por causa do tamanho da enorme frota começando a aparecer. Ela memorizou os códigos dos escritórios de Darius Akide no Salão dos Anciãos meses atrás, por isso é fácil inseri-los agora.

Mas a última vez que viu Akide, ele estava em uma cama de hospital. Poderia estar em coma agora? Ou mesmo morto?

— Noemi Vidal para Darius Akide. Urgente. Alta prioridade.

Em menos de um minuto, a voz de Akide responde:

— *Vidal. Graças a Deus. Achamos que eles poderiam ter matado você. Eles levaram tanto tempo para aceitar nossa rendição?*

— Ah. — Ela quase esqueceu que essa era sua missão original. — Certo, o que aconteceu foi o seguinte: na verdade, nunca tive a chance de apresentar a rendição, *mas* estou voltando com medicamentos antivirais, muitos médicos e uma frota de guerra inteira para defender a Gênesis enquanto a reconstruímos.

A pausa que se segue dura tanto tempo que ela se pergunta se ele desmaiou. Finalmente, Akide diz, parecendo nada mais que um ancião augusto:

— *Espere*, o quê?

Por mais assustada e ferida que esteja, Noemi não consegue resistir a um sorriso.

— De nada.

• • •

Dentro de uma hora, toda a frota alcançou a órbita da Gênesis, exceto por uma forte patrulha que permanece em guarda perto do próprio Portão. Noemi leva *Perséfone* para o pouso.

A lágrima prateada da nave desce através das nuvens, emergindo acima dos edifícios arredondados de mármore e pedra. Duas das naves médicas do Remédio os seguem; este planeta precisa de ajuda imediata, mas ter todas as naves pousando de uma vez só criaria pânico. A brisa do rastro delas chicoteia os salgueiros altos junto ao rio, até que seus galhos se agitam livremente da superfície da água. A julgar pela palidez rosada do céu, é de manhã cedo, mas não tão cedo que algumas pessoas já não estejam andando por aí. Noemi os vê segurando os capuzes de suas vestes enquanto olham com medo e admiração.

Quando as naves se aproximam do templo, Noemi sente um calafrio ao se ver outra vez diante do Conselho. Ela foi além de sua autoridade — quase incompreensivelmente além disso. Mas o que mais poderia ter feito?

Além disso, ela *está* meio que salvando o mundo. Isso tem que ajudar.

As enormes portas de carvalho do Salão dos Anciãos se abrem ao toque de Noemi. Ela caminha sem olhar de soslaio para as pessoas que a observam, inquietas. Ao lado de sua marcha, Abel, Ephraim, Virginia, Dagmar Krall e meia dúzia dos principais médicos do Remédio; atrás deles andam cerca de dez guardas da Gênesis, embora suas armas permaneçam no coldre.

Noemi não diminui os passos até chegarem quase às portas da câmara do Conselho. Ali, dois guardas em mantos cerimoniais alaranjados olham um para o outro, e de volta para eles, antes de abrirem as portas para permitir que todos entrem.

Apenas cinco dos idosos estão sentados lá, incluindo três que ela viu no hospital antes. O bom atendimento os curou; mesmo em um mundo tão igualitário quanto a Gênesis, os idosos recebem uma atenção que os cidadãos comuns não podem esperar. Darius Akide está entre os presentes, sua expressão quase neutra até ele perceber quem está andando ao lado dela.

Abel sorri para ele.

— Olá, Dr. Akide. É um prazer finalmente conhecê-lo.

— Modelo A — Akide sussurra. A semelhança com um jovem Burton Mansfield, sem dúvida, o identificou. — Bom Deus.

— Essa é a minha designação, mas prefiro ser chamado de Abel. O professor Mansfield me contou muito sobre o seu trabalho. Entendo que você até ajudou a me projetar. Devemos ter tempo para uma longa discussão mais tarde.

Akide pisca, mas em questão de minutos retorna à calma habitual de um ancião.

— Esses são nossos médicos? Esses são nossos novos guerreiros?

— Somos — diz Dagmar Krall. — Qualquer inimigo da Terra é um amigo meu... supondo, é claro, que você não seja orgulhoso demais para aceitar nossa ajuda.

A provocação escurece o olhar de Akide. Noemi também não gosta, mas ela não vai afastar a frota dos Vagabond por algo tão mesquinho. Certamente Akide também não, mas ele leva alguns instantes para responder.

Noemi prende a respiração até Akide, enfim, dizer:

— Que assim seja.

E com isso, a Gênesis pode viver.

• • •

Ou foi o que Noemi pensou. Nas próximas horas, à medida que as equipes médicas se espalham pelo planeta, ela percebe como a situação é terrível.

Noemi deixou uma Gênesis em estado de peste e pânico. Agora volta para um mundo em estado de choque e tristeza. Algumas cidades até enterraram centenas em valas comuns. O colapso da manutenção de registros e das comunicações normais significa que as equipes precisam ir de cidade em cidade para encontrar e tratar os doentes — em alguns lugares, quase de casa em casa. Já está claro que os novos medicamentos ajudam consideravelmente; Ephraim está otimista que, com as informações que os Razers obtiveram sobre o novo vírus da Teia de Aranha, eles podem criar tratamentos ainda mais eficazes em poucos dias. Mas o número de mortos na Gênesis anda é horrível. Nada do que Noemi fez pode mudar isso.

Quando ela volta para os Gatson, encontra o sr. Gatson fraco, mas se recuperando. Ele não sabe onde está a sra. Gatson. Ninguém sabe. Não há como ter certeza se é por causa do caos em hospitais sobrecarregados ou porque a sra. Gatson morreu em um amontoado de pessoas desconhecidas e agora está enterrada em uma cova não identificada. Noemi promete descobrir. O sr. Gatson apenas assente. Seu olhar está distante e, embora ele pegue a mão dela por um breve instante, não lhe dá as boas-vindas de volta à casa.

Ela verifica continuamente os relatórios de sensores de longo alcance. Nada mais passou pelo Portão — ainda. A frota Vagabond permanece no local, sem contestação, um dia inteiro após sua chegada. Quando Noemi recebe uma convocação para uma audiência militar, supõe que eles desejam mais informações sobre como essa estranha aliança se formou e como a descoberta de Haven poderia afetar a Guerra da Liberdade.

Mas não é isso que seus oficiais superiores querem discutir.

— Nem o uniforme, Vidal? — diz Kaminski, exatamente o mesmo sujeito que a processou após seu retorno da jornada pelo Loop. Seu pescoço é quase tão grosso quanto sua cabeça e suas veias se destacam como se estivessem se enchendo de raiva a cada segundo de cada dia. Claro que ele está perfeitamente saudável; talvez ser um idiota o deixe imune. — Você nem demonstra o respeito básico ao seu ex-comandante?

Noemi não responde. Ela fala apenas com Yasmeen Baz, que está aqui outra vez, aparentemente para defendê-la.

— Meu uniforme foi perdido em minha missão. Eu nunca teria a intenção de desrespeitá-la, capitã Baz. Por favor, acredite nisso.

Kaminski não suporta ser ignorado:

— Você passa por cima das decisões mais altas do próprio Conselho de Anciãos, substituindo o julgamento deles pelo seu, e chama isso de respeito?

— *É disso* que se trata? — O espanto de Noemi a faz engasgar. É tudo o que ela pode fazer para continuar falando. — Você está me *processando*? Achei que fosse só para me perguntar como consegui reunir a frota!

— O que, na minha opinião, é uma excelente pergunta. — Baz não parece desafiadora nem zangada, apenas cansada. Talvez ela também estivesse doente, mas, se assim fosse, as linhas da Teia de Aranha estavam escondidas pelo uniforme ou pelo lenço na cabeça. — Quaisquer que sejam os problemas que o Conselho tenha com Vidal, devem ser tratados diretamente pelo Conselho.

— A desobediência ao nosso governo é uma ofensa militar. *Uma ofensa para a corte marcial* — sussurra Kaminski.

— Que desobediência? — Noemi protesta. Kaminski sorri; claramente ele pensa que a pegou.

— Você recebeu ordens de apresentar a rendição da Gênesis às autoridades da Terra. Evidentemente falhou em fazer isso.

— Sim, porque eu fui *claramente* sequestrada. — Ela se controla. O sarcasmo é conduta imprópria para um oficial. — Era impossível apresentar a rendição enquanto era mantida refém por Burton Mansfield ou enquanto estava presa em Haven.

— E depois disso? — pergunta Kaminski. — Ao retornar ao sistema da Terra, você entrou em contato com o governo deles?

— Eu... não, não entrei. — Manter o controle está ficando mais difícil a cada segundo. — Tinha conseguido pedir ajuda a essa altura. Uma frota inteira. Isso mudou a situação...

— Então você decidiu por conta própria! — Kaminski retruca. — Por conta própria, sem nenhuma contribuição do Conselho ou de qualquer outra autoridade da Gênesis, você decidiu que a situação havia mudado o suficiente para merecer ignorar suas ordens. E, ao fazer isso, você não apenas continuou uma guerra que deveria terminar, mas a escalou.

Isso é mais do que Noemi pode suportar.

— Eu a ampliei, tornando a nossa vitória realmente possível! Você notou a frota de guerra no céu? Os medicamentos que temos para salvar as vidas dos doentes?

Baz enfim interrompe:

— Ela tem um bom argumento, Kaminski. Quando Vidal voltou ao sistema terrestre, as condições haviam mudado radicalmente. Permitimos aos oficiais militares certa liberdade de ação nas missões. Noemi usou a dela. O resultado pode ser a diferença entre a certa derrota da Gênesis e uma chance real de vitória.

O silêncio paira na estreita câmara de pedra onde o tribunal está sendo mantido. A bandeira verde da Gênesis está pendurada como um banner no muro alto atrás do estrado onde Kaminski, Baz e um oficial de rosto vazio estão sentados. Essa pessoa deve ser a juíza desse julgamento que ela não sabia que tinha que enfrentar. Noemi está diante deles, atenta, sem saber como tudo isso vai acabar.

— Peço à Corte, em nome da tenente Vidal — continua a capitã Baz, de volta ao modo oficial. — Um registro dos eventos mostra que ela conduziu sua missão com a devida diligência, apesar de considerável dificuldade e perigo para si mesma e para um camarada.

— Um camarada? — As veias de Kaminski palpitam visivelmente. Noemi se pergunta se sua cabeça poderia explodir de fúria e, se sim, se seria mais satisfatório do que nojento. — Você está falando de um *mecan*, capitã?

O cortante do olhar de Baz poderia perfurar granito.

— Se você quiser devolver todos os remédios com os quais o mecan chegou, pode zombar dele, Kaminski. Mas, se você se beneficiou de qualquer coisa que esse mecan tenha feito, pode ser uma boa ideia começar a pensar nele como *Abel*. Seu marido não foi um dos primeiros a serem tratados no hospital? — A boca de Kaminski abre e fecha como um peixe fora da água, e Baz lhe lança um sorriso fino destinado a amordaçá-lo antes de voltar para o juiz. — Observando a totalidade das circunstâncias, a conduta da tenente Vidal deve ser considerada não apenas apropriada, mas também heroica. Eu afirmo que a disposição mais justa do caso seria descartar as acusações imediatamente.

O juiz de rosto vazio fala:

— Vidal ignorou uma rendição emitida pelo corpo governante deste mundo. Ela o fez sem permissão, um ato de grave desobediência. Isso não pode passar sem punição.

A capitã Baz obviamente esperava isso.

— Então sugiro que apenas permitamos que ela renuncie imediatamente à sua patente. Ela não será, e nunca voltará a ser, parte das forças armadas da Gênesis. Se eu entendo Vidal tão bem quanto acredito, esta já é uma punição. E, assim, ela está livre.

Noemi não mais será e nunca voltará a ser a única coisa que já foi.

A primeira vez que lançou seu caça estelar para o espaço — a primeira vez que rompeu a atmosfera e olhou para as estrelas como seu destino —, ela se sentiu mais orgulhosa do que jamais havia experimentado antes em sua vida. Talvez mais orgulhosa do que nunca. Ela fecha os olhos com força, querendo não chorar. Baz não sugeriria isso se não achasse que outra punição pior fosse possível. Isso é o máximo de misericórdia que Noemi pode esperar, e ela é inteligente o suficiente para não a jogar fora.

Mas ah, como dói.

Quando ela pode abrir os olhos novamente para olhar o juiz, sabe que seu destino está selado.

Depois, no escritório de Baz, quando Noemi preenche a documentação necessária, ela diz:

— Obrigada por me defender, capitã.

Baz está recostada na cadeira como se fosse a coisa mais próxima que ela tem de uma cama; a exaustão lança sombras sob seus olhos.

— Você é uma boa soldado, Noemi. O problema é que você sempre está travando suas próprias batalhas. Não necessariamente a nossa.

— Eu só queria proteger a Gênesis. — Ela quer algo mais que isso? Agora que está livre para determinar seu próprio destino, o que ela escolherá?

Contra o que você está lutando, Noemi Vidal? E pelo que está lutando?

— Você fez a coisa certa, e eu não sou a única que sabe disso. — Baz suspira quando vê a tela no leitor de dados acender enquanto os últimos formulários são processados. Noemi foi libertada para sempre. — Acredite, estou feliz por estarmos do mesmo lado. Que Allah ajude quem estiver no seu caminho. O que você vai fazer agora?

Pela primeira vez na vida de Noemi, ela tem opções — dezenas delas. Deveria parecer liberdade. Em vez disso, é aterrorizante.

— Eu não sei — murmura. — Não faço ideia.

A liberdade de escolher é a liberdade de fracassar.

32

— Você acredita que o comentário da sua capitã foi um elogio? — pergunta Abel uma hora depois da audiência de Noemi, enquanto caminha com ela pelo rio com seus amigos.

Apenas um punhado de cidadãos está na área próxima; o que normalmente deve ser um mercado movimentado está silencioso. Faz muito pouco tempo que o Remédio e a frota Vagabond passaram pelo Portão da Gênesis. Embora existam agora medicamentos para ajudar os mais doentes, a recuperação levará mais de alguns dias — semanas ou até meses.

A maioria dos observadores parece mais cansada do que doente. Embora a maior parte desses indivíduos fique boquiaberta com os recém-chegados do além-mundo e o agora infame mecan, Abel acha que alguns dos olhares... não são hostis.

— Espero que seja — responde Noemi. Seu rosto está abatido, sua energia baixa. Perder sua patente militar deve ser um abalo profundo para ela, da mesma maneira que a morte de Mansfield é para ele. As autoridades que governaram suas vidas desapareceram; a repentina liberdade é, ao mesmo tempo, bela e desconcertante. — Como você encararia?

Talvez o humor seja eficaz.

— Se o comentário tivesse sido feito sobre mim? Com minha força, inteligência e reflexos superiores, faria sentido uma pessoa religiosa orar por ajuda divina contra mim. Eles têm muito pouca chance sem intervenção divina.

— Mansfield nunca instalou modéstia, instalou? — Seus olhos escuros brilham com risadas reprimidas. Sua distração está se mostrando bem-sucedida.

Então Abel continua a piada com um dar de ombros exagerado.

— Qual seria o objetivo?

Ela olha para o céu, balançando a cabeça como se estivesse consternada, mas ele sente o carinho irradiando dela.

— Mas se eu olhar para o comentário feito sobre você... — continua ele. — Acredito que minha análise seria a mesma.

— O quê? — ela brinca. — Você quer dizer que eu sou tão durona quanto o mecan mais moderno já criado?

— ... Você chega perto.

— Perto? — Noemi levanta uma sobrancelha cética. — Estou vendo que vou ter que provar minha força.

— Estou ansioso por isso — diz ele.

— Sabe, eu meio que pensei que seria chato aqui — diz Virginia. Ela limpou o macacão largo laranja e adicionou uma bandeira verde da Gênesis na gola; como os outros, ela anda alguns passos atrás de Noemi e Abel, vendo esse mundo novo e desconhecido. — Você sabe, só virtudes, linhas retas e cinza-claro.

— Por que cinza-claro? — Ephraim, que se descreveu como "cansado demais para dormir" após seu primeiro turno no hospital em Goshen, fica ao lado de Virginia. Vindo da severidade de Stronghold, ele deve achar a Gênesis ainda mais surpreendente. Seu olhar se move de um objeto para outro, absorvendo tudo. — Há algo de virtuoso no cinza-claro?

Virginia dá de ombros.

— Não. Apenas chato, como a virtude costuma ser. Em outras palavras, nada *disso*.

Ela para de andar e abre os braços, contemplando toda a vista diante deles: o rio sinuoso brilhando sob sol da manhã, os caminhos de paralelepípedos, as cabines com dossel luminoso. A vista é imponente e pastoral, uma cena de beleza e harmonia quase inigualável na galáxia.

— Era assim que eu pensava que Kismet seria, antes de chegar lá — diz Harriet. Ela enlaçou fitas verdes em suas tranças como um sinal de solidariedade com o povo da Gênesis.

Zayan se apoia na grade de madeira da pequena ponte que eles estão atravessando e suspira.

— Eu nunca pensei que Kismet pudesse ser assim. Achava que esse tipo de vida fosse... apenas coisa do passado, ou de contos de fadas.

Virginia, de quem se espera que zombe de elogios tão impulsivos, simplesmente assente. Mesmo em seu estado abatido, a Gênesis superou seu cinismo.

Não é à toa que eles lutaram por isso, Abel pensa. *Não é de admirar que a Terra estivesse tão determinada a tê-lo. Mas se a Terra o reivindicasse, a beleza seria destruída — em pouco tempo, e para sempre.*

— Com licença? — diz uma voz baixinha. Abel olha e vê uma criança, de compleição masculina, com aproximadamente quatro anos. Ele veste calça e camisa largas que parecem comuns para as crianças deste planeta. O garotinho dá um passo para trás, como se estivesse intimidado pela atenção que procurava, mas consegue dizer: — Você é o mecan do bem?

Foi assim que ele ficou conhecido? Abel deve ter cuidado com sua resposta. Os pais do garoto estão a alguns passos de distância, de olhos arregalados com a audácia do filho. Ele fica de joelhos para estar no nível do menino e coloca as coisas em termos que ele possa entender.

— Eu sou o mecan que veio aqui com os medicamentos, sim.

— Qual é o seu nome?

— Abel. Qual é o seu?

— Eu sou Tangaroa. — O nome é de origem maori, o que não é surpresa, devido às tatuagens no rosto do pai. — Você não *parece* uma máquina.

— Também não me sinto como uma — explica Abel. As informações de psicologia infantil em seus bancos de dados informam que as explicações devem ser mantidas simples. Não funcionou com Simon, mas ele não era verdadeiramente uma criança, apenas o que restava de uma. Essa curiosidade simples, a chance de crescer e aprender dia a dia: foi isso que fora roubado de Simon Shearer e, em grande parte, foi o que o destruiu. Abel descobre que isso é algo que ele faz com naturalidade, falar de modo gentil com esse garoto, e que de alguma forma ajuda a acalmar a culpa que ele ainda sente por ter sido incapaz de salvar Simon. — Isso é porque não sou totalmente mecan. Eu também sou humano.

— Que partes são humanas? — Com grandes olhos castanhos, Tangaroa estuda avidamente o rosto de Abel. — É o nariz?

Abel ri.

— Aqui, veja por si mesmo. — Ele se inclina um pouco para a frente, abaixando a cabeça e confiando no menino para saber o que fazer a seguir. Como previsto, Tangaroa estende a mão para tocar o nariz de Abel e depois ri alto. Atrás dele, os pais sorriem. Alguns dos outros transeuntes pararam para assistir a essa interação também, e Noemi está radiante. Ele tem a sensação definitiva de que isso está indo bem.

— Esse nariz é meio sobre-humano, se você quer minha opinião — diz Virginia. — Eu sei que você é objetivo demais para se ofender com isso, Abel, mas você tem um *schnoz* considerável aí.

— Assim como o meu criador. — Os traços de Mansfield sobrevivem em Abel.

Tangaroa olha para Virginia, depois para Noemi e depois para Ephraim, com novo interesse.

— Vocês também são mecans?

— Não — diz Ephraim. — Cem por cento humano. Mas sou de outro planeta. Você já ouviu falar de Stronghold? — Tangaroa assente ansiosamente. Sua turma deve estar estudando as outras nações do Loop na escola.

— Nós somos da Terra — diz Harriet, pegando a mão de Zayan. — Mas vivemos como Vagabonds e viajamos por toda a galáxia.

— Eu sou de Cray. — Então Virginia franze a testa. — Quero dizer, sou da Terra originalmente, mas vivi em Cray a maior parte da minha vida.

Uma mulher alguns anos mais velha que Noemi pergunta, hesitante:

— Cray é mesmo apenas um grande supercomputador?

— Na maioria das vezes! — Virginia concorda com alegria.

Então as poucas pessoas à beira do rio estão se reunindo neste local, querendo ouvir mais sobre Cray e Stronghold e todos os outros lugares da galáxia maior. Ephraim é pego na descrição das minas profundas de seu mundo, enquanto Virginia claramente gosta de falar sobre o laboratório secreto dos Razers. É o próprio Abel que explica o mundo recém-descoberto, Haven, com seus pinheiros azuis e nuvens de morcegos, e o que pode estar acontecendo lá agora. Certamente nem todos os ouvintes reunidos por perto aceitaram Abel como uma pessoa como eles, mas ele vê sinais de que essa aceitação pode ser possível. Alguns membros do Remédio também começam a se misturar com o grupo, e ele sabe que os Vagabonds se instalaram em portos em todo o planeta. A Gênesis ainda está muito abalada para olhar para o futuro, e a ameaça representada pela Terra é muito real — mas ele já pode dizer que o planeta nunca será tão fechado novamente. Outros humanos encontrarão o seu caminho até aqui; eles moldarão a Gênesis e serão moldados por ela.

Isso pode ser verdade para alguém que não é humano?

Abel olha para Noemi, que esqueceu sua tristeza. Ele foi convocado para uma reunião naquela noite para responder a perguntas, mas agora pode fazer uma.

Talvez o futuro dele não esteja entre as estrelas. Talvez possa estar aqui.

• • •

Os escritórios de Darius Akide são ventilados com brisa natural e iluminados principalmente pela luz solar. A economia disso é algo que Abel esperava; e a beleza o surpreende.

Quando ele diz isso, Akide balança a cabeça.

— Essa é uma das diferenças entre mecans e humanos. Onde você vê eficiência, somos capazes de ver algo além.

Abel não se ofende. Como ele sabe de sua jornada inicial com Noemi, os humanos precisam de tempo para aceitá-lo completamente.

— Após consideração, faz sentido. Mesmo em matemática pura, é provável que as equações que parecem "bonitas" sejam verdadeiras. A beleza não é apenas uma percepção; também é uma indicação de simplicidade e força.

Isso faz Akide piscar, mas ele não diz nada. Seus olhos se estreitam enquanto ele estuda Abel por trás de sua mesa. Isso permite que Abel também o estude. As imagens desse homem em seus bancos de memória o mostram aos vinte e poucos anos, quando era amigo e protegido de Burton Mansfield. Um holo mostrou Akide segurando Gillian quando ela tinha apenas quatro meses. Algumas das teorias de Darius Akide estão inseridas nas estruturas e na programação mais profunda de Abel. Talvez ele deva sentir reverência, por encontrar alguém que é efetivamente seu cocriador.

Ele não sente. Mansfield reservou essa reverência — a devoção ditada pela Diretiva Um — para si mesmo.

Assim, Abel vê um homem humano comum no fim da meia-idade, de ascendência africana e estatura média (impossível avaliar com precisão enquanto o homem está sentado). Akide mostra sinais de doença recente: olhos vermelhos, pele cinza e tempo de reação lento. No entanto, retomou seu posto, ajudando a liderar um planeta em grande perigo. Este é um sinal de grande fortaleza ou grande egocentrismo.

— Segundo o relatório de Vidal, Gilly conseguiu armazenar a consciência de seu filho e transplantá-la para outro mecan. — Akide bate as mãos. — Um com ainda mais componentes orgânicos do que você.

— A transferência não foi bem-sucedida por completo, mas é impossível dizer se o processo é fundamentalmente defeituoso ou se a falha ocorreu devido à execução prematura. —Ele então usa de propósito o mesmo apelido que Akide usou. Esta é uma conexão que eles compartilham. — Gilly de fato acredita ter cópias da consciência do filho e do pai. Se ela tivesse sido capaz de me capturar, teria tentado transferir Mansfield para o meu corpo. Considerando que eu estou intacto e funcionando de maneira excelente, a transferência completa poderia ter sido bem-sucedida.

Akide balança a cabeça.

— Graças a Deus a *Osíris* caiu. O trabalho deles pode ser monstruoso. Pelo menos foi destruído.

— Eu não teria tanta certeza. Eles tinham planos extensos para expandir seus trabalhos em Haven. O chamado Castelo de Inverno pode muito bem ter laboratórios mecans que ela poderá usar para continuar sua pesquisa. — Abel acha a ideia de mecans orgânicos altamente interessante, algo que ele gostaria de investigar, para seus próprios fins, mas sente que é improvável que este seja um sentimento que Akide compartilhe.

— Quaisquer dados que você possa fornecer sobre esses planos serão bem-vindos — diz Akide, como se inserisse um comando em um computador básico. — Imagens visuais, se puder recriá-las. Quero pesquisar isso com muito mais profundidade depois que passarmos por essa crise.

A frota Vagabond permanece reunida lá em cima. Faz menos de três dias desde que a Terra soube da existência dessa frota e de sua jornada para o sistema Gênesis — e desde que a galáxia soube da mentira da Terra. Dado o tempo necessário para a tomada de decisões burocráticas e a mobilização militar, Abel estima em 81,8% a probabilidade de haver uma grande operação militar nos próximos dois dias.

No entanto, ao contrário dos humanos, ele pode estar ciente do perigo iminente, mas continua a se concentrar em outros assuntos.

— Eu gostaria de perguntar: será que algum dos que vieram defender a Gênesis poderão permanecer aqui?

Akide assente distraidamente.

— O Conselho teve uma conversa preliminar. Alguma forma de cidadania para os Vagabonds que estão lutando por nós... isso pode ser apropriado. É claro que eles teriam que seguir nossas filosofias básicas, e criaremos formas de cidadania, mas imagino que a maioria deles considere isso uma troca justa por um lar de verdade.

Harriet e Zayan podem ter um lugar para chamar de seu. Ephraim pode optar por abrir uma clínica aqui. Virginia... não, Virginia está feliz em Cray e certamente voltará. Mas mesmo as funções de abnegação de Abel não superam um pensamento central: ele pode ficar com Noemi.

— Eu gostaria de me inscrever.

— Você? — Akide se empertiga, assustado de volta ao presente. A surpresa em seu rosto lentamente se transforma em desdém. — Você é... uma máquina. Construída para servir humanos, e um tipo de máquina para a qual não temos utilidade aqui na Gênesis. Mecans são proibidos aqui, por boas razões. Vidal pode acreditar nessas ideias fantasiosas que ela tem sobre sua "alma", mas é provável que mais ninguém cometa o mesmo erro. Tenho certeza de que, quando você processar isso por meio de sua programação, fará sentido.

Abel ainda não é aceito. Ele ainda é *menos que*. A Gênesis não pode ser sua casa.

• • •

Mais tarde nessa noite, quando Noemi se junta a ele a bordo da *Perséfone*, a indignação dela eclipsa a dor de Abel.

— Akide disse isso para você? Depois do que você fez por todo este planeta? É tão... ingrato, tão mesquinho...

— É uma extensão lógica da visão de mundo dele — diz Abel. — Não é uma tragédia, Noemi. Vou retomar a vida que levava antes, como Vagabond. É um estilo de vida de que gosto. É verdade que, se Harriet e Zayan ficarem aqui, terei que contratar uma nova equipe, mas estou confiante de que outras pessoas boas podem ser encontradas. — Muitos Vagabonds precisam de uma casa e, como seus amigos lhe disseram tantas vezes, ele paga bem.

Noemi fica do outro lado da ponte, de repente desajeitada. Ela se remexe e depois diz:

— Então... você está contratando?

Uma nova esperança inunda os processos mentais de Abel tão poderosamente quanto o excesso de tensão elétrica. É um estado de espírito que ele raramente experimenta em um grau tão alto. Não se sente assim desde que viu Noemi em seu caça estelar, voando para mais perto de sua nave, prestes a libertá-lo do confinamento de três décadas...

Talvez eles estejam prestes a libertar um ao outro.

— Você deixaria a Gênesis?

Ela passa os braços ao redor do próprio tronco; obviamente está pensando nisso ao mesmo tempo em que fala.

— Não posso mais proteger meu mundo como militar. Trouxe medicamentos e aliados para eles... não sei se há algo mais que eu possa fazer. E ninguém aqui vai sentir tanto a minha falta. — O sorriso dela é torto. — Talvez nós dois precisemos de uma nova Diretiva Um, hein?

Abel assente enquanto se aproxima dela.

— Podemos explorar a galáxia juntos.

— Descobrir o que quisermos. Para onde quisermos ir. Pelo que lutar.

Ela dá mais um passo — depois se joga nos braços de Abel, que já estão abertos e esperando. Ele a gira, um gesto humano para o qual ele não pensaria que estava programado, e a abraça com força. Noemi ri alto de alegria, e tudo parece possível...

E é então que as comunicações da nave começam a emitir um som agudo, uma sirene automatizada que ele nunca ouviu.

O rosto de Noemi fica branco quando ela desliza do abraço de Abel.

— Este é o chamado às armas.

O ataque da Terra finalmente chegou.

33

NOEMI CORRE PARA O PAINEL DE COMUNICAÇÃO MAIS PRÓXIMO E LIGA a recepção de áudio a tempo de ouvir:

— *... perto do Portão sugere uma invasão iminente. Todo o pessoal militar deve assumir suas posições de combate.* — Mas o verdadeiro horror vem com as palavras seguintes: — *Todos os civis devem seguir imediatamente aos abrigos designados.*

Atordoada, ela se vira para Abel:

— Eles não fazem isso. Mandar pessoas para abrigos, quero dizer... lutamos apenas no espaço há muitos anos. Faz décadas desde que nos atacaram aqui, em casa. — A Terra nunca quis estragar muito a Gênesis; eles queriam reivindicar um planeta próspero, não destruído.

— Como você previu, a revelação de Haven forçou a barra com a Terra. Em vez de admitir a culpa e lidar abertamente com seus cidadãos, eles estão tentando obter uma vitória que possa ofuscar suas próprias ações erradas.

Ela bate com o punho contra a parede, dominada pela fúria contra a Terra, mas, sobretudo, contra si mesma.

— Eu não deveria ter dito nada sobre Haven até depois de termos distribuído a cura e a Gênesis ter voltado ao normal. Enquanto a Terra pensava que éramos impotentes, eles não tinham pressa de... ai, Deus, o que estávamos pensando?

— Tomamos a melhor decisão que pudemos com base nas informações que tínhamos. Não poderíamos prever que a Terra seria mesquinha o suficiente para atacar enquanto estivesse vulnerável com seus próprios problemas, só pelo que parece puro despeito.

É mesmo só isso? Mesquinhez da Terra? Não importa.

— Eu tenho que chegar a um dos trajes espaciais.

Abel coloca a mão no ombro dela.

— Noemi, você não é mais uma oficial militar.

— Você acha que eu me esqueci disso? Mas, se a Gênesis está em perigo, tenho que lutar. Se eles quiserem me repreender, podem fazê-lo mais tarde. — Ela pensa rápido. — Quanto você e Virginia avançaram com o trabalho no corsário? O suficiente?

— Ele pode voar — diz Abel lentamente —, mas não é um caça estelar.

— Ele tem a capacidade de interromper os sinais das naves inimigas. É o bastante.

Ela corre da ponte pelo longo corredor em espiral da *Perséfone*. Os passos de Abel ecoam atrás dela, mas Noemi não olharia para trás, mesmo que pudesse. É como ele disse antes: essa ainda é a Diretiva Um dela. Proteger seu mundo.

Mais tarde chegará o momento de criar uma nova Diretiva Um.

Quando ela chega à baía de lançamento, os trajes espaciais estão esperando. Ela entra, passa os braços pelas mangas e começa a puxar com mais força pelos ombros. Abel para na frente dela. O medo em seus olhos a faz lembrar o momento em que ele a viu como refém de Mansfield.

— Não tenha medo — diz ela.

— Sua vida estará em perigo. O medo é uma resposta natural.

— Você não andou prestando atenção? Minha vida está sempre em perigo.

A piada dela não quebra a tensão. Talvez as emoções de Abel não funcionem dessa forma.

— Poderíamos levar a *Perséfone* para a batalha juntos.

— É ainda mais inútil em combate do que o corsário.

— Mas eu pensei que...

Ele fica em silêncio quando Noemi pega seu rosto entre as mãos.

— Abel, eu tenho que fazer isso. Você sabe por quê. Você sabe melhor do que ninguém. Por favor, não tente me impedir. Me ajude.

Abel permanece quieto e em silêncio por um longo período, mas só pode demorar um segundo. Então ele fecha o traje espacial para ela. Quando as costuras se selam automaticamente, ele encosta a testa na de Noemi. Diz apenas:

— Volte para mim.

— Eu voltarei. Se puder, eu voltarei. — Essa é a melhor promessa que ela pode fazer à beira do combate, e os dois sabem disso.

Juntos, eles voltam sua atenção para o corsário danificado. Como penitência ordenada por Virginia, Abel tem reparado alguns dos danos durante as horas que o resto deles passa dormindo. Um humano poderia ter feito o trabalho cosmético primeiro, repintando o casco escarlate escurecido ou polindo o brilho nas quilhas. O processo mais racional de Abel o levou a restaurar as funções principais. Noemi desliza no assento e ativa o motor para verificar as operações. Ela está com pouco combustível, mas pode chegar ao Portão e voltar com uma margem de sobra. A cabine está novamente vedada. Não há razão para não levar esta nave de volta ao espaço.

Além do fato de que Virginia *com certeza* a matará, mas Noemi pode lidar com isso mais tarde.

Abel estica o braço para um painel, fazendo alguns ajustes de última hora que afiam seus sensores de navegação a níveis quase normais.

— Se você puder esperar mais dez minutos, eu poderia...

— Não. Eu tenho que subir até lá. — Não é a impaciência habitual de Noemi falando; é o seu treinamento militar. A soldado que era até tão pouco tempo ainda vive dentro de sua pele e sabe que essa batalha deve ocorrer o mais longe possível da Gênesis. A cada minuto que ela espera, são outros cinco mil quilômetros que as forças da Terra podem viajar.

Ele não protesta mais. Em vez disso, a puxa para perto e a beija por um tempo longo e agradável. Ela passa os dedos pelos cabelos dele, seu corpo inteiro respondendo. Sua boca está aprendendo como ele beija; sua respiração sincroniza o ritmo com a dele. Ela o conhece em sua própria pele.

O beijo termina. Abel repete:

— Volte para mim. — Tudo o que Noemi pode fazer é assentir.

Ela aperta os controles e a cabine se fecha. Abel recua alguns passos quando a porta do compartimento de desembarque se abre. A brisa fresca do prado bagunça seu cabelo dourado-escuro. Ela o encara, memorizando todos os detalhes, até a luz piscar em seu painel de controle.

Depois disso, não há tempo para nada além da luta.

34

Abel suspeita que Noemi teria preferido que lhe dissesse que ele também pretendia ir para a batalha. Mais tarde, se ela se opuser, ele apontará que mencionou a possibilidade de a *Perséfone* entrar em combate...

Essa não é a verdade completa, então ele rejeita essa opção. Noemi é mais do que sua amiga agora; ele deseja que ela seja a outra metade de sua vida. A desonestidade entre eles é desaconselhável em todos os níveis. Ela vai ficar furiosa, mas, no fim das contas, entenderá. Ele não poderia deixar Noemi ir para a batalha desprotegida mais do que ela poderia desistir de defender seu mundo.

Ele sai imediatamente, seguindo o caminho para o Portão. A cena que se desenrola na vasta tela abobadada revela uma batalha de tamanho tão impressionante, como Abel nunca viu. A Terra enviou doze naves Damocles, o que ele calcula que é mais da metade dessas naves de toda a sua frota. Os planetas rebeldes de Kismet e Stronghold logo perceberão que estão desprotegidos. Isso pode ser apenas o ataque final de invasão da Terra.

Mas a Gênesis está pronta.

A frota Vagabond está se montando — aleatoriamente, como um grupo de naves que nunca trabalhou junto antes. Ainda assim, estão voando para a ação, e cada disparo de blaster prova a fúria reprimida dos mundos colonizados contra a Terra. Ele vê a *Katara* no centro da ação, todas as armas disparando, Dagmar Krall se provando novamente uma líder. Algumas embarcações médicas, cortesia do Remédio, estão próximas para tratar os feridos — que serão muitos.

A Gênesis também enviou suas naves, embora sejam menos impressionantes. A idade das embarcações é desanimadora, assim como seu estado relativo de degradação. Mas então uma das naves mais antigas dispara, atingindo um Damocles e rompendo um bom quarto de seu casco. Abel lembra a si mesmo: *Velho não é o mesmo que fraco.*

Entre faixas verdes de explosivos e as grandes naves pesadas, ele vê seus companheiros mecans em seus trajes espaciais em forma de estrela emergindo das naves Damocles para atacar todos que lutam pela Gênesis. Rainhas e Charlies, todos os mecans se lançam nas melhores posições táticas, mesmo que isso signifique que serão destruídos em segundos. Eles se arriscam sem medo. Podem matar sem culpa e ser mortos sem culpa.

Mas Abel acha que pode haver outra maneira de usá-los.

Ele não teve tempo de ensinar a Simon Shearer o que ele precisava saber; no entanto, Simon pode ter sido capaz de ensinar algo a Abel.

Ele aproxima a *Perséfone* da batalha, até que os caças e mecans estejam cruzando o espaço ao seu redor em todas as direções. Nenhuma Rainha ou Charlie prestará muita atenção a uma nave civil desarmada, a menos que faça movimentos excessivamente hostis. Permanecer imóvel é perigoso, em especial porque disparos perdidos poderiam atingi-lo. Os escudos estão em potência máxima, o que deverá ser proteção suficiente. Abel vai precisar de toda a sua concentração para o que fará a seguir.

Simon disse a Abel que controlava os outros mecans por ser mais máquina do que humano. Isso é estranho para Abel, que trabalhou duro para explorar seu lado humano. Deixar-se ser inteiramente uma máquina... seria o equivalente a dizer aos humanos que pulassem de um penhasco, confiando que um campo de força os protegeria na queda. Nem mesmo toda a sua confiança no campo de força facilitaria o salto. Ele não quer se render, nem por uma hora.

Suas lembranças de Haven cristalizam, e ele vê os mecans quebrados e agredidos atacando-o em conjunto, como membros de um único organismo. Simon aprendeu a controlá-los como se fossem uma extensão de sua mente. A oportunidade diante de Abel é imensa.

Assim como o perigo, mas ele considera isso irrelevante. Comparado ao risco para Noemi, o que ele está tentando não é nada.

Ele se senta no controle de operações e abre uma das interfaces. Em seguida, retira uma fiação de reparo de emergência e corta seu pulso, reabrindo a ferida que se infligiu em Haven. A lesão não sangra tanto quanto aconteceria com um humano, mas gotas vermelhas respingam no console. Desde que não escorra para a fiação, isso não representa um problema significativo.

O metal dentro de Abel foi exposto. Simon não achou necessário esse tipo de conexão; essa era uma das poucas vantagens que ele tinha. *Embora as próximas gerações de Herdeiros possam ter as vantagens de um maior conteúdo orgânico,* Abel pensa com satisfação, *eles não terão a capacidade de interagir diretamente com sistemas de computadores mais antigos, como o que controla sua nave.*

Ele retira uma haste longa e fina e empurra a ponta para um pequeno orifício. O efeito é instantâneo e avassalador; a inundação completa dos dados da *Perséfone* corre para dentro dele, é coisa demais para processar, até mesmo para seu cérebro. Mas ele mantém o autocontrole o suficiente para bloquear uma área central da função e depois outra, até ter eliminado o bastante para pensar com clareza. Isso permite que ele se concentre nas comunicações.

Os sinais que a nave costuma enviar não estão nas mesmas frequências que prendem os mecans aos seus controles nas Damocles. No entanto, são extremamente próximos, e agora que Abel está conectado com sua nave, ele acha que pode empurrar essa frequência para o nível correto. Fechando os olhos, ele se concentra. O esforço parece eletricidade estática estalando ao redor de seu cérebro...

ESTAMOS AQUI.

Os olhos de Abel se arregalam quando ele se conecta a todos os mecans que lutam pela Terra. No início, é a mesma sobrecarga de quando ele se conectou inicialmente à *Perséfone*, só que quase cinco mil vezes mais. (4.862, para ser exato — as forças combinadas de Vagabonds e da Gênesis já destruíram 138 dos mecans da força invasora. Ele pode sentir a ausência deles no todo, da maneira como um humano pode sentir a falta de um dente perdido.)

Ele se abaixa. Pouco a pouco, simplifica a conexão até que flua muito mais informação para os mecans do que para ele.

Seu neto foi capaz de fazer isso com a mente humana, ele diz a Mansfield, que vive em seu coração, o pai sombrio contra o qual ele nunca vai parar de se defender. *Se ele podia, isso significa que eu posso. Exercerei um tipo de controle que você nunca sonhou.*

— *Eu sou* ***mais do que você****...*

A energia pulsa dele, através dos circuitos da *Perséfone*, para o espaço. Todos os seus músculos estão tensos a ponto de ter espasmos, mas seu corpo físico nunca pareceu mais distante. A mente de Abel faz parte desses sinais, os que surgem em cada mecan de caça e redefinem seus novos alvos: um ao outro.

4717. 4321. 3800. Os sinais mecans piscam e se apagam como velas. Ele sente cada morte — fisicamente, um reflexo sombrio da dor momentânea que descobriu que até os mecans experimentarem no fim. Mas, à medida que seus números diminuem, o nível de controle que ele tem que exercer também diminui. Ele pode suportar. Ele tem que suportar. Todo mecan destruído é mais um que não pode ferir Noemi.

2020. 1686. 1037. 548. 215. 99. 47. 10.

Zero.

Abel corta a conexão. Os conceitos em sua mente suavizam, aprofundam, tornando-se pensamentos em vez de dados. Quando ele se recosta, seus músculos tremem enquanto tentam relaxar após a tensão. O imenso peso que ele sente a princípio parece um mau funcionamento, antes que ele perceba sua exaustão, ainda maior do que experimentou em Haven. Ele não havia se dado tempo suficiente de regeneração, talvez. Um leve brilho de umidade ao longo da pele de seu rosto deve ser suor. Ele nunca suou antes.

Então ele percebe que a umidade no lábio superior é, na verdade, sangue. Abel coloca a mão no rosto, afasta-a e vê manchas vermelhas nos dedos. Ele se deu uma hemorragia nasal, uma nova experiência, da qual rapidamente decide que não gosta.

Ele resolve não tentar o controle multimecans de novo até que tenha realizado um estudo mais aprofundado. Até sua força tem limites.

Enquanto cuidadosamente remonta o braço e fecha a pele, observa a tela abobadada. As poucas naves comandadas por humanos que acompanharam os mecans até este lado do Portão da Gênesis já estão tentando retornar, com algumas naves da frota Vagabond as perseguindo. Aquelas naves terrestres poderiam lutar por conta própria, mas ele suspeita que as pessoas tenham esquecido como empreender suas próprias batalhas. Sem os mecans, elas estão perdidas.

Enquanto isso, as outras naves Vagabond e Gênesis voam e rodam em loucas espirais de vitória. Ele se pergunta qual das minúsculas luzes naquela tela é o corsário. Normalmente, se concentraria mais em localizá-lo, mas ele acha que ainda não quer fazer isso.

Ele está... machucado. Não fisicamente, exceto pela linha brilhante de dor que ele abriu no braço. O que ele sente é mais como a ausência de algo tão essencial que ele tinha como certo, talvez semelhante ao que os humanos experimentam quando ficam tontos ou temporariamente surdos por trauma. Quando tenta fazer um balanço de sua condição, ele percebe que há uma espécie de lugar entorpecido em seu cérebro — uma área que ele não pode investigar no momento.

Abel decide ignorar isso por enquanto. Seus sistemas de reparo orgânico podem curá-lo, se não, ele pode fazer com que Virginia Redbird conserte qualquer dano. Atualmente, Abel tem prioridades mais altas, como encontrar Noemi no meio do caos pós-batalha e lidar com a pequena nave que agora está se aproximando da *Perséfone*.

Uma unidade de trânsito, ele percebe. Não são combatentes; quase não são naves, com muito pouca direção e propulsão. Elas existem puramente para permitir que os humanos se movam entre naves no espaço quando nenhuma embarcação pode atracar em outra. As marcas verdes e brancas ao lado revelam que essa foi lançada de uma das naves maiores da frota da Gênesis.

Abel se levanta da cadeira, surpreso ao sentir as pernas trêmulas sob seu corpo. Mas ele pode andar pelo corredor sem tropeçar. Cansado como está, ainda é capaz de funcionar.

Quando chega à baía de lançamento, a trava de ar já está dando uma volta. Talvez ele devesse ter exigido a comunicação da unidade antes de permitir que ela se encaixasse; talvez ele devesse ter programado a porta para não se abrir automaticamente. Numa situação normal, ele teria feito essas coisas, mas, no seu torpor, elas estão lhe ocorrendo tarde demais. Tudo está confuso, muito lento. Deve ser assim que se sente um cérebro humano.

O ciclo da trava de ar termina. Abel entra imediatamente na baía. Ele não pode impedir que esse indivíduo embarque, mas, se houver um confronto, pretende acabar com isso rapidamente. Quando a unidade de transporte se abre, no entanto, o visitante parece ser... se não um amigo, pelo menos um aliado.

— Darius Akide — diz ele. — Achei que você fosse um não combatente.

Akide assente.

— Entrei em batalha para testemunhar e narrar esta fase da guerra para os sobreviventes, se houver algum.

— Como você vê, os sobreviventes são numerosos. — Abel espera elogios ou gratificações, que não chegam. Os humanos podem ainda não ter percebido o que fez por eles. No entanto, outras questões são muito mais importantes. — Você viu a nave de Noemi? Ela estava pilotando um corsário vermelho.

A surpresa cintila no rosto de Akide quando ele sai da cápsula, suas longas vestes brancas assumindo uma nota estranhamente formal.

— Ela entrou em batalha? Achei que tivesse sido obrigada a renunciar.

— Nada poderia impedi-la de defender a Gênesis. — Abel precisará enviar um sinal diretamente para ela. E se ela fosse um dos poucos pilotos da Gênesis perdidos no estágio sangrento da luta?

Tenha fé, ele se lembra. Mesmo que não possa acreditar em uma divindade, pode acreditar em Noemi.

— Qual é o propósito da sua visita, Dr. Akide? — pergunta Abel. — Você poderia simplesmente ter me contatado por meio dos comunicadores, o que sugere que você tenha uma mensagem delicada, que exige segurança extra. Ou pode querer conduzir uma conversa confidencial. — Akide poderia ter percebido o que Abel fez com os outros mecans? Seria um salto mental considerável, mas sua formação em cibernética com Mansfield torna a conexão possível. Isso naturalmente seria algo que Akide desejaria investigar de imediato.

— Sim, eu tenho uma mensagem. — Akide tem uma expressão estranha no rosto. — Faça o que você foi criado para fazer.

Ele se empertiga a toda a sua altura e retira um pequeno dispositivo de sua túnica, maior que um comunicador, mas menor que uma chave de boca. Antes que Abel possa perguntar o que é, Akide pressiona um botão e...

O chão se inclina e balança. A entrada visual é totalmente desligada; o tato e o olfato se reduzem ao mínimo. Abel cambaleia para o lado e cairia, mas o professor Akide o pega nos braços. Somente lhe resta a audição, isso e o pânico de seus próprios pensamentos.

Akide ajudou a me projetar, Abel pensa, atordoado. *Ele sabe como me desligar.*

Qualquer que seja o sinal enviado, Abel não fica completamente inconsciente, como o antigo sistema de segurança de Mansfield; ele mantém alguma função mental e entrada auditiva completa.

— Por quê? — ele consegue dizer. Se ele está julgando os sons corretamente, Akide o arrasta pelo corredor da *Perséfone.* — O que você está...

— Sinto muito, Abel. Realmente sinto muito por isso. Mas tenho que garantir você. — Os passos do professor Akide cambaleiam em batidas irregulares. O peso considerável de Abel é, sem dúvida, difícil para o homem mais velho. — Garantir que a sua consciência esteja bem e firme. Então posso levá-lo de volta ao laboratório de cibernética que temos na Gênesis. Lá, posso fazer algum trabalho.

— O que... você...

— Esta batalha não muda nada. — Akide parece resignado, tão fatalista quanto Noemi o descreveu. — Nossa vitória hoje só deixará a Terra mais desesperada. Eles enviarão as tropas humanas em seguida, e desembarcarão na Gênesis. Vão matar nossas crianças, queimar nossas casas. Não podemos deixar que isso aconteça.

— Mas... Haven...

— Não há garantia de que o povo da Terra aceitará Haven como um novo lar para a humanidade. Eles precisam sobreviver a uma doença com risco de vida para ao menos pensar nisso! Mesmo que o façam, todas as pessoas em cada mundo colonizado se sentirão traídas pela Terra. Haven não poderá ser sua casa por muito tempo, se é que algum dia será. Portanto, para evitar uma revolta em massa, a Terra deve conquistar a Gênesis, imediatamente. A batalha de hoje provou isso. Isso significa que esta é a nossa última chance de detê-los. — Akide respira fundo. — Há muito tempo aprendi a questionar o trabalho que fiz com Burton Mansfield. Achei que tivesse deixado isso para trás. Agora vejo o verdadeiro propósito de Deus nele. Ele me levou a Mansfield porque Mansfield me levaria até você.

Eles querem destruir o Portão da Gênesis. A única maneira de fazer isso é enviar Abel em uma nave com um dispositivo termomagnético — o plano original de Noemi, tantos meses antes. Na detonação resultante, Abel seria totalmente destruído e possivelmente vaporizado.

E Akide tem o conhecimento da programação para forçar Abel a fazer isso.

Noemi não permitira que Abel escolhesse o caminho de se destruir para destruir o Portão. Em vez disso, parece que a destruição o escolheu.

35

NÃO HÁ NADA PIOR DO QUE ESTAR NO CORAÇÃO DE UMA BATALHA QUE você não pode lutar.

Noemi conclui isso na quarta vez que um mecan voa direto para o que seria sua mira. Seus polegares apertam os controles, procurando, de maneira instintiva, gatilhos para armas que não estão lá. No corsário, isso leva à exatamente nada, com a exceção de ativar a música de Virginia, por acidente.

Depois de desligar, ela tenta fazer um balanço. Sem o mapa de combate fornecido por comando, ou qualquer comunicação com seus companheiros de luta, entender a batalha é quase impossível. Os caças estelares da Gênesis se lançam entre as naves Vagabond de todos os tamanhos e formas. Mecans voam ao seu redor, aleatórios como mosquitos, às vezes tão grossos que a deixam cega para o restante do campo estelar. Eles ainda a registram como uma embarcação civil, então está segura, mas Noemi não veio para se manter segura. Ela veio para ajudar.

Mesmo sem armas, pode defender seu mundo.

Meses atrás, ela estava prestes a ser capturada pelas autoridades de Stronghold quando Virginia voou exatamente nessa nave. Virginia havia defendido a *Perséfone* não com blasters ou lasers, mas confundindo os sinais ao seu redor.

Por que não perguntei como ela fez isso? Noemi pensa enquanto passa pelos vários controles, familiarizando-se mais com as funções menos básicas do corsário. *Teria sido uma conversa útil. Megaútil.* Finalmente, ela se depara com uma sub-rotina de comunicação que deve funcionar. *Seja o que Deus quiser...*

O corsário transmite em comprimentos de onda que sobem e descem em curvas senoidais através do painel de controle. No começo, ela se pergunta se agora está tocando a música de Virginia para os mecans, o que seria hostil, mas não eficaz. Então ela vê um punhado de mecans dobrando suas estranhas asas metálicas, quase como morcegos se preparando para dormir. Um sorriso se espalha por seu rosto quando ela percebe que eles perderam seus sinais de comando dos Damocles.

É exatamente o que eles estão fazendo, pensa Noemi. *Eles estão dormindo!*

Rindo alto, ela se afasta ainda mais no meio da noite e faz de novo. Mais uma vez, uma dúzia de mecans se transforma em algo inútil, e as naves Gênesis e Vagabond os pegam um a um. Isso não é tão gratificante quanto destruí-los, decide Noemi, mas é eficaz. Quanto mais Rainhas e Charlies ela incapacitar, maiores serão as chances de as forças da Gênesis ganharem esta luta.

Quando ela mergulha em outra nuvem de mecans, eles ajustam a formação. O coração de Noemi pesa quando ela percebe que a nave Damocles detectou o que ela está fazendo. O mesmo acontece com a *Katara*; a enorme nave muda de rumo, tentando se colocar entre o corsário e o Damocles, mas já é tarde demais. A qualquer momento, esses mecans vão atacá-la.

... ainda assim, em um instante, a formação se rompe e os mecans se viram uns para os outros.

— Mas que diabos? — diz ela em voz alta, que ecoa dentro do capacete. Rainhas e Charlies atirando uns nos outros? Ignorando os combatentes da Gênesis? Uma nave Damocles deve estar com defeito.

Mas há algo muito metódico na maneira como os mecans guerreiros estão lutando. Seus movimentos são sincronizados. Quase como se fossem partes separadas da mesma coisa...

Exatamente como os mecans de Simon faziam em Haven.

Somente uma outra pessoa poderia fazer isso. Apenas uma outra pessoa em toda a galáxia, alguém que a maioria das pessoas não admitiria chamar de pessoa.

Abel! Ela procura desesperadamente a *Perséfone*, embora, é claro, seja impossível vislumbrá-la no caos. A batalha mecan-contra-mecan transformou-se em um frenesi animalesco, um atacando o outro nos mesmos ritmos sinistros. Fragmentos de metal giram em todas as direções; alguns deles chovem contra sua cabine.

Noemi pressiona a mão contra a boca com horror e admiração. A admiração é para Abel — ele expandiu ainda mais suas capacidades, fez algo tão sem precedentes e heroico que a enche de admiração.

O horror é pelo que Abel pode ter feito consigo mesmo. A mente de Simon estava condenada desde o início ou ele se desintegrou tentando controlar máquinas, tentando ser apenas uma máquina em vez de uma pessoa?

Os mecans quase completaram sua violenta autodestruição. A maioria dos que restam são os que ela colocou para dormir, e as naves da frota combinada de Gênesis e Vagabond voltaram para explodi-los em pedacinhos. A única nave Damocles em seu campo de visão se afasta, claramente indo para o Portão. As forças da Terra estão em retirada total.

Eles voltarão. Eles vão voltar com tudo. A Terra tem naves de guerra capazes de serem operadas por seres humanos. Eles podem ter se esquecido de como lutar suas próprias batalhas, mas a guerra tem um jeito de lembrar as pessoas.

— Isso não acabou — ela murmura, observando a *Katara* ocupar seu lugar no centro da frota, um testemunho silencioso da contribuição de Dagmar Krall e do potencial novo poder.

A guerra não terminou. Acabou de entrar em uma nova fase que Noemi não consegue adivinhar. Mas ela sente que o perigo será ainda maior.

• • •

Voar em direção à nave de Abel parece como nadar contra a corrente. Quase todas as outras naves da frota começaram sua jornada para casa, passando por ela, deixando rastros nos destroços da batalha. Uma das maiores naves da Gênesis, a *Dove*, fica perto do Portão — para mais leituras ou outra mensagem, ela imagina. Fora isso, ela e Abel terão esse canto do espaço só para eles.

Não se preocupe com o que está por vir, diz a si mesma. *Volte para Abel. Viva o momento. Beije-o em toda oportunidade que tiver.* Assim que ela chega ao alcance, ela sinaliza para a *Perséfone*.

Sem resposta.

Noemi se endireita na cadeira e tenta novamente. Nada. Um calafrio a percorre enquanto ela acelera. *Ele se esforçou. Controlar os mecans fez algo terrível com ele. Ou talvez um dos mecans tenha entrado na* Perséfone *para detê-lo?* Abel pode se defender, é claro, mas ele deveria estar respondendo a ela, e ele não está.

Ela não fica realmente com medo até que o corsário deslize para a baía de lançamento da *Perséfone* e veja a unidade de transporte da Gênesis.

Alguém veio aqui para ver Abel e deve ser o responsável por seu silêncio.

No segundo em que a trava de ar termina seu ciclo, ela pula na cabine, tira o capacete e vai para o armário de armas. Blaster na mão, Noemi caminha lentamente pelo corredor. Seus nervos estão no limite. Seus ouvidos captam cada pequeno ruído, mas são apenas os sons usuais de uma nave espacial — filtragem de ar, o zumbido fraco dos motores e...

Espera.

Ela ouve com mais atenção e ouve novamente: o leve tilintar de metal sobre metal à frente, em algum lugar ao redor da enfermaria.

Noemi se encosta na parede e mantém a arma empunhada enquanto se aproxima centímetro a centímetro. O medo dentro dela quando se esconde atrás de cada suporte, esforçando-se para escutar o que está por vir — isso a faz se lembrar de seu primeiro dia nesta nave. Ela também estava indo para a enfermaria. As portas a bordo se fecham automaticamente, para que ela não possa entrar sem revelar sua presença. Mas ela pode pelo menos ouvir e descobrir o máximo possível sobre o que vai enfrentar quando entrar.

Mesmo antes de conseguir distinguir as palavras com alguma clareza, ela reconhece a voz de Abel e reconhece que algo está errado. Até o tom dele soa... grogue, não muito certo. Apoiando a cabeça no painel mais próximo, o melhor canal de som, ela finalmente entende um pouco do que ele está dizendo.

— ... impossível para você ter certeza.

— Nós só aprendemos através da experimentação.

Espere, este é... *Professor Akide?*

A surpresa se transforma em fúria. Noemi não sabe como ele dominou Abel ou exatamente que tipo de experimento pretende executar, mas ela vai acabar com isso agora mesmo.

Ela passa pela porta, arma em punho, para ver Abel deitado em uma das biocamas, e Akide sobre ele, franzindo a testa para um scanner.

— Afaste-se! — Ela grita. — Afaste-se de Abel neste segundo ou juro por Deus que vou atirar.

— Não, você não vai — responde Akide. Ele não se mexe.

— Você acha que não acredito em Deus? Então a promessa não conta? — Noemi sente que seu olhar seria suficiente para matá-lo onde ele está. — Confie em mim, eu acredito, e conta sim.

— Eu creio em Deus também. — Com isso, rápido como um flash, Akide puxa uma arma própria.

Nenhum mecan jamais teria escapado disso. Ela o teria explodido em pedaços antes que ele pudesse sequer colocar a mão no seu blaster. Mas Noemi está tão acostumada a pensar nesse homem como membro do Conselho Ancião — como seu protetor, até mesmo seu amigo. Seus instintos de luta não foram rápidos o suficiente.

— Noemi? — Abel vira a cabeça na direção dela. Ele está visivelmente fraco e atordoado, ainda mais do que quando estava exausto em Haven. Tudo o que Akide fez o transformou em uma sombra de si mesmo.

Com a mão livre, Akide ativa um pequeno dispositivo. Instantaneamente Abel fica inconsciente. Noemi se lembra do código de segurança para erros usado para capturá-lo meses antes; Akide deve ter seus próprios métodos para desligar Abel.

— Você não vai atirar em mim — diz ela.

— E você não vai atirar em mim. — Akide parece decepcionado, da mesma forma que os adultos olham para as crianças que os desapontam. — Só estamos passando por isso porque você nunca aceitou o que Abel realmente é. Para o que ele serve.

Ela deseja poder sacudi-lo.

— Você notou que acabamos de ganhar a maior batalha da Guerra da Liberdade? Que temos uma frota de guerra totalmente nova que Abel ajudou a trazer para cá?

— Somos gratos por isso. Mas a gratidão não vale muito, não em comparação com a segurança do nosso mundo.

Noemi não concorda, mas isso não vem ao caso.

— *Não precisamos destruir o Portão.* Você não vê? Podemos *usar* esse Portão agora. Faça contato com os outros mundos do Loop, force a Terra a ficar em defesa por um tempo. Tudo mudou. Podemos transformar esse levante em vitória.

— Você não entende a guerra. — Akide parece triste, mas sua expressão é dura. — Eles enviarão humanos atrás de nós agora, e os combatentes da Gênesis terão que carregar o pecado do assassinato em suas almas. E, no fim, se a Terra não conseguir tomar o nosso planeta, os outros mundos colonizados decidirão reivindicá-lo. Eles viram nossa prosperidade agora; eles não se contentarão em apenas nos ajudar. Não, eles virão atrás de nós, a menos que destruamos o Portão agora.

— Nós não sabemos disso. — Ela acha que Darius Akide tem muita coragem de dizer a ela, alguém treinado para lutar por quase um terço de sua jovem vida, que entrou em inúmeras batalhas, que ela não entende a guerra. Foi ele que esqueceu. — Você realmente vai prender aqui todos os Vagabonds e todos os membros do Remédio que vieram nos ajudar?

Se ele se importa com a frota de voluntários, não demonstra.

— Estou disposto a sacrificar um mecan para garantir que a Gênesis permaneça segura. Você está disposta a colocar milhões em risco na esperança de que a guerra tenha mudado. Isso não é suficiente, Noemi.

Temos mais uma chance de garantir a segurança da Gênesis para sempre e não vamos desperdiçá-la.

Ele não ouviu nada do que ela disse? Noemi quer gritar. *Os Anciãos não querem vencer esta guerra,* ela pensa. *Eles só veem duas maneiras de acabar com esta guerra — pela morte ou pelo isolamento.*

— Não posso fazer você acreditar na vitória — diz ela. — E não posso fazer você acreditar na alma de Abel. Mas nunca vou deixar que você o machuque, para que possa...

Noemi não ouve o raio de energia. Ela apenas o sente. O calor além da imaginação irrompe em seu peito, queimando ao longo de cada nervo. Seus músculos se contraem e sua arma cai inutilmente no chão. Por um instante, ela vê o horror no rosto de Akide, a maneira como ele olha dela para o blaster que ele acabou de disparar, e de volta, incrédulo.

Ele pretendia fazer isso, ela pensa, atordoada. *Ele só não sabia como seria matar alguém.*

Então ela cai.

36

O QUE ABEL RECUPERA PRIMEIRO É A AUDIÇÃO. ELE PROCESSA A entrada automaticamente, depois de modo consciente: é o som de um homem chorando.

Em seguida, recupera a propriocepção, a consciência de seus próprios membros e corpo físico. Depois, o tato, o que revela que ele está deitado em uma superfície plana e dura. O olfato que ele encontra com sua próxima inspiração...

... e seus receptores identificam o cheiro de sangue.

Abel abre os olhos e volta à consciência plena. Ele se senta rapidamente, para fazer um balanço de sua nova situação, e então percebe que não, ainda não pode estar consciente. O que ele vê só pode ser um pesadelo; portanto, ainda está dormindo. Mas a maioria dos sonhos se dissolve quando são reconhecidos como tal, principalmente os pesadelos, e Abel ainda está aqui, em uma mesa, olhando para Noemi caída no chão, inconsciente ou...

Ele olha para o som do choro e vê Darius Akide de joelhos, as mãos pressionadas juntas na forma tradicional de oração.

— Perdoe-me, Senhor. Perdoe seu servo indigno.

No chão ao lado de Akide, encontra-se um blaster. O cheiro do ozônio se confunde com o do sangue no ar.

Abel olha novamente para Noemi e vê as marcas de queimadura no traje espacial. O fraco respingo de sangue ao seu redor no chão, proveniente dos poucos capilares não cauterizados instantaneamente por uma ferida explosiva. O leve movimento de sua respiração, o que lhe diz que, por mais ferida que ela esteja, ainda está viva.

Isto não é um sonho. Isto é a realidade, e ele ainda tem uma chance de moldá-la.

Ele pula da mesa, pousando entre Akide e Noemi. Akide observa com espanto; aparentemente ele não sabia quanto tempo durariam os efeitos do dispositivo de atordoamento. Abel não diz nada, apenas segura a cabeça de Akide com uma das mãos e a garganta com a outra, depois as torce em direções opostas. Sua audição aguda capta o estalo fraco da coluna vertebral antes que o cadáver caia no chão.

Existe uma programação interna profunda destinada a impedir que os mecans não guerreiros machuquem os seres humanos, e essa programação agora palpita dentro de Abel, um breve pulso de dor, e depois é esquecida. Talvez isso o incomode mais tarde. Nada importa neste momento, exceto Noemi.

Ele se ajoelha ao lado dela e passa os dedos pela bochecha dela.

— Você pode me ouvir? — Ficar atordoado é um mal análogo à morte, mas ele sabe que, em ambos os casos, a audição é o último sentido que se perde.

Os olhos de Noemi se abrem. Abel a envolve em seus braços, embalando seus ombros na dobra de um cotovelo. Suas pupilas estão levemente dilatadas e o pulso e a respiração estão perigosamente baixos. Ela abre a boca, a fecha outra vez e depois sussurra:

— Abel?

— Sim. Estou aqui. Eu vou cuidar de você.

Com isso, ele a puxa para seus braços e corre para a biocama mais próxima. Ele é capaz de mantê-la firme, sem um único solavanco para machucá-la ainda mais, e, uma vez que chega ao seu destino, a coloca gentilmente em uma biocama. As leituras logo se acendem nos monitores, cada uma mais terrível que a outra.

Abel sabe como funciona uma biocama. Essas leituras são compatíveis com a lesão que Noemi sofreu. No entanto, ele não pode acreditar nelas. Nunca entendeu a resposta emocional humana chamada “negação”.

— Onde está Akide? — ela murmura.

Espero que no inferno, Abel pensa, mas diz apenas:

— Ele não é mais uma ameaça.

— ... Ele machucou você...?

Como ela pode se preocupar com ele enquanto está deitada em uma biocama com uma cratera queimada no peito?

— Não. Estou bem, Noemi, estou bem e vou fazer você ficar bem.

— Mentiroso — ela diz baixinho e, de alguma forma, essa parece a coisa mais gentil de que ela já o chamou.

O coração permanece intacto, ele pensa, olhando para as leituras dos sinais. Os pulmões estão seriamente comprometidos, ultrapassando significativamente os limites de regeneração recomendados, mas não em absoluto fora das possibilidades de recuperação. Fígado, baço e vesícula biliar destruídos, mas apenas o fígado é crítico e pode, com o tempo, ser regenerado.

Tempo. Ele precisa de tempo para salvá-la, e toda sua inteligência e capacidade não podem dar isso a ele.

— Está começando — ela murmura. — Dá para sentir um pouco... como se seu corpo não fosse realmente seu...

— Tente se manter consciente. — Por que ele sente uma necessidade tão forte de dizer isso a ela quando sabe que obedecer está além de sua capacidade? Ele quer acreditar que depende dela. Ele odeia até mesmo a ideia do céu, porque, se ela tem fé em algum lugar melhor, vai querer ir para lá. — Fique comigo.

— Gostaria de poder. — Os olhos de Noemi se fecham por um momento; quando ela os abre novamente, é óbvio que está lutando por isso. — ... Vou encontrar a estrela de Esther.

— Noemi...

— Vá me encontrar lá algum dia — ela sussurra. — Daqui a muito tempo.

Então sua cabeça se inclina para o lado quando seus olhos se fecham novamente.

Abel olha para o monitor da biocama. O coração dela ainda está batendo; seus pulmões superficiais estão processando todo o oxigênio que podem. Mas ela não está mais consciente e, se esse fosse um paciente humano qualquer, ele julgaria improvável que ela acordasse outra vez.

Mas não é um paciente qualquer. É Noemi, e ele *não vai* suportar isso. Ela merece a vida dela. Ele vai lhe dar isso.

Rapidamente, ele a pega de volta em seus braços e atravessa a enfermaria em três passos largos, que o levam às câmaras de sono criogênico. Ele bate no ativador com o cotovelo. Uma das câmaras desliza do seu lugar na parede para o chão; seus painéis translúcidos se abrem como as pétalas de uma flor. Abel instala Noemi no interior verde-pálido, e a substância macia e elástica cede levemente sob seu peso.

O contato máximo com a pele é recomendado para melhores resultados. As palavras do manual de treinamento do sono criogênico estão no seu banco de memória; elas esperaram lá todos esses anos pelo momento em que ele precisaria desse conhecimento. Ele chega às ferramentas cirúrgicas, tira um bisturi do braço robótico e o usa para cortar o máximo possível do traje espacial.

Mas os sinais vitais dela estão agora na zona vermelha. Atraso adicional significa falha. Abel dá um passo atrás e pressiona o ativador novamente. Os painéis se dobram ao redor de Noemi, e ele olha para o rosto dela quando a cápsula se enche, primeiro de vapor e depois de líquido. Seus traços ficam borrados; seu cabelo preto flutua ao redor dela em uma auréola incerta.

Uma luz no painel de controle pisca em verde quando uma voz automatizada diz:

— *Sono criogênico ativado.*

Abel sente como se pudesse respirar novamente. Enquanto a cápsula de sono criogênico volta para a posição vertical, ele observa as leituras para monitorar os sinais vitais dela. Já estão diminuindo à medida que o frio se instala na medula, no sangue e no cérebro. Isso é totalmente normal. Mas ele também sabe que ela estava tão fraca quando ele a colocou ali que, mesmo preservada desse jeito, ela pode não sobreviver a nenhuma tentativa de substituir ou regenerar seus órgãos danificados. Tudo o que isso garante a ela é uma chance.

Abel vai fazer o que puder.

Ele espera até que o processo esteja completo, observando-a o tempo todo. Ela parece estar flutuando na névoa, como um espírito etéreo em um conto de fadas. Sua imaginação normalmente não é tão dada à metáfora e à símile; ele precisa suavizar a verdade da condição de Noemi para poder lidar com isso. Ela está suspensa entre a vida e a morte.

Em um conto de fadas, o herói teria que enfrentar grandes provações para trazer a vida da heroína de volta: matando dragões, desfazendo feitiços. Abel só precisa se lembrar de onde ele veio e como serão as futuras gerações de seu povo.

Os Herdeiros não serão homem e máquina em partes iguais; eles serão muito mais orgânicos. Mais poderosos que o próprio Abel. E viverão mais. Gillian Shearer ainda não pode transferir a consciência humana. Mas e se a consciência de Noemi permanecer em seu corpo, e esse corpo puder ser trocado?

Deve haver maneiras de adicionar componentes mecans orgânicos ao corpo humano. O novo transumanismo de que Gillian Shearer tanto fala — essas tecnologias também estariam ligadas. Seria possível sintetizar DNA real e artificial para fazer Noemi... não uma Herdeira. Algo mais. Uma mecan e, ainda assim, não mecan. Algo completamente novo, mas não *alguém* novo. Ainda seria *ela*.

As bochechas de Abel parecem estranhamente rígidas — sal das lágrimas que ele deve ter derramado sem perceber. Ele pode dizer isso agora porque começou a sorrir. A dor que sente é ainda maior do que no momento em que se separou de Noemi antes, maior do que no instante em que percebeu que Mansfield o abandonara sozinho no espaço, em uma prisão que duraria trinta anos. Mas ele agora tem o que não tinha na época: esperança. Essa dor é suportável porque indica a direção que ele precisa seguir.

A dor o levará de volta a Haven. A Gillian Shearer. E, possivelmente, a seu próprio destino.

Ele não pode fazer isso sem a ajuda de Gillian. O preço dessa ajuda é apenas um: sua rendição. Ela vai querer substituir a alma dele pela consciência armazenada de Burton Mansfield. Se assim for, Abel concordará. A vida dele pela de Noemi — é uma troca simples, que ele não precisa questionar.

Talvez não precise ser assim. Sempre existem possibilidades. Sempre há variáveis. Abel fará o que for preciso para salvar Noemi, mas ele se recusa a admitir a derrota.

Seu corpo inteiro está fraco e seu peito dói como se ele tivesse sido ferido. Ainda assim, ele continua, transferindo o controle auxiliar para um console próximo, para que ele possa afastá-los do campo de batalha e em direção ao Portão da Gênesis.

Para além dele, está a última esperança de Noemi.

Ele volta para a cápsula de sono criogênico para verificar as leituras; ajuda ter certeza absoluta de que Noemi está em completa estase. Quando ele se aproxima, vê que uma das mãos dela se aproximou da concha externa. Ele pressiona sua mão contra a dela, sentindo a queimadura do frio contra sua pele. Quando olha para o rosto de Noemi, Abel sussurra a palavra que quase o destruiu, o antigo código de segurança de Mansfield. É a mesma palavra que trará Noemi de volta para ele outra vez.

— *Ressurreição.*

AGRADECIMENTOS

COMO SEMPRE, TENHO UMA ENORME DÍVIDA DE GRATIDÃO COM MINHA agente, Diana Fox; minha valente assistente, Sarah Simpson Weiss; e, acima de tudo, com minha editora, Pam Gruber, pela orientação e paciência. Agradeço também a Stephanie Stoecker e Marti Dumas por participarem de sessões de brainstorming; a Paul Christian, também conhecido como "Detetive das Palavras", por garantir que eu fizesse o trabalho; a Tom e Judith, da Octavia Books, por toda a ajuda; e à Aliança dos Escritores de Peauxdunque pela camaradagem e pelo apoio.

Impressão e Acabamento:
BMF GRÁFICA E EDITORA